ullstein

BENTE STORM

WINDSTÄRKE TOD

Die WaPo Cuxhaven ermittelt

Ullstein

Besuchen Sie uns im Internet:
www.ullstein.de

Wir verpflichten uns zu Nachhaltigkeit

- Klimaneutrales Produkt
- Papiere aus nachhaltiger Waldwirtschaft und anderen kontrollierten Quellen
- ullstein.de/nachhaltigkeit

FSC MIX Papier FSC® C021394

Originalausgabe im Ullstein Taschenbuch
1. Auflage April 2023

Umschlaggestaltung: zero-media.net, München
Titelabbildung: © Wolfgang Diederich / Alamy Stock Foto (Küstenwache-Schiff); GettyImages / © Aaron Foster (Himmel); © FinePic®, München (Leuchtturm/Horizont, Dünenlandschaft, Skyline Cuxhaven Banderole)
Karte: © Peter Palm, Berlin
Gesetzt aus der Albertina powered by *pepyrus*
Druck und Bindearbeiten: ScandBook, Litauen
ISBN 978-3-548-06675-2

I

Donnerstag, später Abend

Der fast volle Mond warf glitzernde Lichtpunkte auf das schwarze Meer. Leichter Wind bewegte das Gras am Rand des Geländers. Es roch nach Fisch und nassem Beton. Ein kleines Boot zeichnete sich schemenhaft am Ende des Holzstegs ab.

Auf der rückwärtigen Straße war niemand zu sehen.

Es war mühsam. Ein toter Körper war nicht so einfach zu bewegen.

Ziehen. Schieben. Luft holen. Weiter schieben, anheben und über das Geländer wuchten und: ein Platschen. Viel zu laut.

In der Stille der Nacht glich das Geräusch einer mächtigen Brandungswelle, die gegen eine Kaimauer prallt.

Kreisförmig zog sich das Wasser um die Stelle, an der eben noch weiße Haut zu sehen gewesen war. Und dazu ein rötliches Schimmern. Für einen kurzen Moment kräuselte sich das graublonde Haar wie eine exotische Algenart unter der Oberfläche der Nordsee.

Dann war der Körper verschwunden.

2

Dienstagmorgen, recht früh

Der Himmel hatte die Farbe von verschüttetem Tuschewasser und ging am Horizont in ein dunkelgraues Meer über. Der Gesang des Windes wurde von Möwen orchestriert.

Agatha stand barfuß auf der winzigen Terrasse im fünften Stock des Wohnhauses *Am Seedeich,* klammerte sich an den Becher mit schwarzem Kaffee und atmete tief ein. Für September war es in den vergangenen Tagen ungewöhnlich warm gewesen, und Agatha bildete sich beim Blick in die Bucht ein, Reste von Sonnencremearoma aus den Strandkörben und Fettdunst aus den Pommesfritteusen zu riechen.

Sie schirmte mit der freien Hand die Augen ab, um erkennen zu können, welches Kreuzfahrtschiff sich zur Elbmündung Richtung Cuxhaven bewegte. Aber die schwimmende Stadt war noch zu weit entfernt, und das Fernglas stand auf dem Fensterbrett im Wohnzimmer ihres Vaters, der gleich nebenan wohnte. Agatha und Dirk Christensen waren ein gutes Team, seit sie nur noch zu zweit waren.

Auch ohne Vergrößerung konnte Agatha auf der Rasenfläche

der Grimmershörnbucht Herwigs blanken bleichen Hintern erkennen, ebenso seinen rostbraunen Bademantel, den er, wie jeden Morgen, auf dem Dach eines Strandkorbs in der ersten Reihe abgelegt hatte. Ohne das geringste Zögern marschierte der nackte Mann in Richtung einer schmalen Metalltreppe, die von der asphaltierten Promenade ins Wasser führte, und stürzte sich von der letzten Stufe in die Nordsee, um mit gleichmäßigen Zügen hinaus aufs Meer zu schwimmen. Egal, ob Sonne oder Regen, Sturm oder Frost: Herwig Dieboldt, von Cuxhavenern auch »der Hundertjährige« genannt – obwohl zu dieser Zahl noch einige Jahre fehlten –, absolvierte jeden Morgen um Punkt sieben seine Schwimmrunde. Bei Flut, wie heute, stieg er direkt über die Kaimauer und die Metalltreppe ins Wasser, bei Ebbe war ein kurzer Fußmarsch durch das Watt angesagt. Anschließend hüllte er sich in den Bademantel und ging zurück in seine Wohnung im dritten Stock, wo er sich, meist zu Musik von den Rolling Stones, eine halbe Stunde in die heiße Badewanne legte. Agatha konnte mit der Musik der Rolling Stones nichts anfangen, und ihr käme nie in den Sinn, in ein Wasser zu steigen, das weniger als 20 Grad warm war, aber auch sie hatte ihr Leben an kleinen Ritualen ausgerichtet. Der morgendliche Blick über die Bucht, der Kaffee an der frischen Luft, die Abendrunde über den Deich. Sie war froh, dass sie all das hier in Cuxhaven direkt vor der Haustür hatte, und ihren Vater gleich nebenan. Diese kleinen Dinge gaben ihr ein Gefühl der Sicherheit, das sie während ihrer Ausbildung zur Polizeikommissarin in Hamburg verloren hatte. Zwei Jahre war das nun her, und genauso lange war sie nicht mehr dort gewesen.

Als die Glocken der nahen Herz-Jesu-Kirche läuteten, trank Agatha den letzten Schluck Kaffee, der kalt und bitter geworden war. Sie ging zurück in die Wohnung, stellte den Becher in die Spüle, nahm die vorbereitete Thermoskanne und griff nach ihrem

Rucksack. Sie zog Socken und Sneakers an, warf sich ihre Windjacke über, steckte Handy und Schlüssel ein.

Vor der Wohnungstür nebenan verrieten modrige Pfotenabdrücke und ein Paar Gummistiefel, dass ihr Vater mit Mischlingshund Vinnie bereits einen sehr frühen Spaziergang hinter sich hatte. Wahrscheinlich war Dirk Christensen gut gelaunt und bester Dinge, wie immer, wenn er arbeiten konnte. Ihr Vater war mit Leib und Seele Kapitän auf dem Fährschiff, das mehrmals in der Woche nach Helgoland übersetzte.

Agatha band ihre schulterlangen Haare zu einem Zopf und lief die fünf Stockwerke nach unten. Auf dem Parkplatz drang aus den geöffneten Fenstern der Küche der *Seeterrassen* nicht nur Schlagermusik, sondern auch der Geruch gebratener Zwiebeln, der sich mit der Nordseeluft vermischte.

Die frühen Morgenstunden hatten Schwierigkeiten, auf Temperatur zu kommen; von der sommerlichen Wärme des Vortags war noch nichts zu spüren.

Sie stieg über die Grasfläche auf den Kamm des Deiches. Der Wind spielte sich hier oben mächtig auf. Agatha blickte über den schwimmenden Herwig hinweg bis zur Kugelbake, dem Wahrzeichen Cuxhavens, dann drehte sie den Kopf, bis der Fähranleger in ihr Blickfeld kam. Dort oben, auf der Brücke des Seebäderschiffs *Helgoland,* hielt vermutlich ihr Vater einen Klönschnack und wartete darauf, dass die Passagiere für die Überfahrt nach Helgoland eintrafen.

Agatha steuerte den Strandkorb mit dem Bademantel auf dem Dach an, um die Thermoskanne neben den abgestellten Badeschlappen zu deponieren. Herwig trank seinen Kaffee genau wie sie, stark und schwarz. Der Hundertjährige drehte sich in diesem Moment in ihre Richtung und winkte ihr zu. Vielleicht machte er auch ein Daumen-hoch-Zeichen; er war zu weit entfernt, um das zu erkennen.

Agatha winkte zurück und fröstelte bei dem Gedanken, bis zum Hals in der Nordsee zu stehen.

Sie ließ den Blick am Horizont entlangwandern, als sich die *Helgoland* startklar machte, deutlich vernehmbar durch das sonore Dröhnen der leistungsstarken Motoren.

Die Strandbar, die sich zwischen der Grünfläche, auf der die Strandkörbe standen, und der Uferpromenade befand, war noch geschlossen. Auf dem Deich ging jemand, tief in eine Kapuzenjacke gehüllt, mit einem großen schwarzen Hund an der Leine.

Agatha genoss die Ruhe, jetzt und hier, aber gelegentlich ging ihr Cuxhaven auf die Nerven. Die hochgeklappten Bürgersteige am Abend, gerade in den Wintermonaten. Aber am meisten nervte sie, dass hier in Cuxhaven jeder jeden zu kennen schien. Trotz der fast fünfzigtausend Einwohner war es nicht möglich, irgendetwas anzustellen, ohne dass es die Runde machte und früher oder später bei ihrem bestens vernetzten Vater landete. Oder bei ihren Arbeitskollegen von der Wasserschutzpolizei, zu der sie nach ihrer Rückkehr gewechselt war. Als Jugendliche hatte sie es gar nicht erwarten können, von hier zu verschwinden.

Dann war ihre Mutter gestorben, und plötzlich war die Enge zu einer heimeligen Übersichtlichkeit geworden. Das Gefühl, ständig beobachtet zu werden, wich dem Wissen, dass es Menschen gab, die sie kannten und die bereit waren zu helfen, wenn sie Hilfe brauchte.

Nach einer Tag- und einer Nachtschicht freute Agatha sich heute auf ihren freien Tag, auf einige entspannte Stunden auf ihrem kleinen Boot. Sie stellte den Kragen ihrer Windjacke auf und machte sich auf den Weg Richtung Fährhafen.

3

Immer noch Dienstagmorgen, immer noch recht früh

Während sie den ersten Espresso des Tages gern im Bett trank, dabei die wichtigsten Nachrichtenportale auf dem Tablet durchsah und Mails beantwortete, war ihr Ehemann schon aus dem Haus. Sein morgendlicher Spaziergang dauerte etwa zwei Stunden. Währenddessen suchte sie sich nach einem Blick in ihren Terminkalender ein passendes Kostüm aus, stellte sich auf die Waage, duschte erst kalt, dann heiß und kleidete sich an.

Heute war es nicht anders als sonst auch. Während ihr Mann den Frühstückstisch deckte, als würde ein Fest gefeiert, föhnte sie ihren rot gefärbten Pagenkopf und legte ein leichtes Make-up auf. Sie betrachtete sich im Spiegel. Und war mit dem Ergebnis zufrieden. Angemessen für eine Frau ihres Alters. Angemessen für eine Politikerin. Angemessen für eine Oberbürgermeisterin.

Helene Hollstein liebte ihren Job. Die Anerkennung, die wertschätzenden Blicke, die Verantwortung. Ihr Büro in der Rathausstraße hatte sie zu einem Ort gemacht, an den sie sich zurückziehen konnte, wenn sie für sich sein wollte. Unbeobachtet von der Welt. Und von ihrem Ehemann.

Denn den liebte sie nicht.

Nicht mehr.

Daran musste sie denken, als Johannes, von fast allen nur Jo genannt, ihr im seidenen Paisley-Muster-Morgenmantel am Frühstückstisch gegenübersaß. Er summte, während er Kaffee nachschenkte.

»Du singst schräg«, bemerkte sie und nippte an ihrer Tasse.

»Das ist Bebop. Verminderte Quinten«, erwiderte Jo. »Soll ich dir ein Brötchen aufschneiden? Mit Körnern?«

»Nein, danke.« Sie griff nach dem Milchkännchen. Das Porzellan war warm, natürlich stellte Jo keine kalte Milch auf den Frühstückstisch. Wann war das losgegangen mit diesem Alles-perfekt-Machen, Keine-Fehler-Zulassen und Den-Tag-komplett-Durchplanen?

Oder war Jo immer schon so gewesen, und es war ihr früher einfach nicht aufgefallen? Ein Vaterkomplex, der sie blind und taub gemacht hatte? Zehn Jahre älter als sie, was man ihm aber nicht ansah. Sein exzessives Spazierengehen bescherte ihm nicht nur einen trainierten Körper, sondern auch eine gesunde Bräune. Seine Haare waren noch voll, nur graue Strähnen hatten sich in das dunkle Braun gemischt, was ihn für manche Frauen vermutlich noch attraktiver machte. Genauso wie die dunkel gerahmte Brille mit den breiten Bügeln, die ihm eine gewisse Ähnlichkeit mit dem Schauspieler Jeff Goldblum verlieh.

Über kurz oder lang würde sie sich den veränderten Gefühlen stellen und daraus die Konsequenzen ziehen müssen. So wollte sie auf Dauer nicht weiterleben, neben- statt miteinander. Und für ein Miteinander war es mittlerweile zu spät.

Vielleicht würde sich das alles von selbst erledigen, wenn sie erst den Sprung in die Landesregierung geschafft hatte. Helene schüttelte die belastenden Gedanken ab, stand auf und ging zur Spüle.

»Was ist bei dir so los heute?«, wollte Jo wissen.

»Probealarm. Die Funktionsüberprüfung der 27 Sirenen im Stadtgebiet. Ab elf Uhr beginnen wir mit den ersten Signaltests und Durchsagen.« Sie kippte den restlichen Kaffee in die Spüle. »Und dann muss ich jetzt erst mal zu dem Treffen mit dem Mediator, hoffentlich finden wir endlich eine Lösung.«

Sie stellte die Tasse in den Geschirrspüler.

»Ah ja, das hattest du erzählt.« Kauend hielt Jo den Eierlöffel in die Luft. Eigelb klebte an seinem Zeigefinger. »Die Sache mit dem geplanten Windpark und den Umweltschützern, weiß ich doch.«

Jo legte den verschmierten Löffel ab, lutschte sich den Finger sauber, beugte sich über den Tisch und angelte nach den *Cuxhavener Nachrichten*. Er schien von einem Moment auf den anderen vergessen zu haben, dass sie noch im Raum war.

Helene nahm ihre Handtasche, die auf einem Küchenstuhl stand, und checkte noch einmal den Eingang der Nachrichten auf ihrem Handy. Nichts. Immer noch nicht.

Gunther sendete sonst jeden Morgen eine kurze SMS. Wünschte ihr einen guten Tag, fragte nach ihren Plänen oder schickte ein Foto von sich oder von seiner Aussicht auf den Hafen. Aber seit sie sich am Donnerstag nach dem Abendessen mit den anderen Teilnehmern des Mediationsgesprächs voneinander verabschiedet hatten: nichts.

Hatte sie einen Fehler gemacht? Etwas Falsches gesagt? Eigentlich dachte sie, ihn nach den vielen Jahren gut genug einschätzen zu können.

Jo schaute von seiner Zeitung auf. Lächelte erneut und strich sich über das Kinn. Sein Lächeln wirkte aufgesetzt, fand Helene. In seinen Augen erkannte sie etwas Gequältes.

»Gehen wir heute Abend zusammen essen? Oder nein, noch besser, ich koche uns was. Risotto, das magst du doch so gerne, dazu einen richtig guten Wein, besorg ich uns, wir machen uns mal wieder einen ganz gemütlichen Abend zusammen, nur wir beide, wie früher, was meinst du?«

»Das ist eine wirklich schöne Idee, Jo.« Helene gab alles, um ihre Aussage glaubwürdig klingen zu lassen. »Aber heute ist es ganz schlecht. Ich kann noch gar nicht absehen, wie lange ich mit den Mediationsleuten zusammensitzen muss. Wir sollten da ja auch schlussendlich zu einer Lösung kommen, mit der alle leben können.«

»Mit dem Mediator?«

»Ja, mit dem auch.«

»Aha.« Jo faltete die Zeitung geräuschvoll zusammen. Das Lächeln war jetzt ganz aus seinem Gesicht verschwunden.

»Ich muss dann auch mal«, sagte Helene und vermied es, Jo anzusehen. Der stand auf. Doch bevor er auch nur den Versuch unternehmen konnte, ihr einen Abschiedskuss auf die Wange zu drücken, war Helene schon aus dem Raum.

4

Dienstagmorgen, kurz nach 8 Uhr

Victor polierte die Kaffeemaschine im *Belo Porto* mit einem weichen Tuch auf Hochglanz. Er war jetzt schon wieder müde, obwohl sein Tag erst vor zwei Stunden begonnen hatte. Im Hintergrund war ein Fado der Gruppe Madredeus zu hören.

Wie so häufig in den vergangenen Monaten war er vor seiner Schicht noch bei seinen Eltern im Restaurant.

«Ò filho! Du weißt doch, dass wir gerade keine andere Hilfe haben. Wie sollen wir das schaffen ohne dich?« Die darauffolgende Pause füllte seine Mutter mit zusammengezogenen Augenbrauen und einem flehentlichen Blick aus ihren tiefbraunen Augen.

Also hatte er auch heute wieder die Gläser poliert und das neue Fass Bier an die Zapfanlage angeschlossen. Und nun kümmerte er sich um die Kaffeemaschine. Sein Bruder Bruno, der Einzige von vier Geschwistern, der im Restaurant der Eltern arbeitete, war vermutlich erst gegen Morgen in seine Wohnung zurückgekehrt und schlummerte jetzt noch selig.

Victor lehnte sich gegen den Tresen, zog sein Handy aus der Hosentasche und tippte eine Nachricht ein. *Viel Glück heute. Drücke dir fest die Daumen. Bjos.* Dann hängte er einige Emojis an und schickte den Gruß an seine kleine Schwester Ana, die heute eine Klausur in Mathe vor sich hatte.

Er steckte das Telefon wieder ein, nahm eine der weißen Porzellantassen, die auf der Maschine vorgewärmt wurden, und wollte sich gerade eine *Bica* zubereiten, als sein Handy klingelte. Eine allzu bekannte Nummer.

»Hey, Victor. Lars hier. Bist du schon auf dem Weg?«

Victor versuchte, anhand des Tonfalls seines Chefs herauszuhören, ob er es mit einer Frage oder einem Vorwurf zu tun hatte.

»Ich fange heute erst um zwölf an, vergessen?«

Victor schaltete die silberne Maschine ein, die geräuschvoll anfing vorzuheizen.

Der Tonfall seines Chefs klang jetzt eher nach Victors Mutter, wenn sie ihn bat, noch mal eben was aus dem Supermarkt mitzubringen.

»Also, Victor, es ist so: Helene Hollstein, die Oberbürgermeisterin, hat mich angerufen. Die machen gerade so ein Seminar im Hotel *Cuxland*, und die vermissen offenbar ihren Mediator. Geht um Umwelt und Windkraft, und … Ach, das können die dir dann da auch alles selber erzählen.«

Die Kaffeemaschine ließ zischend heißen Dampf ab. Victor klemmte sich das Telefon zwischen Ohr und Schulter, füllte Bohnen in die Mühle und schob den Siebträger in die Halterung.

»Fährst du da mal eben hin? Du weißt ja, wie es hier um unsere personelle Situation bestellt ist.« Lars gab sich alle Mühe, überzeugend zu klingen.

»Sind wir da überhaupt zuständig? Ich meine, ist denn schon klar, aus welcher Stadt der Vermisste kommt? Und ob da bei ihm zu Hause was passiert sein kann? Wenn erwachsene Leute mal keinen Bock auf ihren Job haben, dann schaltet man ja für gewöhnlich nicht gleich die Kripo ein, oder? Vielleicht macht der einfach mal einen Tag blau.«

Er klemmte sich das Telefon unter das andere Ohr, vergewisserte sich, dass die Temperatur stimmte, und startete die Zubereitung seines Getränks.

»Der lebt hier in Cuxhaven, irgendwo Ecke Zollkaje und Deichstraße, keine Ahnung, seit wann. Zu Hause ist er aber nicht und reagiert auch nicht auf Anrufe.« Lars seufzte. »Und Helene ist eine Freundin von mir, oder sagen wir, eine gute Bekannte.«

Der Duft des Kaffees stimmte Victor milde.

»Alles klar, ich fahr da nachher kurz vorbei und checke mal die Lage.«

»Danke.« Lars Pullmann atmete hörbar auf. »Hast was gut bei mir.«

»Darauf komme ich gern zurück.« Victor beendete das Gespräch, trank einen Schluck Kaffee und schrieb seinem Bruder eine Textnachricht.

5

Dienstagmorgen, gegen 9 Uhr

Agatha bekam diesen Song einfach nicht aus dem Kopf. Mit »Live is life« war sie aufgewacht, warum auch immer. Und nun surrte diese fürchterliche Plastik-Melodie permanent durch ihren Kopf. Sie betrat den metallenen Steg des kleinen Hafens.

Linker Hand lag ein gutes Dutzend kleinerer Boote, rechter Hand kam sie an *Anneliese* vorbei: einer roboterartigen, kindsgroßen Figur aus Blech, die jeden Besucher stumm begrüßte. Das 28 Meter lange Schiff der Seenotretter, die *Anneliese Kramer,* lag gleich dahinter. Agatha wusste, dass mit diesem Namen eine bereits verstorbene Spenderin geehrt wurde, die der Deutschen Gesellschaft zur Rettung Schiffbrüchiger eine größere Summe vermacht hatte. Das Tochterboot hieß *Mathias,* nach dem Vater der Spenderin, der ihr wiederum die Liebe zur See mitgegeben haben soll.

Im Moment wirkte das Schiff der DGzRS unbelebt, aber neun Lebensretter waren hier in zwei Teams rund um die Uhr im Einsatz, außerdem gab es etliche Freiwillige, die ehrenamtlich Schichten schoben, deshalb war ganz sicher jemand an Bord.

Sie ging weiter den Steg entlang, im Kopf schon wieder das

Nana-na-nana aus dem Refrain ihres Ohrwurms, und bog dann auf den ersten Quersteg ab.

Es roch nach Motoröl und Brackwasser. Agatha kannte die meisten Boote, die hier lagen, den Angelkahn *Gyde* und das möchtegern-mondäne Freizeitschiff *Gernot*, die Eigentümer waren ihr allerdings noch nie begegnet. Und sie wusste, dass die *Heimat*, die mit ihrer blauen Persenning direkt neben ihrem kleinen Sportboot schaukelte, dem Besitzer des Campingplatzes gehörte. Wobei, Campingplatz konnte man das umzäunte Areal direkt am Wasser eigentlich nicht nennen. Es war ihr ein Rätsel, wieso Menschen ihr Wohnmobil für die zwei Wochen ihres Sommerurlaubs ausgerechnet auf der »Platte« abstellten, so schön der Ausblick auch war. Asphalt und Verbundplatte, überall leichtes Gefälle, manchmal sogar in mehrere Richtungen, sodass einem schon mal der Klappstuhl unter dem Hintern in Bewegung geriet. Das Ambiente eines Supermarktparkplatzes und so viel Grandezza wie ein Teller Erbsensuppe ohne Einlage. Keine Duschen, keine Toiletten, der Platzwart ein Automat. Aber Meerblick. Wenn man das Glück hatte, ganz vorne zu stehen.

Agatha würde sich heute ein bisschen treiben lassen. Zunächst auf der Elbe an den Wohnmobilen vorbei Richtung Jachthafen, und dann vielleicht weiter bis zur Alten Liebe. Der ehemalige Pier im Hafen, ursprünglich im 18. Jahrhundert als Wellenbrecher und Schiffsanleger gebaut, war inzwischen eine Aussichtsplattform und gehörte zu den beliebtesten Sehenswürdigkeiten Cuxhavens. Auch von der Wasserseite her war das zweistöckige Bauwerk aus Holz mit seinem weiß lackierten Geländer schön anzusehen.

Sie erreichte ihr Boot, zog die Persenning ab und verstaute sie in der kleinen Kajüte im Bug. Holte die Fender ein, löste die Festmachleinen und stieß sich vom Holzsteg ab.

Eine Möwe auf der Buhne gegenüber ließ sich nicht in ihrer Ruhe stören, als Agatha den Motor anwarf.

Langsam tuckerte sie aus dem Hafen hinaus.

Die seichte, gleichmäßige Dünung hatte beruhigende Wirkung auf Agatha. Dazu die klare Luft, die sich nun langsam erwärmte. Nur eines störte: Die Melodie in ihrem Kopf wollte und wollte nicht verschwinden. Live. Is. Life.

Vor sich die Weite der Elbe, Steuerbord die Küstenlinie, und auf der Backbordseite konnte man mit etwas Fantasie die Küste von Dithmarschen ausmachen.

Sie passierte den Anleger der Helgoland-Fähre. Auf dem Parkplatz waren in Bussen die ersten Passagiere eingetroffen, und der Kran war jetzt dabei, Container vom Schiff auf den Anleger zu heben.

Auf Höhe der »Platte« registrierte Agatha Bewegung am Ufer zwischen den Wohnmobilen. Ein hagerer Mann, bekleidet mit einem Trainingsanzug in einem nicht definierbaren Grünton, schaute aufs Wasser und gähnte mit weit aufgerissenem Mund.

Der leichte Seegang malte weiße Spitzen auf den dunklen Fluss. Der Brackwassergeruch war verschwunden, hier war nur noch Meeresduft. Das leise Tuckern ihres Motors war außer dem Geschrei der Lachmöwen das einzige Geräusch.

Ein Containerschiff schob sich in einiger Entfernung durch die Wassermassen. Die bunten Blechkästen an Deck hoben sich wie Legosteine vor dem Himmel ab, und aus der Mitte ragte ein strahlend weißer Schornstein. Wäre das schön, jetzt da an Deck zu stehen, hinter sich Hamburg und vor sich die Aussicht auf ein Abenteuer. Alles mal für eine ganze Weile hinter sich lassen.

Agatha befand sich auf Höhe zwischen der Alten Liebe und dem *Feuerschiff Elbe*, als ihr etwas im Wasser auffiel. Sie drosselte die

Geschwindigkeit, stellte den Motor schließlich ganz ab und schaukelte langsam auf den Gegenstand zu.

Erst dachte sie, jemand hätte Müll über Bord gekippt, dann glaubte sie, einen toten Seehund zu erkennen. Wenige Sekunden später dann die Erkenntnis: Da trieb ein Mensch im Wasser.

Die bleichen Arme ausgebreitet, die Finger gekrümmt, als wollten sie auf eine Computertastatur tippen, den Kopf Richtung Meeresgrund gerichtet. Graublonde Haare schwebten um seinen Kopf.

Sie griff nach dem Paddel, das auf dem Schiffsboden lag, und navigierte vorsichtig dicht an den Mann heran. Sie musste zunächst einmal herausfinden, ob der so tot war, wie er aussah.

Mit der einen Hand hielt sie das Ruder, mit der anderen fingerte sie in ihrer Jackentasche nach Handschuhen.

Bis auf eine rote Badehose war der Mann nackt, keine erkennbaren Verletzungen, aber auch keine Anzeichen dafür, dass noch Leben in ihm war. Die Bewegung seiner Arme, das Auf- und Abtauchen seines Rückens, alles wurde offenbar nur durch den leichten Seegang und ihre Paddelbewegungen ausgelöst.

Ihr wurde übel, und es graute ihr vor dem, was jetzt zu tun war. Aber es war niemand da, den sie um Hilfe bitten konnte. Und wenn der Typ nur bewusstlos war, dann ging es jetzt möglicherweise um Sekunden.

Langsam und vorsichtig ruderte sie weiter, bis der Mann backbord trieb. Sie atmete gegen den Würgereiz an und versuchte, sich an alles zu erinnern, was man ihr bei der Ausbildung beigebracht hatte.

Thema: Wasserleichen bergen. Worauf kam es da noch mal an?

Alles ganz genau angucken, keine möglichen Spuren vernichten. Und vor allem, erst einmal checken, ob es sich wirklich um eine Leiche handelte.

Die Wahrscheinlichkeit war allerdings hoch, beschied sie, bei einem Mann, bei dem Mund und Nase unter Wasser lagen und der sich seit Minuten nicht gerührt hatte.

Bei Wassertemperaturen von circa 16 Grad konnte man zwar theoretisch etwa sechs Stunden überleben, hatte sie gelernt, doch dazu musste man schwimmen oder irgendwie in Bewegung bleiben. Und ohne Neoprenanzug war man in der Kälte nach gut zwei Stunden so erschöpft, dass man auf jeden Fall ohnmächtig wurde.

Die rote Badehose war, soweit sie es erkennen konnte, der Form nach ein älteres Modell. Der Mann auch.

Auf jeden Fall deutlich älter als sie selbst mit ihren sechsundzwanzig Jahren.

Der Wassermann schwappte in den kleinen Wellen auf und ab, irgendetwas hatte sich in seinen Haaren verfangen. Die Hautfarbe tendierte aus der Nähe betrachtet ins Gräuliche.

Agatha holte noch einmal tief Luft, steckte die Haare, die ihr immer wieder ins Gesicht wehten, in die Kapuze ihrer Jacke. Dann streifte sie die Handschuhe über, kniete sich auf den Boden ihres Bootes und griff vorsichtig über Bord. Sie fasste mit einer Hand nach dem Kopf und zog ihn vorsichtig an den Haaren aus dem Wasser, um ihn gleich darauf wieder fallen zu lassen, als sie aus dem Gleichgewicht geriet.

So würde das nichts werden.

Immerhin war festzustellen, dass der Mann nicht japsend nach Luft geschnappt hatte, als sein Kopf über Wasser war. Ihre erste Diagnose schien also zu stimmen. Wasserleiche.

Sie legte ihre Hand flach auf den bleichen Rücken, der immer wieder kurz aus dem Wasser ragte, um danach ein Stückchen unter die nächste Welle zu sinken, zog mit den Zähnen einen Handschuh wieder aus und tastete am Hals nach einem Puls. Aber außer Kälte war nichts zu spüren.

Sie lehnte sich noch ein bisschen weiter über Bord und griff nach dem Handgelenk des Mannes, auch hier kein Puls spürbar. Die Haut fühlte sich weich an und gab leicht nach, wie diese bunten Stressbälle aus Schaumstoff, die ihr Ausbilder in Hamburg immer mit sich herumgetragen hatte. Die Fingerspitzen des Mannes sahen aus der Nähe angefressen aus.

Der lag ganz sicher nicht erst seit ein paar Minuten im Wasser. Der war im wahrsten Sinne des Wortes aufgetaucht. Und er war schon länger tot. So viel war klar.

Allein würde sie ihn nicht aus dem Wasser bekommen. Agatha haderte mit dem Schicksal; warum musste das ausgerechnet ihr passieren? Und dann war da wieder diese Musik in ihrem Kopf: Live is life.

6

Dienstagvormittag, 9:40 Uhr

Victor lief seiner Mutter im Eingang des Restaurants in die Arme, und die war nicht gerade begeistert darüber, dass ihr ältester Sohn schon wieder den familieneigenen Betrieb verlassen wollte.

»Por amor de Deus! Heute Mittag kommt eine Reisegruppe aus Bremen, wer hilft mir bei den Kartoffeln für die *caldo verde?*«, hatte sie geklagt. Aber als er ihr einen Abschiedskuss aufdrückte, konnte sie schon wieder lächeln und vergaß auch nicht, ihm eine *Pastel de Belém* einzuwickeln und in die Hand zu drücken.

Das Hotel *Cuxland*, in dem er Helene Hollstein treffen sollte, lag in Duhnen, direkt am langen, flachen Sandstrand. Der geschwungene weiße Bau erstreckte sich zwischen Promenade und Straße auf einer beachtlichen Länge. Hier war immer eine Menge los, die Touristen liebten die Strände des Nordseeheilbads und die Cafés hinter dem Deich. Romantische kleine Hotels, seit Generationen von ein- und derselben Familie geführt, standen hier genauso wie das Fünfsternehotel *Cuxland* mit seinen Skysuiten und dem kleinen Hallenbad, das erst vor einigen Jahren komplett zu einer Spa-

Oase umgebaut und modernisiert worden war. Richtig voll wurde es einmal im Jahr, wenn genau hier bei Ebbe das Duhner Wattrennen ausgetragen wurde, das weltweit einzige Pferderennen auf dem Meeresboden.

Victor selbst war dieser Teil Cuxhavens eine Spur zu gediegen. Ein bisschen zu viel Gold und Beige und Flauschteppich.

Die nüchterne Gemütlichkeit an den rustikalen Holztischen im Restaurant seiner Eltern und die maritime Umgebung am Hafen gefielen ihm besser. Auch deshalb hatte er hier lange nach einer eigenen Wohnung gesucht und sich schließlich für ein Hausboot entschieden. Wie lange würde das Viertel noch seinen Flair behalten? Ein Investor plante in den alten Fischhallen einen neuen *Sehnsuchtsort*, wie in einem Werbeprospekt stand, der eines Tages auch in seinem Briefkasten gelegen hatte.

Und das bedeutete, dass sein Bruder sowie all die anderen Mieter, die zum Teil mehr als vierzig Jahre in den Wohnungen über den Restaurants und Fischhallen lebten, vermutlich über kurz oder lang Luxushotels und eleganten Lofts mit viel Glas würden Platz machen müssen.

Die junge Frau im dunkelblauen Kostüm an der Rezeption des Hotels begrüßte ihn mit einem Lächeln.

»Ja, die Herrschaften von der Mediation sind bereits eingetroffen. Wenn Sie einen Moment Platz nehmen wollen, dann sage ich der Frau Oberbürgermeisterin Bescheid.«

»Nein, nicht nötig.« Victor schüttelte den Kopf. »Sagen Sie mir einfach, wo ich sie finde.« Er zog seinen Polizeiausweis aus der Tasche. »Ist dienstlich.«

»Ja, wenn das so ist«, sagte die Frau irritiert.

Victor lächelte.

Sie deutete in einen Gang zu seiner Rechten, der ins Halbdunkel führte. »Da entlang, bitte. Den Schildern mit der Aufschrift *Strandausgang* folgen. Da kommen Sie zu unseren Konferenzräumen. Das Seminar der Oberbürgermeisterin trifft sich im *Schloss-Ritzebüttel*-Saal.

Victor bedankte sich, ging die wenigen Schritte auf einem weichen, rot und beige gemusterten Teppich, während er sich fragte, wie die das hier so sauber hielten, wenn jeden Tag Touristen vom Strand, mit reichlich Sand und Watt an und in den Schuhen, bei jedem Wetter rein- und rauslatschten.

Der *Schloss-Ritzebüttel*-Saal lag gleich hinter dem *Kugelbake*-Saal, aus der offenen Tür drangen gedämpfte Stimmen. Er klopfte an den Türrahmen und trat ein.

»Moin zusammen.«

Mehrere Köpfe drehten sich in seine Richtung. Eine schlanke, mittelgroße Frau in einem grauen Businesskostüm mit rot gefärbten Haaren kam auf ihn zu.

»Helene Hollstein, guten Morgen, ich habe angerufen.«

»Victor Carvalho, Kripo Cuxhaven«, stellte er sich vor und nickte in die Runde.

»Kripo? Ach Leute, geht's noch 'ne Nummer größer?« Der kräftige Mann mit Schimanski-Schnurrbart sah zu Victor. Leander Kroog war der Chef des Hotel- und Gaststättenverbandes Cuxhaven und Eigentümer des Hotels. Er trug das klassische hanseatische Business-Outfit: Sein hellblaues Oberhemd klaffte allerdings am Bauch zwischen zwei Knöpfen unschön auf und gab den Blick auf ein geripptes Unterhemd frei. Ein dunkelblaues Sakko mit Goldknöpfen hing über der Stuhllehne. »Ist doch alles halb so wild, man muss nicht gleich 'n Drama draus machen, wenn mal einer zu spät kommt.« Sein Lächeln wurde breit. »Aber so sind die Frauen, oder?«

»Dich hat hier niemand um deine Meinung gebeten, Leander«,

herrschte die Bürgermeisterin ihn an und dirigierte Victor in Richtung der zusammengeschobenen Tische.

Hollstein bedeutete Carvalho, Platz zu nehmen.

Auch die Bürgermeisterin setzte sich, schlug die schlanken Beine übereinander, klemmte eine Haarsträhne hinters Ohr. Aus der Nähe betrachtet sah sie älter aus, als er zunächst vermutet hatte. Victor tippte aufgrund der Fältchen um Mund und Augen auf Mitte vierzig. Sah nach Geld und einer guten Kosmetikerin aus, vielleicht war sie auch schon fünfzig.

Die Frau setzte sich und musterte ihn aus braunen Augen.

»Mir wurde mitgeteilt, dass Sie jemanden vermissen?«

»Ja, Herrn Fluth, unseren Mediator«, sagte Hollstein.

»Was genau machen Sie denn hier in dieser Mediation?«

»Der Gemeinderat hat beschlossen, neue Windkraftanlagen vor Cuxhaven in der Nordsee bauen zu lassen. Deshalb sind wir hier, mit den unterschiedlichen Interessenvertretern, um das zu diskutieren. Wir wollen möglichst alle mit ins Boot holen, damit die Entscheidung von einer breiten Basis getragen wird.«

»Verstehe. Sie haben Herrn Fluth dazugeholt, damit der das moderiert.«

Helene Hollstein lächelte. »Moderieren heißt ›mäßigen‹, das reicht bei uns aber nicht. Wir brauchen jemanden, der Lösungen für unsere Konflikte aufzeigt. Oder uns zumindest auf dem Weg zu einer Lösung begleitet.«

»Okay. Dann erzählen Sie mal, was passiert ist.«

»Wir müssen ja dann vielleicht nicht alle hierbleiben, oder? Ich meine, wenn jetzt sowieso nichts mehr passiert, dann kann ich ja auch wieder ins Büro fahren.«

Victor drehte sich zu dem Mann um, der gehen wollte und der ihm vage bekannt vorkam. Hellgrauer Zweireiher, schlank, groß, mit einem Tick zu viel Gel in den einen Tick zu langen schwarzen Haaren. Er blickte jetzt betont unauffällig auf eine voluminöse Armbanduhr und räusperte sich.

»Darf ich fragen, wer Sie sind?«

Offenbar war der Oberbürgermeisterin die Situation auch nicht gerade angenehm. »Entschuldigen Sie, ich stelle Ihnen die Seminarteilnehmer erst einmal vor.«

»Und die Seminarteilnehmerinnen vielleicht auch?«, mischte sich eine schlanke, große Frau mit hellblondem Pferdeschwanz ein, die am Tischende Platz genommen hatte. Gebräunte Haut, lange dunkle Wimpern, große blaue Augen, hohe Wangenknochen, zarte Nase. Sie trug zwar einen klassisch geschnittenen Businessanzug in Mausgrau, der Ausschnitt der knallpinken Bluse darunter war allerdings gewagt.

»Natürlich«, antwortete Hollstein säuerlich und deutete auf die junge Frau.

»Dann fangen wir doch gleich bei Rieke Häbeling an, Vertreterin der Schutzgruppe Norddeutsches Wattenmeer. Und eines der vier Ratsmitglieder der Grünen.«

Hollstein drehte ihren Oberkörper um einige Zentimeter. »Dann haben wir hier Holger Martini, langjähriger Vorsitzender der Interessengemeinschaft Touristik Cuxhaven und Umland.«

Der Mann mit der auffälligen Uhr hörte auf, an seinem Handy herumzuspielen, und warf Victor einen strengen Blick aus fast schwarzen Augen zu. »Sie kennen mich wahrscheinlich, oder? Wenn Sie in Cuxhaven mal italienisch essen waren, dann sollten Sie mich zumindest mal gesehen haben.«

Nun wusste Victor, mit wem er es zu tun hatte. Martini betrieb zwei italienische Edellokale und eine Eisdiele in Cuxhaven.

»Leander Kroog.« Hollstein deutete auf den Hotelbesitzer, der freundlich nickte. Ihm gegenüber tuschelten die letzten beiden

Teilnehmer der Runde, die aufschauten, als die Oberbürgermeisterin ihre Namen nannte.

»Das sind der Geschäftsführer des Energieunternehmens *Vorig*, Cem Demirel, und die Vertreterin aus dem Wirtschaftsministerium in Hannover, Susanne Bode.«

Beide lächelten und nickten unisono.

»Gunther, also der Herr Fluth«, begann Hollstein, »ist ein sehr erfahrener Mediator. Der kann auch Wege aus verfahrenen Situationen finden. Wir haben ihn schon öfter eingesetzt, wenn es schwierig wurde. Es gab da mal in einem der Kindergärten eine Situation zwischen zwei Erzieherinnen und …«

»Helene, komm mal zum Punkt. Ich hab auch wirklich noch was anderes auf dem Zettel heute.« Martini sah Hollstein durchdringend an und begann dann, mit den Fingerspitzen einen Rhythmus auf der Tischplatte zu klopfen.

Victor hatte ebenfalls große Lust, hier ein bisschen Tempo reinzubringen. »Und dieser Mediator, der Herr Fluth, ist seit heute nicht mehr erreichbar.«

»Er ist schon seit ein paar Tagen nicht erreichbar«, erläuterte Hollstein. Victor sah, dass sie unter dem Tisch mit dem Fuß wippte. Sie hatte sich auf ihre rechte Hand gesetzt, die linke lag locker auf ihrem Knie.

»Und das wissen Sie, weil …?«, fragte er nach.

»Ja, das würde ich aber auch mal gerne wissen, meine Liebe«, raunte Leander Kroog ihr zu, steckte sich noch einen Keks in den Mund und füllte seinen Kaffeepott mit schwarzer Brühe aus einer der Thermoskannen. Der Geruch war genauso schlimm, wie Victor ihn sich vorgestellt hatte.

»Ich hatte noch einige Details für unser heutiges Meeting mit ihm zu besprechen«, gab Hollstein spitz zurück und wandte sich wieder Victor zu. »Ich erreiche Herrn Fluth, wie gesagt, seit Tagen nicht telefonisch, und zu Hause ist er auch nicht.«

Victor zog einen Block aus der Innentasche seiner Jacke, natürlich hätte er sich die paar Infos auch so merken können, aber die sollten hier ruhig alle mitkriegen, dass er die Sache ernst nahm. Er griff nach einem der Werbekugelschreiber, die auf dem Tisch lagen. »Und wo wohnt der Herr Mediator?«

Die Naturschützerin meldete sich zu Wort. »Über einem Restaurant nahe der Klappbrücke, ich glaube, es ist noch die Deichstraße.«

»Woher weißt *du* das denn?«, wollte Hollstein von Rieke Häbeling wissen.

»Weiß ich eben.«

»Das hier ist seine Nummer. Er hat nur ein Mobiltelefon, kein Festnetz.« Die Oberbürgermeisterin schob Victor einen Zettel zu. »Sie können das Telefon doch wahrscheinlich orten, oder so. Dann hat sich das ja schnell erledigt mit der Suche.«

»Zunächst einmal müssten wir einen Anlass für eine Ortung haben.«

»Aber er ist weg, da muss etwas passiert sein, sonst hätte Gunther sich längst bei mir, also bei uns, gemeldet. Er ist äußerst zuverlässig.«

»So, ich gehe jetzt«, informierte Martini die Anwesenden. Kroog sah offenbar ebenfalls keinen Sinn darin zu bleiben, zumal die Keksdose leer war. »Wenn noch was ist, dann bimmel mich einfach an, Helene.«

»Ich komme auch mit. Ihr braucht mich ja wohl nicht mehr?« Der adrette Mann vom Windparkunternehmen nickte der Frau vom Ministerium zu, und beide folgten Martini und dem Hotelchef.

Victor wandte sich an die Bürgermeisterin. »Wie wichtig ist denn diese Mediation? Also die Arbeit von Herrn Fluth?«

»Sehr wichtig. Sie wissen ja wahrscheinlich, dass Offshore-Windkraft in ganz Deutschland, ach, was sag ich, auf der ganzen Welt eines *der* Projekte ist, um umweltfreundliche Energie zu gewinnen. Regenerativ und umweltschonend, ich muss Ihnen nicht erklären, wie groß die Bedeutung dieser Art der Energiegewinnung aufgrund des fortschreitenden Klimawandels geworden ist. Und der angespannten weltpolitischen Lage. Dementsprechend ist es dem Rat der Stadt sehr wichtig, dass wir auf diesem Sektor weiter zulegen und einen neuen Windpark in Angriff nehmen. Hier in Cuxhaven haben wir bereits vor einigen Jahren mit einem der größten Vorhaben dieser Art begonnen.«

»Windkraft an sich ist super. Keine Frage. Wir von den Grünen stehen bedingungslos zum Ausbau regenerativer Energie. Aber die Pläne, die vorliegen, gehen auch zulasten der Tiere und der Natur, muss man ja auch mal sagen.« Rieke Häbeling schob ihre Papiere zusammen. »Und das ist genau das Thema hier. Wie kriegen wir die wirtschaftlichen Interessen der Stadt Cuxhaven und des Landes Niedersachsen unter einen Hut mit dem Naturschutz? Denn wir haben nur eine Welt, richtig? Alarmstufe Rot, sag ich mal.«

Helene Hollstein lächelte gequält.

Die Frau von den Grünen stand auf. »Jetzt wird Ihnen die Oberbürgermeisterin gleich noch mal den Sermon aufsagen, den sie regelmäßig im Rat der Stadt und auf jedem Jahresempfang der Wirtschaft herunterbetet: Neben Tourismus, Logistik und Hafenwirtschaft, den Kernbranchen unserer Stadt, haben das Land Niedersachsen, die EU und die Cuxhavener Hafenentwicklungsgesellschaft mehr als 250 Millionen Euro in die Hafen- und landseitige Infrastruktur des Deutschen Offshore-Industrie-Zentrums Cuxhaven investiert.« Sie leierte die Sätze herunter, als würde sie nicht zum ersten Mal eine Parodie der Oberbürgermeisterin zum Besten geben. »Wir haben hier kompetente und erfahrene Partner, schaffen Arbeitsplätze und leisten einen wichtigen Beitrag für die Zukunft unserer Kinder mit sauberer Energie.«

»Und genau so ist es ja auch.« Die Bürgermeisterin stand ebenfalls auf.

Häbeling schaltete um von Parodie auf Kampfmodus. »Die Brutstätten der Vögel werden durch die Großwindanlagen an den geplanten Orten empfindlich gestört. Jetzt können Sie natürlich sagen, ja, aber die Verluste durch Windräder fallen sicher nicht so ins Gewicht, insgesamt sterben ja auch Vögel, weil sie zum Beispiel von Hauskatzen getötet werden. Aber bei großen Wildvögeln fällt jedes einzige nicht ausgebrütete Ei ins Gewicht, weil zum Beispiel Rotmilane und Bussarde nur wenige Junge aufziehen.« Sie holte kurz Luft, um dann fortzufahren. »Aber es sind ja nicht nur die Windanlagen an sich. Über die Flächenversiegelung, die vorgesehen ist, für Mitarbeiterparkplätze zum Beispiel, wird auch noch zu reden sein. Sie wissen ja vielleicht, dass das Bedecken des natürlichen Bodens dazu führt, dass kein Niederschlag mehr eindringen kann. Überschwemmungen und Überlastung der Kanalisation sind nur zwei der Folgen. Und …«

Hollstein fiel ihr ins Wort. »Ich denke, das führt jetzt ein bisschen zu weit, Rieke.«

»Dass dir das zu weit führt, das erlebe ich ja nicht zum ersten Mal«, gab Häbeling schnippisch zurück, nahm ihre Tasche, nickte Victor mit einem säuerlichen Lächeln zu und verließ kopfschüttelnd ebenfalls den Raum.

»Sie sehen es ja selbst.« Helene Hollstein verschränkte die Arme vor der Brust. »Eine militante Umweltschützerin. Ich traue der keinen Meter über den Weg. Die geht doch nachts los und setzt

Kröten aus, wenn es kein anderes Mittel mehr gibt, um ein Bauvorhaben auszuhebeln.«

»Das wissen Sie? Oder ist das eine Vermutung?«

Hollstein gestikulierte mit der linken Hand, die rechte hatte sie in die Tasche ihres Blazers gesteckt. »Das muss ich gar nicht wissen. Das ist offensichtlich. Und sie hätte am liebsten meinen Job.«

Victor ging auf die letzte Bemerkung nicht ein. »Und mit einem Mediator hätten Sie diese Konflikte regeln können?«, wollte er wissen.

Hollstein zuckte mit den Achseln. »Es gibt ja gültige Verträge und gesetzliche Regelungen, die genau definieren, was gebaut werden darf und was nicht. Wir machen die Mediation, um auszuloten, was wir für die machen können, die durch die Umsetzung der Verträge Probleme sehen. Dann müssen wir uns während des Verfahrens nicht über Einzelfragen streiten, sondern können das Projekt schneller umsetzen. So war zumindest der Plan.«

Victor nickte. »Wann haben Sie Herrn Fluth denn das letzte Mal gesehen?« Victor griff wieder nach seinem Stift.

»Am Donnerstagabend hatten wir ein Essen mit allen Beteiligten, in Martinis Restaurant, dem *Buona Sera*. Gunther war nur etwa eine Stunde da, dann hat er einen Anruf bekommen und sagte etwas von einem späten Termin.«

»Wo oder mit wem er sich da noch getroffen hat, das wissen Sie nicht?«

Die Oberbürgermeisterin überlegte kurz. Schüttelte dann den Kopf. »Es war nur ein kurzes Gespräch, und in dem Lokal war es ziemlich laut.«

»Gut.« Victor überlegte.

»Hat er Familie? Vielleicht ein Notfall? Die Mutter krank geworden, und er muss sich kümmern, oder so? Deswegen auch der Anruf?«

»Nein, ganz sicher nicht. Er hat keine Frau, keine Kinder und keine Geschwister. Ach ja, und seine Eltern leben schon lange nicht mehr.«

»Was ich noch nicht ganz verstanden habe, Frau Hollstein: Wieso glauben Sie, dass etwas passiert ist?«

Sie biss sich nervös auf die Unterlippe, trat einen Schritt näher ans Fenster. Schaute hinaus, als sie weitersprach.

»Herr Fluth und ich, wir kennen uns schon seit Jahrzehnten.« Sie blickte Victor an, und er konnte die ehrliche Sorge in ihrem Blick erkennen.

»Das ist vollkommen untypisch für Gunther, dass er so überhaupt nicht erreichbar ist. Also auch für mich nicht. Und er würde niemals einen so wichtigen Termin wie unser heutiges Treffen einfach unentschuldigt platzen lassen. Da muss etwas Schlimmes passiert sein.«

»Gut.« Victor nickte. »Dann beschreiben Sie mir den Mann jetzt mal. Ein Foto würde auch helfen, und dann schaue ich, was ich tun kann.«

7

Dienstag, kurz vor 10 Uhr

Live. Is. Life. Nana-na-nana. Dabbada-dabdab-live.

Agatha verdrängte die Melodie nun nicht mehr, sondern konzentrierte sich ganz auf die Musik in ihrem Kopf. Um nicht hektisch zu werden, keine Fehler zu machen. Was ihr schwerfiel, angesichts des bleichen schwimmenden Männerkörpers, den sie längsseits ihres Bootes mithilfe einer Leine befestigt hatte.

Die Kollegen waren über Funk alarmiert und zu ihrem Glück ganz in der Nähe gewesen. Während Agatha das herannahende Schiff der Wasserschutzpolizei beobachtete, versuchte sie, nicht daran zu denken, wie sich der Körper nach einiger Zeit im Wasser verändert haben musste. Sie hörte, wie die Kollegen an Bord des Polizeischiffs den Motor drosselten, wenig später waren sie auf ihrer Höhe angekommen.

»Ich dachte schon, mein Tag könnte nicht beschissener werden, und dann kam dein Anruf.«

»Sehr witzig, Enak«, erwiderte Agatha.

»War kein Witz.« Enak von Eitzen sah aus, als sei er eben erst, nach einem duftenden Schaumbad und Besuch bei seinem Coiffeur, in die frisch gebügelte Uniform gestiegen. Er strich sich mit der flachen Hand über die gestriegelte Frisur, bevor er in Richtung des Beibootes ging.

»Moooooin.« Ingmar war wie immer eher wortkarg unterwegs.

»Moin, Ingmar. Schön, dass ihr so schnell da seid. Ihr müsst vorsichtig sein beim Einholen. Ich nehme an, der liegt schon ein paar Tage im Wasser, die Kollegen von der Kripo wollen den bestimmt noch mal in Augenschein nehmen, also macht den nicht kaputt, ja?«

»Jo.« Ingmar zeigte ihr den hochgestreckten Daumen und folgte dem Kollegen zum Beiboot.

Durch das Fenster der WS 1 winkte Hans ihr zu. Sie war überrascht, den Chef selbst am Steuer zu sehen, dann fiel ihr der aktuelle Krankenstand wieder ein, der sie auch beinahe ihren freien Tag gekostet hatte. Na ja, jedenfalls hätte es ein freier Tag werden können.

Ingmar war zusammen mit Enak im Tochterboot längsseits gegangen.

»Kannst die Schnur jetzt abwerfen.« Ingmar bedeutete ihr, die Leine, mit der sie den Leichnam gesichert hatte, vor dem Tochterboot ins Wasser zu werfen. Agatha band einen Minifender an das Tauende und warf ihn in die angegebene Richtung. Im Heckbereich auf der Steuerbordseite öffnete Ingmar ein Schott. Enak fischte mit einem langen Haken nach dem Tau und zog daran auch den Leichnam immer näher an das Tochterboot der WS 1. Er fluchte und schimpfte, als sich das Seil verhakte, bis der Körper endlich durch das Schott auf den Boden des kleinen Bootes rutschte.

Inzwischen war auch Hans aus dem Führerstand herausgetreten und nickte ihr zu, ein aufmunterndes Lächeln im Gesicht. »Deine erste?«

»Meine erste was?«

»Wasserleiche.« Ihr Chef deutete in Richtung des Beibootes.

Agatha nickte. »War ja nicht so viel zu sehen. Ich hab ihn nur einfach allein nicht aus dem Wasser bekommen.«

»Sei froh. Die schönsten Menschen verlieren einiges an Attraktivität, wenn sie ein paar Tage im Wasser liegen«, sagte Hans und verschwand wieder unter Deck.

Wenig später stand Enak wieder knapp vor ihr.

»Hast du den *hier* gefunden?« Er deutete auf das Wasser. »Und dir auch die genauen Koordinaten der Fundstelle notiert?«

»Natürlich, für wie blöd hältst du mich eigentlich?«

»Immer diese Unterstellungen«, erwiderte Enak lächelnd und sortierte schon wieder seine Haare, als Ingmar sich neben ihm an die Reling stellte.

»Na, ihr zwei Turteltäubchen, maal wedder bi geheemet Liebesgeflüster?«

»Stell dir vor, Kollege von Eitzen ist der Meinung, dass ich nicht weiß, dass es bei Leichenfunden in der Nordsee zunächst mal um Zuständigkeiten geht und deshalb die Koordinaten wichtig sind. Ich zitiere aus dem Regelwerk: Entsprechend der Örtlichkeit des Auffindeortes einer Leiche im Wasser sind die zuständigen Kripostellen der Länder Hamburg, Niedersachsen oder Schleswig-Holstein zu informieren.«

»Jo. Aber dat is ja auch nicht so einfach hier, mit mal 'n Stück Meer, das zu Hamburg gehört und mal zu Niedersachsen, nech?« Für Ingmar war das schon beinahe eine Ansprache.

Agatha nahm wieder auf ihrem Boot hinter dem Steuer Platz. »Ich hab vorhin auch die Kollegen von der Kripo angerufen, die schicken gleich die Tatortgruppe zu euch an die Anlegestelle. Koordinaten, Fotos von der Auffindesituation, habe ich alles schon übers Handy abgeliefert.«

»Wow! Du bist zu Höherem berufen! Bist du sicher, dass du hier bei uns an der richtigen Stelle bist? Unterforderung soll ja auch mehr und mehr zu Problemen führen. Bore-out nennt sich das jetzt.«

»Danke, Enak, ich weiß deine Fürsorge zu schätzen«, sagte sie und verzog das Gesicht. Von Eitzen legte die Hand an einen nicht vorhandenen Mützenrand und salutierte. Ingmar wollte sich offenbar gerade ebenfalls von Agatha verabschieden, als ein durchdringendes Heulen von Land die Verständigung nahezu unmöglich machte. Der angekündigte Probealarm hatte begonnen.

8

Dienstag, 11:30 Uhr

Victor lief vor dem Anleger der Wasserschutzpolizei am Meinkenkai auf und ab. Es roch intensiv nach gebrannten Kaffeebohnen aus der Rösterei im Alten Deichweg. Victors Magen knurrte.

Der Anruf hatte ihn erreicht, als er gerade vor dem Hotel *Cuxland* in seinen Wagen gestiegen war. Die Kollegen der Wasserschutzpolizei waren mit einer Leiche an Bord unterwegs zu ihrer Anlegestelle, an der im Moment nur das Zweitboot auf den leichten Wellen schaukelte.

Also stand er jetzt wieder dort, von wo er heute Morgen aufgebrochen war, hinter der Präsident-Herwig-Straße. Nach vorne Blick auf den Nordseekai und den WaPo-Anleger, im Rücken das Restaurant seiner Familie und seine Mutter, die den ersten frühen Mittagsgästen gerade die Speisekarte an die Außentische brachte. Neben sich die Kollegin Gesche Lassen, die direkt aus der Dienststelle in der Werner-Kammann-Straße gekommen war.

Dann gingen die Sirenen los. Probealarm für den Katastrophenschutz, hatte er fast vergessen. Geheule aus Nord und Ost und Süd und West, gefühlte Minuten, in denen ein kleines Mädchen, das mit seinen Eltern hier spazieren ging, sich die Zeigefinger in die Ohren steckte. Zwei Frauen flüchteten in ihren abgestellten Wagen, und ein alter Mann, braun gebrannt und drahtig, stand leicht gekrümmt am Kai und starrte aufs Wasser. *Katastrophenalarm, Radio NDR einschalten.* Nach dieser Ansage kam noch ein Heulton und dann auch schon wieder die Entwarnung.

Die einsetzende Stille tat in den Ohren für einen Moment fast genauso weh wie der Heulton zuvor.

»Da kommen sie.« Gesche deutete in Richtung des einfahrenden Polizeibootes und schüttelte sich. »Gut, dass die Leute hier nicht wissen, dass da ein Toter angeschippert kommt.«

Während das Polizeiboot anlegte, ging er zusammen mit Gesche über den wackeligen Steg.

»Moin.« Ein WaPo-Kollege reichte ihm die Hand.

»POK Enak von Eitzen, das ist POK Ingmar Ulvaeus.«

»Ich bin Polizeioberkommissar Victor Carvalho, meine Kollegin hier ist Gesche Lassen, Polizeikommissar-Anwärterin.«

»Die Kollegin, die den Toten entdeckt hat, will dir schon Bilder geschickt haben.« Von Eitzen kontrollierte mit der hohlen Hand den Sitz seiner Haare und dirigierte sie dabei in Richtung des Tochterbootes.

»Alles angekommen, danke.«

»Wir haben den Mann einfach nur an Bord gezogen. Die Schnur hatte die Kollegin an seinem Bein festgemacht, aber ich nehme mal nicht an, dass es da viel zu untersuchen gibt. Das altbekannte Problem, wenn Männer sich überschätzen und meinen, dass sie mal eben einen Weltrekord schwimmen können, und dann macht das Herz nicht mit. Das ist dann das Ergebnis.« Er deutete in das offene Boot.

Während Victor seinen Blick von den Fußspitzen des Mannes über seinen bleichen Körper in der roten Badehose bis zu den verklebten Haaren wandern ließ, setzte von Eitzen zum Kurzreferat an.

»Ihr werdet euch mit Wasserleichen vermutlich nicht so gut auskennen, deshalb mal grundsätzlich: Ertrinken ist nichts anderes als Ersticken in Flüssigkeit.« Er wartete offenbar auf eine Reaktion, aber Gesche richtete den Blick weiter starr auf den Leichnam, während Victor ins Boot kletterte.

»Ertrinken geht fix«, fuhr von Eitzen fort. »Wenn der rausgeschwommen ist und bekommt dann einen Krampf in der Wade oder einen Herzinfarkt, dann geht es zack, zack, fünf Minuten später ist alles vorbei.«

Victor ging neben der Leiche in die Knie. Der Tote hatte keine auffälligen Verwundungen am leicht aufgedunsenen Körper, wenn man von den angefressenen Fingerspitzen einmal absah. Das Wasser war offenbar kalt genug gewesen, um den Fäulnisprozess einzudämmen, aber auch warm genug, damit sich Gase im Körper bilden konnten, die den Mann schließlich wieder an die Oberfläche geschwemmt hatten.

Von Eitzen hatte noch Erklärbedarf. »Hier schwimmen manchmal Körper in der Nordsee, die unschöne Begegnungen mit Schiffsschrauben gemacht haben. Ich kann euch sagen, das ist dann nicht so angenehm für uns. Die Betroffenen merken ja nix mehr davon.« Von Eitzen lachte solo. »Auch wenn die Leiche eine Wachsschicht auf der Haut gebildet hat, weil sie seit Wochen auf Grund lag, kann das schon speziell werden, wenn man die anpacken muss, um sie an Bord zu bekommen.«

»Der arme Mann.« Gesche schüttelte bedauernd den Kopf und nahm dem Wasserschutzpolizisten damit offenbar den Wind aus den Segeln. Irritiert starrte er die junge Kollegin an. Victor stieg wieder aus dem Boot.

»Sie hat noch Demut vor dem Tod, Kollege von Eitzen.« Er klopfte dem Mann auf die Schulter. »Kennst du den Toten?«

Von Eitzen schüttelte den Kopf. »Nie gesehen, wahrscheinlich ein Tourist.«

Gesche schaute immer noch ins Boot, legte den Kopf schräg. Zog ihr Handy aus der Tasche und tippte darauf herum.

»Danke für deine Hilfe«, sagte Victor. »Wir kommen jetzt klar.« Von Eitzen verschwand Richtung Kajüte.

»Mir ist so, als hätte ich das Gesicht schon mal gesehen«, sagte Gesche nachdenklich.

»Ich nicht.« Victor sah von Eitzen hinterher.

»Nee, nicht der Typ von der Wasserschutz. Ich meine die Leiche.« Gesches Gesicht hellte sich auf. Sie nahm ihr Handy, öffnete eine Foto-App und hielt Victor das Display unter die Nase. »Hier, das kam vorhin von der Vermisstenstelle.« Gesche hielt ihr Handy hoch.

Victor besah sich die Aufnahme von einem Typen in weißem Hemd und grauem Anzug. Ein unscheinbar aussehender Mann, hellbraunes Haar, mittelgroß.

Victor kannte das Foto. Er hatte es von der Oberbürgermeisterin bekommen.

9

Dienstag, 11:40 Uhr

Ana hielt sich die Ohren zu, als die Sirene losging.

Was für ein Höllenlärm. Und wozu denn? Die Welt würde sowieso früher oder später zugrunde gehen, da wäre niemandem geholfen, wenn vorher noch mal ein großes Heulen darauf aufmerksam machte, dass die Scheißpolitiker es verkackt hatten.

Sie saß am Nordseekai und fixierte das Ufer gegenüber, an dem ihr Bruder Victor gerade versuchte, sich hinter einem abgestellten Fischlaster vor ihrer Mutter zu verstecken. Die Luft stank nach irgendetwas Verbranntem, und sie wollte so schnell wie möglich von hier verschwinden. Auch wegen Victor auf der anderen Uferseite. Sie hatte keine Ahnung, was er da wollte, denn mit dem Enten-FBI, wie er die Kollegen von der Wasserschutzpolizei gerne nannte, hatte er eigentlich nichts zu tun.

Ana strich ihre Haare aus dem Gesicht, zog eine Zigarettenpackung aus der Tasche ihrer Jeansjacke und zündete sich eine an. Sie musste kurz husten, als der Rauch ihr versehentlich in die Lunge geriet. Eigentlich schmeckte es ihr sowieso nicht. Sie warf die Kippe auf den Boden und trat sie wieder aus.

Victor hatte ihr heute Morgen schon eine Nachricht geschickt und ihr alles Gute für die Matheklausur gewünscht. Lieb von ihm, aber sie war natürlich nicht in die Schule gegangen. Mathe war scheiße. Sie würde das Abi sowieso nicht schaffen, wozu also die Quälerei? Und wie Enno immer sagte: Was soll man mit so einem Schulabschluss, wenn das Geld an ganz anderer Stelle verdient wird?

Die Sirene verstummte. Die Welt war noch genau die, die sie vorher gewesen war.

Ihr Bruder trat aus dem Windschatten des Lastwagens, redete mit einer Frau, dann deutete er auf das Schiff der Wasserschutzpolizei. Vielleicht hatten die Kollegen ihres Bruders einen fetten Drogenfund gemacht?

Enno kam auf einem E-Roller direkt auf sie zugefahren. Grinsen im Gesicht, tiefe Grübchen, die neue Gucci-Kappe auf dem Kopf, die sie ihm geschenkt hatte.

»Na, alles okay bei dir?«

Ana nickte.

Er stellte den Roller ab, machte ein Foto für die Verleiher-App und steckte das Handy in die quer gehängte Gürteltasche. Er trat auf Ana zu und küsste sie.

Ana war es etwas unangenehm, hier so in Sichtweite des elterlichen Restaurants abgeknutscht zu werden. Musste ja nicht sein.

»Komm, lass uns mal ’n bisschen Richtung Helgoländer Kai gehen«, sagte sie und zog Enno vom Ufer weg.

Er befreite sich, blieb stehen und tat so, als müsste er dringend etwas in seiner Tasche suchen. Sie wusste, dass er das nur machte, damit sie ihn nicht gleich wieder anfasste. Küssen fand er okay, aber Kuscheln und Händchenhalten, das war einfach nicht sein Ding. Enno zog ein Feuerzeug aus der Tasche. »Hast du ’ne Kippe für mich?«

»Klar.« Ana reichte ihm die Zigaretten und winkte ab, als er ihr auch eine anzünden wollte.

»Und wie hast du das nun geregelt mit der Schule?«

»Ich hab 'ne Entschuldigung geschrieben und die Unterschrift meines Vaters gefälscht.«

»Das ist mein Mädchen!« Enno blies Rauch aus und strich ihr über die Schulter.

So ganz wohl war Ana bei der Sache nicht. Die Schule zu schwänzen war das eine, aber ihre Eltern zu belügen fiel ihr schon schwer. Sie waren inzwischen auf Höhe des Amerika-Bahnhofs angekommen. Früher, als der Hamburger Hafen für die vielen Auswanderer zu klein wurde, waren die Schiffe der Hapag von hier aus ins Land der unbegrenzten Möglichkeiten gestartet. Sie hatte mit der Schulklasse mal eine Führung durch die Hapag-Hallen gemacht und dabei auch die historischen Abfertigungsanlagen gesehen. Enno blieb stehen, zog noch einmal an seiner Zigarette und warf sie dann ins Wasser. Er grinste immer noch.

»Was willst du mir denn zeigen?«

»Das da wird unsere Zukunft.«

Ana folgte mit dem Blick Ennos Zeigefinger, der auf eine Fähre deutete, die in wenigen Minuten den Anleger erreichen würde.

»Verstehe ich nicht.«

»Ach, Sweetie.« Enno ließ den ausgestreckten Arm wieder fallen.

»Ja, tut mir leid. Warum wolltest du ausgerechnet jetzt mit mir hierher? Die Schiffe hättest du mir ja auch heute Nachmittag zeigen können.«

Enno stellte sich hinter sie, legte die Arme um ihre Taille und sein Kinn auf ihre Schulter. Sein Atem roch nach Nikotin und Kaugummi. »Drei oder vier Monate mit einer Linie zwischen Rotterdam und Hamburg hin- und herschippern. In Rotterdam günstig Stoff einkaufen. Marihuana und Koks. Das Zeug verticker ich dann in Hamburg.«

»Aha. Und an wen?«

»Ana, Hamburg! Da gibt es jede Menge Leute, die dir das Zeug abnehmen. Aufm Kiez, zum Beispiel. Reeperbahn. Damit werde ich eine unglaubliche Kohle verdienen. Und dann …« Er zog Ana in seine Arme. »Dann hauen wir beide hier ab und leben irgendwo, wo den ganzen Tag die Sonne scheint und wo uns niemand mit Schule oder so 'nem Scheiß nervt.«

Ana war froh, dass Enno ihr in dieser festen Umarmung nicht in die Augen sehen konnte. Denn dann wäre ihm vielleicht aufgefallen, dass sie mit seinen Zukunftsplänen nicht besonders glücklich war.

10

Dienstag, früher Nachmittag

Das Nana-na-nana des Morgens war verschwunden, als Agatha ihr kleines Boot zurück zum Anleger steuerte. Ihr war kalt, und sie fröstelte bei dem Gedanken an die Bergung des Toten.

Der am Morgen noch verheißungsvoll blaue Himmel hatte sich inzwischen zugezogen, das vorherrschende Grau entsprach ihrer aktuellen Stimmungslage ohnehin eher als der Sonnenschein, mit dem der Tag begonnen hatte.

Das Geschrei der Lachmöwen hatte nichts Fröhliches mehr an sich, es klang wie das Jammern einer Katze, der man auf den Schwanz getreten hatte. Agatha machte ihr Boot fest, nahm ihren Rucksack und verließ den kleinen Hafen.

Der Platz, an dem das Boot der Seenotretter sonst lag, war jetzt verwaist.

Als sie schon fast am Deich angelangt war, sah sie ihren Vater schon an einem Tisch der Strandbar winken.

»Agatha, hier bin ich.« Ihr Vater hörte auch nicht auf zu rufen, als sie bereits in seine Richtung unterwegs war und ebenfalls winkend signalisierte, dass sie ihn gesehen hatte.

Als sie sich auf einen der schwarz-weißen Flechtstühle fallen ließ, stupste Vinnie sie mit der Schnauze an.

»Vinnielein, ich bin ja da, ist ja gut.« Sie kraulte das gefleckte Fell hinter den Ohren des Mischlings. Der leckte ihr die Finger und legte sich dann mit einem Schnauben wieder ab, den Kopf auf ihren Füßen.

»Harter Tag? Ich dachte, du hast heute frei und machst einen entspannten Ausflug?« Dirk Christensen war nicht nur Kapitän mit großer Leidenschaft für alles Maritime, er sah auch genau so aus, wie sich die meisten Menschen so einen Mann vorstellten. Wettergegerbte Haut, Lachfalten um die Augen, grau-weißer Vollbart, die Haare, die früher strohblond gewesen waren, inzwischen schneeweiß und zu einem kleinen Zopf zusammengebunden. Darüber die blaue Prinz-Heinrich-Mütze, so ein Elbsegler, wie ihn auch Helmut Schmidt getragen hatte. Agatha konnte sich nicht erinnern, ihren Vater jemals außerhalb seiner vier Wände und in seiner Freizeit ohne diese Kopfbedeckung gesehen zu haben – auf dem Schiff trug er natürlich seine Uniform mit der dazugehörigen Kapitänsmütze. Auch seine Hände, die sich nun auf ihre legten, entsprachen der Seefahrerromantik aus Liebesfilmen: kräftige Finger an fast tellergroßen Handflächen.

»Sach doch mal, mien Deern, was macht dein Herz so schwer?«

Agatha war froh, dass in diesem Moment der Kellner an ihren Tisch trat, sonst hätte sich die Anspannung der vergangenen Stunden vielleicht doch noch in Tränen aufgelöst.

»Ich nehme ein alkoholfreies Weizenbier. Und eine Pizza Margherita mit extra Käse, bitte.« Der Kellner zog mit der Bestellung ab.

Agatha versuchte, sich auf die Gerüche und das fröhliche Geplauder im Restaurant zu konzentrieren, aber ihre Gedanken gingen immer wieder zurück zu dem toten Mann, den sie gefunden hatte. Sie beugte sich über den Tisch und flüsterte.

»Ich habe vorhin einen Toten aus dem Wasser gefischt.«

»Du hast was? Einen Toten?«, rief Dirk verwundert.

»Psst. Schrei doch nicht so, muss ja nicht jeder mitbekommen. Ich weiß gar nicht, ob ich dir das überhaupt erzählen darf. Die Kripo ist schon dran an der Geschichte.«

»Wieso denn die Kripo?« Agathas Vater faltete seine Pranken auf dem Tisch wie zum Gebet. »Ist der Typ abgemurkst worden? Fehlte ihm ein Körperteil?«

Dirk Christensen war ein ausgemachter Krimifan. Er hatte seine Tochter nach Agatha Christie benannt, die *Miss-Marple*-Filme und einige der *Edgar-Wallace*-Klassiker konnte er mitsprechen.

»Papa, die von der Kripo schicken immer die Tatortgruppe, wenn nicht klar ist, wie der Mensch ums Leben gekommen ist. Sterben im öffentlichen Raum, da muss immer eine oder einer vom Fach zum Begutachten kommen. Selbst wenn du jetzt hier mit einem Herzinfarkt vom Stuhl kippst, wäre das nicht anders.«

»Du meinst, dann würden deine Kollegen von der Kripo auch mich untersuchen?«

»Nicht die Kripoleute, aber der Arzt, der für die Leichenschau bestellt wird. Es sei denn, man sieht auf den ersten Blick, dass da Gewalt im Spiel war. Dann muss der Arzt auch nichts mehr bestätigen.«

»Messer im Rücken, ich verstehe.« Dirk nickte wissend.

Agatha sah sich um, zog ihr Handy aus der Tasche, öffnete den Fotoordner und zeigte ihrem Vater das Bild, das sie von dem Toten im Wasser gemacht hatte.

Ihr Vater griff nach dem Handy und vergrößerte mit zwei Fingern einen Ausschnitt des Fotos, hielt es sich sehr dicht vor die Augen, wischte zum nächsten und übernächsten Bild. Dann legte er, sehr ruhig, das Telefon auf den Tisch.

»Das ist Gunther.«

»Bitte?«

»Wir haben uns in letzter Zeit leider nicht mehr so oft gesehen. Weißt ja, ich bin nicht so gut im Freundschaften-Pflegen. Aber ich mochte den, obwohl er eigentlich mehr ein Freund deiner Mutter war. Und vielleicht ist er wirklich ermordet worden.«

»Wie kommst du darauf?«, fragte Agatha verblüfft.

»Gunther hat das Schwimmen gehasst. Einmal habe ich die beiden, also Mama und ihn, auf meinem Schiff mitgenommen, rüber nach Helgoland. Es war sehr heiß, aber Gunther hat bei dieser brüllenden Hitze am Strand gesessen und gesagt, dass nichts auf der Welt ihn dazu bringen könnte, den festen Boden unter seinen Füßen zu verlassen. Die Fähre zu besteigen sei schon ein Zugeständnis an die Freundschaft zu Mama, so hat er sich ausgedrückt.«

»Willst du damit sagen …«

»Ich will damit sagen, dass dieser Mann nie im Leben freiwillig ins Wasser gegangen wäre, um zu schwimmen«, unterbrach er seine Tochter. »Nee, Agatha, da stimmt etwas ganz und gar nicht.«

II

Dienstag, später Nachmittag

Als Victor in die Eingangshalle der Helios-Klinik kam, lief er seinem Chef direkt in die Arme. Lars Pullmann sah aus, als sei er gerade erst aus dem Bett gestiegen, sein Kinn hatte auf jeden Fall heute noch keine Begegnung mit einem Rasierer gehabt, und von einer Frisur war das Durcheinander auf seinem Kopf auch weit entfernt.

»Victor!«

»Hallo, Lars. Schön, dass du gleich kommen konntest. Der Rechtsmediziner ist mit der Obduktion fast durch. Er ist der Meinung, dass …«

»Müssen wir das hier zwischen Tür und Angel besprechen?«

Lars nickte in Richtung der beiden Männer unter dem Vordach, in abgenutzten Frotteebademänteln und Schlappen, die gierig an ihren Zigaretten zogen, während sie interessiert in ihre Richtung blickten.

»Du hast recht, komm mit.« Lars versenkte die Hände in den Taschen, machte auf dem Absatz kehrt und marschierte in Richtung der Fahrradständer auf dem Parkplatz vor dem Krankenhaus.

Die Besuchszeit im Krankenhaus war fast vorbei, nur wenige Fahrräder standen in den Ständern, und die grünen Helios-Buchstaben an der Gebäudewand waren bereits erleuchtet.

»Was sollte diese kryptische Nachricht von wegen ›da kommt wohl Arbeit auf uns zu‹?« Lars lehnte sich an das Metallgeländer und sah Victor auffordernd an.

»Dass es sich bei dem Toten um Gunther Fluth handelt, den Mediator, hab ich dir ja schon gesimst. Der Mann ist aber nicht beim Schwimmen ertrunken.«

»Ich denke, der Rechtsmediziner hat schon Wasser in den Lungen festgestellt?«

»Stimmt. Aber er hat bei der äußeren Leichenschau auch eine Kopfwunde und etliche frische Prellungen am Körper festgestellt.«

»Und deswegen machst du so eine Welle?« Lars hatte offenbar eine kurze Zündschnur, und Victor konnte ihm ansehen, dass es nicht mehr lange dauern würde bis zur Explosion. »Mann, Mann, Mann, vielleicht gehst du mal ein paar Tage zu dem Kollegen vom Enten-FBI und lässt dir von denen mal zeigen, was alles so in der Elbe rumschwimmt.« Er zählte an den Fingern ab, während er weitersprach.

»Da sind Bojen und jede Menge Treibgut. Bretter, Wrackteile, die haben schon halbe Boote da rausgefischt. Ist also nicht so abwegig, dass der Tote sich seine Beule irgendwo beim Schwimmen im Wasser geholt hat. Das Ganze war vermutlich ein klassischer Fall von Überschätzung. Einmal am Kai entlangschwimmen, um ’ne Wette zu gewinnen, was weiß ich, warum Männer in der Midlifekrise plötzlich auf so eine Idee kommen und bei den kalten Wassertemperaturen unbedingt der King in Badehose sein wollen.«

Eine Frau in weißer Hose und Arztkittel unter der offenen Windjacke kam mit hastigen Schritten aus dem Eingang der Klinik geeilt, steuerte direkt auf die beiden zu, nickte und löste die Kette, mit der ein Hollandrad neben ihnen angeschlossen war. Sie zog den Reißverschluss ihrer Jacke zu, stieg auf und radelte davon.

Victor lehnte sich neben seinen Chef. »Die Rechtsmedizin braucht noch ein bisschen Zeit für belastbare Ergebnisse, aber nach ersten Einschätzungen gehen die Kollegen davon aus, dass der Mann sich diese Verletzungen ganz sicher zugezogen hat, als er noch am Leben war. Nicht als Leiche, und auch nicht beim Untergehen oder Auftauchen. Meine Theorie: Fluth wurde zuerst heftig geschlagen, bis er bewusstlos wurde oder starb, und er wurde erst dann in der Nordsee versenkt.«

»Aber vorher hat ihn der Mörder ausgezogen und in die Badehose gesteckt, oder was?«

Victor nickte. »Könnte doch sein. Um den Anschein zu erwecken, er sei ertrunken.«

Lars hob den Finger, als sei ihm eine Idee gekommen. »Meine These: Dieser Mann wird wegen der Erschöpfung, oder der Kälte, oder weil sein Herz eben doch nicht mehr so jung ist, bewusstlos und dengelt dann gegen irgendetwas, das im Wasser treibt. Oder gegen die Kaimauer, weil er nämlich durch einen Kälteschock weggetreten ist. Erst Besinnungslosigkeit, dann Tod.«

»Ja, okay, aber wenn die Rechtsmedizin nun …«

Lars unterbrach Victor. »Wir haben echt noch genug anderen Kram auf dem Schreibtisch. Da werde ich den Teufel tun und eine SOKO aufrufen für einen Fall, bei dem es höchst fraglich ist, ob es sich um ein Gewaltverbrechen handelt.«

Eine junge Frau auf einem Rad steuerte auf sie zu, stoppte vor ihnen und sprang vom Sattel.

»Moin, Lars«, stieß sie atemlos hervor, nickte Victor zu, wandte sich dann aber wieder an seinen Chef.

»Im Revier hat man mir gesagt, wo ich dich finde. Ich müsste dich mal sprechen. Ist wichtig.«

»Victor, das ist Agatha Christensen, Tochter eines guten Freundes und außerdem Kollegin bei der Wasserschutzpolizei.«

Victor nickte ihr zu. Sie war nicht viel kleiner als er. Schien trainiert zu sein, soweit man das in den Jeans und dem übergroßen bunten Hoodie erkennen konnte. Ihm gefiel der Blick, den sie ihm zuwarf.

»Das ist Victor Carvalho, Polizeioberkommissar. Um was geht's denn? Ist was mit Dirk?«

»Nee, Papa geht's gut.« Agatha schob das gelbe Rennrad in einen der Fahrradständer. Zog ein Handy aus der Hosentasche, tippte auf dem Display herum und hielt ihnen den Bildschirm entgegen. Victor erkannte einen Körper im Wasser. Einen Körper in einer roten Badehose.

»Den Mann habe ich heute aus der Elbe gezogen, und mein Vater kennt den. Der wäre nie zum Schwimmen in die Elbe oder in die Nordsee gegangen. Den muss jemand umgebracht haben.«

»Du nicht auch noch.« Lars zog die Augenbrauen Richtung Haaransatz und atmete schwer.

Victor erklärte Lars' Reaktion. »Mein Chef denkt, dass der Mann da auf deinem Foto, der übrigens gerade da«, er deutete Richtung Krankenhaus, »obduziert wird, infolge eines Badeunfalls verstorben ist.«

»Habe ich auch erst vermutet, aber das wäre wohl eher die Ausnahme bei jemandem, der sich vor Wasser gefürchtet hat, oder?«

»Gefürchtet? Was soll das denn heißen? Ich habe auch Angst vor verschiedenen Dingen, das heißt aber nicht, dass ich sie nicht manchmal mache. Zum Zahnarzt gehen zum Beispiel.«

»Lars, das ist doch etwas völlig anderes. Schließlich stirbt man beim Zahnarzt nicht, oder?«

Lars überlegte. Schaute von Agatha zu Victor. »Vorschlag zur Güte«, sagte er dann. »Du guckst dir das Umfeld von diesem Fluth genauer an. Wo war der in den vergangenen Tagen, mit wem hat er Zoff gehabt, so was. Sprich auch noch mal mit der Oberbürgermeisterin, und finde heraus, ob es in der Mediationsgruppe Streit gab, der vielleicht aus dem Ruder gelaufen ist. Wenn wir nichts finden, dann ist das Ding vom Tisch, und du gibst Ruhe, okay?«

»Also, ich bin ziemlich sicher, dass …«

Lars hob seinen Arm, als wollte er einen Eid schwören. »Moment. Herr Fluth hat Wasser gefürchtet, sagst du?«

Agatha nickte.

»Ist nie baden gegangen?«

Agatha nickte erneut. »Sagt mein Vater.«

»Wieso hatte er dann eine Badehose an?«

Nun nickte Victor. »Die ist ihm vielleicht angezogen worden, wie ich vorhin bereits vermutet habe.«

Lars schüttelte den Kopf und wandte sich an Agatha. »Und du, junge Frau, hältst die Füße still. Vor allem quatschst du nicht weiter mit deinem Vater über diese ganze Sache. Wenn Dirk anfängt, Geschichten zu erzählen, dann redet bald ganz Cuxhaven nicht nur von einer Wasserleiche, sondern auch von Mord.«

12

Dienstagabend

Victor ging am unbesetzten Schreibtisch im Vorzimmer der Oberbürgermeisterin vorbei und schob die angelehnte Tür zu ihrem Büro auf. Helene Hollstein war gerade damit beschäftigt, ein unscheinbares Sofa in ein Bett zu verwandeln. Als Victor an den Türrahmen klopfte, schrie sie auf.

»Mein Gott, haben Sie mich erschreckt! Wie kommen Sie denn hier rein?«

»Entschuldigen Sie, aber der Herr unten am Eingang hat mir gesagt, dass Sie noch in Ihrem Büro sind, und in Ihrem Vorzimmer war niemand.«

Hollstein zog ihre zartrosa Bluse gerade und strich sich nicht vorhandene Falten aus dem cremefarbenen Kostüm. Sie atmete tief durch, und schon war sie wieder das seriöse Oberhaupt der Stadt Cuxhaven.

»Wollen Sie sich nicht setzen?«

Hollstein deutete auf die kleine Sitzgruppe, farblich auf die beige gestrichene Wand und die hellen Teppiche und Vorhänge abgestimmt. Linkshänderin, vermutete Victor, die Rechte jedenfalls hatte sie in die Tasche ihres Blazers gesteckt.

Im Vorzimmer rumpelte etwas, dann hörte man das Klappern einer Tastatur, offenbar war der eben noch verwaiste Schreibtisch jetzt wieder besetzt.

Victor fühlte sich in seinem hellblauen Sweatshirt und den weiß-grünen Sneakern in dieser Umgebung wie ein buntes Einhorn und setzte sich vorsichtig auf die Kante des Sofas.

»Möchten Sie etwas trinken? Kaffee?« Hollstein lächelte ihn unsicher an.

Victor schüttelte den Kopf. »Nein, danke. Ich wollte …«

»Christian?«, rief sie in Richtung der offenen Bürotür. »Bist du noch da?«

»Jahaa.«

»Bringst du mir bitte einen Kaffee? Koffeinfrei, wenn wir noch welchen haben.«

»Subito«, kam postwendend die Antwort.

Hollstein nahm auf einem der Sessel Platz und schlug die Beine übereinander. Sie nahm Victor ins Visier.

»Nun sehen wir uns ja schneller wieder, als ich gehofft hatte. Was kann ich noch für Sie tun?«

»Ich bin hergekommen, um Ihnen mitzuteilen, dass wir Herrn Fluth gefunden haben.«

Helene Hollstein sah Victor an, sagte nichts. Vielleicht spielte sie verschiedene Möglichkeiten durch, warum Gunther Fluth nun aufgetaucht sein könnte. Dachte an einen Unfall und einen Krankenhausaufenthalt, oder an eine lange Nacht, die in der Ausnüchterungszelle geendet hatte. In einem flüchtigen Moment blitzte die Angst in ihren Augen auf.

»Es tut mir sehr leid, Frau Hollstein. Gunther Fluth ist tot. Eine

Kollegin von der Wasserschutzpolizei hat ihn heute Vormittag in der Elbe gefunden.«

Hollstein erstarrte. Nur ihr Blick irrlichterte durch den Raum, bevor er Victor wiederfand.

»In der Elbe? Ist er über Bord gegangen? Wie kann denn das …?«

Victor schüttelte den Kopf. »Er war nur mit einer Badehose bekleidet. Er ist vermutlich schwimmen gewesen und dann ertrunken. Vielleicht ein Herzinfarkt oder …«

Weiter kam er nicht.

»Unmöglich.« Hollstein schüttelte energisch den Kopf. Eben noch todtraurig, wirkte sie jetzt wütend. »Ausgeschlossen. Gunther kann nicht ertrunken sein.«

»Sie wissen, wie er umgekommen ist?«, fragte Victor erstaunt.

»Ich weiß nicht, wie er gestorben ist. Aber ich weiß, dass Gunther ganz sicher nicht ertrunken ist.«

Hollstein stand auf und ging zu der altertümlichen Vitrine, in der hinter einer Glasscheibe bunte Vasen angeordnet waren. Sie drückte auf einen Knopf, und die Unterlage, auf der das Porzellan stand, begann, sich zu drehen, bis die Vasen verschwunden waren und eine Auswahl exklusiver Spirituosen zum Vorschein kam. Sie nahm ein geschliffenes Whiskyglas in die Hand und befüllte es zwei Fingerbreit mit einer braunen Flüssigkeit aus einer Glaskaraffe.

»Sie auch?«, fragte Hollstein, jetzt wieder sichtlich um Fassung bemüht.

»Sie kennen vermutlich meine Antwort.«

»Im Dienst, jaja.« Die Oberbürgermeisterin nickte und leerte das Glas in einem Zug. Schenkte sich gleich noch mal nach.

»Und?«, hakte Victor nach. »Warum ist der Mediator nicht ertrunken?«

»Weil er nicht schwimmen ging. Er ging nie ins Wasser.« Ihr Körper verlor an Spannung, die Schultern sackten herunter. Ein wehmütiges Lächeln schlich sich in ihr Gesicht. Sie träumte in ihr Glas, und ihre Augen wurden glasig.

Victor wäre jetzt gern rücksichtsvoller gewesen, aber er war als Ermittler hier, nicht als Tröster.

»Woher wissen Sie das so genau?«

Die Oberbürgermeisterin nahm das Glas mit zum Schreibtisch und setzte sich wieder. Sie hielt den Whisky mit der linken Hand, die rechte ließ sie in den Schoß fallen. Holte tief Luft, als müsste sie sich sammeln. Sah Victor traurig an.

»Er hat mir die Geschichte erzählt, als wir mal einen Badeausflug machen wollten. Einer von Gunthers besten Freunden ist ertrunken. Das ist schon sehr lange her, Gunther war fünfzehn. Die zwei sind spätabends allein unterwegs gewesen, leicht angetrunken, und dann der Übermut der Jugend. Er musste mit ansehen, wie sein Freund in der Nordsee abgetrieben ist. Unterströmung. Haben Sie schon mal was von Rippströmung gehört?«

Hatte Victor nicht, nickte aber und bekam trotzdem eine Erläuterung.

»Wahnsinnig gefährlich. Man schwimmt raus, und dann ist es wie ein Sog, Rippströme können auf zweieinhalb Meter pro Sekunde beschleunigen, dagegen kommen nicht mal Olympiasieger an. Gunther war damals wie erstarrt, er wusste nicht, was er tun sollte. Sein Freund ist um sein Leben geschwommen, hat geschrien. Gunther hatte panische Angst, dass er auch abtreiben könnte beim Versuch, seinem Freund zu helfen. Und deshalb … hat er gar nichts getan. Er stand komplett unter Schock. Dann ist sein Freund untergegangen und nicht wieder aufgetaucht. Ein paar Wochen später hat man die Leiche gefunden.« Hollstein trank einen Schluck. »Seitdem ist Gunther nie wieder ins Wasser gegangen. Er hat sich die Schuld am Tod seines Freundes gegeben.«

Die Bürgermeisterin war sichtlich aufgewühlt, vielleicht wäre es gut, das auszunutzen, bevor der Schock richtig einsetzte.

»Sie müssen den Mediator ziemlich gut gekannt haben.«

Hollstein nickte. »Wie ich Ihnen heute früh im Hotel schon sagte, wir kennen … wir kannten uns seit fast dreißig Jahren. Als ich Gunther kennengelernt habe, war ich im dritten oder vierten Semester an der Uni.«

»Er war Ihr Dozent?«

Sie schüttelte den Kopf. »Ich habe schon während der Schulzeit Volleyball gespielt. Im Studium bin ich dann zum Hamburger SV gewechselt, in die zweite Mannschaft.«

»Und Gunther war Ihr Trainer.«

»Gunther war Trainer der ersten Mannschaft. Er hat aber auch bei unseren Spielen zugesehen, und irgendwann hat er mich in die erste Mannschaft geholt. Ich hab dann drei Jahre in der Bundesliga gespielt.«

»Aber ich gehe davon aus, dass Gunther nicht allen Spielerinnen von seinem traumatischen Erlebnis aus seiner Jugendzeit erzählt hat.«

»Da haben Sie sicher recht.« Hollstein nickte und leerte das Glas. »Wir haben uns damals schon gut verstanden. Die Freundschaft blieb uns über all die Jahre erhalten. Ich habe eine politische Karriere bei der CDU eingeschlagen, und Gunther hat irgendwann das unstete Leben eines Trainers aufgegeben und sich als Coach selbstständig gemacht.«

»Ist ein Trainerleben denn zwangsläufig unstet?«

»Sie kennen das doch vermutlich vom Fußball.« Hollstein lächelte matt. »Oder gehören Sie zu den wenigen Männern, die sich nicht für Fußball interessieren?«

»Er hat häufiger den Verein verlassen müssen, ihm ist gekündigt worden, meinen Sie das?«

»Hamburg, Münster, Berlin. Immer wieder eine neue Wohnung, eine neue Freundin, ein neuer Freundeskreis. Gunther wollte das irgendwann nicht mehr. Er hat nach einem Besuch in Cuxhaven beschlossen, sich eine Wohnung zu mieten und ganz herzukommen. Er hatte Freunde hier und fühlte sich wohl in der Stadt. Statt Sportler zu trainieren, hat er Seminare angeboten. Wie Unternehmen vom Sport lernen können, Teamgeist, Kommunikation, Fokussierung, das waren seine Themen.«

»Und davon kann man leben?«

»Er hat sein Angebot schnell erweitert, als er gesehen hat, in welchen Bereichen besonderer Bedarf besteht. Führung in Unternehmen. Emotionsmanagement. Lernende Organisation. So was. Und irgendwann hat er auch die Ausbildung zum Mediator gemacht.«

»Und daran haben Sie sich erinnert, als es Stress bei der Ausschreibung des neuen Windparks gab.«

»In einem unserer Kindergärten gab es mal eine schwierige Situation, die Gunther aber lösen konnte. Er arbeitet auch mit Paaren, die sich scheiden lassen wollen. Er hat … er hatte eine gute Art, auf Menschen zuzugehen.« Die Bürgermeisterin versuchte ein Lächeln, das aber eher zu einer schiefen Grimasse geriet. »Er hat oft bewiesen, dass er Konflikte gut moderieren kann. Und die Leute, die Sie heute Morgen im Hotel kennengelernt haben, die sind sich alle nicht grün. Ich war mit meinem Latein am Ende, und dann habe ich mich an Gunther erinnert.«

Hollstein nickte kaum merklich. »Denken Sie, er wurde umgebracht?«

»Noch denke ich gar nichts. Ich gehe Hinweisen nach. Sie sind schon die zweite Person, die mir erzählt, dass Fluth nie schwimmen gegangen ist. Der Rechtsmediziner hat Verletzungen festgestellt, die von einer Auseinandersetzung stammen könnten.«

Helene Hollstein atmete schwer, dann verschoben sich ihre Gesichtszüge, und sie begann, still zu weinen.

»Gibt es jemanden aus dem Kreis dieser Mediationsrunde, der wütend auf Fluth war? Unser Rechtsmediziner geht davon aus, dass die Hämatome schon vor einigen Tagen entstanden sind. Also vermutlich Donnerstag oder Freitag.«

»Wir waren am Donnerstag alle zusammen in der Hotelbar vom *Cuxland*, ein erstes Kennenlernen, das habe ich Ihnen ja schon gesagt. Leander Kroog war nur kurz bei uns, musste sich dann um irgendeinen Stromausfall im Parkhaus seines Hotels kümmern. Leander würde sowieso nur jemandem wehtun, der ihm sein Essen wegnimmt.« Hollstein versuchte sich erneut an einem Lächeln.

»Und die anderen? Die Frau von den Grünen oder Holger Martini?«

»Holger hat Gunther als Mediator bei seiner Scheidung eingesetzt, das ist super gelaufen, soweit ich weiß. Und Rieke ist doch viel zu schwach, um einen Mann wie Gunther zu verprügeln. Die Bode vom Ministerium war Donnerstag gar nicht dabei, die musste irgendeinen Termin in Berlin wahrnehmen.«

»Und der Geschäftsführer der *Vorig*? Herr Desigual?«

»Demirel, Cem Demirel heißt der. Nein, ich glaube, der kannte Gunther vor diesem Abend nicht.«

Victor stand auf.

Hollstein tat es ihm gleich. Mit ihrem bleichen Gesicht wirkte sie in ihrer Traurigkeit beinahe durchsichtig.

»Vielleicht fällt Ihnen später noch etwas ein, wenn der Schock etwas nachgelassen hat. Offenbar mochten Sie Herrn Fluth sehr.«

Sie nickte.

Lars würde seine Meinung ändern müssen, das hier war alles,

nur kein Badeunfall. Erst die Tochter dieses Kapitäns, die Kollegin von der Wasserschutzpolizei, mit ihrer Geschichte, jetzt die Bestätigung durch die Oberbürgermeisterin.

Als Victor das Büro verließ, dachte er, dass Christian aus dem Vorzimmer wohl kein Italienisch sprach. Auf jeden Fall wusste er nicht, dass »subito« auf Deutsch »sofort« bedeutete. Den angekündigten Kaffee hatte Helene Hollstein nämlich immer noch nicht bekommen.

13

Mittwoch, sehr früh am Morgen, fast noch Nacht

Agatha blieb für einen Moment hinter der geschlossenen Tür stehen und lauschte. Nichts. Totenstille. Sie war offenbar wirklich unbemerkt hierhergelangt.

Der Raum war unbeleuchtet, nur Mondlicht fiel durch die Lichtschächte. Sie ging langsam auf die Stahlliege in der Mitte des Raums zu, zögerte nur einen winzigen Moment, bevor sie die dünne blaue Plastikfolie einige Zentimeter zurückzog.

Gunther Fluth war so bleich, dass seine Haut im sparsamen Licht fast strahlte.

Agatha zog ihr Handy aus der Tasche und schaltete die Taschenlampe ein. Der Lichtstrahl fiel auf den Schädel des Toten. Der Kopf war kahl geschoren und offenbarte mehrere kreisrunde rote Flecken. Agatha inspizierte die Stellen, die offensichtlich von einer Verletzung herrührten.

Hektische Schritte draußen auf dem Gang ließen Agatha zusammenzucken. Schnell zog sie dem Toten die Plane wieder über den Kopf und hockte sich hinter der Liege auf den Boden.

Aber die Schritte entfernten sich wieder. Agatha entfernte die

Plane erneut, nahm ein Skalpell, das neben anderen chirurgischen Instrumenten auf einem Beistelltisch lag. Sie setzte es an einem der roten Flecken an, als der Tote schlagartig die Augen öffnete.

Agathas erster Impuls war zu schreien, doch dann spürte sie, dass etwas nicht stimmte. Der Tote lag ruhig auf dem Sektionstisch, sah sie nur an. Und dann lächelte er.

Das ist unmöglich, dachte Agatha.

Un-möglich.

Du träumst, öffne die Augen, los, mach schon, öffne die Augen, du willst diesen Traum beenden, sofort, mach die Augen auf, mach sie auf.

Als Agatha sich aufrichtete, sah sie schmale Lichtstreifen, die durch die Jalousien auf den Holzboden ihres Schlafzimmers fielen.

Schweiß stand ihr auf der Stirn. Vom Nagellackentferner, der ihr auf dem Teppichboden ausgelaufen war, lag immer noch ein chemischer Geruch in der Luft.

Erschöpft ließ sie sich wieder auf das Bett fallen, erleichtert, dass alles nur ein Traum gewesen war.

Wunderte sie sich wirklich darüber, dass diese Leiche sie bis in ihre Träume verfolgte? Der erste Tote, dem sie in ihrem Job bei der Wasserschutzpolizei begegnet war, noch dazu ganz allein.

Sie musste nur kurz die Augen schließen, dann sah sie alles wie in einem Film vor sich: den schwebenden bleichen Körper und das Haar, das den Bewegungen des Wassers folgte. Sie würde nie wieder vergessen, wie sich die tote Haut angefühlt hatte. Durch die dünnen Handschuhe war die Leichenkälte in ihre Finger gekrochen, die weiche Haut an den Handgelenken blieb wie Knetgummi einfach in dem Zustand, den sie durch ihr Greifen verursacht hatte. Auch am Fußgelenk hatten sich Dellen gebildet, als sie das Seil daran befestigt hatte, um ein Abtreiben zu verhindern.

Agatha schüttelte das Kissen auf und wendete die verschwitzte Decke. Wie oft hatte sie sich bei ihrem Vater über die Langeweile in ihrem Job beschwert. Und über die dienstlichen Routinen.

Ihr Vater, der seit Jahrzehnten Woche für Woche auf der *Helgoland* immer dieselbe Strecke fuhr, hatte ihr prophezeit, dass es eine Zeit geben würde, in der sie sich nach dieser täglichen Langeweile noch sehnen würde. Diese Zeit war aber definitiv noch nicht angebrochen. Agatha wünschte sich mehr Abwechslung, mehr Abenteuer, mehr Spannung. Sie wollte sich nicht vorstellen, dass sie das, was sie gerade beruflich Tag für Tag und Nacht für Nacht tat, für den Rest ihres Lebens tun würde. Da musste noch mehr kommen. Viel mehr. Allerdings musste es auch nicht gerade Abwechslung in Form von Wasserleichen sein.

Sie strampelte die Decke von den Beinen, stand auf und öffnete das Fenster, um einen Blick auf die noch dunkle Grimmershörnbucht zu werfen.

Das alles aufzugeben konnte sie sich auch nicht vorstellen. Sie liebte ihr eigenes Boot und die Dienstfahrten mit dem Polizeischiff. Lange Schichten bedeuteten auch, die Schönheit der Natur in sich aufnehmen zu können, auf dem Wasser und am Ufer. Sommerliche Fahrten in Sonnenuntergänge oder eine Reise durch den Dunst der Nacht, der im Herbst über der Elbe lag und dem Fluss dann etwas Mystisches verlieh.

Agatha legte sich wieder ins Bett. Der Wecker sprang von fünf Uhr sieben auf fünf Uhr acht um.

Nicht zum ersten Mal lag sie wach und spielte ihre beruflichen Optionen durch. Eine Zukunft bei der Wasserschutzpolizei. Oder sollte sie den Streifendienst auf dem Wasser doch noch einmal gegen den auf dem Land tauschen?

Bevor sie sich hier weiter hin- und herwälzte, konnte sie auch gleich aufstehen. Sie hatte Spätdienst, vielleicht würde sie ja nachmittags noch ein bisschen Schlaf finden.

Agatha duschte und zog sich an. Während der Kaffee durchlief, nahm sie den Fahrstuhl nach unten und zog die *Cuxhavener Nachrichten* aus dem Briefkasten. Auf dem Weg zurück nach oben sah sie die mittelgroße sportliche Frau im Fahrstuhlspiegel, und sie lächelte sich zu. Die blonden Haare fielen ihr ins Gesicht. Sie drehte sich zur Seite. Gar nicht so übel, fand sie und dachte, dass das doch auch mal wieder einem guten Typen auffallen könnte. Die letzte richtige Beziehung war inzwischen mehr als drei Jahre her. Agatha sehnte sich an manchen Tagen nach jemandem, der einfach da war. Jemandem, mit dem sie über Bücher reden und Serien glotzen konnte. Gemeinsam kochen oder mit dem Boot rausfahren. So viel verlangte sie doch wirklich nicht. Und sie war inzwischen 26 Jahre alt, da waren ihre Eltern bereits verheiratet gewesen.

Zurück in ihrer Wohnung, beschloss sie, den Tag trotz leichten Regens draußen zu beginnen, auf ihrer Terrasse. Sie zog ihre dicke Fleecejacke an und legte sich einen Regenmantel über die Schultern, stülpte eine Mütze über die noch feuchten Haare und trat an das Terrassengeländer.

Es war diesig, und das Land war grau. Um diese Uhrzeit lag sogar der Hundertjährige noch in den Federn, nur die Umrisse eines einzelnen Pärchens, das im Gleichschritt über den Deich joggte, waren auszumachen.

Agatha setzte sich mit einem Pott Kaffee und der Zeitung unter das Vordach ihrer Terrasse in einen Korbsessel und zog eine Wolldecke aus der Kiste für die Möbelauflagen. Sie warf einen Blick über die Bucht, genoss die Ruhe und die kühle Luft. Offenbar war die Pressemeldung der Polizei zu spät in den Redaktionen angekommen. Es gab nur einen einspaltigen Sechszeiler über das Verschwinden von Gunther Fluth, nichts über den Leichenfund.

Agatha legte die Zeitung unter den Stuhl und schob sich noch ein bisschen tiefer unter die Decke. Wie könnte man herausfinden, ob er selbst ins Wasser gestiegen war oder ob er ins Wasser geworfen wurde? Wer im Meer unterging, der tauchte irgendwann wieder auf. Es sei denn, der Körper wurde beschwert. Ebbe und Flut, die Strömung, all das folgte einem ganz bestimmten Rhythmus und brachte irgendwann alles an Land. Ebbe und Fluth, dachte Agatha. Der Mediator war dorthin getrieben, wo sie ihn gefunden hatte. Und wenn man von der Stelle, an der seine Reise begann, gar nicht allein ins Wasser gelangen konnte, weil es keine Leiter oder Ähnliches gab? Das würde die Mordtheorie belegen.

Sie könnte mit dem Kripochef Lars Pullmann sprechen, aber dann würde der gleich zu ihrem Vater rennen, und kurz darauf wüsste halb Cuxhaven, dass sie sich um Dinge kümmerte, die sie eigentlich nichts angingen. Also wäre es wohl am besten, wenn sie diesem Victor von ihren Überlegungen berichten würde. Und das dann auch gleich mit etwas Handfestem belegen könnte. Einem Indiz, besser sogar einem Beweis.

Sie legte die Decke zur Seite, stand auf und ging zum Terrassengeländer. Die Jogger waren nur noch als kleine Punkte am Ende der Bucht zu erkennen, kurz vor der Kugelbake.

Als Jugendliche hatte sie sich regelmäßig mit ihrer Clique an diesem Wahrzeichen Cuxhavens getroffen, am Übergang der Grimmershörnbucht zu den Stränden.

Alkohol, Joints und ziemlich viele blöde Ideen, die sie besser nicht in die Tat umgesetzt hätten: die nächtliche Spritztour mit dem Auto der Eltern, die in einem Schaufenster in der Duhner Einkaufsmeile endete. Das Nachtschwimmen im Pool der Freundin, voll bekleidet, sodass bei der Rückkehr der Eltern der Beckenboden von den Flusen der Jeans bläulich schimmerte.

Aber vor allem an eines musste Agatha jetzt denken: die Mutprobe, in der Hafenkaje von der Balustrade mehrere Meter tief ins Wasser zu springen und um den Anleger Alte Liebe herum in die Grimmershörnbucht zu schwimmen. Agathas erster Freund hatte das gemacht und später berichtet, dass er beinahe in die Fahrrinne abgetrieben wäre, sich dann aber mit Unterstützung der Strömung in die Grimmershörnbucht retten konnte.

Agatha ging zurück in die Wohnung, in ihr Schlafzimmer, und öffnete den Kleiderschrank. Aus einem der unteren Fächer zog sie einen alten Bundeswehrstoffsack heraus. Sie füllte ihn mit drei Garnituren Bettwäsche, die eigentlich im Altkleidercontainer landen sollten. Dann hob sie den Sack an und befand ihn für zu leicht. Sie lief durch ihre kleine Wohnung, nahm mal den einen, mal den anderen Gegenstand in die Hand, prüfte ihn auf Gewicht und Handlichkeit. Füllte einige leere Pfandflaschen mit Wasser und legte sie in den Sack. Schließlich fiel ihr Blick auf den bunten gewebten Teppich im Wohnzimmer, der bereits an einigen Stellen deutliche Gebrauchsspuren aufwies. Auch ihn stopfte sie in den Wäschesack. Einundzwanzig Kilo ergab der Test auf der Waage im Bad; wenn der Teppich und die Bettwäsche nass wurden, würde er noch einiges an Gewicht zulegen, vielleicht dann dreimal so viel wiegen. Aber wenn sie den Sack so ins Wasser warf, würde er untergehen. Sie benötigte also noch etwas, das für Auftrieb sorgen würde. In der großen Holzkiste neben dem Wohnzimmerschrank befand sich neben einem Karton mit Weihnachtsdekoration auch ein Koffer mit Utensilien für einen Strandurlaub. Agatha zog den Koffer heraus. Taucherbrille, Schnorchel, Neoprenanzug und Schwimmflossen. Und ein großes aufblasbares Strandkissen. Genau danach hatte sie gesucht. Sie blies das Kissen auf und stopfte es in den eingerollten Teppich. Bereit für den Einsatz.

14

Mittwoch, frühmorgens

Helene wurde vom Geräusch der zufallenden Wohnungstür geweckt. Sie hörte das unterdrückte Fluchen ihres Mannes und drehte sich im Bett auf die Seite, um auf die Uhr zu sehen.

Dann fiel ihr alles wieder ein: der Besuch des Polizisten im Rathaus, die Nachricht von Gunthers Tod.

Sie zog sich die Decke über den Kopf und atmete das tröstliche Aroma der frisch gewaschenen Bettwäsche ein. Nicht einmal richtig weinen konnte sie. Da war so viel Wut und Verzweiflung.

Wieso war Gunther nicht zu ihr gekommen, wenn er Probleme hatte? War er mit jemandem in Streit geraten?

Was war nur passiert?

Und: Wie sollte ihr Leben ohne Gunther aussehen? Er gab ihr doch das, was sie brauchte: Liebe, Zärtlichkeit, Erotik. Das, was sie von Jo nicht haben wollte.

Nicht mehr. Dafür hatte er selbst gesorgt mit all seinen kleinen Affären. Er hatte sie belogen, hintergangen und dabei stets so getan, als sei alles okay zwischen ihnen. Er hatte nicht mit ihr geredet, als er hätte mit ihr reden müssen. Aber sie hatte es auch nicht getan, obwohl sie von Jahr zu Jahr mehr spürte, dass es irgendwann nicht mehr weitergehen würde. Dennoch schauderte sie beim Gedanken an eine Trennung. Nicht, weil sie ihn noch liebte, sondern wegen der Konsequenzen. In einer Stadt wie Cuxhaven wäre die Scheidung der Oberbürgermeisterin das Stadtgespräch schlechthin. Und das über Wochen. Monate. Würde sie das durchstehen?

Sie war spät nach Hause gekommen. Hatte Jo eine Nachricht geschickt, in der sie dringende Büroarbeit vorschob. Für einen Moment hatte sie überlegt, das Schlafsofa noch einmal aufzubauen und im Rathaus zu bleiben. Aber dann war sie sogar dafür zu erschöpft gewesen. Außerdem ratterte es unermüdlich in ihrem Kopf.

Sollte es doch ein Unfall gewesen sein? War es möglich, dass Gunther doch schwimmen gegangen war? In der Dunkelheit war es nicht unwahrscheinlich, dass ein Schwimmer die Orientierung verlor und in die falsche Richtung schwamm, weil man dann überall Lichter sah und schwer zuordnen konnte, welche Küste die richtige war. Irgendwann gab man dann entkräftet auf.

Oder war es doch ein Mord? Hollstein überlegte, wem sie eine solche Tat zutraute, und vor allem, wer ein Motiv hatte, Gunther aus dem Weg zu schaffen.

Natürlich gab es in seiner Zeit als Volleyballtrainer die eine oder andere sportliche Feindschaft, die aber in der Regel vergessen war, sobald man aus der Sporthalle trat. Außerdem lag das ja auch schon Jahre zurück.

Gunther hatte keine rachsüchtigen Ex-Frauen und keine Kinder, die vielleicht frühzeitig an ihr Erbe wollten.

Hinzu kam, dass er von seiner Arbeit als Mediator zwar recht ordentlich leben konnte, aber nennenswerte Rücklagen gab es ihres Wissens nicht. Die Wohnung in Cuxhaven war gemietet, er hatte weder ein Auto noch ein gefülltes Sparkonto. Geldgier konnte also als Motiv ausgeschlossen werden.

Im Schlafzimmer hing immer noch der Geruch von angebratenen Zwiebeln, wie sie feststellte, als sie die Decke wieder vom Gesicht zog. Igitt!

»Lenchen, bist du schon wach?«

Sie schloss die Augen und stellte sich schlafend, was Jo ignorierte.

»Tut mir leid wegen des Lärms, ich wollte dich nicht so unsanft wecken, mir ist die Tür aus der Hand gefallen. Soll ich dir einen Kaffee bringen?«

Helene schüttelte mit geschlossenen Augen den Kopf.

Glücklicherweise war er gestern Abend, als sie ins Schlafzimmer geschlichen war, nicht aufgewacht.

Eine Portion seines »berühmten Risottos« hatte abgedeckt in der Küche auf dem Tisch gestanden, daneben eine geöffnete Flasche Wein und eine Kerze.

Das Bett gab nach, als Jo sich jetzt auf die Matratze sinken ließ. Er legte die Hand auf ihr Knie und tätschelte sie wie einen kranken Hund.

»Ich kann mir vorstellen, wie es dir geht. Das muss ein Schock gewesen sein.«

Helene öffnete die Augen und setzte sich auf. »Was meinst du?«

»Na, euer Mediator, der Streitschlichter. Immer schrecklich, wenn jemand stirbt, den man kennt. Ich kann mir auch denken, dass es nicht so einfach ist, jetzt einen Ersatz zu finden. Und du hast so viel Arbeit in diesen ganzen Prozess gesteckt.«

»Woher weißt du das?«

»Bei Jette in der Bäckerei war der tote Mediator *das* Gesprächsthema.« Jo lächelte sanft. Aber da war noch etwas anderes in seiner Miene. Helene konnte es nicht so recht deuten.

»Die wildesten Theorien wurden da ausgetauscht. Kennst das ja, Jette selbst wäre die Letzte, die so ein Gerede unterbinden würde, dafür liebt sie diese Gerüchteküche viel zu sehr. Und wenn dieser Cornelius noch dabeisteht, dann wird aus jeder Bemerkung gleich eine Tatsachenbehauptung.«

Helene kannte sowohl Jette Rickmers, die verwitwete Inhaberin der beliebtesten Backstube am Hafen, als auch Cornelius, der offenbar ganz ohne Nachnamen auskam und eigentlich immer an einem der Stehtische im Backshop zu finden war.

»Darüber wird jetzt schon gesprochen?«

Sie wusste ja selbst noch nicht, was passiert war, und ihr Draht zur Polizei war wesentlich kürzer als der einer Brötchenverkäuferin und ihres Stammgastes Cornelius, der sich vor allem durch seine Liebe zu gelben Gummistiefeln auszeichnete.

Jo hatte immer noch dieses seltsame Lächeln im Gesicht.

»Eine junge Wasserschutzpolizistin soll den Mann aus dem Wasser gezogen haben. Erst hat er sich noch bewegt, und sie dachte, er sei nur erschöpft vom Schwimmen, so haben die das in der Bäckerei erzählt. Dann hat sich aber herausgestellt, dass einfach nur sehr viele kleine Tiere im Körper des Mannes …«

»Danke, Johannes, mehr Details brauche ich wirklich nicht um diese Uhrzeit. Die Polizei war gestern Abend noch bei mir im Rathaus.« Sie schob die Decke von sich und stand auf.

»Entschuldige, das war geschmacklos.« Jo sah ihr dabei zu, wie sie sich aus dem Kleiderschrank eine Bluse aussuchte und vom Bügel zog.

»Cornelius will gehört haben, dass der Mann unglücklich verliebt war und deshalb ins Wasser gegangen ist.«

»Was für ein Quatsch.« Helene öffnete die andere Tür des Kleiderschranks und griff nach einem hellgrauen Kostüm. Sie legte es zu der Bluse auf einen Stuhl und drehte sich dann zur Kommode neben der Tür.

Jo machte Anstalten, auf sie zuzukommen, aber Helene griff nach ihrer Kleidung, um sich im Bad umzuziehen.

»Zum jetzigen Zeitpunkt ist alles hypothetisch«, rief sie. »Manches Szenario ist vermutlich nur wahrscheinlicher als andere.«

Helene Hollstein trat aus dem Bad. »Aber eins ist natürlich klar: Wenn Gunther ermordet wurde, dann muss es auch einen Täter geben.«

Jo nickte und erhob sich. »Ich gehe runter und decke den Frühstückstisch.«

»Für ein Frühstück habe ich leider keine Zeit, du kannst dir ja vorstellen, dass wir im Rathaus dringend besprechen müssen, wie es mit dem Windpark weitergehen soll. Ich habe noch keine Ahnung, wie wir das ohne Mediator hinbekommen.«

»Ja, wie sollt ihr das bloß ohne Gunther schaffen?«, sagte Jo theatralisch.

»Sei nicht albern. Bist du etwa eifersüchtig?«

»Auf einen Toten?«

»Ich muss mich beeilen.« Helene krallte sich ihre Kleidung und drehte sich Richtung Tür. Sie hatte Mühe, ihre Mimik unter Kontrolle zu behalten.

Jo griff nach ihrer Schulter.

»Helene.« Seine Stimme war wieder ganz sanft. »Es tut mir leid, ich wollte dich nicht verletzen. Ich kann mir wirklich vorstellen, wie schwer es für dich ist, einen guten Freund verloren zu haben.«

»So, kannst du das?« Sie schüttelte seine Hand ab. Hätte ihm am liebsten ins Gesicht gespuckt, wie er da so selbstgerecht vor ihr stand. Wieso war sie eigentlich immer noch hier bei ihm, in diesem Haus, in diesem Schlafzimmer?

»Du hast doch keine Ahnung von meinem Leben, Johannes.

Du machst deine Spaziergänge und quatschst mal mit der Bäckersfrau und mal mit dem Gemüsemann und liest ein Buch, und dann suchst du eine ›schöne Flasche Wein‹ aus, aber wann musst du dich denn schon mit wirklichen Problemen auseinandersetzen? Ich muss mich heute noch darum kümmern, dass eine grün und blau geschlagene junge Mutter einen Platz im Frauenhaus findet. Und dass genügend Erzieherinnen im Kindergarten sind und die Asylbewerber eine Unterkunft bekommen.«

Jo wich zurück, erschrocken von der Wucht, mit der die heiße Wut aus ihr herausbrach.

»Johannes, *ich* bin die, deren Schritte beobachtet werden. *Ich* bin die, bei der man jedes Wort auf die Goldwaage legt. Für dieses Amt als Oberbürgermeisterin habe ich sehr viele Opfer gebracht, und ich bin nicht mehr bereit, bei allem, was ich im Rathaus ertragen muss, mir hier zu Hause auch noch dein scheinheiliges Gerede anhören zu müssen.« Helene holte Luft.

Er trat einen Schritt auf sie zu, aber Helene schlug die Hand, die er nach ihr ausstreckte, zurück.

»Ab sofort wirst du mich in Ruhe lassen, mich nicht mehr mit deinem fürchterlichen Risotto oder viel zu kaltem Rotwein nerven, klar?« Sie wartete gar nicht erst auf eine Antwort.

»Ich will kein Gerede in der Stadt, deshalb wirst du diese Abmachung zwischen uns für dich behalten. Und weiterhin dafür sorgen, dass deine kleinen Freundschaften, oder wie immer du das nennen willst, unter dem Radar bleiben. Dass du mir nicht treu sein kannst, damit kann ich inzwischen leben, aber du wirst mich nicht zum Stadtgespräch machen durch deine Affären, sind wir uns da einig?«

Jo starrte sie an.

»Und jetzt ziehe ich mich an und ertrage es, dass als Allererstes die Zicke in der Kämmerei sich zusammen mit dem Typen aus dem Grünflächenamt darüber einig sein wird, dass eine rosa Bluse mit meiner Haarfarbe zusammen unmöglich aussieht, und versuche trotzdem, aus diesem langen Tag auch einen erfolgreichen zu machen.«

Sie ließ Jo stehen, ging die wenigen Schritte bis zum Badezimmer, überlegte kurz und schloss dann die Tür hinter sich ab. Sie ließ sich auf den Badewannenrand sinken und fing leise an zu weinen.

15

Mittwoch, noch immer recht früh

Als Agatha mit dem Fahrrad am Havariekommando an der Zollkaje vorbeifuhr, war er wieder da. Der penetrante Geruch, der bei der Verarbeitung von Fischresten zu Fischmehl entstand. Sie musste ein Würgen unterdrücken. Jedes Mal, wenn sie dort entlangfuhr, sagte sie sich: Gleich ist es vorbei, denk an was Schönes. Nach wenigen Minuten würde sie den Gestank nicht mehr wahrnehmen, irgendein Mechanismus im Gehirn führte dankenswerterweise dazu, dass der Geruchssinn sich abmeldete. Bis dahin hieß es: durchhalten.

Agatha trat kräftig in die Pedale. Auch wenn sie trainiert und sportlich war, machte ihr die schwere und unhandliche Last, die sie auf den Gepäckträger geschnallt hatte, zu schaffen. In leichten Schlangenlinien überquerte sie die Brücke über den Ritzebütteler Schleusenpriel und bog dann links in die Hafenkaje ein. Zu so früher Stunde waren nur wenige Menschen in der Stadt Cuxhaven unterwegs: schlaflose Touristen, die am Wasser entlangspazierten, oder Menschen, die zur Arbeit mussten. Ab und an ein Taxi auf den Straßen oder ein Lieferwagen, der neue Ware in die Geschäfte brachte. Und hier, an der Hafenkaje, war gar keine Menschenseele zu sehen.

Agatha war es mehr als recht, sie konnte keine Zeugen gebrauchen bei dem, was sie vorhatte. Sie fuhr die Hafenkaje fast bis zum Ende. Links lag die Alte Liebe, rechts der Steubenhöft, über hundert Jahre lang Startpunkt für Auswanderer in eine neue Welt, jeweils durch breite Streifen Nordseewasser von ihr getrennt.

Sie stieg vom Fahrrad, schob es an ein Geländer und ließ den schweren Sack vom Gepäckträger gleiten. Sie vergewisserte sich noch einmal, ob wirklich niemand in der Nähe war.

Cuxhaven war irgendwie auch ein Dorf, trotz der knapp fünfzigtausend Einwohner, deshalb würde früher oder später jeder wissen, dass sie auf eigene Faust Ermittlungen anstellte, wenn sie jetzt gesehen wurde. Sie konnte ihren Chef fast hören, in einem Meister-Röhrich-Tonfall: *Agatha, das ist nicht unser Job, wir sind für die Sicherung der Fahrrinne zuständig.*

Doch sie war es ihrer verstorbenen Mutter schuldig. Ihr Vater hatte gesagt, Fluth wäre mit ihr befreundet gewesen. Was hieß das eigentlich genau? Woher kannten sie sich? Da musste sie bei ihrem Vater noch einmal nachhaken. Und sie würde herausfinden, was mit Gunther Fluth passiert war.

Stank doch zum Himmel, dass jemand, der nie schwimmen ging, ausgerechnet im Herbst in der Nordsee damit anfing.

Nein, nein, da stimmte etwas nicht, und sich darüber Gedanken zu machen, was da nicht stimmte – das gefiel Agatha. Ein Mordfall in Cuxhaven, und sie konnte womöglich etwas zur Aufklärung beitragen. War doch deutlich spannender als das, womit sie sich sonst tagtäglich zu beschäftigen hatte. Nicht, dass es auf und im Wasser keine Verbrechen gab. Nur musste sie beim Auffinden einer Wasserleiche die Kollegen von der Kripo verständigen, die dann übernahmen. Bei Verdacht auf Drogenschmuggel kam der Zoll und bei blinden Passagieren die Bundespolizei. Ja, bei Mord an Bord, da war sie vielleicht die Erste vor Ort, aber bevor es interessant wurde, musste sie den Fall schon wieder abgeben, und nur mit ein bisschen Glück konnte sie der anrückenden Tatortgruppe dann noch über die Schulter schauen. Nur selten erfuhr sie überhaupt, wie die Ermittlungen ausgingen. Was aus den illegalen Passagieren wurde, die sie vor zwei Wochen auf einem Feeder, einem kleineren Containerschiff, im Laderaum entdeckt hatte, konnte sie bislang nicht in Erfahrung bringen. Oder eben, was es mit der Leiche auf sich hatte, die ihr vor das Boot gespült worden war.

Agatha schob den Wäschesack unter dem Geländer durch und wollte sich gerade zwischen zwei Querverstrebungen wie in einen Boxring schieben, als zwei Lichtkegel in der diesigen Luft der Hafenkaje auftauchten.

Sie warf sich instinktiv auf den Boden und presste ihren Körper auf den kalten Asphalt. Die Scheinwerfer wanderten über sie hinweg, als der Wagen in die Kurve fuhr und seinen Weg dann ohne abzubremsen fortsetzte.

Agatha hob den Kopf und spähte auf die Straße. Kein Motorgeräusch, kein Lichtkegel. Also weiter! Sie stand auf und stieg durch das Geländer auf den schmalen Absatz, der senkrecht zum Wasser abfiel.

Sie bückte sich und warf einen kleinen Ast ins Wasser, der sofort von der Strömung in Richtung der Fahrrinne gezogen wurde.

Wenn man jemanden loswerden wollte, dann eignete sich diese Stelle hier ausgezeichnet, denn bis auf die Schlepperleute war hier nachts tote Hose.

Wir werden sehen, dachte Agatha und wuchtete den Wäschesack ins Wasser. Wellen schlugen in alle Richtungen. Sie sah dabei zu, wie der Wäschesack sich drehte. Noch schwamm er oben, dank des Luftkissens, und trieb langsam Richtung Nordsee. Es schien zu funktionieren: Der Sack ging nicht unter. Er schaute gerade so weit aus dem Wasser heraus, dass man das Paket auch für den Rücken eines Menschen halten konnte.

Agatha sah aufs Meer hinaus. Mama, ich finde raus, was deinem Freund passiert ist, dachte sie.

Agatha ging langsam zurück zu ihrem Rennrad. Sie war so in Gedanken, dass sie die Gestalt am gegenüberliegenden Straßenrand nicht wahrnahm. Der Mann hatte Agathas Gesicht zwar nicht gesehen, aber das gelbe Rennrad, das kannte er.

16

Mittwochvormittag

Als die Tür seines Hausbootes in der City-Marina hinter Victor ins Schloss fiel, war er in Gedanken bereits bei der Planung des Arbeitstages. Zunächst würde er dem Hafenamt einen Besuch abstatten und sich nach den Strömungsverhältnissen im Hafen und der näheren Umgebung erkundigen. Und dann musste er den Gerichtsmediziner anrufen und nachfragen, ob sich bei der Analyse des Blutes und des Mageninhalts des Toten noch etwas ergeben hatte, das die These eines gewaltsamen Todes stützte. Was bedeuten würde, dass es einen Mörder gab, der möglicherweise in Cuxhaven frei herumlief. Als er die Rampe von der City-Marina zur Straße Am Schleusenpriel hinauflief, fiel ihm ein, dass er auch noch die Teilnehmer des Mediatorenkreises befragen wollte.

Die Möwen hatten sich heute früh offenbar zum Wettschreien verabredet. Als er auf Höhe der Neubauten angekommen war, war er von dem Gekreische so abgelenkt, dass er beinahe von einem Radfahrer angefahren worden wäre, dessen Klingeln er wegen des Vogelalarms überhört hatte.

Victor überquerte die Einbahnstraße, um weiter Richtung Alter Deichweg zu spazieren. Vor dem Imbiss roch es, als liefe die Fritteuse bereits hochtourig, und im *Deich-Café* stellte eine Mitarbeiterin trotz der mehr als herbstlichen Temperaturen Zuckerstreuer und kleine Blumenvasen auf die Tische im Außenbereich. Vor dem *Kiek in* hatte Victor am Abend zuvor noch einen Parkplatz erwischt. Er griff in seine Jackentasche, in der sich sein Schlüsselbund befand. Befinden sollte. Aber seine Finger griffen ins Leere. Victor schloss die Augen und atmete tief durch.

Jaja, das passierte eben, wenn man an zu viele Dinge gleichzeitig denken musste.

Ein kurzer Blick auf seine Smartwatch bestätigte ihm, dass er schon viel zu spät dran war. Dann eben per pedes. Er würde den Wagen später holen. Vieles lag in Cuxhaven ja dicht bei, war also gut zu Fuß erreichbar. Er zog sein Handy aus der Tasche, wählte die Nummer von Antonella. Die Kollegin war für die Pressemitteilungen der Polizei zuständig und wusste deshalb über alles, was passiert war, gut Bescheid. Außerdem war sie immer eine der Ersten in der Dienststelle.

»Victor, so früh schon unterwegs?«

»Ich muss mal ein paar Sachen checken, im Zusammenhang mit unserer Wasserleiche. Hast du was Neues?«

»Nee, du, sorry.«

»Hat die Rechtsmedizin sich schon bei dir gemeldet?« Er wich einer älteren Dame mit Rollator aus. Antonella klapperte am anderen Ende mit irgendetwas.

»Bisher nicht, sollte sie?«

»Ruf mich an, wenn es etwas Neues gibt, ja?«

»Was soll ich Lars sagen, wenn er fragt, wo du bist?«

»Gar nichts. Ich bin bald zurück, dann spreche ich selber mit ihm.«

Sie verabschiedeten sich, und wenig später hatte Victor sein

Ziel bereits erreicht, das Hafenamt, oder wie es richtig hieß: Niedersachsen Ports GmbH & Co. KG. Hier arbeitete ein alter Freund, der ihm hoffentlich helfen konnte.

Er kannte Ansgar Asmussen, der ihn an der Eingangstür bereits mit einem fröhlichen »Moin« erwartete, noch von der Schule, und ab und an trafen sie sich auf ein Bier oder einen Kaffee.

»Vielen Dank, dass du so kurzfristig Zeit für mich hast. Und du kannst mir helfen?«

»Logisch.« Ansgar ging voraus in sein Büro im ersten Stock des Gebäudes, Victor trottete hinterher. Sie betraten einen lieblos ausgestatteten Raum, kaum ein Möbelstück passte zum anderen. Das dunkelbraune Regal, auf dem Bücher und Akten gestapelt waren, sah so aus, als sei es in mehreren Ämtern ausgemustert worden, während der schwarze Schreibtischsessel offenbar den neuesten ergonomischen Anforderungen genügte.

Ansgar bedeutete ihm, sich auf den hölzernen Besucherstuhl zu setzen, der aus einer Bauernküche stammen mochte, und griff nach kurzem Suchen eine aufgerollte Karte aus einer Tonne heraus.

»So, Victor.« Ansgar breitete die Karte über seinem Schreibtisch aus. »Du hast am Telefon gesagt, dass du eine Übersicht der Hafenanlage brauchst, inklusive Strömungen.« Er beschwerte die Kartenränder mit einem Locher, einem Apfel und einem Tacker und tippte dann etwas in die Tastatur seines Computers. Wenige Sekunden später spuckte der Drucker ein Blatt Papier aus.

»Hier«, sagte Ansgar. »Das ist die Übersicht der Strömungsverhältnisse der vergangenen sieben Tage.«

Victor sah abwechselnd auf die Zahlenkombinationen und die Karte des Hafens. Ansgar erkannte die Fragezeichen in Victors Blick. »Wann wurde die Leiche denn gefunden, also wenn du mir so viel zu deinen Ermittlungen sagen darfst?«

»Gestern, früher Vormittag.«

»Und wo genau?«

Victor deutete mit seinem Zeigefinger auf eine Stelle der Karte, auf die Ansgar eine rote Figur, ähnlich der aus einem »Mensch-ärgere-dich-nicht«-Spiel, setzte.

»Nächster Parameter. Wie viele Stunden lag die Leiche im Wasser?«

»Seit Donnerstag oder Freitag, vermutet der Rechtsmediziner, also ungefähr.«

Ansgar nickte und studierte die Karte. »Okay, dann wäre sie fünf oder sechs Nächte zuvor ins Wasser geworfen worden. Wenn sie denn ins Wasser geworfen wurde und der Mann nicht schwimmen gegangen ist. Wisst ihr ja noch nicht, wenn man dem Tratsch glauben kann.«

»Spielt es eine Rolle, ob er tot war oder nicht?«

»Das kommt auf die Stärke der Strömung an. Wenn er lebend an einer Stelle ins Wasser gegangen ist, an der die Strömung noch vergleichsweise gering war, dann kann er ja gegen angeschwommen sein. Oder quer zum Ufer, um wieder zurückzukommen.«

»Gut, dann gehen wir mal davon aus, dass der Mensch bereits tot war, als er ins Wasser kam.«

»Okay, dann ist er entweder an der Alten Liebe ins Wasser geworfen worden und mehrfach von der Ebbe Richtung Nordsee und mit der Flut wieder zurückgetragen worden, oder die Leiche ist …«, Ansgar deutete auf die Spitze der Hafenkaje, »… irgendwo hier reingeschmissen worden.«

Victor erhob sich aus dem Bauernmöbel und beugte sich über die Karte. »Und was würdest du tippen?«

Ansgar schüttelte den Kopf. »Schwer zu sagen. Beides ist möglich. Aber wenn es sich um einen Mordfall handelt, dann würde ich mir die Hafenkaje bei Nacht aussuchen, um eine Leiche loszuwerden. Da ist man schön für sich. An der Alten Liebe läuft ja immer irgendwer rum. Die Alten, wenn sie nicht schlafen können, oder Touris. Ich hab da sogar schon mal jemanden nachts joggen sehen.«

»Hafenkaje also«, murmelte Victor.

17

Mittwochvormittag

Agatha sah auf die Uhr. Noch 20 Minuten, dann würde die *Helgoland* am Fähranleger festmachen.

Sie blickte auf das Meer und konnte in der Ferne einen kleinen Punkt ausmachen. Das musste es sein, das Flaggschiff der Reederei Cassen Eils.

Sie stand auf dem ehemaligen Pier im Hafen von Cuxhaven an der Alten Liebe, einige Meter unter ihr die drei ausgedienten Schiffe, die hier im Jahr 1733 versenkt worden waren, um die durch Sturmfluten beschädigte Hafenmole zu verstärken. Ihr Vater, der alte Seebär, war früher oft an seinen freien Tagen mit Agatha hier herumspaziert und hatte ihr Seeräubergeschichten erzählt.

Im Gegensatz zu den Urlaubern links und rechts von ihr schoss Agatha keine Fotos oder besah sich die Schiffe, die auf der Elbe und der Nordsee unterwegs waren, sondern suchte das Wasser in unmittelbarer Nähe des Unterbaus ab. Außer einer Entenfamilie, die schnatternd vorbeischwamm, war im Wasser aber nichts zu erkennen.

Konnte ihr Wäschesack womöglich doch untergegangen sein?

»Junge Frau, ick hab da een Problemchen.« Der Mann, der sie ansprach, war um die sechzig, genauso hoch wie breit und anhand seiner Kleidung eindeutig als Tourist zu erkennen. Windjacke mit Kapuze und darunter ein blau-weißes, längsseits gestreiftes Shirt. Agatha hätte ihn auch ohne seine Sprachfärbung als Berliner identifiziert. Wer sonst trug hier in Cuxhaven schon ein Trikot von Hertha BSC? Der Mann schwenkte ein Ticket vor Agathas Gesicht. »Hier. Ick hab dit ausjelöst, fünf janze Euro in dit Automatenteil rinjesteckt. Und nüschte. Die Schranke jeht nich uff.«

Agatha nickte. »Ja, dann haben Sie wirklich ein Problem. Aber da kann ich Ihnen leider nicht helfen.« Agatha zeigte auf das Abzeichen auf ihrem Ärmel.

Der Mann kniff die Augen zusammen, um scharf zu stellen. »Polizei. Oder nich?«

Agatha lächelte. »Polizei stimmt schon. Steht aber noch was davor. Wasserschutz.«

»Und wat heeßt dit?«

»Das heißt, dass ich Ihnen die Schranke nicht öffnen kann.«

Der Berliner warf die Arme in die Luft. »Ja, und wer kann dit?«

Agatha deutete auf das Restaurant auf dem Anleger. »Fragen Sie am besten da mal nach.«

Agatha warf einen letzten Blick auf das Wasser, und dann sah sie es. Es trieb direkt auf sie zu, keine drei Meter mehr von der Aussichtsplattform entfernt. Agatha ballte die Fäuste; ein Paket, das an der Hafenkaje ins Wasser geworfen wurde, trieb also an der Alten Liebe an. Oder an der Alten Liebe vorbei, Richtung Grimmershörnbucht. Und weder an der Hafenkaje noch an der Alten Liebe gab es Einstiegsstellen für Badende. Die Strömungsrichtung stimmte also auf jeden Fall.

Agathas geballte Faust war einer jungen Frau neben ihr nicht verborgen geblieben, die nun den Blick in die gleiche Richtung lenkte. Und zu schreien begann.

»Es ist nur ein Wäschesack«, sagte Agatha beschwichtigend, aber die Frau schien sie nicht zu hören, schnappte hörbar nach Luft und konnte sich kaum noch artikulieren. »Da«, rief sie, während sie mit dem ausgestreckten Finger aufs Wasser zeigte. »Eine Leiche … eine …« Agatha konnte gerade noch einen Schritt auf sie zugehen, um zu verhindern, dass die Frau, die nun das Bewusstsein verlor, auf den Holzplanken aufschlug. Wenige Sekunden später war Agatha umringt von einer Menschentraube, während zwei Männer es sich zur Aufgabe gemacht hatten, die »Leiche«, die nun fast das Ufer erreicht hatte, zu bergen.

Sie vergewisserte sich, dass die Frau wieder zu sich kam und in guten Händen war, bevor sie sich von der Gruppe entfernte und zurück zu ihrem Rennrad ging. Sie musste sofort mit Lars Pullmann sprechen.

18

Mittwochvormittag

Agatha hatte den Kripochef in der Dienststelle nicht angetroffen. Er sei zu einer Konferenz nach Hamburg gefahren, hieß es. Das war ihr ganz recht, denn eigentlich hatte sie ja ohnehin vor, mit Victor über die Sache zu sprechen. Und gerade als Agatha aus dem Gebäude trat, war ihr Lars' Kollege über den Weg gelaufen.

»Hey, so sieht man sich wieder. Victor, oder?« Vor dem Krankenhaus hatte sie ihn nicht so genau betrachtet. Jetzt fiel ihr auf, dass der Mann ein hübsches Gesicht hatte, fast zart, eine schmale Nase und melancholische Augen. Und dunkle Locken, die lange keinen Friseur mehr zu Gesicht bekommen hatten.

Er konnte sie offenbar für einen Moment nicht einordnen, aber dann hellte sich seine Miene auf.

»Du bist die von der Wasserschutzpolizei, die mit dem Kapitänsvater und dem Rennrad. Wir haben uns vor dem Krankenhaus getroffen.«

»Agatha, genau.«

»Sag mal, hast du gehört, dass da vorhin an der Alten Liebe ein ziemlicher Aufruhr war? Weil Touristen dachten, dass eine Leiche im Wasser treibt? Ich nehme an, die haben auch deine Kollegen alarmiert.«

»Nee, echt? Ich hab nix mitbekommen.«

»War offenbar richtig was los da, eine Frau ist sogar vor Schreck in Ohnmacht gefallen, weil sie dachte, da treibt ein Toter im Wasser, hat mir eine Kollegin von der Streife erzählt, muss man sich mal vorstellen.«

»Aha«, sagte Agatha und versuchte, so unbeteiligt wie möglich zu wirken.

»Diese Frau, die da in Ohnmacht gefallen ist, die hat später ausgesagt, dass eine Polizistin die vermeintliche Leiche zuerst entdeckt hat. Es sei eine Kollegin von der Wasserschutzpolizei gewesen.«

»Und wer soll das wohl gewesen sein?«

»Tja, mal überlegen. Wie viele Frauen gibt es denn bei der Wasserschutzpolizei in Cuxhaven?«

»Nur mich.« Langsam wurde ihr dieses Gespräch ein bisschen zu einseitig. Sie war schließlich nicht hergekommen, um über sich zu sprechen. Victor war aber noch nicht fertig.

»Und dann soll die Polizistin diesen Wäschesack, der für die Leute da aussah wie eine auf dem Bauch treibende Leiche, als Erste gesehen haben. Die Zeugin hat ausgesagt, dass sie den Eindruck hatte, dass die Polizistin das Wasser regelrecht danach abgesucht hätte.«

»Gut, können wir diesen Quatsch jetzt lassen?« Agatha steckte die Hände in die Taschen ihrer Uniformjacke.

»Ich war da am Wasser, weil ich etwas ausprobiert habe, und mein Versuch hat auch hingehauen. Wenn ich unser erstes Treffen vor dem Krankenhaus richtig interpretiere, dann warst du doch auch anderer Meinung als dein Chef, was den Tod des Mediators angeht, und wolltest weiter ermitteln?«

Victor sah sie durchdringend an, und Agatha konnte nicht anders, als festzustellen, dass sie ein bisschen neidisch auf seine langen Wimpern war.

Offenbar traute er ihr nicht so recht. »Selbst wenn ich der Ansicht wäre, dass Gunther Fl…« Es klingelte aus seiner Jacke. Victor entschuldigte sich, bevor er das Gespräch annahm.

»Antonella? Ja … Wirklich? … Das ändert natürlich einiges. Und da ist sich Henk absolut sicher? … Nein, ich stehe schon unten vor der Tür, bin gleich oben.«

Er steckte das Telefon wieder in die Tasche. »Ich muss mal hoch ins Büro.«

»Ging es um den Toten?« Agatha hatte die Aufregung in seiner Stimme deutlich wahrgenommen.

»Wir sehen uns.« Victor wollte gehen, aber Agatha hielt ihn am Arm fest.

»Ich sage dir, was es mit dem Wäschesack vor der Alten Liebe auf sich hat, und du sagst mir, was deine Kollegin dir da gerade am Telefon durchgegeben hat, ja? Der Tote war ein guter Freund meiner Eltern, ich fühle mich da in gewisser Weise verpflichtet. Also, was sagst du, haben wir einen Deal?«

19

Mittwoch, früher Nachmittag

Victor hatte sich für den Abend mit Agatha in einer Kneipe verabredet.

Sie hatte versprochen, ihm dann ein bisschen mehr über ihren Leichenattrappen-Versuch zu berichten, dafür würde er ihr erzählen, was er aus der Rechtsmedizin erfahren hatte. Quid pro quo.

Victor vermutete seinen Chef eigentlich auf einer Konferenz in Hamburg, aber als er an dessen Büro vorbeikam, rief Lars Pullmann ihn zu sich. »Gut, dass du da bist, Victor, kommst du mal kurz rein?«

Lars bestellte die Kollegen immer nur *kurz* ein, wobei *kurz* dann auch die Länge eines Fußballspiels bedeuten konnte.

»Nimm doch Platz«, wies Lars ihn an. Ein erstes Anzeichen dafür, dass das Treffen zumindest die Länge einer Halbzeit andauern würde. Victor setzte sich auf die vordere Kante des Besucherstuhls, um seinem Chef zu signalisieren, dass er nur kurz Zeit hatte und jede Menge Arbeit auf ihn wartete.

»Was gibt es Neues im Fall von Gunther Fluth?«, fragte Lars Pullmann, während er sich mit hinter dem Kopf verschränkten

Händen in seinem bedrohlich quietschenden Schreibtischstuhl zurücklehnte.

Victor räusperte sich. »Ich habe nun den endgültigen Obduktionsbericht. Wir müssen davon ausgehen, dass …«

»… dass wir es tatsächlich mit einem Mord zu tun haben.«

Offenbar war Victor die Überraschung anzusehen, denn Lars ergänzte:

»Ich bin hier der Chef, schon vergessen? Ich bekomme die Unterlagen aus der Rechtsmedizin auch gemailt. Also los, tragen wir mal die Erkenntnisse zusammen.« Lars nickte Victor aufmunternd zu.

»Gunther Fluth hat noch gelebt, bevor er im Wasser landete. Verletzungen am Schädel, die der Mann sich nicht selbst zugefügt haben kann und die auch nicht entstanden sein können, weil er irgendwo gegengestoßen ist. Vermutlich war er bewusstlos von einem massiven Schlag und ist dann ertrunken. Das große Hämatom kann unterschiedliche Ursachen haben. Da wir nicht wissen, wo das passiert sein kann, ist es auch schwierig, nach einer Tatwaffe zu suchen. Zumindest haben die Kollegen nichts in der Wohnung gefunden, was dafür infrage käme.«

»Ach, die Spusi war schon in der Wohnung des Toten?«, fragte Lars überrascht. »Bevor wir es als Mordermittlung deklariert hatten?«

»Wir haben uns nur ein wenig umgesehen«, log Victor. »Anhaltspunkte gesucht, seit wann der Tote verschwunden sein könnte.«

»Und wie bist du da reingekommen? War Gefahr im Verzug?«

»Der Mann hat keine lebenden Angehörigen mehr, der Hausmeister hatte einen Schlüssel. Ich hab nur …«

Lars wischte den restlichen Satz von Victor mit einer Handbewegung in Richtung Fenster. »Lassen wir das. Ich will das gar nicht wissen.«

Victor wollte etwas entgegnen, kam aber nicht mehr dazu. »Diese große Stelle am Hinterkopf des Toten, die von einem Schlag oder Stoß verursacht worden ist, und auch die Schürfwunden – könnten die entstanden sein, als er ins Wasser geworfen wurde? Von der Bordkante eines Bootes zum Beispiel? Wo ist es denn passiert, wissen wir das schon?«

»Ich hab mit einem Kollegen vom Hafenamt gesprochen. Wenn man sich die Strömung anschaut, dann kann er an der Hafenkaje gewesen sein.«

Lars sah Victor ernst an. »Das ist dein erster größerer Fall, oder? Ich frag dich das jetzt, und ich will, dass du mir ganz ehrlich antwortest, Victor. Bist du der Sache gewachsen?«

»Ja, klar«, antwortete Victor, ohne nachzudenken.

Lars lächelte. »So, und jetzt lass dir bei der Antwort ein bisschen Zeit. Wir haben es hier mit einem Mord zu tun. Deinem ersten Mord. Nicht nur die Presse steht uns auf den Füßen, sondern auch die Politik. Die Oberbürgermeisterin ist in diesen Fall verwickelt, da gucken alle sehr genau hin. Von der Cuxhavener Bevölkerung nicht zu reden, wenn die erfährt, dass hier in der Stadt ein Mörder frei herumläuft. Also noch mal: Bist du der Sache gewachsen?«

Victor zögerte. »Ja, das bin ich. Verlass dich auf mich, Lars.«

»Gut. Du leitest die Soko. Bekommst Gesche und Bertil, Antonella kann euch auch unterstützen, und ich bin ja auch noch da. Maik aus der Kriminaltechnik und vielleicht auch noch ein, zwei Kollegen von der Schutzpolizei. Mehr ist wahrscheinlich personell gerade nicht drin.« Lars nickte. »Okay. Was machst du als Nächstes?«

»Ich trommle das Team zusammen, und wir sammeln alle Fragen, die offen sind, vielleicht führt uns eine der Antworten zum Mörder: Mit wem hatte Gunther Fluth einen Konflikt? Wer hatte ein Motiv und auch die Gelegenheit? Wer profitiert von seinem Tod?«

Lars lehnte sich wieder zurück, offenbar irritierte ihn das Quietschen seines Stuhls nicht im Mindesten. »Der Täter oder die Täterin schlägt den Mann bewusstlos, zieht ihm eine Badehose an und lässt ihn irgendwo zu Wasser. Jeder Depp kann sich doch denken, dass die Leiche, wenn sie denn irgendwann gefunden wird, auf einem Untersuchungstisch landet. Dann muss der Täter doch damit rechnen, dass bei der Obduktion auch die Hämatome festgestellt werden. Erklär mir das bitte mal, Victor.«

»Vielleicht haben wir es mit einem nicht besonders intelligenten Täter zu tun.«

»Oder aber mit jemandem, der so verzweifelt und von der Situation überfordert war, dass er dachte, wenn jemand erst einmal im Wasser untergegangen ist, dann taucht der auch so schnell nicht wieder auf. Und wenn er auftaucht, dann haben Ebbe und Flut, die Meerestiere und was sonst noch so im Wasser herumschwimmt alle Spuren vernichtet. Bis auf die Badehose, die uns dann sagen würde: Dieser Mann ist freiwillig ins Wasser gegangen, ihm wurde von niemandem Gewalt angetan.«

Lars sah Victor durchdringend an. »Wenn das das Ziel des Mörders war, dann hat er es verfehlt.«

20

Mittwochnachmittag

Martini schob die Halskette wieder unter seinen Shirtkragen, korrigierte den Sitz seiner Tennishose, entnahm ihr eine Filzkugel, warf sie in die Höhe, holte mit seinem Schläger aus und schlug den Ball über das Netz. Sein Gegenüber streckte sich, konnte den Aufschlag aber nicht retournieren.

»Spiel«, rief Cem Demirel, ging zu Martini und klatschte mit ihm ab. Die beiden setzten sich auf die Bank, ihre Gegner taten es ihnen auf der anderen Seite des Netzes gleich.

»Macht dir die Sache mit dem toten Mediator keine Sorgen? Dass ein Toter im Wasser dem Tourismus schaden könnte?«, fragte Demirel seinen Tennispartner.

»Kein Stück.« Martini trank einen Schluck Wasser. »Es gibt etwas, was die Menschen verbindet, und das ist die Neugier. Die ganze Geschichte mag für sich betrachtet schrecklich sein. Aber es bringt Cuxhaven in die Schlagzeilen, deswegen bin ich über den Wirbel gar nicht so unglücklich. *Dark Tourism*, schon mal gehört? Verreisen mit Gänsehaut-Effekt, die Leute besuchen die Sperrzone am Atomkern von Tschernobyl, das Charles-Manson-Haus in den

USA, Ground Zero in New York, das Foltermuseum in Prag. Soll ich weitermachen?«

Demirel schnaubte. »Wenn in unserem Unternehmen jemand umgebracht werden würde, dann würde man sicher gleich Industriespionage vermuten. Und den ganzen Laden auseinandernehmen. Kann ich echt drauf verzichten.«

»Auch *bad news* sind *good news*. Dann wärt ihr mit der *Vorig* mal wieder in den Zeitungen. Ist doch letztlich egal, mit was. Hauptsache, die Leute sehen, dass es die *Vorig* noch gibt und dass euer Energieunternehmen weiterhin ein großer Player in Sachen Windkraftanlagen ist.«

»Wollt ihr sabbeln oder Tennis spielen?«, rief einer ihrer Gegner übers Netz, und Martini deutete auf seine Uhr. »Die Stunde ist eh fast um: Platz abziehen, Linien säubern!«

Demirel stand auf und schnappte sich den Besen, der am Zaun lehnte, um die Linien nachzuziehen. »Vielen Dank noch mal, dass du mich mitgenommen hast, Holger. Hat mir gutgetan, macht den Kopf schön frei, wenn man sich so auspowert.«

»Vielleicht lernst du ja hier mal eine Frau kennen, die du nach dem Sex nicht bezahlen musst.« Martini lachte, und Demirel konzentrierte sich plötzlich sehr auf die Platzpflege.

Das Vereinsgelände war auf der rückwärtigen Seite gerahmt von einer Gruppe turmhoher Birken, die sich selbst bei zartem Wind wie ein Gospelchor zur Musik wiegten. Vom Parkplatz aus, der an der Straße lag, konnte man das höhergelegene Vereinsrestaurant *Aufschlag* sehen – und die vorgelagerte Terrasse. Genau dort hatten Martini und Demirel einen Platz gefunden. Martini winkte gerade dem Kellner, um eine Bestellung aufzugeben, als die Oberbürgermeisterin und ihr Mann auftauchten.

Jo entdeckte die beiden Männer zuerst und steuerte ohne zu zögern auf sie zu.

»Holger, wie geht's?«

»Hab euch zwei lange nicht mehr hier gesehen«, sagte Martini und reichte auch Helene die Hand.

»Das stimmt, zu viel zu tun.« Sie wandte sich an Demirel. »Ich habe Sie hier noch nie gesehen«, sagte Helene. »Ich dachte, Sie wohnen in Hannover, weil die *Vorig* da ihren Hauptsitz hat.«

»Ich habe in Hannover eine Unterkunft, aber seit Kurzem auch eine kleine Wohnung hier ganz in der Nähe, in Altenbruch. Holger, also Herr Martini, hat mich gefragt, ob ich mit ihm Doppel spielen würde. Sie waren nur zu dritt heute, und da ich sowieso mal ein bisschen Bewegung brauchte …«

»Verstehe«, sagte Helene. »Obwohl du doch jeden aus dem Verein persönlich kennst, Holger, da hätte sich doch auch jemand gefunden. Oder mag niemand mehr mit dir spielen?«, fragte sie und lächelte.

Martini schien ihren Unterton zu überhören, oder er ignorierte ihn absichtlich. »Klar, da hätte sich schon jemand gefunden.« Er deutete auf Demirel. »Aber das war jetzt eine klassische Win-win-Situation. Ich hab einen Doppelpartner gefunden, und Cem lernt mal ein paar mehr Leute aus Cuxhaven kennen und hockt nicht immer nur mit seinen Ingenieuren und Technikern zusammen.«

»Ich wusste gar nicht, dass du ein so großer Menschenfreund bist«, entgegnete Helene spitz.

»Wir wollten gerade zu Mittag essen.« Jo stand immer noch lächelnd da. »Habt ihr was dagegen, wenn wir uns einfach zu euch setzen?«

Martini lächelte. »Nein, gar nicht.«

Nachdem sie sich gesetzt hatten, bestellte Jo einen Chardonnay für seine Frau und ein Bier für sich.

»Sie spielen hier auch im Verein?«, wandte sich Demirel an die Hollsteins.

Doch Martini riss das Gespräch an sich. »Jetzt lass doch mal den bescheuerten Small Talk. Es geht doch gerade wirklich nur um eines. Sag mal, Helene, als Oberbürgermeisterin sitzt du doch an der Quelle für die News von der Polizei.« Martini strich sich durch die Haare. »Glaubst du, dass Gunther Fluth beim Schwimmen ertrunken ist, weil ihm die Kraft ausgegangen ist, oder dass er einen Herzinfarkt hatte? Oder dass er umgebracht wurde?«

Jo konzentrierte sich auf die Speisekarte, während Martini Mutmaßungen anstellte. »Cem und ich, wir haben vorhin über den Fall gesprochen und festgestellt, dass ich durchaus ein Motiv gehabt hätte, den Mann zu töten. Letztendlich ist ja so ein geheimnisvoller Tod gut fürs Geschäft, lässt sich gut vermarkten: eine gruselige Stadt, in der ein Mörder frei herumläuft. Ich habe gerade einen Artikel darüber gelesen, dass vor allem junge Frauen sich sehr für *True Crime* begeistern. Und wir bräuchten in Cuxhaven dringend mal eine Frischzellenkur.«

»Du bist geschmacklos, Holger«, sagte Helene angewidert.

Mit dem erhobenen Zeigefinger deutete Martini auf den Mann an seiner Seite. »Cem hat auch ein Motiv, denn wenn die Schlichtung jetzt scheitert, dann werden die Windkraftanlagen der *Vorig* wahrscheinlich doch recht bald gebaut, weil dann die gültigen Verträge greifen. Die ganze Schlichtung ist ja nur eine Konzession an die Bedenkenträger. Ohne neue Beteiligungsverfahren, die alles verzögern würden, wird durchgezogen, was bereits entschieden war. Das kann der Geschäftsführer des beteiligten Energieunternehmens ja wohl nur gut finden. Es ist doch in eurem Interesse, die

Windmühlen so schnell wie möglich aufzustellen, um viel Geld damit zu verdienen, oder, mein lieber Cem?«

Demirel lächelte. »Umweltverträglichkeit und Nachhaltigkeit haben wir aber auch auf unsere Fahnen geschrieben.«

Martini lachte. »Das stimmt, ja, aber denkt bitte immer an den Tourismus. Davon leben sehr viele Menschen in unserer wunderschönen Stadt. Ich lass gerade ein Haus am Wasser umbauen, zu Ferienwohnungen. Im Erdgeschoss ein maritimes Café. Da kommen die Leute lieber hin, wenn sie aufs Meer gucken können und nicht auf eine Batterie Windmühlen. Ich hab also ein Interesse daran, dass ihr nicht alles zubaut mit euren Kraken.«

Demirel winkte ab. »Spricht gegen dich als Täter. Aber unsere Anlagen werden doch so oder so gebaut. Und durch das Mediationsverfahren wären es höchstens ein paar Anlagen weniger als geplant. Kein Grund also, einen Mord zu begehen.«

Jo musterte Martini und wandte sich dann an Demirel. »Also, ich sehe da auch ein Motiv. Sie können jetzt ohne die Rücksichtnahme auf die Bedenken der Umweltschützer und des Tourismus Windkraftanlagen aufstellen.«

Nun schaltete Helene sich ein. »Was soll das denn? Hört auf damit, ihr seid doch nicht von der Polizei.«

»Reg dich ab, Helene, wir tauschen doch nur Fakten aus«, sagte Martini und hielt nach dem Kellner Ausschau.

Helene wollte sich aber nicht abregen. »Also: Erstens ist das Schlichtungsverfahren noch nicht gescheitert, und zweitens ist es nicht nur das erklärte Ziel der *Vorig*, sondern auch der Politik, und zwar über Parteigrenzen hinweg, so viel Strom wie möglich aus erneuerbaren Energien zu erzeugen.« Helene sah in die Runde. »Vielleicht lässt sich doch noch eine Basis finden, um ohne Mediator vernünftig miteinander zu reden.«

»Wobei ihr ja alle sehr unterschiedliche Interpretationen von dem Wort *vernünftig* habt.« Jo malte mit den Fingern Anführungszeichen in die Luft. »Also, mein Angebot steht noch. Wenn ich helfen kann, dann mache ich das sehr gerne.«

»Jetzt lass uns nicht wieder davon anfangen, Jo. Du hast sicherlich große Erfahrung in der Vermittlung zwischen Konfliktparteien, aber das sähe nicht gut aus, wenn jetzt ausgerechnet mein Ehemann dieses Verfahren übernehmen würde.«

»Apropos Umwelt.« Martini machte eine Pause, als der Kellner die Getränke, Brot und Butter brachte und die Bestellungen für ihre Essenswünsche aufnahm. Dann setzte er seinen Gedanken fort. »Den größten Nutzen vom Tod des Mediators hat doch wohl unsere Grüne.«

»Wer?« Jo warf ihm einen fragenden Blick zu.

»Er meint Rieke«, sagte Helene.

»Rieke Häbeling?« Jo schien überrascht. »Die kann doch keiner Fliege was zuleide tun.«

Helene runzelte die Stirn. »Woher willst du das denn wissen?«

Jo konzentrierte sich nun darauf, ein Stück Brot mit Butter zu bestreichen.

Martini sah in die Runde. »Überlegt doch mal: Das Schlichtungsverfahren an sich ist schon ein großer politischer Erfolg für Rieke, schließlich konnte sie es so darstellen, dass sie die Interessen ihrer Partei durchgesetzt hat. Und wenn wir jetzt ohne Mediator zu keiner Einigung kommen, dann denken die Leute natürlich, dass es wirklich einige Punkte geben muss, die gegen den Bau der Anlagen sprechen.«

Helene verzog das Gesicht. »Die Leute sind doch nicht blöd. Die wissen genau, dass wir die Schlichtung machen, um alle Interessen zu berücksichtigen.«

Demirel schüttelte den Kopf. »Weiß ich nicht. Die Leute sehen vielleicht auch, dass das Vorhaben nicht so schnell umgesetzt wird, wie Sie es versprochen hatten. Und dass Frau Häbeling möglicherweise die geeignetere Person wäre, um solche Vorhaben umzusetzen.«

»Rieke? Das ist doch wohl ein Witz«, sagte Jo eine Spur zu scharf. Was auch Helene Hollstein nicht entging.

Martini lehnte sich zurück. »Die Leute sehen, was sie sehen wollen, Helene. Und Rieke wirkt zumindest bei dieser Sache wesentlich engagierter und resoluter als du.«

Helene lachte auf. »Im Endeffekt wird das Projekt umgesetzt, völlig egal, was Rieke sagt.«

»Es geht ihr vielleicht gar nicht ums Projekt«, warf Martini ein.

»Was meinst du?« Helene sah Martini fragend an.

»Hast du mal daran gedacht, dass Rieke deinen Job haben will?«

Natürlich hatte Helene schon daran gedacht. Dennoch schüttelte sie energisch den Kopf. »Die Bürgerinnen und Bürger sehen ganz genau, was sie an mir haben. Und was für ein Chaos wir hier in Cuxhaven hätten, wenn Rieke Oberbürgermeisterin wäre. Ganz abgesehen davon, dass keine Parteienkoalition sie auch nur in die Nähe des Amtes bringen würde.«

Helenes Stimme war nicht nur lauter, sondern auch schriller geworden. Zu laut und zu schrill. Einige der Menschen an den Nachbartischen hatten sich zu ihr umgedreht.

Das sich nun anschließende betretene Schweigen dauerte eine ganze Zeit. Martini und Demirel verfolgten Ballwechsel auf dem angrenzenden Tenniscourt, Jo bestrich eine weitere Scheibe Brot mit Butter, und Helene versuchte, den Eindruck zu erwecken, sie habe sich unter Kontrolle.

Sie musterte ihren Mann von der Seite und registrierte sowohl seinen unsteten Blick als auch das Bein unter dem Tisch, das in einem schnellen Rhythmus wippte. War es ihm unangenehm gewesen, über Rieke zu sprechen? War sie eine seiner Affären? Was wäre, wenn es mal mehr sein würde als Sex? Helene war sich inzwischen fast sicher, dass auch Jo wusste, was wirklich zwischen Gunther und ihr gelaufen war. Oder es zumindest gespürt hatte, dass in ihrem Leben ein anderer Mann eine Rolle spielte.

Und wenn er es gewusst hatte, wäre er dann dazu fähig gewesen, einen Mord zu begehen? Jo hatte offenkundig keine moralischen Bedenken, sie zu betrügen, aber wie war das andersherum? War er eigentlich eifersüchtig?

Dieses Nichtwissen, diese Unsicherheit waren für Helene kaum auszuhalten. Nur konnte und wollte sie ihren Mann nicht fragen, ob er mit Gunthers Tod etwas zu tun hatte. Denn dann würden sie auch über Jos Motiv sprechen müssen.

Es wäre ein Skandal, wenn ihr Verhältnis zu Gunther öffentlich werden würde. Auch jetzt noch. Das wollte Helene auf jeden Fall vermeiden. Und ein noch viel größerer Skandal wäre es für Helene, wenn der Ehemann der Oberbürgermeisterin ein Mörder wäre. Aber war ihr Mann zu einer solchen Tat fähig? Der Mann, mit dem sie so viele Jahre verheiratet war? Und der am Morgen nach Gunthers Tod am Frühstückstisch gesessen und mit ihr über dies und das geplaudert hatte? Nein, Jo hatte sie belogen, vernachlässigt und hintergangen, aber zu einem Mord war er ganz sicher nicht fähig.

Helene wischte die Gedanken beiseite. »Mich hat gestern noch dieser junge Kriminalpolizist im Rathaus aufgesucht. Ich weiß also ziemlich genau, dass die bisher noch in alle Richtungen ermitteln. Er hat mich übrigens auch gefragt, ob ich weiß, wo ihr alle am Donnerstagabend nach unserem Treffen gewesen seid.«

Helene genoss es für einen Moment, in die fassungslosen Gesichter der beiden Tennisspieler zu schauen. Dann fuhr sie fort. »Ich habe diesem Herrn Carvalho von der Kripo natürlich gesagt, dass ich keinem von euch einen Mord zutraue. Allerdings sind Leander Kroog vom Gaststättenverband und Susanne Bode vom Ministerium die Einzigen, denen ich für den Abend ein Alibi geben konnte.«

»Da können wir hier noch so viel herumfantasieren, wenn wir ehrlich sind, dann würde doch keiner von uns wegen dieses Verfahrens jemanden umbringen. Leute, wir sind doch keine Mörder.« Holger Martini lachte künstlich. »Am Ende ist es wahrscheinlich eine klassische Eifersuchtsgeschichte gewesen, oder es ging um Geld. Kennt man doch aus jedem *Tatort*.«

»Tschuldigung.« Jo sprang auf und verließ hektisch die Terrasse, hielt sich dabei die Hand vor den Mund.

»Was ist denn mit deinem Mann plötzlich los?«, fragte Martini verwundert. »Wird ihm beim *Tatort*-Gucken im Fernsehen auch immer gleich schlecht?«

Helene bemühte sich zu lächeln, aber eigentlich war ihr eher zum Heulen zumute.

21

Mittwochnachmittag

Vor dem Besprechungsraum wäre Victor beinahe in Henk hineingelaufen. Der Rechtsmediziner stand vor dem Snack-Automaten und musterte das Angebot.

»Ich hab noch ein paar Gemüsesticks in meinem Büro, wäre das nicht vielleicht besser für dich?«

Henk richtete sich auf, warf Geld ein, drückte ein paar Tasten und griff durch die Klappe des Automaten, um einen im Planetensystem vertretenen Schokoriegel herauszuziehen. »Victor, wenn du dich den ganzen Tag mit den Sachen beschäftigen müsstest, die ich zu sehen kriege, dann wäre Schokolade auch die Droge deiner Wahl.«

»Ich dachte nur, weil du durch deine Arbeit sehr genau weißt, welche Folgen eine schlechte Ernährung hat.«

»Im Übermaß ist alles schädlich.«

Henk folgte Victor in den Besprechungsraum, in dem bereits einige Kollegen damit beschäftigt waren, sich mit Getränken zu versorgen. Gesche bestückte das lange Whiteboard an der seitlichen Wand mit Fotos und Zetteln.

Als das allgemeine Begrüßungsgeraune verstummt war und alle einen Platz am Konferenztisch gefunden hatten, begann Victor mit seiner Zusammenfassung.

»Ihr habt es gehört, Gunther Fluth, 59 Jahre alt, Mediator, wohnhaft Deichstraße, ist nach den Ergebnissen der rechtsmedizinischen Untersuchung einem Tötungsdelikt zum Opfer gefallen.«

Victor sah, wie Antonella dem Rechtsmediziner einen tadelnden Blick zuwarf, als der mit reichlich Geknister seinen Schokoriegel auswickelte.

»Henk, magst du vielleicht beginnen?«

Henk verdrehte die Augen, kaute und schluckte und zog dann einige Papiere aus seiner schmalen Aktentasche. »Ihr habt das auch in eurem Maileingang. Gunther Fluth war fast sechzig, da hat man nicht mehr so ein taufrisches Baugerüst wie ein junger Mann, so viel ist klar.« Er räusperte sich.

»Aber Fluth war offenbar nicht unsportlich, wenig Fett, viele Muskeln. Vielleicht ging er morgens immer joggen oder war sexuell aktiv, da dürfen wir alle spekulieren, denn das kann er uns ja nicht mehr erzählen. Er hatte vermutlich zwei, drei Gläser Wein getrunken vor seinem Ableben. Reste davon waren im Magen. Ansonsten konnte ich bei der Blutanalyse keine weiteren Drogen feststellen. Fluth hatte Meerwasser in der Lunge, er ist also ganz sicher ertrunken. Es gibt keine Anzeichen dafür, dass er gewürgt oder unter Wasser gedrückt wurde. Allerdings hat der Tote eine heftige Prellung am Hinterkopf, die darauf hindeutet, dass er bereits bewusstlos gewesen sein muss, als er ins Wasser geworfen wurde.«

»Jemand hat ihn niedergeschlagen und dann im Wasser abgeladen.« Gesche wirkte erschüttert. »Obwohl er noch gelebt hat.«

Henk nickte. »Ich habe einige Hämatome an den Beinen, Armen und am Rücken des Toten gefunden, die von einem Sturz auf einen harten Untergrund herrühren könnten. Es gibt leichte

Kratzer an den Hüften, die darauf schließen lassen, dass er seinen biegsamen Astralkörper möglicherweise nicht allein aus warmen Herbstklamotten raus- und dann in die rote Badehose reingezwängt hat.«

Bertil überlegte laut. »Kaltblütiger Mord. Er hat sein Opfer ohnmächtig geschlagen und dann ertrinken lassen. Damit es wie ein Badeunfall aussieht.«

»Muss nicht kaltblütig gewesen sein«, warf Victor ein.

Bertil sah Victor an. »Was willst du mir damit sagen? Dass das etwa nicht geplant war? Und der Mörder gar nicht mitbekommen hat, dass sein Opfer noch gelebt hat?«

»Ich weiß es nicht, Bertil. Ich wollte damit nur sagen, dass sich der Täter in einer Ausnahmesituation befunden hat. Wenn er nicht gerade ein Profikiller ist, und davon gehe ich aus, dann hat dieser Mensch so etwas noch nie erlebt. Wir wissen nicht, was in seinem Kopf vor sich ging. Ob er vielleicht nicht mehr klar denken konnte, als er den blutenden Menschen auf dem Boden sah. Dass er vor einer Minute noch ein ganz gewöhnlicher Mensch war, und nun hatte er etwas getan, was ihn vielleicht den Rest seines Lebens verfolgen wird. Das wird ihm klar. Das meine ich. Dass wir uns nicht vorstellen können, was in den Sekunden nach dem Schlag auf Gunther Fluths Hinterkopf mit dem Täter passiert ist.«

Henk räusperte sich. »Ich mach dann mal weiter. Der Mann lag schätzungsweise drei bis fünf Tage im Wasser, bevor er wieder aufgetaucht ist und der Kollegin von der Wasserschutzpolizei vor den Bug gespült wurde. So viel erst mal von mir.«

Victor übernahm wieder. »Danke, Henk. Ich habe die Strömungsverhältnisse geprüft. Demnach muss der Mann irgendwo auf Höhe der Hafenkaje ins Wasser gelassen worden sein.« Victor stand auf, ging zum Whiteboard. »Die Kollegen der Kriminaltechnik haben dann tatsächlich an der Kaimauer an der Hafenkaje Blutanhaftungen gefunden, die eindeutig Fluth zuzuordnen sind.«

»Müssen wir nicht zumindest auch noch die Möglichkeit im Blick behalten, dass er schwimmen gehen wollte und sich den Kopf gestoßen hat?«, fragte Gesche.

Victor schüttelte den Kopf. »Die Stelle, an der wir das Blut gefunden haben, ist keine, von der aus man ins Wasser gehen kann. Keine Treppe, kein Geländer. Und ich erinnere noch einmal an Fluths Abneigung vorm Schwimmen in offenen Gewässern, von zwei Zeuginnen bestätigt. Gerade so einer würde doch nicht baden gehen, wo er keinen Grund sehen kann. Und dann aus drei Metern Höhe ins Hafenbecken springen.«

Gesche nickte, Victor fuhr fort. »Es gibt Zigarettenkippen, Müll, wie zum Beispiel alte Kassenbons und eine Tablettenpackung, aber nichts, was auf den ersten Blick eine Verbindung zu Gunther Fluth oder seinem möglichen Angreifer herstellt. Rund um den Hafen auch bisher nichts Verdächtiges.«

Victor wandte sich an die beiden uniformierten Kollegen von der Schutzpolizei, die ihre Stühle in die zweite Reihe gezogen hatten. »Könnt ihr uns mal zusammenfassen, was die Befragungen der Anwohner in der Deichstraße und die Kameraauswertungen ergeben haben?«

Die beiden verständigten sich mit Blicken, dann wandte sich die Frau an die Runde.

»Es gibt zwar Kameras im Hafen an der Klappbrücke, aber die haben einen anderen Ausschnitt aufgenommen oder waren kaputt. Wir haben also keine Bilder aus den Nächten, die eventuell für die Bestimmung des Todeszeitpunkts infrage kommen.« Ihr Kollege fuhr fort. »Also, da in der Gegend arbeiten nachts nicht viele Leute, nur die Nachtschicht vom Hotel *Stadt Cuxhaven*. Aber weder die noch die Anwohner haben irgendetwas gesehen. Und auf den Booten ist momentan auch niemand nach Einbruch der Dunkelheit.«

Die Frau übernahm wieder. »Die Wohnung wurde natürlich auch spurentechnisch untersucht. Sieht nicht so aus, als sei er da umgebracht worden. Kein Blut und auch keine Kampfspuren. Seinen Laptop haben wir mitgenommen, der wird noch gecheckt, ein Handy war nicht in der Wohnung. Fingerabdrücke gab es reichlich, aber solange wir keine Vergleichsdaten haben, ist es unmöglich festzustellen, wem die gehören.«

»Okay«, sagte Victor. »Gesche, sagst du was zu den einzelnen Personen?«

Gesche stand auf, stellte sich neben die Bilder, die sie aufgehängt hatte. »Das hier sind die Beteiligten des Mediationsverfahrens, das Gunther Fluth leiten sollte. Ihn kennt ihr ja alle.« Sie deutete auf das Bild des Opfers. »Dann unsere Oberbürgermeisterin Helene Hollstein. Die kennt ihr vermutlich ebenfalls.« Gesche warf einen Blick in die Runde, dann fuhr sie fort.

»Rieke Häbeling. Grün, und zwar so richtig. Die will zwar erneuerbare Energien, und zwar eher heute als morgen, aber sie will auch Krötentunnel und Insektenhotels, und die neuen Windkraftanlagen erst, wenn untersucht wurde, welche Schäden dadurch in der Tierwelt angerichtet werden. Weiter im Text: Holger Martini, Vorsitzender der Interessengemeinschaft Touristik Cuxhaven und Umland. Er betreibt mit seiner Familie ein kleines Imperium aus zwei Edelrestaurants und einer Eisdiele, außerdem plant er einen Apartmentbau mit Ausblick, der aber bitte Meer zeigen soll und keinen Windpark. ›Familie‹ heißt bei Martini übrigens geschiedene Frau, seine Kinder leben bei ihr.« Gesche deutete auf das Foto eines gepflegt aussehenden Mannes mit glatten schwarzen Haaren und messerscharfem Scheitel, was an die Frisur einer Playmobil-Figur erinnerte. Dazu eine schwarz gerahmte Brille. »Das hier ist Cem

Demirel, Geschäftsführer des Energieunternehmens *Vorig*. Die wollen gerne mehr Windkraftanlagen bauen. Denn jede zusätzliche Anlage bringt natürlich mehr Geld für das Unternehmen. Ist mit Martini befreundet.«

»Wie geht das denn?«, fragte Bertil. »Die haben doch ziemlich unterschiedliche Interessen. Der eine will Windkraftanlagen bauen, der andere will sie verhindern.«

»Muss ja nicht heißen, dass sie deshalb ihre Freundschaft aufgeben«, sagte Gesche und drehte sich wieder zur Fotostrecke. »Leander Kroog.« Sie tippte auf den korpulenten Mann mit dem Schnurrbart. »Dem gehört das Hotel *Cuxland*, und er ist Vorsitzender des Hotel- und Gaststättenverbands. Den Kroog und auch die Frau auf dem letzten Bild, Susanne Bode vom Wirtschaftsministerium, können wir als Täter ausschließen. Kroog ist seit Donnerstagabend ständig mit Leuten zusammen gewesen. Familienfeiern und Firmenevents in seinem Hotel. Und die Bode ist seit Mittwoch in Berlin.«

Bertil lehnte sich zurück, verschränkte die Hände über dem Bauch. »Echt jetzt, ein Windpark als Mordmotiv? Bisschen schwach, oder? Ich bring doch keinen um, nur weil der vielleicht, möglicherweise und ganz eventuell dafür sorgt, dass sich ein paar Streithammel wieder vertragen und dann ein paar Windmühlen gebaut werden? Also, da wär ich schon zum Massenmörder geworden, wenn ich wegen solchen Sachen jedes Mal jemanden umbringe.«

»Leute, können wir uns mal darauf konzentrieren, was wir haben?« Victor schaute Bertil an. »Vergessen wir mal kurz, dass es nicht nur um eine schöne Aussicht geht, sondern auch um eine Menge Geld, wenn so ein Windpark gebaut wird. Was wäre denn deiner Ansicht nach ein starkes Motiv?«

»Na, das übliche: Liebe, Leidenschaft, Eifersucht. Aber Geld natürlich auch. *Follow the money*, altbewährter Ermittlungsansatz.«

Henk knüllte sein Schokoladenpapier zusammen. »Es gibt keine Abwehrspuren an den Armen oder Händen, auch unter den Fingernägeln keine Fremd-DNA. Will sagen: Der Fluth hat sich mit niemandem gehauen. Der Schlag, wenn es denn einer war, kam also vermutlich überraschend. Wollte ich noch sagen, hatte ich vorhin vergessen.«

»Wieso sagst du ›wenn es einer war‹? Ich dachte, er ist niedergeschlagen worden?«, hakte Bertil nach.

»Der Gegenstand, der das Hämatom verursacht hat, kann zum Kopf bewegt worden sein, der Kopf kann sich aber auch zum Gegenstand bewegt haben.«

»Fluth kann sich auch selber niedergeschlagen haben?« Bertil war nun vollends verwirrt.

Henk warf das Schokopapier Richtung Mülleimer und verfehlte ihn um einiges. »Nee, das ist bei dem flachen Abdruckmuster und der Wucht, die da gewirkt hat, ausgeschlossen. Aber Fluth kann auch gestürzt und mit dem Hinterkopf auf ebenjenen Gegenstand gefallen sein.«

»Okay, ausschließen können wir das nicht, aber dann muss ja immer noch jemand den Bewusstlosen ins Wasser geworfen haben«, sagte Victor.

Henk nickte. »Ich denke, ihr könnt von der Hypothese ausgehen, dass er niedergeschlagen wurde. Ach so, er hat auch keine Liebe gemacht, bevor es eskaliert ist.«

»Liebe gemacht«, echote Bertil. »Du alter Romantiker.«

»Wieso haben wir kein Handy gefunden?«, fragte Victor in die Gruppe.

Achselzucken.

»Hat der Mörder vielleicht ins Meer geworfen«, sagte die Schutzpolizistin.

Nicken. Schweigen.

Victor nahm den Folienstift und schrieb *Motive – Geldgier, Liebe, Hass, Eifersucht?* an die weiße Tafel.

»Gesche, ich möchte, dass du prüfst, welche privaten Verbindungen es zwischen den Beteiligten gegeben hat. Jetzt und früher, wer kannte sich woher und war vielleicht besonders eng mit unserem Opfer. Für wen ist es von Vorteil, dass Fluth tot ist?«

»Geht klar.«

Antonella räusperte sich. »Ich hab da schon mal ein paar Dinge zu Fluth und Hollstein recherchiert. Die beiden kannten sich von früher. Also von ganz früher. Die haben schon vor Jahren in Hamburg miteinander zu tun gehabt. Es gab ein paar Treffer in Zeitungsarchiven, Sportberichte, Hollstein hat Volleyball gespielt, und Fluth war ihr Trainer.«

»Nachtigall, ick hör dir trapsen«, kommentierte Bertil.

»Sprich du noch mal mit der Hollstein, Bertil, und finde heraus, wie eng die beiden wirklich waren. Ob das vielleicht über eine Freundschaft hinausging und wir uns das Motiv ›Mord aus Leidenschaft‹ genauer angucken sollten.«

Victor legte den Stift wieder in die Halterung zurück. »Antonella, du checkst bitte weiter alle technischen Beweismittel. Vielleicht gibt es irgendeine Kamera, die wir bisher nicht aufm Zettel hatten, Restaurant, Privathaushalt, alles prüfen. Ich will wissen, ob es auf dem Laptop irgendetwas Interessantes gibt. Außerdem koordinierst du weitere Befragungen rund um den Hafen. Nachtarbeiter, wer ist mit dem Boot in der Nähe gewesen, als die Leiche abgelegt wurde, was haben die Kollegen von der Wasserschutzpolizei in dieser Nacht für Vorkommnisse gemeldet, ich will alles wissen. Bertil führt die Akte, und wir sehen uns spätestens morgen um diese Zeit wieder hier.«

Victor war sich plötzlich gar nicht mehr so sicher, dass es stimmte, was er seinem Chef versichert hatte. Er wusste wirklich nicht, ob es möglich war, diesen Fall zu lösen. Und schon gar nicht, ob es *ihm* möglich war.

22

Mittwochnachmittag

Die Vereinsgastronomie war inzwischen gut gefüllt, die Kellner hatten Mühe, allen Gästen gerecht zu werden. Jo war ziemlich bleich von der Toilette an den Tisch zurückgekehrt, hatte sein Verhalten mit einem kleinen Schwächeanfall entschuldigt und sah nun in kurzen Abständen auf seine Armbanduhr.

Holger Martini machte gerade mit der Hand eine alle Tische umfassende Geste.

»Schon unheimlich, oder? Irgendwo hier im Lokal könnte ein Mörder sitzen.« Martini nahm einen kräftigen Schluck Weizenbier und unterdrückte ein Rülpsen.

Demirel schüttelte heftig den Kopf. »Nun fang doch nicht schon wieder an.«

Martini ließ sich nicht irritieren. »Ich bin ja gespannt, wann wir von der Kripo dazu befragt werden.«

»Wir?«, fragte Jo Hollstein erstaunt.

»Na ja, du wahrscheinlich nicht, denn du hattest ja nichts mit dem Toten zu tun. Aber wir anderen.« Martini deutete mit dem Zeigefinger erst auf sich, dann auf die anderen Personen am Tisch.

»Wir alle hier, wir kannten ihn ja schließlich aus dem Mediationsverfahren.«

»Aber ihn zu kennen heißt doch nicht, dass wir auch als Zeugen befragt werden«, wandte Demirel ein. »Ich zum Beispiel habe ihn ja nur einmal gesehen, bei einem Bürgerbegehren, und da habe ich vielleicht zwei Sätze mit ihm gewechselt.«

»Warum lügst du denn, Cem?«, fragte Holger und grinste provozierend.

»Bitte?«, fragte Demirel verstört. »Was meinst du?«

»Na, unser Kennenlern-Abendessen.«

»Ach, das meinst du. Ja, natürlich. Da habe ich ihn auch gesehen. Aber nicht mit ihm geredet.«

Martini bohrte weiter. »Aber auch der Polizei wird schnell klar werden, dass du ein Interesse daran hast, dass dieses Verfahren nicht stattfindet. Ohne Einigung dürft ihr schließlich das bauen, was euch die Stadt Cuxhaven und die Landesregierung zugesichert haben.«

»Willst du das Gespräch jetzt noch mal von vorne beginnen?«, fragte Demirel genervt.

»Sei doch nicht so empfindlich, du Mimose.«

Nun schaltete sich Hollstein wieder ein. »Dein Argument zieht auch nicht, Holger. Ohne Schlichtung bekäme die *Vorig* eine bereits ausgehandelte Entschädigungszahlung, wenn die Zahl der Anlagen unter der liegen sollte, die die Landesregierung genehmigt hat.«

»Eben«, sagte Demirel trocken. »Außerdem machst du einen Denkfehler, Holger. Denn es gibt ja mehr als einen Mediator. Also suchen wir jetzt einfach den nächsten aus, das ändert also gar nichts am Verfahren insgesamt.«

Helene schluckte ob der rationalen Sichtweise ihres Tischnachbarn.

»Gut, da hast du natürlich recht, Cem. Aber vielleicht wolltest du nicht die Mediation verhindern, sondern genau diesen Mediator.«

»Jetzt wird es aber langsam absurd. Wieso soll ausgerechnet ich eigentlich derjenige sein, dem das alles nicht passt?«, entgegnete Demirel, der offensichtlich unsicher war, ob das Gespräch einen ernsten Hintergrund hatte oder ob es sich um Martinis speziellen Humor handelte.

»Wieso absurd? Wäre doch nicht das erste Mal, dass Parteien in einem solchen Schlichtungsverfahren Einfluss auf den Verlauf nehmen wollen, indem sie zum Beispiel dem Oberverhandler … sagen wir mal … ein Angebot machen.«

»Willst du damit andeuten, ich hätte den Mediator bestochen?«, fragte Demirel entrüstet.

»Oder bestechen wollen, und es hat nicht geklappt. Und Gunther Fluth hat dann gesagt, dass er das publik machen wird. Dann wärst du erledigt gewesen. Und Cuxhaven hätte sich vielleicht einen anderen Energieversorger gesucht.«

Demirel sah Martini fassungslos an. »Ich kann nicht glauben, dass du das gerade gesagt hast.«

»Beruhig dich mal wieder. Ich habe ja nicht nur dich gemeint, sondern jemanden, der über solche finanziellen Mittel wie du verfügt und für den es ein Leichtes wäre, einem Mediator ein attraktives Angebot zu machen.«

»Also sprichst du auch von dir«, sagte Demirel. »Du hättest doch auch das nötige Kleingeld, um den Mediator auf deine Seite zu ziehen.«

Helene fragte sich, wohin das hier noch führen würde.

Jo, neben ihr, schien völlig unbeteiligt, starrte in sein Glas und war offenbar in irgendeinen Gedanken vertieft, der ihn gerade ganz woanders hinbrachte.

»Ich weiß, dass das für Sie am schwierigsten ist, Frau Hollstein. Schließlich waren Sie als Einzige von uns allen schon lange mit Herrn Fluth befreundet.« Demirels Lächeln schien aufgesetzt. Helene wusste, dass ihr Gegenüber sie eigentlich nicht leiden konnte, das aber zu verbergen versuchte. Man musste ja miteinander arbeiten.

»Das ist wahr, ich kenne Gunther …« Helene zögerte. »Ich kannte Gunther schon seit meinem Studium in Hamburg.«

»Ach, Sie haben zusammen studiert?«

»Nein, nein.« Helene fühlte sich unwohl in ihrer Haut und wusste nicht, wie sie es verbergen sollte. »Gunther hat Sport studiert, auf Lehramt, mit Philosophie. Ich war für Jura eingeschrieben.«

»Verstehe«, sagte Demirel und wischte sich mit flacher Hand über den Kopf. Trotz des vorangegangenen Tennisspiels sahen seine dunklen Haare wie frisch frisiert aus. »Aber das erklärt ja nun nicht, warum Sie sich kannten.«

»Ich habe Volleyball gespielt, und Gunther war mein Trainer.«

»Ach, das ist ja interessant«, sagte Demirel und versuchte offenbar, in Helene Hollsteins Gesicht zu lesen.

»Wusste ich auch noch nicht«, sagte Martini. »Aber woher auch? Wir kennen uns zwar auch schon einige Jahre, aber so richtig über private Dinge haben wir uns noch nicht oft miteinander unterhalten, oder, Helene?«

»Vielleicht hat das Ganze ja auch sein Gutes«, warf Demirel ein. »Dass sich jetzt alle Parteien besser kennenlernen, meine ich. Und dadurch die Motive der anderen auch besser verstehen. Mal in die Schuhe des anderen reinsteigen, wie man so schön sagt.«

»Bitte?« Helene warf einen Blick in die Runde. »Das können Sie doch nicht ernst meinen. Dass am Tod eines Menschen, noch dazu, wenn es sich vermutlich um einen Mord handelt, etwas Positives zu finden ist.«

»Das kommt darauf an, aus welcher Perspektive man es betrachtet«, erläuterte der *Vorig*-Chef seinen Gedanken.

»Ich schätze diese Art von Humor überhaupt nicht«, sagte Helene und griff nach ihrer Handtasche, die über der Lehne des Stuhls hing.

»Oh, ich meine das gar nicht lustig, und auch nicht zynisch.« Demirel legte eine Hand auf ihren Arm. »Wir Menschen machen es uns nur gerne ein bisschen zu einfach, wenn wir die Welt in ›gut‹ und ›böse‹, in ›richtig‹ und ›falsch‹ einteilen. Haben Sie noch gar nicht darüber nachgedacht, dass es einen Grund für den Mord am Mediator geben kann, der nicht durch eine persönliche Bereicherung welcher Art auch immer motiviert ist? Dass es auch eine Strafe gewesen sein könnte? Das Ergebnis einer großen Streiterei, an der Herr Fluth nicht ganz unbeteiligt gewesen ist?«

»Das Bestrafen überlassen wir besser den Gerichten, meinen Sie nicht auch, Herr Demirel? Oder, sollten Sie gläubig sein, dann gibt es da ja noch jemanden, von dem Sie meinen, dass er richten würde, von ganz oben.« Helene befreite ihren Arm und stand auf, schulterte ihre Tasche und bedeutete Jo, dass sie gehen wollte. »Die Herren entschuldigen mich, ich habe noch einen Termin im Rathaus.«

Jo zog einige Geldscheine aus der Hosentasche und legte sie auf den Tisch.

»Ach, Helene, nun mach doch nicht so einen Wind. Komm, wir trinken auf unser aller Wohl.« Martini hob, wie zum Toast, sein Glas.

Demirel schaute von unten zu Helene auf. »Das mit den Gerichten wollte ich gar nicht in Abrede stellen.«

Sie konnte seinen Gesichtsausdruck nicht so recht deuten. »Ich bin Demokrat, Frau Oberbürgermeisterin, und Verfechter der Gewaltenteilung. Ich wollte damit nur andeuten, dass …«

»Sie haben nach meinem Geschmack schon genug angedeutet, Herr Demirel. Guten Tag.«

23

Mittwochabend

Victor hatte den Rest des Tages damit verbracht, alle Unterlagen aus der Rechtsmedizin noch einmal genau durchzugehen, dann war er mit dem Bericht der Kriminaltechniker erneut zur Wohnung von Gunther Fluth in der Deichstraße gefahren, um sich selbst ein Bild zu machen. Hatte ihn alles nicht wirklich weitergebracht. Auch von den Kollegen gab es bisher keine Hinweise, die auf ein Motiv oder einen möglichen Täter hindeuteten. Klar war inzwischen nur, dass es in der Wohnung keine Blutspuren und keine Anzeichen für eine gewalttätige Auseinandersetzung gegeben hatte.

Deshalb begegnete er der Kollegin von der Wasserschutzpolizei jetzt recht frustriert und eher lustlos. Aber er gab sich Mühe mit dem Lächeln, das er Agatha anbot, die vor der Kneipe auf ihn gewartet hatte.

Er wäre eigentlich lieber ins Restaurant seiner Eltern gefahren, um sich von seiner Mutter ein paar *Bolinhos de Bacalhau* servieren zu lassen, dazu einen samtigen Roten.

Aber die Verabredung einfach sausen zu lassen entsprach nun

mal nicht seiner Art. Er beschloss, es bei einem Getränk zu belassen, ein kurzer Austausch von Informationen, und dann ab nach Hause. Er wollte auch wissen, wie Anas Matheklausur gelaufen war. Bisher hatte sich seine kleine Schwester noch nicht gemeldet.

Die Kneipe war so verraucht, dass man beim Eintreten das Gefühl hatte, vor eine Nebelwand zu treten.

Eigentlich unmöglich, dachte Victor, die Gesetzeslage war schließlich eindeutig. Aber Biggi, die Wirtin, hielt sich nicht daran. Sie war nicht nur renitent, sondern auch eine Stoikerin. Sollten sie ihr den Laden doch dichtmachen, hatte sie ein ums andere Mal gesagt. Bislang wurde ihr Fehlverhalten geduldet, jeder wusste, dass man sich am Tresen bei Biggi zu »Lütt un Lütt«, einem Bier und einem Korn, auch eine Kippe anstecken konnte. Und es gab einige, die von diesem Angebot vollumfänglich Gebrauch machten. Die meisten von ihnen saßen an dem geschwungenen Tresen, quatschten miteinander, lachten, husteten und hielten sich an ihren Gläsern fest.

Biggi stand hinter der Theke und trocknete Gläser mit der Prägung des Bierlieferanten, als Victor und Agatha ihr Lokal betraten. Es entging Victor nicht, dass sie ihn sehr genau musterte. Biggi kannte alle, die ihre Kneipe betraten. Die, die sie nicht kannte, wurden freundlich, aber bestimmt darauf hingewiesen, dass es sich hier um eine geschlossene Gesellschaft handelte. Wie Biggi diesen Terminus definierte, war ihr Geheimnis, denn die Kneipe war weder geschlossen, noch befand sich in ihr eine Gruppe von Menschen, die man als »Gesellschaft« bezeichnen konnte. Biggi beobachtete die beiden, weil sie wusste, dass Victor bei der Polizei war. Und auch wenn sie mit der Kripo noch nichts zu tun gehabt hatte, kannte sie einige Schupos, die regelmäßig durch alarmierte Nachbarn wegen nächtlicher Ruhestörung zu Besuch kamen. Nicht, dass Biggi die Sache nicht selbst hätte regeln können. An einer

Wand der Kneipe hingen von der Sonne vergilbte Fotos der Wirtin im Boxring. Sie war eine der ersten Frauen, die in Deutschland professionelle Faustkämpfe bestritten hatten, und es hieß, ihr fulminanter Leberhaken könne auch heute noch so manchen Kerl ausknocken.

Victor vermutete, dass es besser war, Agatha als Freundin und nicht als Wasserschutzpolizistin vorzustellen, falls Biggi fragen würde, denn auch von unschönen Erlebnissen auf dem Wasser wurden immer wieder Geschichten am Tresen zum Besten gegeben. Auch Biggis kleines Boot wurde offenbar regelmäßig kontrolliert, um dem Verdacht nachzugehen, sie würde unverzollten Alkohol von Helgoland nach Cuxhaven und anschließend in ihre Kneipe schmuggeln.

Agatha folgte Victor in eine ruhige Ecke der Kneipe. Per Handzeichen bestellte er zwei Bier, die durch mehrere Hände zu ihrem Tisch wanderten. »Ich verstehe nur nicht, warum du einen Wäschesack an der Hafenkoje ins Wasser wirfst. Du bist Wasserschutzpolizistin und keine Ermittlerin. Warum interessiert dich also, wo die Leiche möglicherweise ins Wasser geworfen wurde?«

»*Ich* hab die Leiche ja schließlich gefunden.«

»Das ist keine Antwort auf meine Frage.«

Agatha malte mit dem Finger in der kleinen Bierpfütze auf dem Tisch herum. »Meine Mutter war mit Gunther befreundet, also eigentlich meine Eltern, und …«

»… immer noch keine Antwort auf meine Frage.«

»Was willst du eigentlich?« Sie schaute auf, nun mit zornigem Blick. »Einen Wäschesack in die Elbe zu schmeißen ist ja nicht verboten, oder?«

Victor trank einen großen Schluck. »Lass uns mal eins klarstellen, Agatha. Ich kann verstehen, dass deine Arbeit vielleicht manchmal etwas eintönig ist, und ich kann auch verstehen, wenn man da mal etwas mehr möchte, eine Spur verfolgen, ein Verbrechen aufklären, den Schuldigen festnehmen. So was. Aber das macht die Kripo. Das machen wir.«

Agatha wurde wütender. Und lauter. »Ich wollte euch, ich wollte *dich* bei der Arbeit doch nur ein wenig unterstützen.«

»Wenn ich Unterstützung brauche, dann sage ich es. Und die, die mich unterstützen, sind dann die aus meinem Team, meiner Dienststelle, oder Leute, die ich angefordert habe. Oder die mein Chef angefordert hat. Die Wasserschutzpolizei ist meines Wissens immer noch die Polizei auf dem Wasser. Ersten Angriff bearbeiten, dann weiterleiten an die zuständigen Stellen. Wenn du damit nicht klarkommst, musst du dir einen anderen Job suchen.«

Agatha versuchte, ihre Wut in den Griff zu bekommen, holte tief Luft, was in der verrauchten Kneipe einen Hustenanfall zur Folge hatte.

Victor schaute zum Tresen, aber Biggi war gerade mit neu eingetroffenen Gästen beschäftigt. Schick angezogene ältere Damen in biederen Kostümen, die eher nach einem Bingo-Abend aussahen als nach einer Kneipe wie dieser.

»Ist ja nicht so, dass wir nie ermitteln würden«, stellte sie klar. »Und ich habe übrigens auch schon darüber nachgedacht, vielleicht zur Kripo zu wechseln.«

»Und bis das so weit ist, willst du ein bisschen Kriminalpolizistin spielen, um zu schauen, ob es dir gefällt?«

»Ich könnte für dich doch in diesem Fall ein wenig ermitteln«, schlug Agatha vor.

»Du weißt selber, dass das nicht geht. Die Aufgaben und die Grenzen unserer Jobs sind doch klar geregelt.«

»Aber geht es nicht darum, so schnell wie möglich den Mörder zu finden?«

»Hast du einen Verdacht?«, fragte Victor vorsichtig.

Victor sah ein Aufflammen in den Augen von Agatha.

»Noch nicht.«

»Aber?«

Agatha faltete die Hände wie zum Gebet und legte sie vor sich auf den Tisch.

»Ich tippe auf Eifersucht als Motiv. Mein Vater sagt, Fluth war sehr beliebt bei den Damen. Das war schon früher so, als er noch Volleyballtrainer war.«

»Und Fluth hat auch hier in Cuxhaven Affären gehabt, meinst du? Hat dein Vater dazu auch etwas gesagt?«

»Nee, der Fluth hat sich seit Jahren nur um eine Frau bemüht, sagt mein Vater.«

»Nämlich?«

»Helene Hollstein.«

»Na, das ist jetzt aber keine wahnsinnig neue Erkenntnis. Wir wissen längst, dass die Oberbürgermeisterin und der Fluth sich schon lange kannten. Er war mal ihr Trainer, Jahre her.«

»Nee, das meine ich nicht. Die zwei waren viel mehr als nur Freunde. Gunther war regelrecht besessen von Helene Hollstein. Mein Vater sagt, die treffen sich seit Jahren. Offenes Geheimnis. Jeder im engeren Freundeskreis weiß das. Nur Jo nicht.«

»Jo?«

»Johannes Hollstein. Helenes Mann, der Rechtsanwalt.«

»Interessant«, bemerkte Victor. Das war tatsächlich eine neue Information, die niemand aus der Soko bisher ausgegraben hatte. Er würde Antonella eine Nachricht schicken, sie mussten überprüfen, ob an diesem Gerücht wirklich etwas dran war. Wenn Helene Hollstein und Gunther Fluth seit Jahren miteinander ins Bett gingen, dann gab es neue Tatverdächtige. Den Ehemann der Oberbürgermeisterin zum einen, wenn er von einer innigen Beziehung seiner Frau zu Fluth gewusst hatte, und zum anderen die Oberbürgermeisterin selbst. Und vielleicht gab es auch noch irgendwo eine Ex-Freundin des Mediators, die sich mehr als nur eine kurze Beziehung versprochen hatte und deshalb mit ihm in Streit geraten war.

Victor zog sein brummendes Handy aus der Tasche. Ana hatte ihm gesimst. Auf seine guten Wünsche für ihre Matheklausur hatte sie aber lediglich ein Daumen-hoch-Emoji geschickt. Wieder mal. Kein Wort, keine Fragen, kein Interesse, nichts.

»Was ist denn jetzt los?«, fragte Agatha mit einem Blick auf sein Gesicht.

»Mir ist da gerade etwas eingefallen«, sagte Victor zögerlich. »Bezüglich meiner Schwester.«

»Deiner Schwester?«, fragte Agatha.

»Wenn ich dir anbieten würde, dass du mich ein wenig unterstützen kannst …«, druckste Victor herum.

Sie sah Victor fragend an. »Also, Agatha, du könntest mir einen großen Gefallen tun.«

24

Mittwoch, später Abend

Der mächtige Frachter der *All-in-one-Shipping-Company* glitt durch das Wasser. Kapitän Rick Egilsson war peinlich darauf bedacht, keinen Fehler zu machen. Nicht, dass ihm viele Fehler unterliefen, er war ein erfahrener Seefahrer und in seinen fast vierzig Dienstjahren schon auf allen Weltmeeren unterwegs gewesen.

Der deutsche Frachter, den er heute steuerte, lief unter maltesischer Flagge, das Personal bestand fast ausschließlich aus Vietnamesen, der Erste Offizier war Engländer, und Egilsson selbst stammte aus Island.

Eigner des Schiffes war ein Konsortium aus arabischen Geschäftsleuten. Die Fracht, vornehmlich Rohstoffe für einen indischen Stahlhersteller, kam aus Rotterdam, und das, was sich in den Metallkartuschen im Container mit der Nummer 27 befand, war feinstes Haschisch aus Ketama am Rifgebirge in Marokko. Dort, im Bauch der *Vicky*, war es auf dem Weg in den Hamburger Hafen, um noch in der Nacht gelöscht und weitertransportiert zu werden.

So zumindest sah der Plan derer aus, die ihn sich ausgedacht hatten: ebenfalls ein Konsortium mit klaren Regeln, straffen Hierarchien, eindeutigen Motiven und einer sehr spezifischen Moral.

Kapitän Egilsson kannte diese Moral, er hatte mit ihr schon als Jugendlicher im Kino Bekanntschaft gemacht, als großer Fan der Noir-Filme aus den 1950er- und 1960er-Jahren, während seine Freunde *Star Wars* und *Indiana Jones* liebten. In diesen Schwarz-Weiß-Filmen gab es so etwas wie eine Moral unter den Verbrechern. Ähnlich der Moral in religiösen Texten, die Verbote und Konsequenzen bei Nichteinhaltung beschrieben.

Er hatte sich diese Moral nicht zu eigen gemacht, aber er wollte auch nicht sterben. Daher befolgte er die Regeln ebenjener Leute, die ihn darüber in Kenntnis gesetzt hatten, dass in Container 27 eine wertvolle Fracht mitreiste, die unter keinen Umständen kontrolliert werden durfte.

So einfach war das. Nur zwei Menschen an Bord wussten von dieser Fracht; Egilsson hatte seinen Ersten Offizier eingeweiht, der schnellem Geld nicht abgeneigt war. Außerdem musste es jemanden geben, der Bescheid wusste, sollte dem Kapitän etwas zustoßen.

Egilsson wurde nicht nervös, als der Funkspruch der Wasserschutzpolizei einging und ein Besuch an Bord angekündigt wurde. Ihm war klar, dass die Polizei auf dem Wasser nicht viel mehr zu tun hatte, als für eine freie Fahrrinne zu sorgen. Und stichprobenartig die Papiere, die Besatzung und die Fracht der Containerschiffe zu überprüfen.

Egilsson war in jüngerer Vergangenheit des Öfteren kontrolliert worden, er wusste, dass es bei der Wasserschutzpolizei engagierte Beamte gab, die nur darauf warteten, endlich einen dicken Fund an Bord seiner *Vicky* zu vermelden, aber so leicht würde er es denen nicht machen. Auch wenn seine Reederei bereits mehrfach in Verdacht stand, illegale Substanzen zu transportieren, und das

Schiff zudem aus Rotterdam kam, also »von den Holländern«, die mittlerweile ein ordentliches Problem mit ihrer liberalen Drogenpolitik und den Auswüchsen hatten. Nein, ihm würden sie nichts anhängen können.

Die *Bürgermeister Weichmann,* das Schiff der Wasserschutzpolizei, drehte bei. Egilsson bekam über Funk eine Nachricht mit der Aufforderung, die Fahrgeschwindigkeit zu drosseln und zwei Kollegen an Bord zu lassen.

So war es geplant, und so geschah es auch.

Nicht geplant war, dass der Erste Offizier Angst um seine nautische Karriere bekam, im Bauch der *Vicky* verschwand, Container 27 öffnete, die dort aufgestapelten Metallkartuschen auf eine Schubkarre lud, mit dem Bordaufzug zur Reling fuhr und die Ladung in dem Augenblick, als die Wasserschutzpolizei an Bord kam, auf der anderen Seite des Schiffes in der Elbe versenkte.

Die Kartuschen würden aufgrund ihres Gewichts auf den Grund sinken und vielleicht nach Monaten oder Jahren, wenn Strömung und Korrosion ihnen zugesetzt hatten, ein paar Fischen eine gehörige Dröhnung verschaffen.

Alle Kartuschen sanken, bis auf eine, die nicht sachgerecht verschweißt worden war und sich beim Aufprall öffnete und ein Paket in die Elbe entließ.

Es schaukelte sacht auf dem Wasser, und Kapitän Egilsson hatte Glück, denn die Strömung trieb diese Ladung nicht in Richtung der *Bürgermeister Weichmann,* sondern zum Strand.

25

Mittwoch, kurz nach Mitternacht

Das Meer hatte sich weit zurückgezogen, und doch konnte man die Wasserkante sehen, denn die vorbeiziehenden Schiffe warfen Lichter auf die leicht bewegte Nordsee. Zwei schlanke, groß gewachsene Gestalten standen nah beieinander an der Kugelbake.

»Hast du was zu rauchen dabei?«, fragte Momme und sah sich um, als ob ihn um diese späte Uhrzeit und hier draußen am Strand jemand belauschen könnte.

»Hab nichts bekommen.«

»War der Typ aus Bremen nicht da?«, hakte Momme nach.

»Nee, hab ihm ’ne Nachricht geschickt, dass er nicht zu kommen braucht.«

Momme wurde wütend. »Bist du bescheuert? Was sollen wir denn jetzt verticken?«

»Digga, red nich so mit mir. Unsere Kasse ist leer. Und der Bremer nimmt nur noch Bares, nicht auf Kredit.«

»Aber er bekommt doch die Kohle, wenn wir das Zeug verkauft haben.«

»Hörst du mir nicht zu? Er nimmt nur noch Bares. Ware gegen Kohle. Keine Kohle, keine Ware. Hast du es jetzt?«

»Und was machen wir jetzt?«

Enno zuckte mit den Schultern. »Alkohol, haben wir vorm Kiffen doch auch gemacht. Hast du was dabei?«

Momme zog eine Flasche aus seinem Rucksack. »Wodka.«

»Zeig her.«

Enno besah sich das Etikett wie das eines erlesenen Weins. »Das ist der billige, da wird man blind von.«

Momme schüttelte den Kopf. »Dann müsste ich schon lange blind sein.«

»Hast du auch was zum Mischen?«

»Nee, aber Ditha. Kommt dahinten. Mit Ana.« Momme zeigte auf zwei Gestalten, die von der Straße auf den Strand traten.

Enno schraubte die Wodkaflasche auf und nahm einen Schluck, verzog keine Miene. Dann gab er die Flasche Momme.

Die beiden nickten Ditha und Ana zu.

»Hast du was zum Mischen dabei?«, fragte Momme und sah Ditha an.

»Ich? Wieso ich?«

»Weil ich den Wodka mitbringen wollte, du solltest was zum Mischen mitbringen.«

»Wer hat das gesagt?«

Momme war sichtlich genervt. »Wir alle.«

»Was sollen wir denn jetzt machen?«, fragte Ana und drehte sich um zu Enno, doch der war nicht mehr da.

Enno hatte Sneakers und Socken ausgezogen und ging langsam Richtung Watt. Mit jedem Meter sank Enno etwas tiefer in den Schlick, aber es bestand keine Gefahr, nicht hier. Es gab einige Strandabschnitte, da war das Watt wie Treibsand, und wenn man erst mal bis zu den Knien eingesunken war, dann war es schwierig, ohne fremde Hilfe herauszukommen. Vermutlich verschluckte einen das Watt nicht, aber dort festzustecken, wenn die Flut kam, war auch nicht gerade schön.

Enno blieb stehen, bückte sich, hob etwas auf, das aussah wie ein Paket.

»Was hast du da gefunden?«, rief Ana.

Enno drehte sich um und grinste. »Kann sein, dass wir den Wodka nicht mehr brauchen.«

26

Immer noch Mittwochnacht

Helene Hollstein schloss das Fenster des Arbeitszimmers. Ihr war kalt, was nicht nur an der Nachtluft, sondern auch an den Fragen lag, die ihr durch den Kopf schwirrten.

Bevor sie den Computer einschaltete, lauschte sie in das Haus hinein, aber außer dem gedämpften Schnarchen aus dem Schlafzimmer, dem Surren des Kühlschranks und dem Ticken der Wanduhr im Wohnzimmer war es still.

Auch vor dem Haus auf der Straße war es um diese Zeit ruhig.

Nach dem Mittagessen im Vereinsheim hatte sie Jo gegenüber einen Termin vorgeschoben, war dann aber nicht zurück ins Rathaus, sondern an den Hafen gegangen. Sie wusste nicht, wie lange sie auf der Bank unter Gunthers Wohnung gesessen hatte, einen Schal im Gesicht, um nicht erkannt zu werden. Sie saß dort, gegen jede Vernunft darauf hoffend, dass Gunther plötzlich vorbeikommen würde. Um die Straßenecke, auf sie zu. Lachend.

Der Rest des Tages zog sich wie Kaugummi zwischen Meetings, Telefonaten und dem Beantworten von E-Mails. Bestrebt, nach außen hin einen guten und aufmerksamen Eindruck zu machen, war es Helene Hollstein immer schwerer gefallen, das Gedankenkarussell in ihrem Kopf zum Stehen zu bringen.

Die zahlreichen Anrufe von Johannes waren auf der Mailbox gelandet, seine SMS-Nachrichten hatte sie ungelesen gelöscht. So war sie auch beruflich vorangekommen. Zielstrebig einen Weg verfolgen, sich von nichts ablenken lassen, keine Irritationen zulassen.

Denn sie hatte einen Verdacht. Und dieser Verdacht hatte sich nach dem auffälligen Verhalten von Jo beim Treffen im Vereinsheim verstärkt. Vielleicht völlig unbegründet. Aber der Verdacht war nun mal da. Und damit auch die Angst, dass sich der Verdacht bestätigen würde.

Sie wollte zunächst einmal alle Informationen zusammentragen, die sie bekommen konnte. Wo war Jo am Donnerstagabend, als Gunther vermutlich starb? Gab es Hinweise, die Jos Unschuld oder auch Schuld belegten?

Die Wohnung war dunkel und still gewesen, als sie nach einem langen Abendspaziergang die Tür aufschloss. Johannes hatte sein Glas im Wohnzimmer auf dem Tisch stehen lassen. Ein unbenutztes Glas, das er für sie aufgedeckt hatte, stand neben einer leeren Flasche Rotwein. Helene war in die Küche gegangen, hatte eine Flasche Rotwein geöffnet und sich großzügig eingegossen. Sie würde sowieso nicht schlafen können, deshalb beschloss sie, mit der Recherche sofort zu beginnen und Antworten auf die Fragen zu finden, die sie umtrieben.

Das Arbeitszimmer war ein Raum, den sie kaum benutzte. Bei ihrem Einzug vor vielen Jahren gab es noch eine Zukunft, in der ein Kinderzimmer eine Rolle spielte. Helene hatte nach der zweiten Fehlgeburt nicht nach Gründen gesucht, warum ausgerechnet sie keine Kinder bekommen konnte, sondern hatte sich auf ihr berufliches Vorankommen konzentriert. Und sie war vorangekommen. Und wollte noch mehr. Wenn sie erst in Berlin im Bundestag saß, dann würde es egal sein, dass sich ganz Cuxhaven das Maul zerriss über ihren Mann, der jedem Rock hinterherstarrte.

Auf dem Monitor leuchtete das Standbild auf, ihr Hochzeitsfoto. Eine jüngere Version des Ehepaares Hollstein unter einem Regenschirm, Glitzerkonfetti schwebte um die strahlenden Gesichter. Es hatte fürchterlich geregnet, als sie zum Standesamt fuhren, und dann brach die Sonne aus den Wolken, als sie aus dem Rathaus traten. Helene fühlte fast wieder die Wärme von damals auf ihrem Gesicht. Johannes' jungenhafte Art, seine Freundlichkeit allen und jedem gegenüber, diese Zugewandtheit unterschied sich so sehr von der Coolness ihrer Kommilitonen, dass sie sich damals sofort in ihn verliebt hatte. Jetzt waren es genau diese Eigenschaften, die sie am meisten an ihrem Mann störten.

Helene klickte das Bild weg, suchte das Symbol für den Browser und öffnete den Verlauf. Sie benutzte diesen Computer so gut wie nie, sondern den Laptop, der ihr als Oberbürgermeisterin zur Verfügung stand. Darauf waren auch alle sensiblen Unterlagen gespeichert. Dateien, die sich nur mit Kennwort öffnen ließen. Sie arbeitete am liebsten in der Küche, wenn sie zu Hause war, deshalb saß meistens Johannes an diesem Schreibtisch und an diesem Computer.

E-Mail, Facebook, Rezeptseiten, die Krankenkasse, einige Links zu juristischen Fachblättern und zur Kanzlei eines Kollegen. Nichts, was auf den ersten Blick auffällig oder ungewöhnlich schien. Helene klickte sich weiter durch die Verläufe der vergangenen Tage. Sie wollte gerade nach ihrer Tasse greifen, als sie etwas entdeckte.

Jo hatte verschiedene Internetsuchen durchgeführt und Fragen gestellt wie »Woran erkennt man, dass jemand tot ist?« und »Kopfverletzungen, die zum Tod führen«.

Was hatte das zu bedeuten? Warum interessierte sich Jo für so etwas? Die Seiten wurden Freitagfrüh angesteuert, bevor Gunther gefunden wurde. Mit einer großen Wunde am Hinterkopf.

Helene spürte ihr Herz schlagen, als sie den Verlauf wieder schloss.

Geistesabwesend trank sie einen Schluck Wein. Und noch einen.

Dann schüttelte sie den Kopf. Das konnte doch nicht sein, oder? Dass Jo etwas mit dem Tod von Gunther zu tun hatte?

Sie nahm die Maus und fuhr mit dem Cursor auf das digitale Fotoalbum, scrollte sich durch Bilder von der Helgolandfähre, von Möwen, von ihrer Tour auf dem Elberadweg und vom Leuchtturm Dicke Berta. Als würde Johannes nicht in Cuxhaven wohnen, sondern als Urlauber hier zu Gast sein, hatte er in den vergangenen Monaten alle Sehenswürdigkeiten aus verschiedenen Winkeln fotografiert. Strand, Watt und Schiffe, mal bei Sonnenauf-, mal bei Sonnenuntergang, und in den Stunden dazwischen. Was suchte sie hier auf den Fotos? Eine Antwort auf ihre Frage – ob ihr Ehemann etwas mit dem Tod ihres Geliebten zu tun hatte?

Helene scrollte weiter. Auch sie war ein gern abgelichtetes Motiv, sie sah sich auf einem Klappstuhl bei Freunden im Garten, im Sommerkleid vor der Kugelbake, auf dem Fahrrad vor den HAPAG-Hallen. Einige Freunde aus dem Tennisverein erkannte sie, es gab auch Fotos einer Feier zur Verleihung des Bundesverdienstkreuzes an den Cuxhavener Reeder Cassen Eils, und dann eines, in einer Reihe von Aufnahmen irgendeiner Party, das sie stutzen ließ. Menschen in festlichen Kleidern, Luftballons und Girlanden zwischen Bäumen aufgehängt. Da war sie nicht dabei gewesen. Vielleicht der Geburtstag eines Mandanten von Jo?

Helene klickte das Foto an, das offenbar nicht mit dem Handy von Jo geschossen worden war. Denn er war selbst mit auf dem

Bild, allerdings im Hintergrund. Vorne ein Tisch, an dem die vier Gäste dem Fotografen mit Sektgläsern zuprosteten. Auf dem Foto war der Text »Herzlichen Glückwunsch« eingefügt worden. Sie vergrößerte den Ausschnitt. Ja, das war Jo an einem Stehtisch im Hintergrund der Aufnahme. Nicht allein. Und Helene kannte diese Frau sehr gut.

»Kannst du mir mal sagen, was du da machst?«

»Johannes!« Helene sprang auf und drehte sich in Richtung der Stimme. Dabei riss sie das Weinglas um, und der Merlot ergoss sich über die Tastatur des Laptops.

»Oh, Scheiße, auch das noch.« Helene griff nach einem T-Shirt, das über der Stuhllehne hing, und drückte es auf die Tastatur.

Sie war so vertieft gewesen, dass sie ihren Mann nicht gehört hatte. Er stand in einem Baumwollpyjama in der Tür, bleich und verschlafen.

»Ich würde gerne wissen, was du da suchst.« Jo deutete auf den Bildschirm, auf dem er selbst leicht unscharf zu erkennen war.

»Ich suche gar nichts, aber ich habe Fragen.« Helene griff nach dem Weinglas und stellte es wieder auf. »Vielleicht möchtest du mir mal erklären, was da zwischen dir und Rieke Häbeling läuft?«

Jo starrte sie an.

»Diese Feier da, ich nehme an, der Geburtstag irgendeines deiner Mandanten …«

Jo fiel ihr ins Wort. »Die Feier zu Riekes Ernennung zum Parteivorsitz war das.« Er trat ins Arbeitszimmer und ließ sich auf den Sessel am Fenster fallen. Luft schien aus seinem ganzen Körper zu entweichen.

Helene rechnete im Kopf nach. »Das ist zwei Jahre her, vielleicht noch länger.«

Jo nickte. »Und ich will dich auch nicht belügen. Ja, da war was zwischen Rieke und mir. Aber es ist lange schon vorbei.«

»Ist es das?«

»Ich war so einsam, weil du dich nur um deine Bewerbung um das Amt der Oberbürgermeisterin gekümmert hast. Wir haben uns kaum gesehen zu der Zeit, und Rieke war, ja, sie war halt einfach da.«

Helene bemühte sich um einen sachlichen Ton. »Einfach da?«

»Ja. Ich habe ein schrecklich schlechtes Gewissen deswegen. Auch wenn wirklich nicht viel zwischen uns passiert ist. Rieke hat es beendet, bevor wir … Na, du kannst es dir denken. Es ist gut, dass du es jetzt weißt.«

»Dass du mit anderen herumvögelst, weiß ich. Hast es immer einigermaßen diskret getan. Aber mit einer Kollegin aus der Politik? Hatte ich nicht sehr deutlich gemacht, dass ich deine Eskapaden nur ertragen werde, wenn du vorsichtig bleibst und keine Risiken eingehst?«

»Das war wirklich nichts, Helene. Ich war nicht verliebt oder so, ich habe einfach nur ein bisschen Trost und Nähe gebraucht. Du bist immer so selbstbewusst und scheinst niemanden zu brauchen.«

Johannes stand auf und trat einen Schritt auf sie zu. Wollte ihr die Hand auf die Schulter legen, aber Helene drehte sich weg.

»Du wirst mir immer fremder, Johannes.« Sie deutete auf den Computer, auf dessen Bildschirm infolge der Weinattacke inzwischen bunte Linien herumschwirrten.

»Ich habe auch noch andere Sachen entdeckt, die mir nicht gefallen. Zum Beispiel würde ich gerne wissen, wieso du Recherchen darüber anstellst, wie lange Menschen in kaltem Wasser überleben können.«

Jo stand immer noch neben dem Schreibtisch, seine Arme hingen schlaff am Körper herab, den Blick hatte er zu Boden gerichtet.

»Johannes, du musst mir sagen, was los ist. Wieso ist dir heute

Mittag schlecht geworden, als wir über die Sache mit Gunther geredet haben, was weißt du über seinen Tod?«

»Nichts.« Jo schaute sie nicht an, drehte sich zum Fenster, schob mit der Hand die Gardine ein Stück zur Seite und starrte in die Dunkelheit.

»Johannes, du weißt doch irgendetwas.«

Er ließ die Gardine fallen, drehte sich langsam um und sah sie an. Die Müdigkeit in seinem Blick war einer Entschlossenheit gewichen, die sie selten an ihrem Mann gesehen hatte. »Ja, allerdings. Ich weiß etwas. Die große Oberbürgermeisterin schwingt sich hier zum Moralapostel auf, dabei ist sie selber ja nun auch nicht gerade die Unschuld vom Lande, nicht wahr?«

»Was meinst du damit?«

»Helene Hollstein, Kämpferin für ein besseres und schöneres Cuxhaven, eine Frau mit einwandfreier Moral, die sich zu benehmen weiß, sich für Schwache einsetzt und sich mit einer strahlend weißen Weste vom Rathaus der Stadt bis mindestens in die Landesregierung nach Hannover, aber besser noch in den Bundestag vorarbeiten wird.«

»Johannes, was soll das?«

»Oh ja, diese liebenswürdige Person schafft es sogar, ihren eigenen Ehemann zu täuschen, ihm vorzuspielen, dass sie engagiert ihrem Amt nachgeht, während sie eigentlich Zeit mit ihrem Liebhaber verbringt.«

Jo war lauter und lauter geworden. Jetzt schrie er Helene an. »Meinst du eigentlich, ich bin komplett bescheuert? Glaubst du, ich merke das nicht, wenn du spätabends frisch geduscht nach Hause kommst? Wenn du dauernd in der Deichstraße und am Hafen unterwegs bist, obwohl das nicht gerade auf dem Weg zum Rathaus liegt?«

»Woher weißt du das? Jetzt beruhig dich erst mal.«

»Nein, Helene, ich war lange genug ruhig. Viel zu lange. Jetzt ist mal Schluss damit. Das habe ich auch deinem feinen Liebhaber klargemacht.«

»Du hast was?«

»Ja, ich hab Gunther Fluth besucht. Donnerstagabend. Hab ihm klargemacht, dass er sich zurückziehen muss, sonst wird es beruflich für dich schwierig. Das wollte ich ihm einfach nur sagen.« Als würde plötzlich alle Kraft aus ihm weichen, sank Jo wieder auf den Sessel. Er fing an zu weinen. »Ich bin doch nur zu ihm gegangen, um ihn zu bitten, dich nicht mehr zu treffen. Ich wollte dich wieder für mich haben. Weil ich dachte, wir könnten uns wieder annähern.«

Jo schüttelte den Kopf. Er schaute zu Boden.

Stille.

»Wir haben geredet, lange geredet. Er hat versprochen, dass er sich zurückzieht, dass er uns eine Chance geben wird, unsere Ehe zu retten.«

»Das habt ihr beiden Männer also so miteinander besprochen. Das soll ich dir glauben?«

»Ich hab jetzt keinen Grund mehr, dich anzulügen.«

Kurze Pause.

»Weiter, weiter«, forderte Helene ihren Mann auf.

»Dann hat er mich noch nach draußen begleitet.« Johannes flüsterte fast, er sah Helene immer noch nicht an. »Vor der Tür hat er dann gesagt, dass wir vielleicht gar nicht so verschieden sind, weil ich ja wohl auch nicht gerade ein Kostverächter sei. Dabei hat er so blöd gelacht. Das hat etwas in mir ausgelöst. Die Anspannung in mir, die wollte irgendwie raus. Ich wollte nicht, dass er mich wie einen dummen Schuljungen nach Hause schickt und mir noch einen blöden Spruch hinterherruft. Was wusste er schon von mir? Was fiel ihm ein, mir so einen Scheiß an den Kopf zu werfen? Und dich so zu behandeln, als wärst du eine Trophäe.«

Helene liefen die Tränen über die Wangen. Jo sah sie an. »Ich habe kehrtgemacht und bin auf ihn zugegangen. Er hatte die Hände in den Hosentaschen und grinste. Er hat, glaube ich, nicht damit gerechnet, dass ich ihn schlagen würde. Aber das habe ich getan. Eine Ohrfeige. Ich hab ihn gar nicht richtig getroffen. Nur so über die Wange gewischt. Aber er hat das Gleichgewicht verloren und ist rückwärts auf die alte Laderampe vor seiner Haustür gefallen.«

Johannes knetete seine Finger, als drohten sie zu versteifen. »Er lag ganz still, hat sich einfach nicht mehr bewegt.«

Helene fror. Sie stand auf und vergewisserte sich, dass das Fenster geschlossen war. Jo saß immer noch zusammengesunken im Sessel.

»Und da dachtest du, dass er tot ist? Jo, wieso hast du nicht einen Arzt gerufen oder wenigstens …«

»Er hat sich doch nicht mehr gerührt, und einen Puls habe ich auch nicht gespürt, da hab ich gedacht, dass er tot ist und dass ich ihn wegschaffen muss, so schnell wie möglich. Und dafür sorgen, dass es wie ein Unfall aussieht.«

»Und die Badehose? Wieso hatte Gunther eine Badehose an?«

»Erinnerst du dich an Marten Geerds?« Langsam schien sich Johannes wieder zu fassen.

»Was hat der jetzt damit zu tun?« Natürlich erinnerte Helene sich an den ehemaligen Skatkumpel ihres Mannes. Jener Marten war das ganze Jahr über schwimmen gegangen. Das Wetter spielte keine Rolle, er machte jeden Morgen ein paar Züge in der Nordsee. Manchmal direkt vom Strand aus, manchmal fuhr er ein Stück mit seinem kleinen Boot hinaus und sprang dort ins Wasser. So wie an einem sehr heißen Tag im Juli vor einem Jahr. Damals erlitt er offenbar einen Herzinfarkt, bis heute blieb er verschollen, nur das Boot hatte die Seenotrettung irgendwann an Land gebracht.

»Weißt du noch, wie alle immer darauf gewartet haben, dass Martens Leiche angeschwemmt wird? Ich hab gedacht, wenn Gunther Fluth eine Badehose trägt, dann wird man denken, er sei ertrunken. Herzinfarkt beim Schwimmen.«

»Und deswegen hast du einer Leiche eine Badehose angezogen?«

»Die Haustür war noch offen. Ich bin wieder rein und hab die Spuren beseitigt. Mein Bierglas mitgenommen. Ich hab ein Tuch gesucht, um Oberflächen abzuwischen. Und dann hab ich die Badehose in seiner Kommode gefunden.«

Johannes sprang auf. »Es ging mir doch auch um dich, Helene. Du bist die Oberbürgermeisterin von Cuxhaven, was glaubst du, was hier los wäre, wenn herauskommt, dass ich für den Tod eines Menschen verantwortlich bin? Bei dieser Vorgeschichte würde mir doch niemand glauben, dass es eigentlich ein schreckliches Unglück war und keine Absicht. Helene, bitte, du musst mir glauben!«

27

Donnerstag, frühmorgens

Wenn Jette Rickmers auf ihrem Rad frühmorgens im Dämmerlicht des erwachenden Morgens durch die Grimmershörnbucht in Richtung Innenstadt fuhr, begegnete sie fast nie einer Menschenseele.

Jette öffnete die *Seute Deern,* ihre kleine Bäckerei in der Cuxhavener Schillerstraße, montags bis samstags pünktlich um 6 Uhr, damit sich die Berufstätigen noch vor Arbeitsbeginn mit belegten Brötchen und Kaffee eindecken konnten. Heute jedoch würden ihre Kunden auf ihr Frühstück warten müssen.

Der Mann wollte ganz bestimmt nicht baden gehen. Dazu hätte er wohl praktischerweise seine Kleidung ablegen müssen, und er würde nicht voll bekleidet am schmalen Sandstrand der Bucht liegen, bis zur Brust im Wasser, Gesicht Richtung Kaimauer.

Jette stieg vom Fahrrad und lehnte es gegen einen Laternenpfahl.

Stehend stemmte sie sich gegen den heftigen Wind und hoffte, dieser dunkle Haufen am Strand sei vielleicht doch eine optische

Täuschung. Nur eine große Folie mit diversen Lichtreflexionen. Müll, von irgendeinem Schiff geweht, oder etwas Wolliges, das Urlauber nach ihrem Tagesbesuch in Cuxhaven hatten loswerden wollen.

Doch mit jedem Schritt in Richtung Wasserkante wuchs die Erkenntnis, dass sich ihre Hoffnung nicht erfüllen würde: ein weißer Turnschuh zwischen den Algen, der sich im Rhythmus der Wellen auf dem Küstenstreifen hin- und herbewegte. Eine Jacke aus dunklem Stoff, und am oberen Ende feuchte dunkle Haare. Die weit ausgebreiteten Arme schienen den Sand zu umarmen, und als Jette vor dem Mann stand, sah sie die schrumpelige weißgraue Haut seiner Hände. Die Fingernägel schimmerten bläulich. Das konnte sie sich keine Sekunde länger ansehen.

Jette drehte sich um, rannte die wenigen Schritte, nun vom Rückenwind unterstützt, durch den Sand zurück zur flachen Kaimauer, stieg mit einem großen Schritt hinüber, strauchelte, fiel, rappelte sich wieder hoch und setzte sich auf die Mauer.

»Wat 'n Schiet.«

Sie holte tief Luft, schüttelte sich, fingerte ihr Telefon aus der Innentasche ihrer Regenjacke und tippte eine Kurzwahl. Das Gesicht hatte sie nicht genau gesehen, es war verdeckt durch die nassen Haare, aber den Kleidern und der Statur nach zu urteilen, war es ein Mann.

Während sie dem Freizeichen am anderen Ende lauschte, konnte sie den Blick nicht von der Leiche nehmen. So ein toter Mensch übte keinen großen Schrecken auf sie aus. Jette war auf einem Bauernhof groß geworden, Leben und Sterben, ein Kreislauf. Aber dass der hier offenbar nicht an Altersschwäche aus dem Leben geschieden war, das machte ihr doch mehr zu schaffen, als sie sich selbst eingestehen wollte.

»Hinnerk? Na, ein Glück! … Ja, ich weiß, dass es früh ist, aber hier ist, also … Wie soll ich sagen … Ja, 'tschuldige mal, ist laut, ja, aber ich stehe hier auch mitten im Wind. Also ich sitze, stehen kann ich nicht, bin 'n büschen wackelig auf den Beinen … Getrunken? Morgens? Spinnst du? … Ja, also, Bruderherz, hör zu, hier in der Grimmershörnbucht, am Strand, da liegt eine Leiche. Ein toter Mann.« Sie hatte ihren Bruder offenbar aus sehr tiefen Träumen gerissen. Im Hintergrund nörgelte ihre Schwägerin herum. Sie ließ ihrem Bruder einen Moment Zeit, hörte, wie das Bett knarrte und er eine Tür öffnete, dann wieder schloss.

»So, Jette. Jetzt. Eine Leiche? Bist du da sicher?«

Sie nickte, dann fiel ihr ein, dass Hinnerk sie ja schlecht sehen konnte. »Sehr sicher. Der liegt hier mausetot im Nordseewasser und rührt sich nicht.«

»Ruf die Polizei an.«

»Ja, klar ruf ich die an. Dachtest du, ich nehm die Leiche mit nach Hause? Oder in die Bäckerei? Als Grußaugust am Eingang? Ich dachte nur, weil der ja sowieso tot ist, dass ich dir erst mal Bescheid gebe, dann seid ihr vielleicht mal die Ersten mit einer Geschichte.«

»Ich schick gleich eine Reporterin los. Ruf die Polizei an, und mach ein Foto für unsere Internetseite.«

»Von der Leiche?«

»Nee, von dir.«

»Von mir?« Jette wunderte sich schon ein bisschen. Warum wollte ihr Bruder jetzt ein Bild von ihr?

»Oh Mann, Jette, natürlich von der Leiche. Dich kennen doch alle in Cuxhaven.«

»Nee, mein Lieber. Das ist ekelhaft und gehört sich nicht. Das lass mal deine Reporterin machen.« Jette beendete das Gespräch, ohne sich zu verabschieden. Sie schluckte den Ärger über ihren Bruder herunter und tippte den Notruf ein.

»Moin, hier ist Jette Rickmers, ich wollte nur Bescheid geben, dass in der Grimmershörnbucht eine Leiche liegt. Hundert Meter vor der Kugelbake, direkt am Wasserrand.«

»Sagen Sie mir bitte noch mal Ihren Namen?« Der Mann in der Notrufzentrale hörte sich genauso verschlafen an wie vor wenigen Minuten ihr Bruder.

»Jette Rickmers. Bäckerei Rickmers, *Seute Deern*. Schon mal gehört?«

»Ach, Sie sind das. Und wer ist tot?«

»Der Mann hat sich mir leider nicht vorgestellt, und ihm hängt die ganze Frisur im Gesicht.«

Jette ärgerte sich von Sekunde zu Sekunde mehr darüber, dass sie heute nicht die Abkürzung zu ihrem Laden genommen hatte. Dann würde sie jetzt bereits die ersten Brötchen und Tortenstücke in die Auslage legen und dazu einen schönen, starken schwarzen Kaffee trinken.

»Bleiben Sie bitte, wo Sie sind, und fassen Sie nichts an, ja?«

»So attraktiv ist der Kumpel hier nicht, zumindest nicht so, dass ich ihn unbedingt befingern möchte.«

»Ich schicke die Kollegen und einen Krankenwagen.«

Jette legte auf, stöhnte, steckte das Telefon wieder ein und richtete den Blick Richtung Elbe.

Wenig später kam der Polizeiwagen, mit Blaulicht und Sirene, legte an der Promenade eine Vollbremsung hin. Die Fahrertür wurde aufgerissen, und ein junger Mann mit dunklen Locken stieg aus. Schaute sich um, sah Jette, winkte, warf die Autotür zu und kam auf sie zugelaufen.

Seine Uniformjacke war schief zugeknöpft, und wenn er nicht aufpasste, dann würde er sich noch langlegen, bevor er bei ihr angekommen war, denn der linke Schnürsenkel war offen, wie sie aus der Nähe sehen konnte.

Jette ging ein paar Schritte auf den jungen Polizisten zu, als ein weiterer Polizeiwagen und ein Rettungswagen zum Halten kamen. Direkt dahinter erkannte sie den kleinen roten Flitzer mit dem Logo des Radiosenders, den ihr Bruder geschickt haben musste.

28

Donnerstagmorgen

Victor hatte ihr in der Kneipe gesagt, wo sie Ana vermutlich finden konnte, sollte sie nicht in der Schule sein. Und Ana war nicht in der Schule, davon hatte sich Agatha überzeugt.

Victor hatte offenbar schon länger den Verdacht, dass Ana die Schule schwänzte. Am Tag zuvor, beim Warten auf das Schiff der Wasserschutzpolizei, hatte er ein Mädchen auf der anderen Hafenseite gesehen, das ihr verdammt ähnlich sah. Vormittags, als sie eigentlich eine Matheklausur schreiben sollte.

Es kam Agatha zwar ein wenig merkwürdig vor, dass ein Typ, den sie gerade erst kennenlernte, sie darum bat, sich um seine Schwester zu kümmern, aber so etwas konnte man ja auch schlecht ablehnen. Erst recht nicht, wenn man dafür bei den Ermittlungen zu einem Mordfall mitmischen konnte. Gefallen gegen Gefallen, das war der Deal. Er ließ Agatha unter der Hand an der Arbeit der Soko teilhaben, und dafür würde sie mit seiner kleinen Schwester sprechen. So von Frau zu Frau, hatte er gesagt.

Vor dem Freibad im Duhner Gehölz checkte Agatha nochmals ihre Foto-App und betrachtete das Bild von Victors kleiner

Schwester. Ein hübsches Mädchen lachte ihr entgegen, weiße Zähne, lange dunkle Haare. Dichte Wimpern umrahmten braune Augen, die Ähnlichkeit mit ihrem Bruder war unübersehbar.

Sie hatte Victor versprochen, mit Ana zu reden. Über nichts Bestimmtes, nur allgemein, wie er sagte, weil er das Gefühl habe, dass sich Ana von ihm und der Familie entfernen würde, obwohl sie doch so viele Jahre innig miteinander verbunden waren. Er machte sich Sorgen, dass seine kleine Schwester vielleicht in schlechte Gesellschaft geraten war, womöglich ihre Zukunft gefährdete.

Agatha hatte das unter die Rubrik »Pubertät« einsortiert, aber Victor wollte sich damit nicht zufriedengeben. Deshalb war sie nun hier.

Irgendjemand hatte den Zaun, der das Schwimmbad umgab, an einer Stelle, an der ein Ginsterbusch wuchs und Sichtschutz bot, vom Boden aus ungefähr einen halben Meter aufgetrennt, und zwar so, dass man das Geflecht mit wenigen Handgriffen wieder schließen konnte. Das war schon so gewesen, als sie selbst sich noch mit Freunden hier getroffen hatte, um nachts in das Becken zu springen.

Den Sommer über war das Bad immer sehr gut besucht, in erster Linie von Cuxhavenern, jetzt, Mitte September, war das Eingangsportal verschlossen, und durch die Gitterstäbe konnte man sehen, dass das Wasser aus dem Bad abgelassen worden war.

Der Ort war ein beliebter Treffpunkt für die Cuxhavener Jugend. Im Sommer, um abzuhängen und zu baden, im Winter, um abzuhängen und zu kiffen, weil niemand außer ihnen auf dem Gelände war. Natürlich war es zu dieser Jahreszeit verboten, sich dort aufzuhalten, aber es gab keine Überwachungskameras, und es interessierte sich auch niemand dafür, ob da ein paar Jugendliche ihre Zeit verbrachten. Ab und zu kam jemand zu einer Kontrolle vorbei, aber meistens waren die Hausmeister älteren Semesters und nicht so flink auf den Beinen wie die Jugendlichen, die dann abhauten. Immer wieder wurde der Zaun geflickt, immer wieder aufgeschnitten. Wahrscheinlich hatten die Betreiber sich inzwischen damit abgefunden.

Agatha steckte das Handy ein und zwängte sich durch das Loch.

Ana saß auf einem Plastikstuhl unter der Überdachung, an einer Ecke, die von außerhalb des Zauns nicht einzusehen war. »Ana?«

Agatha hob eine Hand zum Gruß und lächelte. Ana trat aus ihrem Versteck und sah sich um. »Wer sind Sie?«

»Ich bin Agatha Christensen.«

»Sind Sie nicht eine Kollegin von meinem Bruder? Hat er Sie geschickt?«

»Du kannst mich ruhig duzen. Und das mit der Kollegin stimmt nur halb. Ich bin bei der Wasserschutzpolizei …« Für einen Moment hatte Agatha den Eindruck, dass Ana ziemlich nervös wirkte, aber dann schien sie sich zu fangen.

»Was soll der Scheiß? Werde ich verhaftet, weil ich nicht in der Schule bin?«

»Ich bin nicht dienstlich hier.«

»Sondern weil Sie schwimmen gehen wollten? Da muss ich Sie enttäuschen, kein Wasser mehr im Becken.«

»Ich habe deinen Bruder kennengelernt.«

»Und?«

»Versteht ihr euch gut?« Agatha war mehr als ungeübt darin, mit Jugendlichen zu kommunizieren. Sie kam sich komplett deplatziert und uralt vor.

»Können wir dieses Boomer-Gequatsche einfach lassen, und Sie sagen mir, was Sie wollen?«

»Victor macht sich Sorgen um dich, weil du nicht in die Schule gehst.«

»Aha«, sagte Ana nur.

»Er hat das Gefühl, dass sich eure Beziehung verändert hat.«

»Kann ja sein«, erwiderte Ana. »Aber warum sagt er mir das nicht selber? Bisschen fett, da jemanden zu schicken, den ich nicht mal kenne, oder?«

»Offenbar versucht er seit einigen Tagen, dich zu erreichen.« Agatha zuckte mit den Schultern. »Vielleicht hat er aber auch einfach Angst davor, etwas zu erfahren, was er gar nicht wissen will.«

»Was soll das denn sein?«

»Vielleicht, dass du langsam eine Frau wirst, mit einem eigenen Leben. Und du nicht mehr die kleine Schwester bist, die ihn um Rat fragt.«

»Die kleine Schwester bleibe ich doch immer«, sagte Ana und lächelte. »Und das ist doch normal, oder? Dass man irgendwann sein eigenes Ding macht.«

Agatha wollte antworten, bemerkte aber, dass Ana über ihre Schulter hinweg etwas fixierte. Dann hörte sie einen Ast knacken und drehte sich um.

Ein schmaler junger Mann, fast noch ein Junge, baute sich vor Agatha auf. Er war gut einen Kopf größer als sie.

»Was wollen Sie hier?«

»Ich wollte mit Ana reden.«

»So, und worüber wollten Sie mit Ana reden?«

»Das bespreche ich lieber mit ihr allein«, antwortete Agatha und verschränkte die Arme vor der Brust.

»Wer ist die, und was will die von dir?«, fragte er nun Ana, ohne sie anzuschauen. Sein Blick haftete weiter auf Agathas Gesicht.

»Komm runter, Enno. Sie ist 'ne Freundin von Victor und

wollte nur fragen, wie es mir geht. Weil sich mein Bruder Sorgen um mich macht.«

»Ich kenn die. Die ist bei den Bullen.« Enno trat noch einen Schritt näher an Agatha heran. Sie konnte alten Schweiß und ein viel zu schweres Rasierwasser riechen. »Richten Sie Victor aus, dass ich mich um Ana kümmere. Er muss sich keine Sorgen machen.«

Agatha wich keinen Millimeter zurück. »So sind halt Brüder. Sie wollen nicht, dass ihren Geschwistern etwas Schlimmes zustößt.«

»Ana stößt nichts zu, da passe ich schon auf. Victor sollte mal lieber auf Sie aufpassen«, zischte Enno so leise, dass Ana ihn nicht hören konnte.

»Was meinst du denn damit?«, fragte Agatha überrascht.

»Ich hab Sie gesehen. Also, Ihr gelbes Fahrrad. Gibt ja nur ein so 'n hässliches Ding in ganz Cuxhaven. Sehr früh morgens, an der Hafenkaje.«

Agatha griff nach Ennos Oberarm und zog ihn einige Schritte von Ana weg. »Was machst du morgens an der Hafenkaje?«

»Das geht Sie 'n Scheißdreck an.«

»Du dealst da, oder?«

Er riss seinen Arm los. »Wie gesagt: Geht Sie 'n Scheißdreck an. Auf jeden Fall hab ich das Fahrrad gesehen, und danach hat jemand was ins Wasser geworfen. Platsch! Ziemlich laut. Hab ich genau gehört.«

»Aha.«

»Ja, aha.« Er beugte sich vor und flüsterte. »Sie haben den Typen nämlich umgebracht, von dem alle reden. Genau da haben Sie ihn ins Wasser geworfen. Den Mediziner oder was der war. Was sie im Radio sagen. Das waren Sie!«

»Ach, Enno, deine Fantasie möchte ich haben.«

»Was quatscht ihr denn da?«, rief Ana, die sich sichtlich unwohl fühlte.

»Ey, ich hab Ihr Fahrrad gesehen, und ich hab das Geräusch gehört, und ich weiß, dass da so 'n Typ umgebracht wurde.«

»Du glaubst doch wohl nicht ernsthaft, dass ich ...«

Enno schnitt ihr das Wort ab. »Ist scheißegal, was ich glaube. Sie haben auf jeden Fall jede Menge Ärger, wenn ich zu den Bullen gehe und denen sage, was ich gesehen habe.«

»Mach das ruhig.«

»Mach ich auch.« Enno zögerte. »Muss ich aber nicht, wenn Sie mir einen kleinen Gefallen tun.«

Agathas kriminalistischer Spürsinn war geweckt. Natürlich könnte sie einfach von ihrem Versuch mit dem Paket im Wasser erzählen, aber dann würde sie nicht erfahren, was Enno so trieb und in was er möglicherweise Ana mit hineinzog.

»Also gut. Was für ein Gefallen wäre das?«

»Kann ich jetzt noch nicht sagen. Ich hab ja nicht damit gerechnet, dass mir heute eine Mörderin über den Weg läuft. Aber wenn es so weit ist, wenn Sie mir einen Gefallen tun können, dann sage ich Ihnen das. Und dafür sag ich niemandem was von Ihrem Frühsport.«

Agathas Telefon klingelte mal wieder im unpassendsten Moment.

29

Donnerstagmorgen

Jette Rickmers und Agathas Vater Dirk waren zusammen in Cuxhaven zur Schule gegangen, und sie waren immer noch Freunde. Agatha hatte den Verdacht, dass die verwitwete Bäckereiinhaberin sich durchaus mehr vorstellen konnte, als ihrem Vater Brötchen zu verkaufen. Ein Indiz unter vielen: Sie rief ihn bei jeder Gelegenheit an. Und bei Agatha meldete sie sich ebenfalls regelmäßig. Heute war Agatha dafür allerdings mehr als dankbar, denn die Leiche, die da angespült worden war, die interessierte sie. Deshalb hatte sie sich nach dem Anruf von Jette bei Ana und Enno verabschiedet und stand nun im kühlen morgendlichen Wind auf der flachen Kaimauer, um sich den Ort des Geschehens anzuschauen.

Gestern waren es gefühlte zehn Grad mehr gewesen. Sie verschränkte die Arme vor der Brust, um sich zu wärmen.

Mehrere Personen in weißen Ganzkörperanzügen umschwirrten die Leiche am Strand wie eine Delegation von Außerirdischen, die einen neuen Planeten erkundeten. Der Notarzt hatte seine Arbeit verrichtet, den Tod offiziell bestätigt, und war schon wieder verschwunden.

»Was machst du denn hier?«, fragte Victor, nachdem er Agatha entdeckt hatte.

»Ich schau nur mal dabei zu, wie du so arbeitest.«

»Aha. Ich muss jetzt erst mal warten, bis die Tatortgruppe fertig ist.«

Agatha nickte und zog den Reißverschluss ihres Anoraks bis unter die Nase.

»Warum stehst du da oben?«, wollte Victor wissen.

»Ist vielleicht manchmal ganz gut, eine andere Position einzunehmen. Auch im übertragenen Sinn.«

Victor stieg jetzt ebenfalls auf die Kaimauer. Als er sich neben sie stellte, spürte sie seine Körperwärme. Er roch ein bisschen so, als hätte er in seinen Klamotten geschlafen. Zum Duschen hatte die Zeit heute früh offenbar nicht gereicht.

»So. Was erkenne ich also nun aus dieser Perspektive, das ich vorher nicht gesehen habe?«

Agatha drehte sich zur Seite, beobachtete, wie Victor blinzelte und die Hand über die Augen legte, um das Licht der aufsteigenden Sonne abzuschirmen.

»Also, die Leiche ist immer noch eine Leiche. Und sie winkt uns zu.«

Neben dem Toten kniete ein Kollege, während der Leichnam, wie von Victor richtig beobachtet, ihnen beiden unablässig zuwinkte.

Jedenfalls sah es so aus. Die anlandende Flut hatte mittlerweile den Oberkörper des Toten umspült, und sein linker Arm wurde von jeder kleinen Welle angehoben, um sich dann bei abfließendem Wasser wieder zu senken.

»Er verabschiedet sich von uns«, sagte Victor trocken.

Agatha registrierte den Leichenwagen, der an der Promenade zum Halten kam.

Eine Kollegin von der Spurensicherung schoss aus allen möglichen Winkeln Fotos.

Victor sprang von der Mauer auf den Strand und bot Agatha die Hand an.

Zusammen gingen sie Richtung Wasser.

»Er ist vollständig bekleidet. Ist zumindest nicht hierhergekommen, um den Tag mit einem erfrischenden Bad in der Nordsee zu beginnen.«

»Wisst ihr schon, wer er ist?«

Victor nickte. »Willst du ihn sehen?«

»Klar.«

Zu zweit drehten sie den Toten vorsichtig auf den Rücken.

»Scheiße«, befand Agatha.

Auch sie hatte den Toten erkannt.

»Ist er ermordet worden?«, fragte Agatha.

»Gibt noch keine Anzeichen. Aber schon merkwürdig, dass so kurz nach einem Mord ein weiterer Mann tot aufgefunden wird. Wir müssen jetzt auf die Ergebnisse der Obduktion warten.«

Victor schickte eine Nachricht in den Gruppenchat, den er für die Soko eingerichtet hatte. »14 Uhr. Alle.«

Agatha war währenddessen langsam um den Leichnam herumgelaufen. Jetzt beugte sie sich weit über den Toten.

»Du passt schon ein bisschen auf, dass du da nicht noch irgendwelche Spuren vernichtest?«

»So eine Anfängerin bin ich ja nun auch nicht mehr.«

Agatha sah auf die Uhr und erschrak.

»Was ist mit dir?«, fragte Victor irritiert.

»Scheiße, ich komm zu spät zum Dienst.«

Sie zog den Reißverschluss ihrer Jacke bis unters Kinn und winkte ihm zu. »Man sieht sich.«

Agatha saß bereits auf ihrem Fahrrad und trat in die Pedale, als Victor einfiel, dass er sie noch hatte fragen wollen, wie das Gespräch mit Ana gelaufen war.

30

Donnerstag, etwas später am Morgen

Agatha schloss ihr Fahrrad ab und spannte einen Regenschutz über den Sattel. Sicherheitshalber. Sie drückte die Eingangstür auf und lief im schmalen Treppenaufgang beinahe in den Kollegen Enak von Eitzen hinein.

»Hast du schon gehört? Wieder eine Leiche in unserem beschaulichen Cuxhaven, diesmal am Strand angetrieben.«

»Da komme ich gerade her.«

»Jetzt sag nicht, dass du schon wieder die Leiche gefunden hast. Mein liebes Mädchen, da würd ich mir aber mal Gedanken machen, was mit mir nicht stimmt, dass alle in meiner Gegenwart tot umfallen.«

Agatha steuerte ihr Büro am Ende des Flurs an, registrierte die offene Tür des Sitzungsraums, in dem ihr Chef Hans mit einem Kollegen zusammensaß.

Sie nuschelte ein »Moin« in den Raum und war schon fast vorbeigehuscht. Aber eben nur fast. »Agatha? Warte mal bitte.«

Hans trat aus dem Sitzungsraum, lehnte sich gegen die Wand

und verschränkte die Arme vor der Brust. »Ich wollte schnell mal hören, wie es dir heute geht.«

»Gut, danke.« Agatha war klar, dass das erst der Auftakt war.

»Das ist schön zu hören.« Er lächelte. Wenn Hans lächelte, dann ging die Sonne auf. Sein pausbäckiges Gesicht mit den roten Äderchen auf den Wangen und dem hohen Haaransatz bekam etwas Spitzbübisches, wenn die Mundwinkel sich nach oben zogen. So einen wie Hans, den wünschte man sich als Vater. Allerdings nicht, wenn er zu einer Predigt ansetzte. Das war nämlich meist die Folge dieses Lächelns. So auch heute.

»Agatha, ich hab mir heute Morgen bei Jette in der Bäckerei ein paar Brötchen geholt. Da wird ja immer mächtig getratscht.«

»Tatsächlich?«

»Du musst dich nicht dumm stellen. Ich weiß, dass du dich gerade in Kripoarbeit einmischst, und ich möchte, dass du das auf der Stelle sein lässt.«

»Aber Hans, ich habe wirklich nur …«

»Keine Entschuldigungen, keine Rechtfertigungen, mach einfach deinen Job hier bei uns, ja? Es geht nicht, dass du mit deinen Gedanken woanders bist, wenn wir deine volle Konzentration an Bord brauchen.«

Hans schaute sie aus seinen warmen braunen Augen an, immer noch lächelnd, aber hinter der freundlichen Maske lauerte ein knallharter Polizist. Als Chef verlangte Hans vollen Einsatz, das hatte er ihr auch klargemacht, als sie hier bei der Wasserschutzpolizei ihren Dienst angetreten hatte. Weder dass sie hier die einzige Frau war, noch dass sie bei der Kriminalpolizei ausgebildet worden war und nicht aus dem nautischen Bereich kam, würde er je als Entschuldigung für schlechte Arbeit gelten lassen. Und das würde er auch nie müssen, denn Agatha würde weder die eine noch die andere Karte ausspielen. Denn so war sie nicht. Wenn etwas schiefging, gab sie in der Regel sich die Schuld. Häufiger, als sie es müsste.

»Natürlich, Hans, das hab ich verstanden.«

Er stieß sich von der Wand ab und tätschelte ihre Schulter. »Nichts anderes habe ich von dir erwartet. So, und nun muss ich zurück in mein Meeting. Wir bleiben heute im Hafen, kannst Papierkram abarbeiten. Bahne ist schon an Bord gegangen und kümmert sich um die Inspektion des Motors, aber du kannst ihn später sicher beim Klar-Schiff-Machen unterstützen.«

Agatha verkniff sich eine Erwiderung, nickte nur und lächelte Hans hinterher, bis der wieder in den Konferenzraum verschwunden war.

31

Donnerstagvormittag

Helene fühlte sich miserabel. Sie hatte schrecklich geschlafen, war immer nur kurzzeitig eingenickt.

Immer und immer wieder ging sie nun die Zahlenkolonnen vor sich auf dem Computerbildschirm durch, ohne wirklich zu erfassen, worum es dabei ging.

Deshalb war sie gar nicht unglücklich, als ihr Sekretär einen Besucher ankündigte. »Helene, Lars Pullmann von der Kripo ist hier. Er sagt, es sei dringend.«

»Mach mir einen doppelten Espresso, ja?« Sie stand auf und musste sich kurz an der Schreibtischkante festhalten, weil ihr schwindelig wurde.

Sie ging zur Tür, öffnete und winkte den Kripochef herein. »Lars, schön, dich zu sehen. Möchtest du einen Kaffee? Oder Tee? Ein Wasser?« Lars schüttelte den Kopf. Helene erinnerte ihren Sekretär an den Espresso und schloss dann die Tür hinter sich.

Lars stand unschlüssig im Raum, die Hände vorm Bauch verschränkt. Sein Blick irrlichterte durch das Büro, bevor er Helene wieder in die Augen sah.

»Ich habe leider schlechte Nachrichten, Helene, vielleicht setzt du dich besser.«

Sie sah Lars irritiert an und ließ sich auf einen der hellen Sessel sinken.

Lars setzte sich auf die Sesselkante neben sie und griff nach ihrer Hand, nach der rechten, wo sie ein Unfall als Kind das oberste Glied des Ringfingers gekostet hatte. Gewöhnlich vermied sie es, an dieser Hand berührt zu werden, aber sie hatte gerade nicht die Energie, darauf zu achten.

»Wir haben Johannes am Strand in der Grimmershörnbucht gefunden. Er ist tot, Helene. Es tut mir sehr leid.«

Das Geräusch, das entstand, als Helene versuchte, einen Schrei zu unterdrücken, ähnelte einem traurigen Seufzen. Sie entriss Lars ihre Hand, schlug ihre Hände vors Gesicht und atmete tief ein und aus.

»Kann ich jemanden anrufen, damit du nicht allein bist? Gibt es einen Freund oder Verwandten, der dich jetzt unterstützen kann?«

Er streichelte über ihren Rücken. Sie richtete sich auf und suchte in den Taschen ihres Blazers nach einem Taschentuch.

Lars stand auf, ging zum Fenster und schaute hinaus. Er räusperte sich. »Das ist leider noch nicht alles.«

Helene, die gerade das Taschentuch faltete, hielt inne.

»Er wurde umgebracht, das wissen wir mit an Sicherheit grenzender Wahrscheinlichkeit.«

»Umgebracht?«

»Tut mir leid, ich weiß, das ist jetzt alles schwer vorstellbar, unwirklich.«

»Aber wer tut so etwas?«

Helene liefen die Tränen über die Wangen. Sie schluchzte in ihr Taschentuch und konnte einfach nicht damit aufhören.

»Aber wer, ich meine, warum sollte denn jemand, Johannes hat doch …« Helene nahm ein frisches Taschentuch aus der Packung und wischte sich damit geistesabwesend über das Gesicht.

»Könntest du mir ein paar Fragen beantworten?«

»Muss das jetzt gleich sein? Ich wüsste auch gar nicht, was ich dir erzählen soll. Johannes ist morgens immer sehr lange spazieren gegangen, fast jeden Tag. Wir sehen uns dann meist erst beim Frühstück. Heute war ich aber sehr früh hier im Büro, weil ich gleich eine wichtige Sitzung habe, für die ich noch einiges vorbereiten musste, deshalb haben wir uns verpasst. Was auch nicht ungewöhnlich ist.«

»Es ist wichtig, dass wir so schnell wie möglich mit den Ermittlungen starten. Wenn die Spuren erst mal kalt sind, sinken die Chancen, den Täter zu fassen. Oder die Täterin.«

Die Tür wurde aufgestoßen, und ihr Assistent stolperte ins Zimmer. »Sorry, Helene, hier ist dein Doppelter, und draußen stehen die Damen vom Baudezernat und der Agentur wegen der Besprechung.«

»Sag ihnen doch bitte, ich bin gleich so weit. Und bring sie in den kleinen Sitzungssaal, ja?«

Selten war sie so froh über die Tölpelhaftigkeit ihres Assistenten gewesen. Der stellte das Tablett auf ihren Schreibtisch und verschwand wieder.

Helene holte tief Luft und ließ sie langsam wieder entweichen. Sie stand auf, straffte sich, steckte das Taschentuch in die linke Blazertasche und die rechte Hand in die andere.

»Kannst du deine Termine nicht einfach absagen, dafür hätte doch wohl jeder Verständnis in deiner Situation.« Lars stieß sich von der Fensterbank ab und trat auf sie zu. »Dann könnten wir auch sofort ein paar Details klären. Ich brauche auch den Computer deines Mannes, und auch sein Handy. Das haben die Kollegen nicht gefunden. Ich bringe dich nach Hause, und dann erledigen wir das gleich.«

»Im Blumenkübel rechts neben der Eingangstür ist ein Haustürschlüssel, du kannst dir die Sachen holen, die du brauchst.«

»Es wäre besser, wenn du dabei wärst, Helene.«

Sie schüttelte energisch den Kopf. »Ich muss jetzt erst mal Ordnung in meine Gedanken bekommen. Und dann versuchen, mich mit irgendwas ein wenig abzulenken.«

Lars nickte verständnisvoll. »Ja, jeder Mensch trauert anders. Du weißt, wo du mich erreichen kannst, wenn du jemanden zum Reden brauchst oder wenn ich dir sonst irgendwie helfen kann, ja? Manchmal braucht es ja auch einige Zeit, bis man begreift, was passiert ist. Vielleicht kannst du dir dann eine Pause gönnen. Es wird später auch noch jemand von der Krisenintervention vorbeikommen.«

»Das wird nicht nötig sein, sag das bitte ab.«

Lars griff nach der Türklinke. »Mache ich. Ich würde dich bitten, nach Feierabend noch mal bei mir im Büro vorbeizukommen, schaffst du das?« Helene wollte am liebsten laut schreien: *Nein, ich kann das nicht, ich will das nicht.* Aber stattdessen versuchte sie ein Lächeln und nickte noch einmal. »Selbstverständlich.«

32

Donnerstagvormittag

Auch wenn dieser Morgen deutlich aufregender begonnen hatte als die meisten anderen, war doch alles andere zunächst wie immer. Zumindest in Jettes Bäckerei. Die gleichmäßig geschnittenen Tortenstücke lagen appetitlich arrangiert in der Auslage, Kaffee lief unentwegt durch die Maschine, Brötchen warteten in den entsprechenden Körben auf Abnehmer, und in den Regalen stapelten sich verschiedene Brotsorten.

Jettes ältester Stammgast Cornelius stand wie jeden Morgen an einem der Stehtische direkt am Panoramafenster und bestellte den zweiten Filterkaffee des Tages, mit Milch, ohne Zucker. Flankiert wurde das Getränk von einem Käsebrötchen mit Gurke, Salatblatt und Remouladensoße. Eine Routine, von der er niemals abwich.

Cornelius schien alles zu wissen, was es über Cuxhaven zu wissen gab; zumindest konnte man den Eindruck gewinnen: Wenn man ihn auf die Hintergründe der politischen Scharmützel im Stadtrat ansprach, oder auf die touristische Entwicklung der vergangenen Jahre, oder nach dem Wetter in der Sommersaison fragte – Cornelius war stets gut informiert.

Aber warum er jeden Tag in der Bäckerei stand, warum er immer das Gleiche bestellte und was er eigentlich so tat, wenn er nicht in der Bäckerei war – das wusste niemand.

Natürlich hatte Jette ihn das eine oder andere Mal gefragt; Cornelius runzelte dann meist die Stirn, zwinkerte ihr vielleicht sogar zu, nahm einen Schluck Kaffee – und ließ die Fragen unbeantwortet.

Cornelius hatte heute gerade das Käsebrötchen verdrückt und mit Kaffee nachgespült, als das Telefon klingelte. Jette wischte sich die Hände an ihrer Schürze ab und griff nach dem Gerät, das neben der Kasse in einer Ladebox stand.

»Bäckerei *Seute Deern*, hier ist Jette Rickmers.«

»Polizei Cuxhaven, Polizeioberkommissar Carvalho.«

»Ach, Victor, du bist es.«

Jette sah zu Cornelius und formte mit dem Mund das Wort PO-LI-ZEI.

»Was kann ich für dich tun, mien Seuten?«

»Du kannst mir mal erklären, warum du dich vom Fundort der Leiche entfernt hast. Vom möglichen Tatort, um genau zu sein.«

»Was denn für ein Tatort?«

»Nun tu nicht so, Jette! Du hast den Mann doch vorhin hier in der Grimmershörnbucht gefunden und es gemeldet, und dann bist du abgehauen.«

»Hört sich irgendwie an wie in einem Fernsehkrimi, oder?«

»Ich find das gar nicht lustig. Das ist wie Fahrerflucht, das geht nicht, Jette.«

»Nun blas dich mal nicht so auf, Victor. Erst mal wär der Mann ja wohl auch nicht mehr lebendig geworden, wenn ich da in der Arschkälte hocken geblieben wäre. Zweitens hab ich ja bei deinem Kollegen in der Zentrale angerufen und da auch meinen Namen genannt, und drittens … ›drittens‹ habe ich gerade wieder vergessen.«

»Ja klar, ändert aber nichts daran, dass wir deine Aussage brauchen. Du kommst jetzt auf die Dienststelle, bringst bitte deinen Personalausweis mit und …«

»Keine Chance«, unterbrach ihn Jette. »Ich hab hier zu tun. Wenn du was von mir willst, dann komm in die Bäckerei, kriegst 'nen Kaffee aufs Haus, falls das nicht unter Bestechung fällt.«

Victor überlegte kurz. »Okay. Ich komme in deiner Mittagspause, gegen 13 Uhr.«

»In der Mittagspause, sagst du?« Jetzt war sich Jette ganz sicher, dass Cornelius lauschte. Er beugte seinen Kopf in ihre Richtung, obwohl er weiter durch die Panoramascheibe schaute. Na, dann will ich dem Volk mal was bieten, dachte Jette und versuchte einen Tonfall wie die Damen nach Mitternacht im Privatfernsehen. »Du, komm vorbei. Ich freue mich. Das hört sich toll an, nur du und ich, ohne lästige Zeugen …«

Bevor Victor etwas erwidern konnte, hatte Jette bereits den roten Knopf ihres Telefons gedrückt.

»Der glaubt wohl, ich hab den ganzen Tag Zeit und mach hier mal eben den Laden dicht, um für sein dämliches Protokoll zur Verfügung zu stehen, der kleine Kommissar.«

»Polizei*ober*kommissar ist der.« Cornelius trank einen Schluck Kaffee, stand auf und kam an den Tresen. Er reichte Jette den leeren Pott, den sie umgehend wieder auffüllte.

»Nimm das man nicht auf die leichte Schulter«, sagte Cornelius, während er sich Milch in den Kaffee goss.

»Wieso?«

Cornelius ging zurück an den Stehtisch. »Könnte was Ernstes sein.«

»Meinst du zwischen Victor und mir?«

»Nein, Polizeisachen und so. Du hast was von Leiche gesagt, und dass du die gefunden hast.«

»Hab ich dir vorhin doch schon alles erzählt.«

»Ja, aber du hast von Tatort geredet.«

»Ja, und?« Jette zuckte mit den Schultern. »Worauf willst du hinaus?«

Cornelius faltete die Hände vor sich auf dem Tisch und schaute Jette ernst an. »Wenn ein Mensch ertrinkt und an Land gespült wird, dann spricht man nicht von einem Tatort.«

Jette dämmerte nun, worauf Cornelius hinauswollte.

»Er hat ›Tatort‹ gesagt, weil vielleicht genau da, wo ich den gefunden habe, ein Verbrechen passiert ist.«

Cornelius nickte. »Und sollte das so sein, dann haben wir es vielleicht nicht mit einem Ertrunkenen zu tun, der von einem Schiff gefallen ist, sondern mit einem Ermordeten. Genau da am Strand umgebracht. Und in einem solchen Fall ist für die Polizei jeder Hinweis wichtig, der vielleicht zum Täter führen kann.«

»Aber ich hab ihn doch nur gefunden – und nix gesehen. Da war kein Mensch außer mir, also kein lebendiger.«

»Kann ja sein. Aber vielleicht fällt dir ja doch noch was ein. Zum Beispiel jemand, den du heute Morgen auf dem Weg zum Strand gesehen hast. Oder ob etwas anders gewesen ist als sonst.«

Jette dachte kurz nach, dann schüttelte sie langsam den Kopf. »Nein, da war nichts.«

33

Donnerstag, 14 Uhr

Als Victor den großen Konferenzraum betrat, hatten sich die Kollegen rund um den großen Tisch verteilt. Gesche war gerade dabei, Kekse auf einem Teller zu arrangieren, und Bertil stand vor einem Whiteboard, an dem die Bilder und Notizen der *Soko Mediator* hingen.

Auf Victors lautes »Moin« stockte das allgemeine Gemurmel und Geraune, und alle Köpfe drehten sich zu ihm.

»Schön, dass ihr alle gekommen seid. Ihr wisst, dass wir es mit einem zweiten Todesfall zu tun haben. Der zweite Mord innerhalb weniger Tage, daher brauchen wir jetzt wirklich jeden und jede, der oder die sich aus seinen oder ihren aktuellen Ermittlungen lösen kann.«

»Ist es denn schon sicher, dass wir es bei der Strandleiche mit einem Mord zu tun haben?«, hakte Bertil nach.

»Das endgültige Obduktionsergebnis steht noch aus, aber die Leiche weist mehrere Messerstiche im Bauchraum auf, vermutlich ist das die Todesursache.«

Victor war während seiner Ausführungen ans Kopfende des Tisches gegangen und stellte sich neben Bertil ans Whiteboard.

»Denkst du, die beiden Morde hängen irgendwie zusammen?«

Die Frage kam von einem Kollegen der Schutzpolizei, Victor hatte seinen Namen vergessen, erinnerte sich aber, den Mann schon bei der *Soko Mediator* eingeteilt zu haben. »Dann hätten wir ja einen Serienmörder in Cuxhaven.«

»Das werden wir wohl herausfinden müssen«, antwortete er. »Bisher deutet aber nichts darauf hin, und deshalb möchte ich auch nicht, dass irgendeiner von euch das eben genannte Wort verwendet. Die Presse wird den Begriff wahrscheinlich sowieso auf die Titelseite bringen, aber von uns wird das nicht auch noch unterstützt, klar? Die Verbindung, die zwischen den Morden besteht, ist aber offensichtlich.« Victor deutete auf das Foto des Mediators, dann auf eins, auf dem die Leiche am Strand zu sehen war.

»Gunther Fluth war mit Helene Hollstein befreundet, unserer Oberbürgermeisterin. Die wiederum ist die Ehefrau unseres zweiten Opfers, Johannes Hollstein, Rechtsanwalt.«

»Hat schon jemand mit ihr gesprochen?« Gesche war offensichtlich selbst den Tränen nahe, als sie sich das Leid der Oberbürgermeisterin vorstellte.

»Ja, Lars ist bei ihr, und ich habe jemanden von der Krisenintervention hinterhergeschickt. Antonella, hast du etwas für uns?«

Antonella sortierte Zettel, die sie nach einem nur ihr verständlichen System auf dem Tisch hin- und herschob, während sie aufzählte, was sonst noch passiert war in der Zeit nach dem Leichenfund. »Es ist eine Abordnung von der Schutzpolizei unterwegs zum Klinkenputzen, hat wer was gesehen, gehört und so weiter. Einige Fenster der anliegenden Häuser gehen direkt zur Bucht raus, könnte also durchaus sein. Ich hatte die Kontodaten von Fluth ja schon gleich am Dienstag angefragt, die liegen jetzt vor, genau wie die von Martini, Hollstein, Häbeling, Kroog und Demirel. Dazu sagt Bertil gleich was. Hab mir vorhin schon die richterliche Anordnung geholt, dass wir jetzt auch das Konto von Johannes Hollstein einsehen können. Wir checken gerade das private Umfeld von ihm, dabei haben wir natürlich auch im Blick, ob es da direkte Verbindungen zum ersten Opfer gab. Sein Handy und seinen Computer haben wir noch nicht, aber ich nehme an, dass Lars die Sachen vielleicht nachher mitbringt.«

»Danke, Antonella.«

Nun war Bertil an der Reihe. »Ich hab mir die Konten der Beteiligten im Fall des Mediators inzwischen ein bisschen genauer angeguckt. Aber soweit ich das überblicke, findet sich da nichts Ungewöhnliches oder Auffälliges bei Hollstein, Häbeling, Martini oder Kroog. ›Nichts Ungewöhnliches‹ heißt: in den letzten sechs Monaten, weiter bin ich zeitlich nicht zurückgegangen.«

»Was ist mit anderen Konten? Habt ihr etwas rausfinden können? Könnten wir irgendetwas übersehen haben?«

Bertil zuckte mit den Schultern, dann konnte er seinen Triumph nicht länger verbergen. »Ob es bei den vier Genannten noch was auf den *Cayman Islands* oder so gibt, wissen wir natürlich nicht. Aber müssen wir vielleicht auch gar nicht, weil bei Demirel die *Follow-the-money*-Strategie erfolgreich war. Zumindest gibt es da was Interessantes zu berichten.« Bertil trat an den Tisch, zog ein paar Papiere aus der Tasche, die auf seinem Stuhl stand, und reichte sie Victor.

»Cem Demirel, Geschäftsführer des Energieunternehmens *Vorig*, hat regelmäßig größere Summen an den Mediator überwiesen. Mal zweitausend, mal dreitausend Euro. Bei unserer Befragung hat er aber behauptet, er würde den Fluth gar nicht richtig kennen und hätte nur einmal vor einigen Jahren überhaupt mit ihm geredet, bevor er ihn bei diesem gemeinsamen Abendessen wiedergesehen hat.«

»Das passt zu den Telefondaten.« Antonella griff nach einem Papierstapel und reichte ihn nach vorn.

»In den Tagen vor Fluths Tod gibt es mehrere Gespräche zwischen den beiden. In beide Richtungen übrigens.«

Ein dünner, blasser Mann mit Brille, der in seinem Rollstuhl am Fenster stand, meldete sich zu Wort. »Hey, also ich bin der Maik von der Kriminaltechnik. Ich hab einen richterlichen Beschluss beantragt, damit ich die Funkzellendaten auslesen kann. Wer in der Nähe von Gunther Fluths Wohnung an besagtem Abend eingeloggt war. Und da, wo er vermutlich ins Wasser geworfen wurde. Vielleicht weiß ich heute Abend schon mehr, wenn wir das Okay des Richters haben.«

»Prima.« Victor atmete laut aus. So laut, dass man es auch als Seufzen interpretieren konnte.

»Antonella, du gibst unserer Pressesprecherin Infos, sie soll eine Erklärung formulieren.«

»Und was soll da drinstehen?«, fragte Antonella überrascht. »Wir wissen doch noch so gut wie nichts.«

»Wir bitten die Bevölkerung um Hinweise.«

Victor nickte. »Wir sollten jetzt nicht den Kopf einziehen, sondern offensiv mit der Situation umgehen.«

»Willst du nicht abwarten, bis Lars …«, begann Gesche, kam aber nicht weiter.

»Wir müssen die Öffentlichkeit informieren und zeigen, dass wir dran sind, das ist ja nicht unbemerkt geblieben mit der zweiten Leiche am Strand. Und wir haben ja auch eine erste Spur: die Bewegungen auf dem Konto von Demirel. Den nehmen wir uns als Erstes vor. Muss ja einen Grund geben, warum Demirel dem Fluth

Geld überwiesen hat. Und warum die beiden vor Fluths Tod miteinander telefoniert haben.«

Victor stand auf. »Gesche, du kommst mit mir zu Demirel, und Maik, du hältst uns bei der Auswertung der Handydaten auf dem Laufenden. Und schaut bitte auch, ob es in den sozialen Netzwerken etwas Auffälliges gibt.«

Victor ging durch die Tür und drehte sich erneut um. »Ach so, nächstes Treffen heute, 18 Uhr.«

»18 Uhr?«, fragte der Kollege von der Schutzpolizei entgeistert. »Da hab ich schon zwei Stunden Dienstschluss.«

»Entweder kommst du oder ein Kollege, der die Infos hat, die wir brauchen. Ist mir egal. Hauptsache, wir haben bis dahin irgendetwas, das uns weiterbringt!«

34

Donnerstagnachmittag

Die Niederlassung der *Vorig* war ein großer Kasten aus Glas und Beton am südlichen Stadtrand von Cuxhaven. Der Neubau lag in einer ehemaligen Baulücke, zwischen einem großen Pendler-Parkplatz und der Filiale einer Hotelkette für Geschäftsreisende, die weder auf Luxus noch auf Sehenswürdigkeiten aus waren.

Gesche parkte auf dem einzig freien Stellplatz vor dem Haus, der »Nur für Mitarbeiter der *Vorig AG*« bestimmt war.

Victor war erstaunt, dass die sonst so korrekte Kollegin wortlos das Schild ignorierte, das Auto abstellte, ausstieg und zielstrebig zum Eingang des Gebäudes ging.

Von frischer Meeresbrise war hier nichts mehr zu spüren, stattdessen roch es nach Abgasen von der Straße und nach dem Rasen, der schräg gegenüber vor einem Bürogebäude gerade mit einem kleinen Trecker gemäht wurde. Der große kanadische Ahorn vor dem Eingang hatte bereits erste Blätter abgeworfen, aber die Krone beeindruckte noch immer mit einem tiefen Rot.

»Du oder ich?«, fragte Gesche, nachdem sie auf den Klingelknopf gedrückt hatte.

»Gerne du«, sagte Victor.

Ein Summen ertönte, und Gesche drückte die Tür auf.

Im Eingangsbereich des Gebäudes hätte man Tanzkurse abhalten können. Grauer glänzender Granitboden, ein einzelner Designerstuhl aus Metall und Leder vor der Fensterfront zur Straße, einige große Grünpflanzen in Edelstahlkübeln.

»Guten Tag, wie kann ich Ihnen helfen?«

Vor einer Treppe, die in den oberen Teil des Gebäudes führte, gab es einen halbrunden Tresen, dahinter saß eine zu stark geschminkte Frau Ende fünfzig, die grauen Haare zu einem Dutt geknotet.

»Wir würden gerne Cem Demirel sprechen.« Gesche setzte ihr schönstes Lächeln auf, prallte aber gegen eine Wand aus stark deckendem Gesichtspuder und nudefarbenem Lippenstift.

»Haben Sie einen Termin?«

»Nicht nötig«, mischte Victor sich ein und hielt der Dame seinen Ausweis entgegen. »Kriminalpolizei Cuxhaven, es wäre schön, wenn es jetzt passt.«

Die Dame griff zum Telefon. »Ich werde sehen, was sich machen lässt«, erklärte sie, tippte eine Nummer ein, lauschte und sagte dann: »Hier sind zwei Herrschaften von der Polizei, die würden gern mit Herrn Demi… Ja … Nein … Ja … Das weiß ich natürlich auch nicht, warte.« Sie hielt die Hand über die Sprechmuschel. »Können Sie mir ein Stichwort geben, um was es geht?«

Gesche beugte sich über den Tresen und nahm der Frau sanft, aber bestimmt den Hörer aus der Hand. »Tag, Gesche Lassen, Kripo Cuxhaven. Könnten Sie uns abholen und zu Herrn Demirel bringen? Danke.«

Während Victor noch nicht ganz begriffen hatte, was da gerade passierte, reichte Gesche der Rezeptionistin lächelnd den Hörer zurück. Die stand offenbar unter Schock, mit leicht geöffnetem

Mund saß sie da und starrte Gesche an, als Cem Demirel höchstselbst in lockerem Trab die Treppe herunterkam.

»Guten Tag. Ich hoffe, Sie mussten nicht allzu lang warten.« Er strahlte Victor und Gesche an, zuckte entschuldigend mit den Achseln, als er auf sie zukam. Graue Anzughose und offenes weißes Hemd ohne Krawatte. »Was kann ich für Sie tun?«

»Könnten wir uns vielleicht irgendwo unterhalten, wo wir ein bisschen mehr unter uns sind?« Victor deutete mit dem Kinn auf den Begrüßungstresen und die Frau dahinter, die sich plötzlich Mühe gab, sehr beschäftigt zu wirken.

»Natürlich, kommen Sie.« Demirel ging voraus, hielt ihnen eine Glastür auf, die hinter der Treppe verborgen war, und deutete den Gang entlang. »Bitte, gleich die zweite Tür rechts, da können wir uns zusammensetzen.«

Dass das Energieunternehmen gut im Geschäft war, konnte man in dem Sitzungsraum, in dem sie rund um einen Glastisch auf futuristisch anmutenden Stühlen Platz nahmen, beinahe atmen. Victor vermutete, dass allein eines der Sitzmöbel mehr kostete als die gesamte Einrichtung auf seinem Hausboot. Auf dem Tisch standen Kühlbehälter mit kleinen Glasflaschen, daneben ein Tablett mit Kristallgläsern.

»Kann ich Ihnen etwas anbieten? Kaffee, Cappuccino, Tee?«

»Nein, danke, wir bleiben nicht lang.« Gesche zwinkerte ihm zu. Demirel holte aus einem kleinen Kühlschrank mit Glastür eine Platte mit geschnittenem Obst und kleinen Törtchen, die er auf den Tisch stellte.

»Bedienen Sie sich bitte.«

»Ach, das sieht ja ganz köstlich aus, fast, als hätten Sie mit unserem Besuch gerechnet.« Gesche griff beherzt nach einem kleinen Küchlein mit Pistaziendeko.

Demirel schlug die Beine übereinander, faltete die Hände vor dem Bauch und sah seine Besucher abwechselnd an. »Was genau möchten Sie denn von mir wissen? Mit der Kriminalpolizei hat man ja nicht jeden Tag zu tun. Habe ich etwas verbrochen?«

Gesche fiel in sein unnatürliches Lachen ein und winkte ab. Victor war gleichzeitig angetan und abgestoßen von ihrer schauspielerischen Leistung.

»Also, wir ermitteln ja im Fall Fluth und müssen jetzt routinemäßig noch ein paar Fragen klären. Zunächst: Wie gut kannten Sie den Toten?«

»Das habe ich doch schon beantwortet«, sagte Demirel irritiert.

Gesche nickte. »Ja, und wir wollten Ihnen jetzt die Gelegenheit geben, sich mit dem nötigen Abstand daran zu erinnern, wie gut Sie Gunther Fluth kannten.«

Demirel schaute auf die Tischplatte. Er schien zu überlegen, wie er sich aus dieser für ihn sichtlich unangenehmen Lage herausreden konnte.

Gesche nutzte seine Unsicherheit aus. »Herr Demirel, Sie haben uns angelogen, als Sie sagten, dass Sie Herrn Fluth erst am Abend seines Verschwindens kennengelernt haben. Wir haben Aufzeichnungen von Telefonaten. Es gab Gespräche zwischen Ihnen schon lange vor diesem besagten Abend.«

»Es erstaunt mich zu hören, dass Sie derart private Daten von Bundesbürgern einholen können, ohne dass auch nur der geringste Verdacht gegen sie vorliegt.«

Gesche ignorierte den Einwand. »Und? Können Sie uns sagen, warum Sie uns belogen haben?«

Demirel schien kurz abzuwägen, dann gab er seine Blockadehaltung auf. »Ja, das kann ich Ihnen sagen: zum einen, weil es niemanden etwas angeht, warum Gunther Fluth und ich korrespondiert haben, zum anderen, weil es nichts mit seinem Tod zu tun hat.«

Gesche nickte. »So sehen Sie das also.«

Demirel lächelte. Er schien seine Fassung wiedererlangt zu haben.

»Sehen wir aber anders«, sagte Gesche trocken. »Gunther Fluth ist ein Mordopfer. Ob Kontakte jedweder Art in diesem Fall eine Rolle spielen, das bewertet ausschließlich die Polizei. Also wir.«

Demirel wechselte erneut die Strategie und glitt in die Opferrolle. Sein Blick bekam nun etwas Verzweifeltes, seine Stimme kletterte eine Terz in die Höhe.

»Ich habe es Ihnen doch nur nicht gesagt, weil ich Angst hatte. Was glauben Sie, was für mich auf dem Spiel steht, wenn auch nur der Hauch eines Verdachts auf mich fallen würde.«

Gesche suchte Augenkontakt zu Demirel und setzte nach. »Im Zusammenhang mit der Überprüfung einiger Unterlagen des Toten sind Überweisungen aufgetaucht.«

Demirel wurde eine Spur blasser, Gesche nahm noch ein Törtchen.

»Wir würden gerne wissen, wieso Sie Geld an Herrn Fluth überwiesen haben, da gab es seit Monaten höhere Summen, die von Ihrem privaten Konto auf das des Mediators gegangen sind, ohne einen Überweisungsgrund.«

»Ach so, deswegen sind Sie da, also, dafür gibt es eine ganz einfache Erklärung.« Victor sah, wie die Gesichtsfarbe seines Gegenübers von sehr bleich zu leicht rötlich wechselte.

»Ja, dann lassen Sie mal hören«, forderte Gesche ihr Gegenüber auf, während sie sich die Finger ableckte. »Eine einfache Erklärung wäre super, für uns sieht das nämlich schwer nach Bestechung aus, und das wäre natürlich ein Eins-a-Motiv für einen Mord. Und nur, damit es nicht in Vergessenheit gerät: Ich muss Sie darauf aufmerksam machen, dass Sie nicht gezwungen sind, sich selbst zu belasten. Es steht Ihnen nach wie vor frei, keine Angaben zu dem Sachverhalt zu machen.«

Gesche war immer noch die Freundlichkeit in Person. Lächelte, schob sich Gebäck in den Mund und sah Demirel dabei zu, wie er sich wand.

»Mord?« Das Entsetzen war dem Mann anzusehen. Er löste sich aus seiner Haltung und schob sich nah an den Tisch, hielt sich mit beiden Händen an der Tischplatte fest.

»Nein, nein. So war das nicht.« Demirel war immer noch ganz auf Gesche konzentriert.

»Dann sagen Sie uns doch einfach, wie es war, und schon sind wir wieder weg.«

»Ich, also, wo fange ich an.« Demirel stand auf, tigerte vor dem Tisch auf und ab. Steckte die Hände in die Taschen seiner wahrscheinlich maßgeschneiderten Hose.

»Den Gunther habe ich kennengelernt, als klar war, dass der hier unser Mediator werden soll für den Ausbau des Windparks. Helene hat mir vor einigen Monaten erzählt, dass ein Freund von ihr so was macht und sie mit dem schon alles geregelt hat. Den Namen herauszufinden, und wie man ihn, also den Fluth, erreichen kann, war nicht besonders schwer. Wir haben uns dann getroffen, zu einem Vorgespräch sozusagen.«

»Haben sich die anderen Mediationsteilnehmer auch zu so einem Vorgespräch mit Herrn Fluth getroffen?«, fragte Victor.

Demirel zuckte mit den Schultern. »Das weiß ich nicht.«

Gesche nickte, zog nacheinander die kleinen Fläschchen aus dem Kühler, bis sie etwas gefunden hatte, was ihr zusagte. Sie schaute Victor fragend an, aber der schüttelte den Kopf. Sie wandte sich wieder an Demirel. »Weiter bitte, wir hören Ihnen zu.«

»Ja, wir haben zusammen auch etwas getrunken. Einiges sogar.«

»Interessante Rahmenbedingungen für ein Vorgespräch«, warf Gesche ein.

»Also danach, nach dem Gespräch haben wir etwas getrunken, in seiner Wohnung. Wie gesagt: ziemlich viel getrunken, und irgendwann hat Fluth mir dann gebeichtet, dass er Schulden hat.«

»Das ist ja überraschend schnell intim geworden«, sagte Gesche trocken.

»Und da haben Sie sich gedacht …«, begann Victor.

»Ich habe mir gar nichts gedacht«, unterbrach Demirel. »Der Mann hatte offensichtlich Probleme. Sie wissen ja wahrscheinlich, dass er die Wohnung hier in Cuxhaven nur gemietet hatte?«

Victor und Gesche nickten unisono.

»Das ist aber nur die halbe Wahrheit, denn Vermieter ist ein Unternehmen namens *Trust and heal,* und ich habe mal recherchiert, wer dahintersteckt. Ein Einmannunternehmen, und das gehört Gunther Fluth. Er hat an sich selber vermietet.«

Victor war irritiert. Wieso hatte das noch keiner der Kollegen erwähnt?

»Ist uns bekannt, Herr Demirel.« Gesche setzte ihr Glas ab. »Ist aber nicht ermittlungsrelevant. Warum sollte es wichtig sein, ob ein Mediator sich selbst anstellt und nicht als freier Berater vor dem Finanzamt auftritt, sondern als Einzelunternehmen?«

»Weil er eben pleite war. Der hat kaum noch gearbeitet, habe ich auch recherchiert. Angeblich gab es mal eine Geschichte, bei der zwei junge Frauen, die ihn für eine Schlichtung in einem Zeitungsverlag engagieren wollten, ihm vorgeworfen haben, er sei übergriffig geworden.«

»Ach so?« Gesche wirkte nicht im Mindesten interessiert, und Victor fragte sich, was sie noch alles wusste und ihm nicht erzählt hatte.

»Ja, ist nie weiter verfolgt worden, weil er aus dem Job ausgestiegen ist. War ihm wohl nichts nachzuweisen, aber ich kenne eine der beiden Frauen persönlich, und ich glaube ihr.«

»Was uns noch nicht weiterbringt in der Frage, wieso Sie Geld an Gunther Fluth überwiesen haben.«

»Er brauchte Geld, ich hatte welches.«

»Ein Freundschaftsdienst also. Nur, dass Sie eigentlich keine Freunde waren«, sagte Victor.

»Ich wollte nur helfen«, erwiderte Demirel.

Jetzt war es an der Zeit einzugreifen, entschied Victor. »Gunther Fluth hat Sie damit unter Druck gesetzt, dass er die Schlichtung zu Ihren Ungunsten ausfallen lassen würde, wenn Sie nicht zahlen. War es nicht so? Und das klingt für mich nach klassischer Erpressung.«

»Quatsch.« Demirel stützte sich vor Victor auf den Tisch auf. »Wie hätte er mich da erpressen können? Der war einfach nur froh, dass ich ihn aus seinem Leben voller Schulden rausholen konnte.«

»Die Schulden waren laut seinen Kontodaten recht überschaubar.«

»Sie wissen ja wohl auch nur von den offiziellen Schulden. Klar, dass das auf seinen Konten recht übersichtlich wirkt. Er hat Kohle beim Zocken versenkt. Wie er mir gesagt hat, nicht zu wenig, und da gab es den einen oder anderen Buchmacher, der sein Geld zurückhaben wollte.«

»Gibt es dafür irgendeinen Beweis?«

»Nein, den gibt es nicht.« Demirel wurde wütend. »Was sollte das denn auch für ein Beweis sein? Meinen Sie, unter Freunden macht man einen Vertrag über so was?«

»Unter Freunden«, wiederholte Gesche langsam, griff nach ihrem Parka und zog eine Karte daraus hervor, die sie Demirel über den Tisch schob. Der war aber noch nicht fertig mit seiner Geschichte.

»Sie sollten lieber mal bei Martini nachfragen, der hat den Fluth echt gehasst.«

»Holger Martini?«

»Genau der. Wussten Sie, dass Fluth bei seiner Scheidung als Verhandler aufgetreten ist und dass Fluth den Holger da ziemlich schlecht beraten hat, dafür aber Holgers Frau umso besser?«

»Natürlich wussten wir das.« Gesche griff sich im Aufstehen noch ein Törtchen, bedeutete Victor, dass sie bereit war zu gehen, und schob sich das Gebäck in den Mund.

»Danke, Herr Demirel. Rufen Sie mich bitte an, wenn Ihnen noch etwas einfällt?« Gesches Lächeln war zurück.

»War es das jetzt?«

»Erst mal war es das, ja.« Victor nickte und schlüpfte in seinen Mantel, den er über die Stuhllehne gehängt hatte.

Demirel begleitete sie bis zur Eingangstür, vorbei am jetzt unbesetzten Empfangstresen. Er hielt ihnen die Glastür auf, stoppte Gesche, als sie auf seiner Höhe war.

»Und, glauben Sie mir?«

»Das ist gar nicht entscheidend, Herr Demirel. Denn wir sind ja keine Pastoren, sondern Kriminalpolizisten. Unsere Bewertungen gründen sich auf Fakten, nicht auf Glauben. Ach ja, noch etwas: Kannten Sie Johannes Hollstein?«

»Den Ehemann der Oberbürgermeisterin? Flüchtig. Warum fragen Sie? Dem habe ich definitiv kein Geld überwiesen.«

»Wiedersehen«, sagte Victor und meinte ein gemurmeltes »hoffentlich nicht« zu vernehmen, bevor er Gesche durch den Flur und die jetzt menschenleere Empfangshalle auf den Parkplatz folgte.

Gesche ließ sich in den Sitz des Wagens fallen.

»Kannst du mir mal sagen, was ihr noch alles ermittelt und mir bisher verschwiegen habt?«, fragte Victor empört.

Gesche drehte sich grinsend zu ihm. »Ich hatte doch selbst

keine Ahnung von dem ganzen Einzelunternehmen- und Scheidungszeug, das er da rausgeblasen hat. Aber das werden wir jetzt gleich mal gründlich recherchieren, oder? Nächster Halt ist das Restaurant von Holger Martini, okay?«

Victor nickte und zog sein Handy aus der Tasche. »Ich bitte Antonella, die Sache mit der Scheidungsmediation zu checken. Vielleicht kommen wir da weiter.«

35

Später Donnerstagnachmittag

»Was soll denn das sein?«, schrie Holger Martini seinen Beikoch an und warf den Salatteller in die Spüle.

»Wir bieten keine *American-Dressing*-Suppe mit Salatfetzen an. Noch mal das Ganze, aber vernünftig angerichtet. Und ein bisschen zackig, wenn ich bitten darf.«

Victor und Gesche standen wie bestellt und nicht abgeholt am Hintereingang der Küche von Martinis Edelrestaurant, direkt neben der Tonne mit Speiseabfällen, der ein feiner säuerlicher Geruch entströmte.

»Könnten wir vielleicht an einem Ort miteinander reden, an dem es nicht klappert, zischt und dampft?«, fragte Victor in die ohrenbetäubende Geräuschkulisse hinein.

»Hast du was gegen ehrliche Arbeit?«, fragte Martini, ohne eine Antwort zu erwarten. Warum er Victor duzte, blieb sein Geheimnis.

Gesche reagierte mit einer Gegenfrage. »Stimmt es, dass Sie häufig Ihre Partnerinnen wechseln?« Gesches Frage schien einen

Tick zu laut ausgefallen zu sein, der Lärm war schlagartig verstummt. Und vermutlich war genau das ihre Absicht gewesen.

»Mitkommen«, sagte Martini wütend. Im Vorratsraum platzte es aus ihm heraus. »Das ist eine Riesenschweinerei, solche Gerüchte über mich in Umlauf zu bringen. Ich überlege ernsthaft, eure Vorgesetzten über diese Unverschämtheit zu informieren.« Gesche wurde also auch geduzt – und ging ebenfalls nicht darauf ein.

»War ja nur eine Frage.« Gesche malte sich ein Lächeln auf ihr Gesicht.

»Hör auf, du warst sauer, dass ich kein Männchen vor euch gemacht habe, wie vermutlich die meisten, bei denen ihr mit euren dollen Kripoausweisen auftaucht.«

»Männchen gemacht hat für mich noch niemand. Schade, hätte ich mal bei Herrn Demirel einfordern sollen«, stellte Gesche fest. »Aber bevor wir weiter über meine Fähigkeiten diskutieren, beantworten Sie doch bitte kurz unsere Fragen.«

Martini setzte sich auf eine Apfelsinenkiste.

»Dass Sie geschieden sind, ist bekannt«, stellte Gesche fest. »Sie haben Gunther Fluth als Mediator im Streit mit Ihrer Frau eingeschaltet und …«

»Wow, so viele Fehler in einem Satz.«

»Bitte?«, fragte Gesche verwundert.

»Erstens, junge Frau: Nicht ich habe Gunther Fluth eingeschaltet, sondern Angelina. Und da sind wir schon beim zweiten Fehler: Sie ist nicht meine Frau, sondern meine Ex-Frau. Und drittens war es kein Streit, wir haben uns, wie man so schön sagt, gütlich geeinigt.«

Victor lächelte und nickte.

»Ich weiß nicht, warum du so grinst, *Herr Kommissar*. Ich finde das eher peinlich, dass ihr hier so unvorbereitet auftaucht. Das lässt ja den Schluss zu, dass ihr auch sonst nicht immer so genau hinschaut.«

Gesche wollte für Victor in die Bresche springen, doch der hob die Hand. »Die Überweisung für die Mediation bei Ihrem Scheidungsverfahren ist von Ihrem Konto überwiesen worden, daher gehen wir natürlich davon aus, dass auch der Auftrag von Ihnen kam. Und zum Zeitpunkt der Mediation war Angelina noch Ihre Frau, das war nicht so schwierig herauszufinden. Und die Sache mit dem Streit, da haben Sie recht, das haben wir nur vermutet, lag aber nahe, denn wenn man keinen Streit hat: Wozu braucht man dann einen Mediator?«

»Ich hatte keinen Streit«, antwortete Martini und beließ es bei dieser schmalen Aussage.

Nun schaltete sich Gesche erneut ein.

»Lassen Sie uns doch einfach unsere Arbeit machen, dann sind wir auch schnell wieder weg, und Sie können in Ruhe wieder Ihre Mitarbeiter anschreien, okay?«

Martinis Blick wanderte zwischen Gesche und Victor hin und her.

»Was wollt ihr wissen?«

36

Donnerstag, immer noch später Nachmittag

Holger Martini blickte auf die Uhr. Sein Sohn hätte schon vor einer Stunde im Restaurant sein müssen. Wo trieb der sich wieder herum? Martini sah durch die geöffnete Hintertür der Küche auf den Parkplatz, wo Victor und Gesche gerade in ihr Auto stiegen. Er wartete, bis der Wagen die Torausfahrt passiert hatte und auf die Schillerstraße abgebogen war, bis er ebenfalls in den Innenhof trat und sein Handy zückte.

Martini verzichtete auf die üblichen Höflichkeitsfloskeln, als der Angerufene das Gespräch annahm.

»Warum hast du den Bullen von meiner privaten Mediation erzählt?«

»Was soll ich schon erzählt haben?«

»Frag nicht so blöd. Die haben gesagt, sie hätten mit dir schon geredet, und dann haben sie gleich mit meiner Scheidung angefangen.«

»Ist, glaube ich, kein Geheimwissen. War ja 'ne Weile Tratschthema Nummer eins in der Stadt.«

Martini konnte nur mit Mühe die Wut in seiner Stimme unterdrücken.

»Aber *wie* das Scheidungsverfahren gelaufen ist und dass Gunther Fluth als Mediator seine Finger da drin hatte und dass der mich über den Tisch gezogen hat, weil er mit meiner Ex-Frau gevögelt hat, das stand ja wohl kaum auf der Titelseite der *Cuxhavener Nachrichten*. Und das geht auch niemanden etwas an.«

»Ich habe nur die Fragen der Polizei beantwortet. Entspann dich mal, Holger. Oder hast du etwas zu verbergen? Gibt es da etwas, das die Kripo lieber nicht wissen soll?«

»Der größte Lump im ganzen Land, das ist und bleibt der Denunziant.«

Demirel lachte auf. »Das sagt ja genau der Richtige.«

»Was willst du damit sagen?«

»Du redest doch auch gerne über die Verfehlungen anderer.«

»Wir haben auf jeden Fall das letzte Mal zusammen Tennis gespielt.«

»Soll mir recht sein«, sagte Demirel. »Bist sowieso kein Teamplayer.«

Martini beendete das Gespräch und holte aus, als wollte er das Handy auf den Boden werfen, hielt dann aber inne. Ein getunter silberfarbener Golf fuhr in die Hofeinfahrt. Der Wagen kam in der Mitte des Innenhofs zum Stehen, und Momme stieg aus. »Na, Daddy, alles klar bei dir?«

37

Donnerstag, kurz nach 18 Uhr

»Leute, lasst uns anfangen.« Gesche klopfte mit den Fingerknöcheln der linken Hand auf den Tisch, und das allgemeine Geplapper verstummte.

Offenbar war allen der Ernst der Lage klar, und niemand hatte auf seinem Feierabend bestanden. Lars Pullmann lehnte an einer Fensterbank und schaute hinaus.

»Lars, willst du erst einmal von deinem Besuch bei der Frau Hollstein berichten?«, fragte Gesche.

Pullmann ging ans Kopfende des Tisches. »Da gibt's nicht viel zu erzählen. Sie war geschockt und traurig und flüchtet sich jetzt erst mal in den Job, wie man es eben von einer Oberbürgermeisterin erwarten würde. Die Trauer wird sie vermutlich wie ein Knüppel auf den Kopf erwischen, wenn sie das erste Mal richtig zur Ruhe kommt.«

»Findest du das nicht ein bisschen merkwürdig, dass die nicht mal ein paar Stunden freinimmt, wenn ihr Mann umgebracht wurde?« Gesche hatte sich gesetzt und pustete jetzt in einen Becher, das Kräuteraroma ihres Tees mischte sich mit all den anderen Gerüchen im Raum.

»Nein, gar nicht.« Lars schüttelte nachdrücklich den Kopf. »Ich habe bereits einige Mordermittlungen hinter mir. Und wenn du darauf anspielst, dass Helene Hollstein als Tatverdächtige infrage kommt, weil sie nicht heulend nach Hause fährt und den Rest des Tages im Bett verbringt, dann muss ich dich enttäuschen, Gesche. Jeder Mensch reagiert anders auf so eine Todesnachricht. Und dass einer sich in die Arbeit stürzt, um sich abzulenken, statt gleich ein Begräbnis zu planen, das sagt absolut nichts aus.«

Bertil meldete sich zu Wort. »Du kennst Helene Hollstein schon länger, oder?«

Er hielt einen Kugelschreiber in der Hand, und das ständige Klicken mit der Mine machte die Schutzpolizistin, die neben ihm saß, sichtlich nervös.

Als Lars nickte, legte Bertil den Stift zur Seite und griff zögernd nach einem Aktendeckel aus Pappe.

»Das wird dir dann vermutlich nicht so gut gefallen, aber wir sollten die Frau Oberbürgermeisterin meiner Meinung nach noch nicht aus dem Kreis der Verdächtigen ausschließen.«

»Bitte?«

Lars streckte seine Hand in Richtung Bertil aus, der reichte ihm den Pappdeckel. »Was hast du da?«

»Das sind Unterlagen, die belegen, dass Helene Hollstein einen Mallorca-Urlaub gebucht hat. Sonnabend in drei Wochen soll es losgehen. Tickets, Hotelbestätigung, Quittung vom Reisebüro.«

»Ja, und?« Gesche stellte ihren Becher ab.

»Ich war noch nicht fertig. Sie hat nur für eine Person gebucht. Einzelzimmer auf ihren Namen in einem schicken Hotel in Palma. Die vergangenen vier Jahre war sie auch um diese Zeit dort, aber immer zusammen mit ihrem Mann, in einer Ferienwohnung in Port d'Andratx.«

»Vielleicht war Johannes Hollstein verhindert, beruflich oder anderweitig?«

Natürlich war die Urlaubsplanung noch kein Indiz, erst recht kein starkes. Aber andererseits war es auch nicht ausgeschlossen, dass Helene Hollstein schon gewusst hatte, dass sie in diesem Jahr allein unter mallorquinischer Sonne herumspazieren würde, weil sie es selbst so geplant hatte, dachte Victor. Lars war offenbar seiner Meinung. »Ich werde sie gerne dazu befragen, ich bin sicher, dafür gibt es eine ganz einfache Erklärung, die nichts mit dem Mord an Johannes zu tun hat, aber jetzt lasst sie erst mal ein paar Stunden Luft holen, ja?«

Gesche stand auf und übernahm wieder. »Cem Demirel und Holger Martini sind beide nicht ganz sauber. Die verbergen etwas. Ich glaube nicht, dass Gunther Fluth die Scheidung von Holger Martini und seiner Frau so easy geregelt hat, wie es uns Martini weismachen wollte.«

»Martini, dieser Italiener? Das war eine richtige Schlammschlacht bei dem und seiner Frau.« Eine ältere zarte Streifenpolizistin, die, bisher von Victor unbemerkt, hinter Maik von der Kriminaltechnik Platz genommen hatte, meldete sich zu Wort. »Meine Mutter wohnt neben denen, also neben dem Haus, in dem die Familie Martini früher gewohnt hat. Da sind Teller geflogen, der Mann soll vor Wut auch mal einen Gartenstuhl durch die Terrassentür geworfen haben. Und seine Frau ist wohl auch mal mit seinem nagelneuen SUV mit Karacho gegen eine Lampe auf der Garagenzufahrt gescheppert. Absichtlich.«

Antonella nickte. »Sind alles Geschichten, die ich damals auch gehört habe.«

»Gut.« Victor nickte. »Antonella, das nimmst du in die Hand.

Check doch mal, was da in diesem Schlichtungsverfahren genau passiert ist und ob Martini Grund gehabt hätte, sich an Fluth zu rächen. Bertil: Es wäre gut, wenn du den Kollegen in der Rechtsmedizin mal ein bisschen Druck machst. Es gibt noch immer keine Ergebnisse der Obduktion von Johannes Hollstein. Das dauert mir alles zu lange. Wir wissen von den Messerstichen in den Bauch, war das definitiv die Todesursache? Wann genau ist er ums Leben gekommen? Und ist die Tatwaffe schon aufgetaucht?«

»Ach so, ja, wollte ich gleich noch in die Akte eintragen.«

Bertil hatte wieder begonnen, mit dem Kugelschreiber zu klackern, lehnte sich jetzt zurück und schlug die Beine übereinander. »Mehrere Messerstiche von vorn in den Bauch waren ganz klar die Todesursache. Der Täter war wahrscheinlich nur unwesentlich kleiner als Johannes Hollstein, jedenfalls lässt der Einstichwinkel darauf schließen. Es sei denn, einer hat gesessen und einer gestanden, oder ein sehr kleiner Mann hat sich auf eine Kiste gestellt, oder …«

»Danke, Bertil, wir haben verstanden, worauf du hinauswillst«, unterbrach Gesche das Geplapper.

Bertil fuhr unbeirrt fort. »Die Rechtsmedizin sagt aber auch, die Stiche sehen nicht so aus, als hätte da jemand geplant zugestochen.«

»Was soll das denn heißen? Wenn ich jemandem ein Messer in den Bauch ramme, dann passiert das doch nicht aus Versehen.«

»Aber du könntest im Affekt ja auch jemanden verletzen, dann denkst du auch nicht lange darüber nach, wohin du die Stiche setzt«, erklärte Gesche.

Die Streifenpolizistin griff jetzt nach dem Kugelschreiber in Bertils Hand und stoppte so das nervtötende Geklacker. Der war nur kurz irritiert und erläuterte dann die Ergebnisse der Rechtsmedizin.

»Es gibt Einstiche unter anderem auf den Rippenknochen. Einige Schnittwunden sind nicht glatt und klar, also nicht rein und raus, sondern da ist richtig rumgestochert worden, also Knochen getroffen und dann so quasi im Körper rumgerührt, bis das Messer seinen Weg gefunden hat.«

Lars schaltete sich ein: »Du meinst, da gab es Streit zwischen Hollstein und einer fremden Person, und die hatte zufällig ein Messer dabei?«

»Wäre möglich«, bestätigte Bertil.

»Wir haben zwei tote Männer, beide gewaltsam getötet, und noch keinen brauchbaren Hinweis auf den oder die Mörder«, fasste Victor zusammen. »Fall eins, der Mediator: Holger Martini hätte ein Motiv gehabt, Gunther Fluth zu ermorden: Rache für die finanziellen Verluste, die er durch die Scheidung vor gut einem Jahr erlitten hat. Cem Demirel vom Energieunternehmen *Vorig* könnte Fluth dafür bezahlt haben, die Entscheidung im Schlichtungsverfahren mit der Stadt Cuxhaven zu seinen Gunsten zu kippen, der kann also eher kein Interesse am Tod des Mediators gehabt haben. Außer, Fluth hat das Geld angenommen, wovon wir ausgehen können, und Demirel dann genau damit erpresst.«

»Wie meinst du das?«, wollte Bertil wissen.

»Fluth konnte ja die Zahlungen von Demirel auf sein Konto belegen. Wenn er Demirel gedroht hat, zur Polizei zu gehen und zu sagen, Demirel würde ihn bestechen, dann wäre Demirel wohl seinen Job los.«

»Aber warum hätte Fluth das tun sollen?« Bertil war nicht überzeugt. »Er hat doch Geld von Demirel bekommen.«

»Vielleicht war es ihm nicht genug Geld.«

Victor sah hinüber zu Maik, der sich zaghaft meldete. »Ja, Maik, hast du noch etwas?«

Maik nickte eifrig. »Also, Facebook und so haben wir uns angeguckt, da war der Fluth gar nicht registriert, und der Johannes Hollstein war nur bei Twitter. Aber als stiller Beobachter. Sieben Follower und selbst nie was gepostet. Lars hatte mir den Laptop von dem Hollstein vorbeigebracht, das Handy wurde noch nicht gefunden. Die Tastatur des Laptops schwamm in Rotwein, ich schätze mal ein Merlot. Bin mir noch nicht sicher, ob wir den wieder zum Laufen bringen. Handy haben wir mehrfach versucht anzurufen, aber keine Verbindung. Vermutlich ist es ausgeschaltet, oder der Akku ist leer.«

»Alles klar. Dann kümmert sich jetzt jeder um seine Aufgaben. Tragt alles in die digitale Akte ein, damit immer alle auf dem Stand sind. Wir sehen uns morgen Vormittag wieder hier, 9 Uhr.«

»Hallo?« Der Kriminaltechniker machte erneut ein Handzeichen. »Also, das war noch nicht alles.«

Diejenigen, die schon aufgestanden waren, setzten sich wieder.

»Ich hatte ja einen richterlichen Beschluss besorgt, um mir die Funkzellendaten anzuschauen, also wer alles am Abend oder in der Nacht an der Stelle mit dem Handy eingeloggt war, an der Fluth mutmaßlich ins Wasser geworfen wurde. Und eben auch, wessen Handy in der Nähe von Fluths Wohnung von den Sendemasten registriert wurde. Da gibt es leider zum Tatzeitraum nur Fluth, der hat abends ganz in der Nähe seiner Wohnung telefoniert.«

»Das bringt uns nicht weiter«, resümierte Bertil.

»Das für sich genommen noch nicht, aber ich habe den Referenzzeitraum um ein paar Stunden nach vorne ausgeweitet und geschaut, ob jemand an beiden Orten, also nacheinander, eingeloggt war.«

Victor nickte. »Und?«

Maik lächelte. »Einen Treffer gab es.«

»Moment, das verstehe ich nicht. Was soll das denn aussagen, wenn jemand am Mittag in der Nähe von Fluths Wohnung war und später dann an der Hafenkaje langgelaufen ist?«, fragte Bertil.

Der Streifenpolizist ergriff das Wort. »Das könnte zum Beispiel bedeuten, dass der Mörder von Fluth erst die Umgebung seiner Wohnung ausgekundschaftet hat und dann nach einem geeigneten Ort gesucht hat, um die Leiche im Hafen zu versenken.«

Victor nickte erneut. »Guter Einwand, Kollege.« Dann wandte er sich an Maik. »Aber wer ist denn nun diese Person?«

»War ziemlich aufwendig, der Abgleich, fast zweihunderttausend Datensätze …«

»Nun sag schon«, rief Bertil ungeduldig.

Maik sah triumphierend in die Runde. »Da kommt ihr nie drauf.«

38

Donnerstag, früher Abend

Es war kühl und fast schon dunkel, aber die dichten Wolken am Himmel über der Bucht sorgten für Temperaturen, bei denen man es in warmer Kleidung auch jetzt am Abend noch sehr gut draußen aushalten konnte. Die Luft roch bereits nach Herbstlaub, und je näher Agatha Richtung Wasser spazierte, desto mehr mischte sich das herbe Aroma von Schlick und Meerwasser darunter.

Rechter Hand lag der Rettungskreuzer, hell erleuchtet. Zum Sommerende-Fest, das jedes Jahr um diese Zeit veranstaltet wurde, schmückten die Seenotretter ihr Schiff wie einen Christbaum. Auf der anderen Seite lagen die kleinen Boote, auch ihr eigenes, deren Umrisse in der Dunkelheit nur noch schemenhaft zu erkennen waren. Der Wind hatte etwas aufgefrischt und schlug klackernd die Leinen an die Masten der Segler. Das Wasser klatschte dazu rhythmisch an die Holzpfeiler.

Bunte Lampions und Luftballons schmückten die weiß lackierte Brücke, und der Metallfigur *AnneLiese* war zur Feier des Tages ein goldglänzender Rock angezogen und eine blinkende Lichterkette um den Hals gehängt worden.

Als Agatha näher kam, stieg ihr der Geruch von glimmender Holzkohle in die Nase, und wenige Meter später sah sie am ersten Quersteg einen Rundgrill, von dem Rauch aufstieg und der von einem der Seenotretter mit Fleischwaren belegt wurde. Sie erkannte in ihm ebenjenen durchtrainierten, dunkelblonden Typen, dem sie vor zwei oder drei Wochen das erste Mal begegnet war. Sie hatten hier im kleinen Hafen dabei geholfen, Flaschen aus dem Meer zu fischen, die dem Eigner der *Lucy* aus einer Plastiktüte gerutscht waren.

Heute hatte der junge Mann die langen Haare am Hinterkopf zu einem Man-Bun gebunden, was Agatha eigentlich affig fand, bei ihm aber irgendwie sexy aussah.

»Moin, Christian.«

»Agatha! Das ist ja eine Überraschung, herzlich willkommen.« Er strahlte sie an und belegte dann den Rand des Grills mit Schinkenwürstchen und Thüringern.

»Dein Team ist schon fast komplett.« Er deutete hinter sich, am Ende des Stegs hatte sich *Ronnys Rollende Rumbar* eingerichtet, wie am Schild unter dem schmalen Tresen zu lesen war.

Christian griff in die Bierkiste neben dem Grill und zog zwei Flaschen heraus. »Oder möchtest du lieber ein Wasser?«

»Bier ist super, danke. Was baumelt dir denn da um den Hals?«

»Kannst du dich noch an die Havarie der *Geest* erinnern?«

Christian streckte ihr seine Bierflasche zum Prosten entgegen. »Wir sind raus bei Windstärke 10. Sechs Meter hohe Wellen, und bei der *Geest* waren der Motor und Hilfsdiesel ausgefallen. Der Kutter drohte durchzukentern. Wir haben uns längsseits rangeschoben und dann die drei Fischer aufgenommen.«

»Der Kahn ist danach gesunken, oder?«

Christian nickte, nahm die Würstchenzange und wendete die Grillware.

»Die Fischer sind mit dem Schrecken davongekommen.«

Christian nahm einen Schluck aus der Flasche. »Ich hab die drei Fischer nacheinander zu uns an Bord gezogen. Wie gesagt, es war extrem hoher Wellengang, und die *Geest* drehte sich. Unser Kapitän hat gesagt, dass er den Kreuzer nicht stabil neben dem Kutter halten kann. Und weil es um Minuten ging, vielleicht um Sekunden, hab ich ein Seil mit Anker zur *Geest* geworfen und sie zu uns herangezogen.«

Agatha lachte. »Schöne Geschichte. Du hast bei Windstärke 10 einen Kutter mit bloßer Muskelkraft an euren Kreuzer rangezogen und ihn so lange längsseits gehalten, bis die drei Fischer bei euch an Bord waren. Haha!«

»Aber es war so! Und dafür bin ich jetzt mit dieser Medaille ausgezeichnet worden, wir feiern heute also nicht nur das Ende des Sommers, sondern auch meine Auszeichnung.«

Agatha trat einen Schritt näher an Christian heran. »Dann willst du mir also sagen, dass du übermenschliche Kräfte hast. Dass du so was wie ein Superheld bist.«

Christian lächelte, nahm eine Schüssel und legte die Würstchen hinein. »Genau so ist es. Ich habe Superkräfte. Aber sag das bitte keinem aus meiner Crew. Offiziell habe ich die Medaille bekommen, weil ich schnell und geistesgegenwärtig gehandelt und so drei Menschenleben gerettet habe.«

Er deutete mit dem Kopf in Richtung der Bar. »Kommst du mit rüber zu den anderen?«

»Klar.«

Die Jungs von der Seenotrettung hatten sich wirklich alle Mühe gegeben, aus der Ferne musste das Areal aussehen wie ein Kreuzfahrtschiff auf Silvesterfahrt. Es gab neben der Bar auch ein kleines Büfett mit Brot und Salaten, Knabberzeug und einem Apfelkuchen. Christian stellte Agatha einigen Leuten vor und verschwand dann wieder für die nächste Runde Würstchen an den Grill. Eine große Hand legte sich von hinten auf ihre Schulter, als sie sich gerade an die Bar begeben wollte.

»Agatha, die beste Wasserschutzpolizistin von Cuxhaven. Und die einzige.«

»Enak, ja Mensch, ich hab auch einfach kein Glück mit meinen Abendveranstaltungen. Immer wenn ich denke, es könnte mal eine richtig tolle Nacht werden, dann tauchst du auf.«

Enak von Eitzen fuhr sich grinsend mit der Hand durch die Haare, sein lautes Lachen klang wie ein knatternder Trecker. Statt Uniform trug er einen wahrscheinlich maßgeschneiderten Anzug aus hellgrauem Stoff, um den Hals einen dunkelblauen Kaschmirschal. Enak zog sie am Ärmel weiter Richtung Bar. »Na, nun komm schon mit. Du musst dich mal locker machen, Aggi.«

Agatha hasste diesen Spitznamen, aber sie wollte ihm nicht die Genugtuung geben, das auch noch zu zeigen, und wandte sich an den älteren Herrn, der sich am Tresen festhielt und bereits leichte Schlagseite hatte. Der Mann war so vertieft in ein Gespräch mit seinem Nachbarn, dass er Agatha erst registrierte, als sie ihn ansprach.

»Moin, Papa. War ja klar, dass du auch hier abhängst.«

Dirk Christensen schaute auf, leicht glasiger Blick. Mit der Hand schob er sich die Mütze aus der Stirn. »Da bist du ja, mein Kind. Wusstest du, dass Hans und deine Mama …«

»Lass mal, Papa, ich muss erst mal was trinken.«

Ihr Vater beugte sich wieder zu Hans Itjen, ihrem Chef, der in seinem roten Pullover mit weißem Hemd darunter ein bisschen aussah wie der Bruder des Weihnachtsmanns. Die beiden Männer kicherten wie Teenager.

»Ah, guck mal, kennt ihr euch eigentlich?« Enak deutete mit einer theatralischen Geste in Richtung zweier eher unauffälliger Typen, die aufgrund ihrer Gesichtszüge sofort eindeutig als Brüder zu identifizieren waren. Einer davon war ihr blonder Kollege Ingmar Ulvaeus, der wortkarge Mechaniker. Im Schlepptau hatten die beiden Victor Carvalho. Enak übernahm die Vorstellungsrunde. »Agatha, das hier sind die Kollegen von der Kriminalpolizei, Victor Carvalho und Bertil Ulvaeus. Letzterer ist seines Zeichens Bruder unseres geschätzten Wasserschutz-MacGyvers Ingmar.«

»So schnell sieht man sich wieder.« Victor stieß mit ihr an und leerte den Rest seines Glases. »Harten Tag gehabt?« Agatha nippte an einer Rum-Cola, sie spürte bereits, wie ihr der Alkohol zu Kopf stieg.

»Kann man wohl sagen, und morgen geht's früh weiter.«

Agathas Vater hatte sich inzwischen vom Tresen gelöst und stellte sich leicht windschief neben sie. »Na, wer ist denn dieser junge Mann, der meinem Kind da schöne Augen macht? Du bis doch vonner Kripoli … Also ich weiß, dass du derjenige bis, der diese Morde aufklären soll.«

Victor nickte.

»Ich hab da, also ich weiß genau, ich kann dir sagen, mein Jung, dass der nich in seiner Badehose schwimmen gegangen is.«

»Ich glaube nicht, dass wir jetzt und hier über die Mordermittlungen sprechen sollten …«

»Oh doch, mein Jung, genau das sollten wir.« Dirk Christensen schaute sich um, um sich zu vergewissern, dass niemand lauschte. »Denn ich kann dir sagen, wie du den Fall lösen kannst. Jahaaa, da muss du alles im Blick haben, sons ward dat nix. Sons findes du den Mörder nich.« Er schwankte, und Agatha griff nach seinem Oberarm. »Papa, meinst du nicht, es wäre besser, wenn du jetzt mal nach Hause gehst? Vinnie muss bestimmt auch noch mal raus.«

»Moment.« Er schüttelte Agathas Arm ab und wandte sich wieder an Victor. »Ich kenne die alle, die lütte Rieke von diesen Umweltbeschützern is mit meiner Agatha hier zur Schule gegangen. Das Mädchen sieht nur so harmlos aus, die hat's fingerdick, neeee, faustdick! So hat die das hinter den Ohren. Die hat ihren Eltern ziemlich Kummer gemacht.« Er beugte sich vor und flüsterte: »Die wollte sich auch mal umbringen, kurz vorm Abitur. Der Druck wahrscheinlich.« Er wartete auf ein bestätigendes Nicken von Victor, bevor er fortfuhr. »Und der Holger Martini, der kauft seine Ware für seine Restos, die Gaststätten, mitunter beim Discoun… also im Supermarkt, wenn's mal knapp wird, hab ich gesehen. Dem trau ich alles zu!«

»Papa!«

Aber Dirk Christensen war nicht mehr zu bremsen. Er packte Victor an den Schultern, vielleicht, um sich festzuhalten, vielleicht, um seinen Worten mehr Nachdruck zu verleihen. »Du musst dir auch diesen Heini von der Windkraft ganz genau angucken, schlimmer Finger, der betatscht alles, was nicht bei drei im Gebüsch ist, hab ich gesehen, als die Firma mit meim Schiff einen Betriebsausflug nach Helgoland gemacht hat. Glöv mi dat, mein Jung.«

Victor verzog leicht das Gesicht, und Agatha konnte sich vorstellen, dass der Atem ihres Vaters nicht besonders frisch war. »Papa, jetzt komm, ich bring dich nach Hause.«

Victor trat einen Schritt zurück, um sein leeres Glas beim Barkeeper gegen ein volles auszutauschen, und löste sich so auch aus Dirks Griff um seine Schultern.

»Schnapp dir den Mörder, Vincent.« Dirk tippte Victor bei jedem einzelnen Wort mit der Fingerspitze auf die Brust.

»Vincent heißt dein Hund, Papa. Der Mann hier heißt Victor.«

»Den machst du wohl leiden, wa?«

Agatha spürte, wie ihr Gesicht heiß wurde.

Dirk schaute von seiner Tochter zu Victor und zurück. Und plötzlich war auch Seenotretter Christian wieder da. »Meine Schicht am Grill ist jetzt beendet, trinken wir noch was zusammen, Agatha?«

»Oh, noch so ein Schöner. Mensch, mien Deern, das ist ja hier wie im Schnapsladen, man weiß gar nicht, welche Buddel man zuerst aufmachen soll, wa?« Dirk Christensen lachte scheppernd und schob sich die Mütze weiter aus dem Gesicht. Trat zu Agathas Entsetzen erst an den einen, dann an den anderen Mann sehr dicht heran, sah ihnen in die Augen. Begutachtete die beiden dann mit etwas Abstand von oben bis unten.

»Na, was ist hier denn los? Musterung des künftigen Schwiegersohns?« Enak fiel in das Lachen ihres Vaters ein, und Agatha wünschte sich, dass eine Luke auf Deck erscheinen möge, in der sie verschwinden konnte, als ihr Vater noch einen draufsetzte.

»Taugt keiner von beiden was, nicht für meine Deern.«

»Hast ordentlich geladen, Dirkie«, kommentierte Enak die Situation.

Dirk hob den Zeigefinger und begann zu rezitieren:

»Wer Dag för Dag sien Arbeit deit, un immer op'n Posten steiht, un deit dat goot un deit dat geern, de kann sik ok mol amüseern.«

Enak nickte. »Wahre Worte, Käpt'n.«

Dirk Christensen versuchte eine tiefe Verbeugung, bei der er beinahe aus dem Gleichgewicht geriet. Immerhin gelang es ihm aber, seiner Tochter den Arm zum Geleit anzubieten.

»Agatha, verehrteste Tochter, wir gehen nach Hause. Vinnie wartet.«

39

Donnerstagabend

»Herwig, was machst du denn noch hier um diese Zeit?« Agatha war überrascht, ihren Nachbarn, den Hundertjährigen, am Abend noch draußen vor ihrem Haus anzutreffen. Dunkler Anzug, weißes Hemd, die Krawattenenden hingen lose über seiner Brust. »Hattest du eine Verabredung?«

»Schiete secht Fiete, de Mors bekieke. Bin versetzt worden.« Herwig schüttelte den Kopf und stützte sich mit den Händen auf den Knien ab.

»Von wem denn? Du kannst uns das ruhig sagen«, erklärte Dirk, nach dem strammen Spaziergang von den Seenotrettern bis zu ihrem Haus nun fast wieder nüchtern, und ließ sich schwer neben Herwig auf die Bank vor der Wohnanlage am Seedeich fallen. »Agatha hat auch einen kleinen Verehrer, ach, wat soll ik di vertelln, dat sünn sogar twee!«

»Na, wie schön, dass ihr beiden Tratschtanten euch gefunden habt, soll ich euch was zu trinken bringen?«

»Ich nehm ein Bier«, erklärte Agathas Vater, der die Ironie in ihrer Frage offenbar überhört hatte.

»Ach, ich wollte doch zu diesem Fest, die Seenotretter haben mich eingeladen, da gibt's doch heute Feines vom Grill, und dann wollte ich mich schick machen, aber ich wusste nicht mehr, wie man eine Krawatte richtig bindet, und denn roch das so gut hier unten, und ich dachte, ich setz mich einen kleinen Moment …«

»Und dieser kleine Moment hat wann genau angefangen?«

»Na, das wird jetzt wohl …« Herwig schaute auf seine Armbanduhr. »Jo, das ist wohl so zwei Stunden her, dass ich loswollte.«

»Donnerwetter«, kommentierte Dirk.

»Aber ich hatte immer Unterhaltung, die ganze Zeit. Erst kam der Junge, der da in der Küche aushilft.« Er deutete mit der einen Hand in Richtung des offenen Fensters. »Wir hatten einen kleinen Schnack darüber, wie man Bratkartoffeln so richtig schön kross brät. Danach war Mette hier, die kennt ihr, oder?«

»Die heiße Lady aus dem Erdgeschoss?« Dirk war inzwischen wieder erstaunlich klar. Die frische Luft tat ihm sichtlich gut.

»Na, ich weiß nicht, Dirk, die Frau ist ja über siebzig, da würde ich jetzt nicht mehr von heißer Lady sprechen. Die wollte mit mir zu den Seenotrettern, aber dann hat sie mir abgesagt, und ich bin sitzen geblieben.«

»Also, du hattest immer einen zum Schnacken«, kürzte Agatha die Zusammenfassung von Herwig ab. Ihr wurde kalt, und sie wollte ins Bett. Aber Herwig bestand darauf, weiterzuerzählen.

»Hier ist ja immer was los. Mitunter sitz ich auch auf der Bank drüben am Deich, und da kommen dann die wirklich interessanten Frauen vorbei.« Er schaute Dirk an und hob die Zeigefinger. »Aber Achtung, die sind nicht alle frei.«

»Na, gehören ja immer zwei zu, und wenn sich beide einig sind …«

»Hast du das von unserer Oberbürgermeisterin gehört?«

Agatha trat von einem Bein aufs andere, jetzt war klar, dass das hier noch dauern würde. Wenn Herwig erst mal mit seinen Geschichten anfing, dann war so schnell kein Ende abzusehen.

»Also, unsere Oberbürgermeisterin, die Helene Hollstein, die soll ja ihrem Johannes auch Hörner aufgesetzt haben.«

»Bitte, was?« Jetzt wurde es auch für Agatha interessant. »Du meinst, die hat ihren Mann betrogen?«

»Na, ich war natürlich nicht dabei, aber ich hab die Hollstein öfter mal gesehen, wenn ich meinen Kumpel Sönke in der Deichstraße besucht habe.«

»Ja, warum soll sie denn auch nicht da unterwegs sein, als Bürgermeisterin hat sie sicher überall in der Stadt zu tun«, wandte Agatha ein.

Herwig schüttelte den Kopf. »Agatha, ich bin lange Jahre Journalist gewesen und werde es immer bleiben. Wenn ich eine Geschichte wittere, dann bin ich da hinterher.«

Dirk nickte.

»Und?« Agatha wollte jetzt auf jeden Fall den Rest hören, auch wenn sie inzwischen ihre eiskalten Füße in den dünnen Sneakers kaum noch spürte.

»Und dann hab ich mal in dem Hauseingang nachgeguckt, aus dem ich sie habe rauskommen sehen. Da gibt es insgesamt fünf Parteien, unten ein Restaurant mit zwei Klingeln, dann im ersten Stock ein Zahnarzt und ein Steuerberater, und im Dachgeschoss wohnt ein gewisser Gunther Fluth.«

»Der Mediator.«

»Du kennst dich aus, mein Mädchen.« Herwig nickte, griff nach einem Ende seiner Krawatte und zog daran, bis sie auf seinem Schoß lag. Langsam begann er, den Stoff zu einer Schnecke aufzurollen, sich der Aufmerksamkeit seiner Zuhörer sehr gewiss.

»Und das ist ja noch nicht alles.« Herwig hatte seine Stoffschnecke fertig gewickelt, steckte sie in die Hosentasche, faltete die Hände im Schoß und schaute von Agatha zu Dirk.

»Dieser Gunther Fluth, den hab ich auch mit anderen Frauen gesehen. Manche deutlich jünger als er.« Agatha meinte, so etwas wie Anerkennung aus Herwigs Worten zu hören.

»Die von den Grünen zum Beispiel, die kennst du doch auch, Agatha. Ist die nicht mal mit dir in eine Klasse gegangen? Meike oder Mareike, hieß die nicht so?«

»Du meinst Rieke Häbeling?«

»Genau. Die meinte ich.« Herwig klatschte in die Hände. »Ich saß vorne im Strandkorb, als die beiden vorbeikamen, das muss ein oder zwei Tage vor seinem Tod gewesen sein. Waren ganz vertieft in ihr Gespräch, und das sah ganz und gar nicht nach was Dienstlichem aus. Haben sich auch immer mal so angefasst, als wär da was. Ich musste dreimal *Moin* sagen, bevor die mich überhaupt wahrgenommen haben.«

»Kanntest du denn den Fluth?«

»Na sicher. Ich geh doch immer zum Vorlesen in die Kindergärten, und der hat da mal was geregelt mit ein paar Erzieherinnen, die sich in der Wolle hatten mit Eltern oder untereinander, so genau weiß ich das nicht mehr. Aber da sind wir uns mal vorgestellt worden und haben einen Kaffee zusammen getrunken. War ein netter Kerl. Also nett als Mensch, die Frauengeschichten, da kann ich wenig zu sagen. Weiß man ja nicht, ob das alles immer so einwandfrei war, er und diese jungen Dinger.«

»Und du bist dir ganz sicher, Herwig, dass diese Frau Rieke Häbeling war?«

»Tausend Prozent!«

Dirk richtete sich auf, schüttelte den Kopf. »Die hat doch nie im Leben was mit diesem alten Sack angefangen. Agatha, kannst du dir das vorstellen?«

»Ich kann mir alles vorstellen. Zum Beispiel auch mit einem Hundertjährigen und einem fast Hundertjährigen spätabends auf einer Bank vorm Deich abzuhängen.«

Die beiden Männer lachten und klatschten sich ab.

»Krieg ich denn jetzt mein Bier?« Dirk unterstrich seine Frage mit einem Lächeln.

»Keine Zeit.« Agatha suchte in der Jackentasche nach ihrem Fahrradschlüssel. »Ich muss noch mal weg.«

40

Später Donnerstagabend

Victor fand es schade, dass Agatha so schnell von der Party verschwunden war, betrachtete es dann aber als eine Art Fügung. Denn nach dem dritten Cocktail kam er zu der Einsicht, dass es keine gute Idee war, die Nacht zum Tag zu machen, wenn ein ungeklärter Fall ihn schon frühmorgens ins Büro zurückzwingen würde. Er brauchte einen klaren Kopf.

»Ich bring dir ein Bier mit.« Enak von Eitzen griff nach seinem leeren Glas und war damit schon Richtung Bar verschwunden, bevor Victor widersprechen konnte.

»Ein *Nein* akzeptiert der auch nicht so ohne Weiteres, oder?«

Bertil zuckte mit den Achseln und schaute zum Steg, auf dem sich ein weiterer Gast näherte.

»Was will der denn jetzt noch hier?«, kommentierte Bertil das Erscheinen von Holger Martini. Der Gastwirt hatte seine vollen dunklen Haare mit einem glänzenden Gel gebändigt, die schwere Halskette war unter seinem wild gemusterten aufgeknöpften Hemd wie immer gut zu sehen. Mit wippendem Gang steuerte er Bertil und Victor an. Leicht schwankend blieb er vor ihnen stehen.

»*Buonasera signori*«, grüßte er in die Runde und nickte reihum. Victor stieg ein kräftiger moschusartiger Duft in die Nase, der klarmachte, dass Holger Martini auf keinen Fall direkt aus einer seiner Restaurantküchen hergekommen war. Auch sein Atem erzählte von Zigaretten und Alkoholgenuss. Offenbar war das nicht seine erste Party heute Abend.

»Holger, wie schön! Willst du dich noch schnell kostenlos satt essen? Da, wo es auch wirklich schmeckt?«, fragte Enak und lachte.

»Ich verzichte gern, danke.« Victor lehnte das Glas ab, das Enak ihm reichen wollte, und der gab es an Martini weiter.

»Na dann, Prost, mein Lieber.«

Enak stieß mit Martini an. »Essen ist bestimmt noch was da, falls du noch hungrig bist, oder hast du wieder die Pizzareste deiner Gäste verdrückt?« Enak grinste. »Wenn einen die Ehefrau nicht schon ruiniert, dann aber doch eine Scheidung, was, altes Haus?« Er schlug Holger Martini kräftig auf die Schulter. Der zuckte zurück.

»Fang nicht schon wieder damit an, ja?«

»Hab dich doch nicht so, ein bisschen Spaß wirst du doch wohl noch abkönnen.«

»Spaß? Ich hab mich krumm gearbeitet, um die Eisdiele und die Restaurants zum Laufen zu bringen, und dann das.«

Victor wollte eigentlich gerade gehen, aber sein Instinkt riet ihm zu bleiben. Was Martini ihm und Gesche nicht hatte erzählen wollen, spülte vielleicht der Alkohol nach oben.

Martini schaute betrübt in sein Glas. Er flüsterte fast, als er weitersprach. »Wenn man glaubt, man hat eine Frau fürs Leben gefunden, man macht alles für sie, denkt, dass man eine großartige gemeinsame Zukunft hat, und dann passiert so was. Könnt ihr euch vorstellen, wie sich das anfühlt?« Er schaute Victor direkt in die Augen. »Wenn dieser Typ nicht gewesen wäre, ich bin sicher, wir hätten das noch mal hinbekommen mit unserer Ehe. Es ist ja nicht nur das Geld.« Er wischte sich mit der Faust über die Augen. Seufzte.

»Aber war schon nicht wenig Geld, oder?« Enak legte seinen Finger noch mal tief in die Wunde. »Deine Frau hat ja nicht nur eins der Restaurants und die Eisdiele zugesprochen bekommen, sondern auch die Hälfte von dem unbebauten Grundstück, oder? Bauland ist doch inzwischen pures Gold hier in Cuxhaven.«

Martini trank einen Schluck, räusperte sich und schaute Victor an. »Der Fluth war ein richtiges Arschloch, der hat mir nicht nur mein Geld weggenommen, sondern auch meine Frau. Hat sie so lange umschwirrt, bis sie schließlich schwach geworden ist.«

»Sie wollen damit andeuten …«

»Ich deute gar nichts an, ich sage es Ihnen gerne ins Gesicht: Der Fluth war mit meiner Frau in der Kiste. Nicht nur einmal. Und nicht nur mit meiner Frau. Wenn Sie es genau wissen wollen: Ich bin nicht traurig, dass es ausgerechnet den erwischt hat. Ganz im Gegenteil.«

41

Später Donnerstagabend

Antonella wäre eigentlich auch lieber zur Party bei den Seenotrettern gegangen, aber nachdem Maik von der IT ihnen gesagt hatte, dass Rieke Häbeling am Tattag an beiden Orten gewesen war, hatte Victor sie gebeten, das Alibi der Frau eingehender zu überprüfen. Keiner aus der Runde der Soko hielt Häbeling für verdächtig, und dennoch hatte Victor seine Kollegin gebeten anzurufen, falls sich bei der Befragung doch irgendetwas ergeben sollte.

Am späten Abend stand Antonella vor dem alten, weiß getünchten Kapitänshaus und drückte auf den schlichten Knopf der Klingel. Sie bemerkte einen Schatten am Fenster über sich, dann summte der Türöffner, und sie stieß die Tür auf. Es roch nach gebratenen Zwiebeln im Treppenhaus. Und Bohnerwachs. Wer benutzte denn noch so was?

Eine Wohnungstür wurde geöffnet, und ein Gesicht erschien über dem Holzgeländer. »Zweiter Stock«, rief jemand von oben herunter.

Antonella stiefelte die Treppen empor.

»Moin, Antonella Faruggio, Kriminalpolizei Cuxhaven. Sind Sie Rieke Häbeling?«

Häbeling nickte.

»Hätten Sie einen kleinen Moment Zeit für mich?«

»Allein? Ich dachte, Sie ermitteln immer mindestens zu zweit.« Antonella zuckte nur mit den Schultern, und die junge Frau bat sie in ihre Wohnung.

Der Zwiebelgeruch wurde hier drinnen von einem süßlichen Duft abgelöst. Nur ein Hauch, vielleicht ein besonderer Tee, vielleicht ein besonderes Kraut zum Rauchen. Häbeling deutete einen schmalen, dunklen Flur entlang. »Da gleich rechts, bitte.«

Sie gelangten in einen quadratisch geschnittenen Raum mit zwei schmalen Fenstern zur Straße hinaus. Das Licht einer Straßenlaterne beleuchtete das Zimmer, bis Rieke Häbeling einen Deckenfluter einschaltete.

»Kann ich Ihnen etwas zu trinken anbieten?«

»Nein, danke«, sagte Antonella. »Wenn ich es richtig sehe, haben Sie wenig Zeit.«

»Wie kommen Sie darauf?«

Antonella deutete auf Häbelings Outfit. »T-Shirt, leichte Weste, Sportleggings, Turnschuhe. Sie wollten wahrscheinlich gerade laufen gehen.«

Häbeling lachte auf. »Man merkt, dass Sie bei der Polizei sind. Aber Sie sind nicht gekommen, um Mutmaßungen über meine Freizeitgestaltung anzustellen, richtig?«

»Richtig.«

»Setzen wir uns«, schlug Häbeling vor und nahm auf einem Stuhl an einem alten Holztisch Platz, der in der Mitte des Zimmers stand. Antonella tat es ihr gleich. Außer dem Tisch und vier Stühlen gab es noch einen Lesesessel und an allen drei fensterlosen Wänden dicht bestückte Bücherregale bis unter die Decke.

»Ich möchte Sie nicht lange aufhalten, es geht um Gunther Fluth, den getöteten Mediator.«

Antonella beobachtete Häbeling aufmerksam, die weder ängstlich noch irritiert wirkte. »Es haben sich im Zuge der Ermittlungen noch einige Routinefragen ergeben.«

Antonellas Gegenüber setzte einen fragenden Gesichtsausdruck auf. »Was kann ich für Sie tun?«

»Zunächst einmal muss ich Ihnen sagen, dass Sie angehalten sind, die Wahrheit zu sagen, wenn Sie Angaben zur Sache machen können, andernfalls könnten Sie sich gegebenenfalls strafbar machen. Und ich muss Sie darüber aufklären, dass Sie keine Angaben zur Sache machen müssen, wenn Sie sich damit selbst oder einen nahen Angehörigen belasten würden.«

»Ja, schon klar, und wenn ich will, kann ich einen Anwalt anrufen. Ich habe genug Krimis gesehen, bringen wir es einfach hinter uns, bitte.«

»Sie haben ausgesagt, dass Sie Herrn Fluth kannten.«

»Das ist richtig. Wir haben uns einmal getroffen, mit den anderen aus der Mediationsgruppe. Zum Kennenlernen. Das Verfahren sollte ja erst beginnen, und dann ist er … na ja.«

»Genau das haben Sie ausgesagt.«

»Ich verstehe nicht, worauf Sie hinauswollen.«

Antonella wechselte die Strategie.

»Verleihen Sie Ihr Handy gelegentlich?«

»Nein, ich verleihe es nicht. Wieso sollte ich?«

Antonella zog einen Zettel aus ihrer Jackentasche und hielt ihn Häbeling hin. »Ist das Ihre Handynummer?«

Sie sah auf die Zahlenkombination und nickte.

»Ja. Das ist meine Handynummer. Warum?« Sie versuchte, Antonellas Blick auszuweichen, indem sie sich ganz darauf konzentrierte, die Schnürbänder ihrer Laufschuhe neu zu binden.

»Ihr Handy war am Tag des Mordes zur Tatzeit genau an der Stelle eingeloggt, an der die Leiche ins Wasser gelassen wurde.«

Antonella schwieg einen Moment, um Häbeling Zeit für eine Reaktion zu geben. Aber die blieb aus. Immerhin war sie fertig mit ihren Schnürbändern und richtete sich wieder auf. Als sie die Arme vor der Brust verschränkte, fielen Antonella seltsame hellere Hautstellen an den Unterarmen auf, wie zarte Striche hoben sie sich von der gebräunten Haut ab. Sie hatte solche Narben schon einmal gesehen. Vor etlichen Jahren bei einer Mitschülerin, die auf einer Klassenreise davon erzählt hatte, wie sehr das Ritzen ihr half, wenn sie mal nicht weiterwusste. Antonella konzentrierte sich wieder auf ihre Aufgabe.

»Ihr Handy war am Tattag ebenfalls in der Nähe von Fluths Wohnung.«

»Das kann nicht sein«, antwortete Häbeling schnell. »Ich war abends zu Hause.«

Antonella nickte. »Sie haben recht. Abends schon.«

»Na also«, sagte Häbeling trotzig.

»Ihr Handy war zumindest abends hier. Aber es geht gar nicht um den Abend.«

Antonella legte wieder eine Pause ein. Häbeling wurde zunehmend nervöser. Knetete ihre Finger.

»Es geht um den Nachmittag. Da war Ihr Handy nämlich in der Nähe von Fluths Wohnung eingeloggt.«

»Ja, na und? Ich denke, wir lassen das jetzt mal, das führt ja wohl zu gar nichts.« Rieke Häbeling stand auf.

Antonella ignorierte Riekes Bemerkung und blieb sitzen. »Ihr Handy ist dann wenige Minuten später an der Hafenkaje erfasst worden. Da, wo Gunther Fluth mit ziemlicher Sicherheit ins Wasser geworfen wurde. Können Sie mir erklären, warum Sie nachmittags an seiner Wohnung und danach an der Hafenkaje waren?«

»Warum ich da war?«, fragte Häbeling, die offenkundig Zeit gewinnen wollte. Sie stand jetzt hinter dem Stuhl, hielt die Lehne umklammert und sah aus dem Fenster, als könnte sie dort die Antwort sehen.

Antonella stand ebenfalls auf.

»Ich war joggen.« Häbelings Blick richtete sich wieder zu Antonella. »Meine übliche Runde. Von hier aus zur Marina, in den Binnenhafen, dann weiter die Hafenkaje hoch zum Wasser und auf der anderen Seite zurück. Ist eine wirklich schöne Strecke. Joggen Sie auch?«

Antonella nickte. »Ja. Und das erklärt es natürlich.«

Häbeling schien sich etwas zu entspannen, denn sie ließ die Stuhllehne los und lächelte.

»Das war es dann auch schon«, sagte Antonella. »Vielen Dank, dass Sie sich die Zeit genommen haben.«

»Kein Problem. Ich komme gleich mit Ihnen runter.« Häbeling ging voraus, griff im Vorbeigehen auf einem kleinen Sideboard nach einem Schlüsselband, das sie sich umhängte und unter ihr Shirt schob. Sie schloss die Wohnungstür und folgte Antonella nach draußen.

Vor der Haustür verabschiedeten sie sich, und Häbeling joggte los.

Antonella war nicht entgangen, dass Rieke Häbeling ihr Handy oben in der Wohnung liegen gelassen hatte.

42

Später Donnerstagabend

Agatha hatte mächtig in die Pedale getreten und nicht lange gebraucht, um ihr Ziel zu erreichen. Sie sah zwei Frauen einige Meter voneinander entfernt unter einer Straßenlaterne stehen, bremste kurz vorher ab und schwang sich vom Sattel.

Rieke Häbeling stand mit dem Rücken zu ihr, hörte das Quietschen der Bremsen und drehte sich um.

»Was willst du denn hier?«

»Hallo, Rieke. Ich wollte mich nur kurz mit dir unterhalten.« Agatha lehnte ihr Fahrrad an den Zaun.

»Das ist jetzt grad schlecht, Frau Häbeling müsste mich auf die Dienststelle begleiten«, sagte die andere Frau.

»Ach, Sie sind von der Polizei? Dann sind wir Kolleginnen. Ich bin Agatha Christensen, Wasserschutzpolizei Cuxhaven.«

»Antonella Faruggio, Kripo Cuxhaven.«

»Ach toll, schön, dass ihr zwei euch so gut versteht, dann macht euch doch einen schönen Abend zusammen.« Häbeling verschränkte die Arme vor der Brust. »Ich wüsste nicht, warum ich mit auf die Dienststelle kommen müsste, und würde dann gerne meine Joggingrunde beginnen, bevor es noch später wird.«

»Ich vermute, das wird leider nicht passieren.«

»Ach ja? Und warum?«

Antonella trat zu Häbeling. »Ihr Handy liegt oben in der Wohnung.«

»Ja, und? Ich nehme es beim Joggen …« Jetzt begriff sie.

»Ich habe mein Handy vergessen, Sie haben recht. Schon mal gehört, dass das nicht strafbar ist? Sie können mich nicht einfach so verhaften, da brauchen Sie schon einen Grund.«

»Da muss ich ihr recht geben, das klingt nicht nach einem Verhaftungsgrund«, Agatha sprang Rieke bei. Die Kripokollegin wirkte wütend, blieb aber höflich. »Hier hat niemand etwas von Verhaftung gesagt. Es geht lediglich darum, Ihre Aussage zu protokollieren.«

»Hab gerade keine Zeit.« Häbeling ging in die Knie und öffnete ihre Schnürsenkel, um sie gleich darauf neu zu binden. »Und ich würde dann jetzt auch gerne los.«

Antonella Faruggio zuckte mit den Schultern. »Okay. Dann würde ich Sie bitten, morgen Vormittag in die Werner-Kammann-Straße 8 zu kommen. 10 Uhr?«

»Wird sich einrichten lassen.« Häbelings Lächeln reichte nicht bis zu den Augen. »Vielleicht.«

Die Kriminalpolizistin griff in die Innentasche ihres Mantels und zog ein schmales Etui hervor. Daraus nahm sie eine Visitenkarte, die sie an Häbeling weitergab. »Hier stehen meine Telefonnummern, auch die vom Handy, falls ich jemanden schicken soll.« Ohne Abschied drehte sich die Frau um und ging zu einem am Straßenrand geparkten dunkelblauen Kombi.

»Und was willst du?« Rieke steckte die Hände in die Taschen ihrer Trainingsjacke.

»Mir hat gerade jemand erzählt, dass du mit Gunther Fluth nicht nur befreundet gewesen bist, sondern dass euch viel mehr verbunden hat.«

Rieke schaute zu Boden, kickte einen kleinen Stein vom Fußweg auf die Straße.

»Hast du das der Kollegin erzählt?« Agatha deutete mit dem Kopf in Richtung des Wagens, der gerade losfuhr.

Rieke kickte immer noch Steinchen.

»Das könnte ja für die Ermittlungen durchaus relevant sein, wenn sich herausstellt, dass du und Gunther Fluth in … nun ja, engem Kontakt wart.«

Noch ein Stein flog in den Rinnstein.

»Weil wir uns ja kennen, dachte ich, erklär ich dir das mal lieber. Also, wenn ich die ermittelnde Beamtin in diesem Mordfall wäre, dann würde ich das auf jeden Fall wissen wollen. Und wenn ich in diesem Fall eine Verdächtige wäre, dann würde ich doch ganz sicher von meiner Beziehung zum Mordopfer sprechen, um mich zu entlasten, oder?«

Rieke blickte auf. Das Gesicht wütend verzerrt, trat sie einen Schritt auf Agatha zu. »Du hast doch überhaupt keine Ahnung, was du da redest. Ich bin keine Verdächtige.« Sie zog die Hände aus den Taschen und gestikulierte wild, als sie weitersprach.

»Ich fand Gunther sympathisch und war gern mit ihm zusammen. Er sah nicht nur gut aus, sondern konnte sich benehmen wie ein echter Gentleman. Hast du schon mal jemanden getroffen, bei dem du das Gefühl hast, dass du dich richtig fallen lassen kannst, weil da einer ist, der alles auffängt? So einer war Gunther. Wir haben uns eher zufällig kurz vor dem Mediationsverfahren kennengelernt. Sind dann ein paarmal ausgegangen, Wein trinken, Gunther hat sich sehr für Umweltthemen interessiert, und er kannte sich gut aus mit regenerativer Energiegewinnung, wir hatten viele gemeinsame Themen. Ich hab mich irgendwie gleich von ihm angezogen gefühlt.«

»Und dann habt ihr euch plötzlich nicht mehr verstanden?« Agatha bereute ihre Nachfrage sofort, denn Rieke wurde wieder zur Furie. Spucketröpfchen flogen Agatha ins Gesicht. »Und dann, und dann, und dann? Dann bin ich fast mit ihm in der Kiste gelandet. Er war bei mir hier zu Hause und wollte nur noch mal eben ins Bad, ich lag schon nackt im Bett, und dann hat er das Foto von meiner Mutter auf dem Regal im Schlafzimmer gesehen und ist ausgeflippt.«

»Ich verstehe nicht ganz«, sagte Agatha irritiert.

»Das war für mich einfach widerlich. Kannst du dir vorstellen, wie sich das anfühlt, wenn man fast seinen eigenen Vater gevögelt hätte?« Rieke kickte einen unsichtbaren Stein zur Seite.

»Gunther Fluth war dein Vater?« Agatha starrte Rieke fassungslos an.

»Ich kannte meinen Erzeuger ja nicht. Meine Mutter hat da immer ein Geheimnis draus gemacht. Cuxhaven ist ein Dorf, wie du weißt. Meine Mutter war früher mit Helene Hollstein befreundet und ist öfter zu ihren Bundesligaspielen gegangen. Und da hat meine Mutter dann irgendwann auch Helenes Trainer kennengelernt.«

»Und das war Gunther Fluth.«

Rieke nickte. »Das hat mir Gunther in dieser Nacht dann zumindest so erzählt. Wir haben lange geredet, Gunther hat auf dem Sofa im Wohnzimmer geschlafen, und wir sind morgens an der Grimmershörnbucht spazieren gegangen und haben weitergeredet. Er hat …« Rieke schossen unvermittelt Tränen in die Augen. Sie schüttelte den Kopf, drehte sich um und rannte los. Wenige Sekunden später war sie schon kaum noch zu erkennen. Sie rannte, als sei der Teufel hinter ihr her.

43

Freitagmorgen

Victor hatte trotz der zwei Aspirin, die er nach dem Aufwachen eingenommen hatte, ein ständiges Klopfen im Hinterkopf. Die Cocktails bei den Seenotrettern waren ihm nicht bekommen. Zu allem Überfluss überschlugen sich die Ereignisse heute früh geradezu. Er hatte sich auf seinem Hausboot mit einem starken Espresso auf die Terrasse gesetzt und versucht, in der kühlen Luft den Kopf wieder klar zu bekommen, alles vergebens. Aber zumindest für den ersten Mordfall zeichnete sich langsam Licht am Ende des Tunnels ab. Cem Demirel und auch der gehörnte Holger Martini würden in den kommenden Stunden zur Befragung erscheinen, und Antonella hatte Rieke Häbeling für 10 Uhr einbestellt. Vielleicht würde er heute eine Verhaftung vornehmen können.

Victor hatte gerade hinter seinem Schreibtisch Platz genommen, als das Diensttelefon klingelte. »Kripo Cuxhaven, Carvalho?«

»Victor, hier ist Agatha Christensen, ich würde mich gern mit dir treffen, es gibt da eine wichtige Sache, die ich dringend …«

»Tut mir leid, aber ich hab zu tun«, sagte Victor barsch.

»Ist aber wichtig.«

»Agatha, ich glaube, das hatten wir schon, oder? Ich Ermittlungsarbeit, du Sicherheit der Wasserstraßen. Was hast du daran nicht verstanden?«

»Was ist dir denn für eine Laus über die Leber gelaufen? Wir hatten doch eine Abmachung, ich habe mit deiner Schwester gesprochen, und dafür wolltest du mir mehr über deine Arbeit an diesem Fall erzählen.«

Victor fand sich selber gerade unausstehlich, aber er fühlte sich nun mal nicht gut, und dass Agatha diesem Typen von der Seenotrettung gestern noch einen Wangenkuss zum Abschied gegeben hatte – das hatte ihm auch nicht gefallen.

»Wenn du sachdienliche Hinweise hast, dann schick mir gerne eine E-Mail, ich muss jetzt weitermachen.«

Kurze Zeit später klopfte es zweimal kurz hintereinander an seiner Tür. Gesche steckte ihren Kopf herein. »Victor? Cem Demirel von der *Vorig* ist jetzt da, du wolltest doch bei der Befragung dabei sein?«

»Ja, ich komme.« Victor griff nach seinem Handy, einem Block und Kugelschreiber und stand auf. »Und Agatha Christensen von der Wasserschutzpolizei ist gerade zu mir durchgestellt worden.«

»Das gibt's doch nicht!«, rief Victor.

»Doch. Sie hat mir erzählt, dass du das Gespräch mit ihr beendet hast, bevor sie dir sagen konnte, dass sie gestern Abend noch bei Rieke Häbeling gewesen ist. Muss ein interessantes Treffen gewesen sein.«

»Inwiefern?«

Gesche blieb auf dem Gang stehen und hielt Victor am Ärmel fest. »Das glaubst du niemals, Rieke Häbeling und Gunther Fluth …«

»… waren ein Paar«, ergänzte Victor und schaute in Gesches verdutztes Gesicht.

»Nee, da liegst du komplett daneben.« Sie ging weiter in Richtung der Besprechungszimmer. »Die Häbeling ist tatsächlich fast mit dem in der Kiste gelandet, muss wirklich ein sehr charmanter Typ gewesen sein, ich meine, der war ja nun wirklich deutlich älter als sie, also, das wäre ja fast als …«

»Komm zum Punkt, Gesche.« Sie hatten das kleine Besprechungszimmer erreicht, das auch für Befragungen genutzt wurde.

»Rieke Häbeling hat herausgefunden, dass Gunther Fluth ihr Vater ist. Und als sie es wusste, war er auch fast schon tot.«

»Bitte?« Victor versteinerte.

»Ja, wir haben uns auch gewundert. Also Maik von der IT hat den Gunther Fluth durchleuchtet und alles gecheckt, was es im Netz von und über den gibt, da gab es keinen Hinweis auf irgendwelche Verwandten. Aber die Häbeling kommt auch hierher, dann kannst du sie dazu noch ausführlich befragen.«

»Gut, dann jetzt erst einmal Cem Demirel.«

Victor lehnte sich neben der Tür an die Wand, das Hämmern in seinem Hinterkopf hatte etwas nachgelassen. »Wie ist der Stand?«

Gesche zog die Akten hervor, die sie unter den Arm geklemmt hatte. »Cem Demirel, 52 Jahre alt, geboren in Bremerhaven, bei der *Vorig* als Geschäftsführer angestellt seit sechs Jahren. Seine Eltern sind 1967 als Gastarbeiter nach Deutschland gekommen, und er war der Erste in der Familie, der studiert hat. Drei Brüder, alle Handwerker, Gas-Wasser-Dingsda und Elektro. Er selbst ist nicht verheiratet, hat scheinbar auch keine feste Freundin oder so.«

»Einen Freund?«

Gesche schüttelte den Kopf. »Nee, der steht auf jeden Fall auf Frauen. Gibt einige eindeutige Fotos von ihm bei Facebook. Und

Kommentare von Frauen, die darauf schließen lassen, dass da mehr als ein Abendessen gewesen ist.«

»Und die Verbindung zu unseren beiden Mordopfern? Da waren ja die Zahlungen an Gunther Fluth.«

Gesche klappte den Aktendeckel wieder zu und reichte ihn an Victor weiter. »Kein Alibi für den Abend, an dem der Mediator getötet wurde. Er hatte ja in der ersten Befragung gesagt, er sei vermutlich zu Hause gewesen, wie eigentlich jeden Abend. Außerdem war es für ihn wahrscheinlich von Vorteil, dass das Mediationsverfahren jetzt erst einmal nicht mit einem Kompromiss zu Ende geht. Oder anders ausgedrückt, er und seine Firma profitieren davon, wenn es keine Mediation gibt, denn dann wird die Stadt vermutlich die Ausschreibung so rausschicken wie ursprünglich geplant, ohne Rücksicht auf die Interessenvertreter aus der Gastro und dem Umweltschutz.«

»Na, dann lass uns mal herausfinden, ob wir hier einen Mörder sitzen haben.« Victor nickte Gesche aufmunternd zu und griff nach der Türklinke.

44

Freitagmorgen

Agatha schaute ungläubig auf ihr Handy. Hatte Victor gerade wirklich einfach aufgelegt? Dann sollte eben jemand anders den Ruhm ernten. Sie musste die Info weitergeben, schließlich konnte das ein wichtiges Detail bei der Aufklärung des Mordfalls sein.

Sie hatte ihre Erkenntnisse gerade einer Kollegin von Victor erzählt, als Enak an Bord kam.

»Moin, mein Engel. Na, hast du Dirk gestern noch gut ins Bett bekommen? Der hatte ja ordentlich einen genommen.«

»Das stimmt. Aber mein Vadder kann ja auch ordentlich was ab.«

»Ich dachte ja, wir kriegen dich später noch mal zu Gesicht, dieser Typ mit diesem Omadutt von den Seenotrettern hat mich noch ganz schön über dich ausgefragt.«

Enak stellte seine Tasche ab, sortierte einen herumliegenden Stift in einen dafür vorgesehenen Becher, warf einen Blick auf die digitale Seekarte und machte nicht den Eindruck, wieder verschwinden zu wollen. Vermutlich würde sie in den kommenden zwölf Stunden ihrer Schicht kaum Gelegenheit haben, noch einmal ungestört bei Victor anzurufen. Also steckte sie das Handy in die Tasche ihrer Uniformhose. »Danke der Nachfrage, meinem Vater geht es gut. Was genau wollte Christian denn wissen?«

»Höre ich da eventuell Interesse? Na, Mensch, ich hab schon gedacht, du bist vom anderen Ufer.«

»Nur weil ich dich nicht sexy finde, heißt das ja nicht, dass ich Männern gegenüber generell abgeneigt bin, Enak.«

»Autsch, der saß.« Enak grinste und tat so, als hätte ihn ein Faustschlag am Kinn getroffen. Dann konzentrierte er sich wieder auf die digitalen Karten und Anzeigen, checkte die Technik vor der Abfahrt.

Es rumpelte an Deck, und nacheinander kamen Hans Itjen, Bahne Bergholz, Joshua Kwesi und Ingmar Ulvaeus in die enge Kabine.

Ingmar verschwand nach einem kurzen »Moin« gleich im Unterdeck in seinem Maschinenraum.

Hans, als Chef der Wasserschutzpolizei, gehörte eigentlich nicht zu ihrer ständigen Besatzung, aber momentan waren einige krank oder im Urlaub, und da sprang er eben mit ein. Er setzte sich neben Enak auf den zweiten hohen Stuhl auf der Brücke, um Radar und Seekarte im Blick zu haben.

Bahne hatte seine Sachen in der Kabine unter Deck abgelegt, um danach die Taue am Kai zu lösen und das Polizeischiff abfahrbereit zu machen.

»Alles los und ein!«, rief er, und Enak startete die Maschine und steuerte langsam aus dem Hafen.

Es war fast windstill an diesem sonnigen Herbstmorgen, am nordöstlichen Horizont war Schleswig-Holstein als schmaler Streifen erkennbar. Richtung Norden die offene See. Vielleicht noch Elbe, vielleicht schon die Nordsee, das war ohne einen Blick auf die digitale Seekarte nicht immer eindeutig auszumachen. Momentan herrschte Ebbe, und mit kräftiger Strömung floss das Wasser landabwärts.

Es war deutlich weniger Verkehr als noch vor wenigen Monaten. Vereinzelt dümpelten kleine Sportboote auf den sanften Wellen, Ozeanriesen waren elbaufwärts unterwegs zum Hamburger Hafen, Segelboote mit Motor wurden von ihren Skippern über das Meer gesteuert.

Bahne war an Deck geblieben, schaute mal in die eine, mal in die andere Richtung und schien vor allem die Seeluft zu genießen. Joshua war irgendwo unter Deck verschwunden.

»Schön ruhig heute«, stellte Enak fest. Er drehte sich zu Agatha um, die sich an den kleinen Schreibtisch im hinteren Teil der Kabine gesetzt hatte, um am Laptop Berichte fertigzustellen. »Was gibt's denn heute zum Mittag, Smutje?«

Agatha deutete nach unten, Richtung Schiffsbauch und Kombüse. »Da musst du Ingmar fragen, der ist heute dran mit Kochen.«

Hans griff nach dem silbernen Mikrofon, das an einem schwarzen Kabel mit dem Pult und einer Außensprechanlage verbunden war. »Das rote Segelschiff, bitte nutzen Sie die richtige Fahrwasserseite!«

Augenblicklich war auf dem Schiff hektisches Treiben zu beobachten.

»Ja, dazu müsste man nu erst mal wissen, was die richtige und was die falsche Seite ist.« Enak schüttelte den Kopf. »Was für Deppen, da fragt man sich, wie die ihren Kahn überhaupt in Bewegung bekommen haben.«

Der Segler orientierte sich und fuhr dann mit Motorkraft auf der richtigen Seite weiter. »Geht doch.« Enak strich sich mit der flachen Hand durch die wie immer bestens frisierten Haare.

»Was haben wir denn da?« Enak deutete auf ein kleines Motorboot. Die Bootskennung verriet ihnen, dass es lediglich eine Binnenschiffzulassung hatte.

»Ich geh schon, Bahne ist ja auch noch draußen, wir machen das.« Im Vorbeigehen nahm Agatha sich eine der dunkelblauen Rettungswesten vom Haken und trat dann neben Bahne an die Reling. Langsam gingen sie backbord des kleinen Bootes.

»Moin, Wasserschutzpolizei Cuxhaven«, stellte Bahne sie vor. Vier Männer, alle um die vierzig, gut genährt, in bunten Windjacken, lächelten zu ihnen herüber. »Moin.«

»Wer ist denn hier der Schiffsführer?«

Ein Typ mit Vollbart in grün-blauer Montur zeigte auf.

»Wir würden gerne mal Ihren Sportbootführerschein See sehen.«

Der Schiffsführer reichte ihnen das gewünschte Papier. Bahne überprüfte den Führerschein und die Zulassung und gab das Papier zurück.

»Und dann bitte auch das Funkzeugnis.«

»Das was?«

»Funkzeugnis. Als Schiffsführer brauchen Sie das«, erklärte Agatha. Fragende Gesichter auf dem anderen Boot.

»Das hab ich nicht gewusst, dass man das braucht. Tut mir leid, und nun?«

»Nun nehmen wir Ihre Personalien auf, und dann gibt es einen Bußgeldbescheid. Ihren Ausweis brauche ich dann bitte mal.«

»Ach herrje, auch das noch.« Der Schiffsführer verzog das Gesicht, reichte aber seinen Ausweis an Agatha weiter. »Wird nicht ganz günstig, der Spaß. Auf hundertfünfzig Euro können Sie sich einstellen.«

»Auweia, aber ich wusste das wirklich nicht«, beteuerte der Mann und nahm seinen Ausweis wieder entgegen. Agatha reichte ihm auch den Durchschlag des Bescheids und bedankte sich bei den bedröppelten Herren.

»Gute Weiterfahrt«, wünschte Bahne und winkte den abfahrenden Herren noch hinterher. Als das Sportboot Fahrt aufnahm, sammelte sich eine Schar Möwen über der Heckwelle. In der Hoffnung auf ein ausgedehntes zweites Frühstück stürzten sich die Vögel kreischend Richtung Wasser.

»Was gibt's denn heute zum Mittag?«, wollte nun auch Bahne wissen. »Ich bin nicht dran mit Kochen«, erklärte Agatha noch einmal und spürte, dass es sie fröstelte. Die Sonne versteckte sich hinter den Wolken und machte nicht den Anschein, noch herauszukommen. Leichter Nieselregen hatte eingesetzt, und zusammen mit dem auffrischenden Wind wurde es nun doch recht kühl.

»Check mal bitte die Fischereizeichen, und dann kontrollieren wir ein paar von den Krabbenkuttern«, wies Hans sie an, als sie wieder in die Kabine zurückkam.

»Ab elf suchen wir uns eine schöne Stelle zum Ankern, fürs Mittagessen, oder?« Enak wusste Prioritäten zu setzen. Heute war Agatha darüber ganz und gar nicht unglücklich, vielleicht würde es in der Mittagspause Gelegenheit dazu geben, Victor noch einmal anzurufen. Die Mordfälle gingen ihr einfach nicht aus dem Kopf.

45

Freitag, 9:35 Uhr

Die Schulglocke schrillte. Große Pause. Kinder und Jugendliche strömten aus dem Eingangsportal des Gymnasiums Schulstraße auf den Hof. Ditha marschierte wie immer direkt vom Schulgelände auf die Straße. Im Gehen zog sie ein Päckchen aus der Innentasche ihres Parkas, nahm eine Zigarette heraus und zündete sie an, sobald sie mit einem Fuß das Schulgelände verlassen hatte. Meistens schaffte sie drei bis fünf Züge, bis die Lehrkraft, die gerade Pausenaufsicht hatte, sie bat, auf den Schulhof zurückzukommen. Und vorher die Zigarette auszumachen.

Leichter Nieselregen hatte eingesetzt.

Momme beobachtete, wie die Pausenaufsicht Richtung Straße stapfte, um ihre Freundin zurückzupfeifen.

»Was ist eigentlich mit Ditha los?«, fragte er.

»Sie will eine rauchen«, antwortete Ana, obwohl sie wusste, was Momme meinte.

»Das meine ich nicht«, erwiderte Momme.

»Ich find sie auch irgendwie merkwürdig heute«, bestätigte Enno.

Ana zuckte mit den Schultern. »Kannst sie ja selber fragen, da kommt sie.«

Zumindest dachte Ana das, aber Ditha kam nicht zurück auf den Schulhof, sondern bog Richtung Turnhalle ab und ignorierte sie und Momme komplett.

»Was hat die denn? Spinnt die jetzt, oder was?« Momme hatte Ditha erreicht, bevor sie in der Turnhalle verschwinden konnte.

»Hey, sag mal, Ditha, was soll denn das?«

»Was soll was?«

»Warum kommst du nicht zu uns? Was ist los mit dir?«

Momme legte ihr eine Hand auf die Schulter.

»Nichts, was soll los sein, alles easy«, antwortete Ditha und wischte Mommes Hand von ihrer Schulter wie ein lästiges Insekt. »Ich hab nichts.«

Ihr Blick sagte etwas anderes. Der war an Momme vorbei zu Ana und Enno gewandert. »Keine Ahnung, was dein Problem ist«, erklärte sie dann, während sie Momme wieder ins Gesicht sah.

Enno zog Ana seitlich an die Turnhallenwand. Den beiden schien völlig egal zu sein, dass nicht nur Momme und Ditha freien Blick auf sie hatten, sondern auch der Aufsichtslehrer in ihre Richtung glotzte. Momme registrierte eine Veränderung in Dithas Miene, folgte ihrem Blick und sah, wie sein Kumpel Enno seine Freundin fast auffraß, vor aller Augen.

»Glotz da nicht so hin«, sagte Ditha.

»Ich glotz ja gar nicht.«

»Machst du wohl.«

»Na und, kann dir doch scheißegal sein.«

»Du bist auch sauer auf ihn, oder?«

»Wieso sauer?«, fragte Momme. »Und wieso ›auch‹?«

»Dein Kumpel Enno hat ein Kilo Hasch gebunkert, schon vergessen?«

»Das teilt er doch mit uns.«

»Das denkst aber auch nur du. Er wird das Zeug verticken, und wir kriegen ein bisschen zum Rauchen davon ab.«

»Hat er das gesagt?«

»Nein, aber du kennst doch Enno. Er will immer alles bestimmen.«

»Aber wir sind seine Freunde.«

»So, sind wir das?« Ditha lachte spöttisch. »Enno hat immer die geilsten Markenklamotten an, immer ein Mädchen im Arm, immer genug Kohle. Und alle haben vor ihm Respekt. Und jetzt schau uns mal an.«

Mommes Schultern bekamen ein Eigenleben und zuckten mehrmals. »Ja, und? Was willst du mir damit sagen?«

Ditha spuckte ihr Kaugummi knapp an Momme vorbei auf den Boden. »Dass wir uns von ihm nicht alles gefallen lassen sollten, das will ich dir sagen.«

Sie verschränkte die Arme vor der Brust. »Ich will meinen Anteil. Schließlich hätte jeder von uns das Paket aus dem Watt holen können, also eigentlich haben wir alle zusammen den Stoff gefunden.«

Ganz unrecht hatte Ditha nicht, und wenn er einen Anteil von dem fetten Paket bekam, dachte Momme, dann konnte er vielleicht auch mal bei den Mädchen punkten. Mit reichlich Kohle ging da doch was. Andererseits hatte er schon einmal erlebt, wie heftig Enno abgehen konnte, wenn man Dinge von ihm wollte, die ihm nicht in den Kram passten.

»Und? Was ist jetzt, Momme?«

46

Freitagvormittag

»Antonella, du gehst in den Verhörraum eins zu Rieke Häbeling und Bertil in die zwei zu Cem Demirel. Gesche, du kommst mit mir. Die Strategie ist allen klar?«

Victor wurde unterbrochen, als Lars Pullmann in den Flur stapfte.

»Victor!«

»Lars, wir sind gerade dabei …«, begann Victor.

»Ich rede jetzt.«

Victor öffnete die Arme zu einer einladenden Geste.

»Das ist unsere letzte Patrone«, sagte Lars, und man konnte ihm ansehen, dass sein Blutdruck die tolerablen Werte deutlich überstieg.

»Ich hab gerade einen Anruf von der Staatsanwältin bekommen. Sie hat gefragt, wie viele Leichen es noch geben wird, bis unsere Ermittlungen zu einem konkreten Ergebnis führen.«

»Die Frau ist ja ein echtes Motivationsgenie«, warf Bertil ein.

»Keine Witze jetzt, Bertil. Von niemandem.« Lars' Unterlippe bewegte sich wie die Nordsee bei Windstärke 7. »Ihre Geduld sei am Ende, hat sie gesagt.« Windstärke 8.

Victor versuchte noch einmal eine Erklärung. »Wir haben jetzt zwei Verdächtige hier, und die Wahrscheinlichkeit ist nicht gerade gering, dass …«

Lars streckte seinen Zeigefinger in Victors Richtung, als wolle er ihn aufspießen. »Ich will nix von Wahrscheinlichkeit hören. Sondern von einem Täter. Oder einer Täterin. Überführt! Das will ich hören! Das ist das Zauberwort.«

Victor schüttelte energisch den Kopf. »Wir mussten doch …«

Lars ließ Victor nicht zu Wort kommen. »Nichts müsst ihr, nur liefern. Die Staatsanwältin benötigt Resultate. Und ich benötige sie ebenfalls.«

»Wozu benötigst du die Staatsanwältin?«, versuchte Bertil noch einen Witz, um die Situation etwas zu entschärfen. Und bewirkte das Gegenteil. Windstärke 10. Nun hieß es, die Wellen abzureiten.

»Wir haben es hier doch wohl kaum mit einem professionellen Serienmörder zu tun. Zwei Tote, zwei unterschiedliche Mordmethoden. Zwei Tatorte. Der Täter wird also irgendwann irgendwo irgendwie einen Fehler gemacht haben. Oder mehrere. Und die werdet ihr jetzt finden. Und den Täter dann überführen.« Lars holte sich von jedem ein Nicken ab. Dann strich er sich mehrfach mit der Hand über sein Haar. Und stürmte den Gang genauso zackig wieder zurück, wie er gekommen war.

Victor versuchte, optimistisch zu klingen. »Also, ihr habt den Chef gehört. Fühlen wir Demirel und Häbeling mal auf den Zahn.«

Er schaute Antonella und Bertil hinterher, die in den Befragungszimmern verschwanden, und öffnete selbst die Tür zum sogenannten Spiegelsaal, dem Raum zwischen den beiden Verhörräumen. Sie nannten ihn so, weil es an jeder Seite einen großen, einseitig blinden Spiegel gab, durch den man das Geschehen beobachten konnte. Eine Funkanlage lieferte den Ton dazu. Gesche setzte sich vor die Bildschirme, startete Kameras und Tonaufnahmen.

Victor griff nach den Kopfhörern. »Du hörst bei Antonella mit rein, ich bleibe erst einmal hier.« Er zeigte zu Bertil, der gerade die Tür zum Verhörraum hinter sich zuzog und auf einem Stuhl an einem einfachen Tisch Platz nahm, gegenüber von Cem Demirel. Der wirkte erstaunlich entspannt, hatte das rechte Bein über das linke geschlagen, die Hände gefaltet und auf dem Knie abgelegt.

»Haben Sie gar nichts zu trinken?«, fragte Bertil überrascht.

Demirel schüttelte lächelnd den Kopf. »Bislang ist mir noch nichts angeboten worden.«

»Moment.« Bertil stand wieder auf, öffnete die Tür des Verhörraums einen Spalt und rief etwas in den Gang, das Victor unter seinen Kopfhörern nicht verstehen konnte. Dann setzte Bertil sich wieder und rückte sich übertrieben oft den Stuhl zurecht.

»So, Herr Demirel, Sie werden beschuldigt, am Tod von Gunther Fluth …«

Demirel schnaubte. »Jetzt werde ich also schon beschuldigt? Nicht nur befragt? Oder verdächtigt? Gleich beschuldigt? Und das ohne einen einzigen Beweis? Oder wollen Sie mich nur provozieren?«

Bertil setzte seine Ausführungen mit gleichem Tonfall, gleicher Geschwindigkeit und gleichem Gesichtsausdruck fort.

»Sie werden beschuldigt, am Tod von Gunther Fluth beteiligt gewesen zu sein. Als Beschuldigten steht es Ihnen frei, die Aussage zu verweigern, wenn Sie sich damit selbst belasten. Zur Entlastung können Sie eine Beweiserhebung beantragen. Und außerdem können Sie auch schon vor unserer Vernehmung einen Verteidiger hinzuziehen. Haben Sie das alles verstanden?«

Demirel zögerte keine Sekunde, als er erklärte: »Ich benötige keinen Anwalt, aber besten Dank für die Information, Herr …?«

»Ulvaeus«, antwortete Bertil und deutete eine Verbeugung an. Er grinste breit und zeigte seine schönen gleichmäßigen Zähne. Und die große Lücke zwischen seinen Schneidezähnen. Victor zog sich einen Schreibtischstuhl heran, warf einen Blick auf die Situation im anderen Raum. Auch bei Gesche und Häbeling schien es noch entspannt zuzugehen.

»Gut, dann legen wir mal los.« Bertil öffnete eine Mappe und entnahm ihr eine DIN-A4-Seite, die er kurz überflog. »Sie kannten Herrn Fluth.«

»Das hatte ich ja bereits Ihren Kollegen erzählt.« Ein erster Anflug von Genervtheit bei Demirel.

»Und damit wir hier fix zum Ende kommen: Ich kannte Herrn Fluth von der Mediation, Oberbürgermeisterin Hollstein hatte das Verfahren initiiert, weil wir uns wegen des geplanten Windparks nicht so recht einig werden konnten.«

Bertil blickte erneut auf seine Papiere. »Meine Kollegen haben inzwischen herausgefunden, dass es regelmäßige Zahlungen von Ihrem Konto auf das Konto von Herrn Fluth gab. Könnten Sie mir kurz erläutern, um was es sich da gehandelt hat? Also wofür oder warum Sie diese Zahlungen geleistet haben?«

Demirel atmete tief ein und aus. »Es gab ein Treffen zwischen Fluth und mir. Eine Art Vorgespräch bezüglich der Mediation. Wir haben uns gut verstanden, ich mochte ihn. Im Anschluss ist viel Alkohol geflossen, und Fluth hat mir von seinen Schulden erzählt. Wie gesagt, ich fand ihn nett, und deshalb habe ich ihm finanziell ein wenig unter die Arme gegriffen.«

Bertil nickte verständnisvoll. »Das war sehr nobel von Ihnen.«

Demirel nickte. »Ich helfe gern, wenn ich kann. Und der Betrag hat mir nun nicht wirklich wehgetan.«

»Gut, kommen wir zu dem Tag, an dem Herr Fluth ermordet wurde. Laut Obduktion ist er vergangenen Donnerstagabend ums Leben gekommen, nach 22 Uhr. Können Sie mir sagen, wo Sie da waren?«

»Puh, Donnerstagabend. Lassen Sie mich überlegen.«

Demirel kniff die Augen zusammen, machte den Anschein, als würde er intensiv nachdenken. »Ich weiß nicht. Wo war ich letzten Donnerstagabend?«

»Ich kann es Ihnen genau sagen. Sie waren auf dem Kennenlern-Abend. Zusammen mit Gunther Fluth.«

»Richtig!«

»Und wo waren Sie danach?«

»Moment, warten Sie. Ich denk, ich bin dann nach Hause gefahren.«

»Nach Hause.«

»Ja, nach Hause.«

»Und an besagtem Donnerstagabend, nach dem Kennenlern-Treffen, haben Sie es sich zu Hause alleine gemütlich gemacht?«

Demirel sah überrascht aus. »Ja, natürlich. Ich lebe allein.«

Bertil schüttelte den Kopf und tippte auf sein Papier.

»Also, ich weiß gar nicht, wie ich das sagen soll, Herr Demirel, aber vielleicht kennen Sie das ja. Wenn man eine Sache schon ziemlich lange macht, dann entwickelt man so ein Gespür. Dafür, wie man die Situation einschätzen soll, zum Beispiel.«

Demirel sah abwechselnd in Bertils Gesicht und auf die Mappe in dessen Händen. »Ich verstehe nicht ganz.«

»Ich habe schon allerhand ähnliche Aussagen aufgenommen. Sehr viele. Bei manchen Befragungen ist mir inzwischen ziemlich schnell klar, dass da irgendetwas nicht stimmt.«

Bertil legte eine kleine Pause ein. Demirel nahm sein übergeschlagenes Bein herunter und verschränkte die Arme vor der Brust.

Es klopfte. Bertil stand auf, ging zur Tür, öffnete sie und nahm ein Tablett entgegen.

»Kaffee und Kuchen.« Er stellte das Tablett auf den Tisch. »Wenn Sie Süßstoff haben möchten, dann …«

»Was meinen Sie damit, dass etwas nicht stimmt? Glauben Sie mir etwa nicht?«

Bertil schenkte beiden Kaffee ein. »Ich will ganz ehrlich zu Ihnen sein, Herr Demirel.«

Er nahm erneut das DIN-A4-Blatt in die eine Hand, mit der anderen führte er die Kaffeetasse zum Mund. Trank einen Schluck, dann noch einen. »Ja, ich glaube, dass Sie uns nicht alles erzählt haben.«

»Aha. Und warum denken Sie das?«

Bertil setzte die Tasse ab. »Wollen Sie keinen Kaffee?« Er deutete auf Demirels Tasse.

Der ignorierte die Frage. »Also, warum denken Sie das?«

Bertil räusperte sich. »Zunächst einmal, wie ich schon sagte, ist da die Erfahrung. Die bringt eine gewisse Intuition mit sich.«

»Intuition«, wiederholte Demirel und schnaubte.

»Ja, so würde ich das nennen. Dann habe ich mir Ihre Biografie angesehen.« Bertil sah auf das Papier. »Ihre Ausbildung, Ihre Karriere, Ihre Hobbys.«

»Ja, und?«

»Nun, ich finde es ungewöhnlich, dass ein Mann mit Ihrer Expertise und Ihrer Erfahrung jemandem, den er gerade erst kennengelernt hat, Geld schenkt. Und nicht eben wenig.«

»Leiht. Ich hätte es zurückbekommen. Es war so etwas wie ein zinsloser Kredit.«

»Leihen?« Bertil sah Demirel in die Augen. »Das passt nicht zu Ihnen.«

»So gut kennen Sie mich also?«, fragte Demirel mit einem Hauch Sarkasmus in der Stimme.

Bertil lächelte. »Wie gesagt, ich habe schon sehr viele Aussagen aufgenommen. Außerdem wäre da noch etwas.«

Bertil nahm erneut die Tasse in die Hand und trank einen Schluck Kaffee. Er ließ sich Zeit. »Sie mussten offenbar überlegen, was Sie am Tatabend gemacht haben.«

»Ja, natürlich. Oder wissen Sie auf Anhieb, was Sie letzten Donnerstagabend getan haben?«

Bertil schüttelte den Kopf. »Nein, sicher nicht.«

»Na also.«

»Aber wenn ich von der Polizei einbestellt werde und es um einen Mord geht, der am vergangenen Donnerstagabend stattgefunden hat, dann hätte ich mir sicherlich vorher darüber Gedanken gemacht, wo ich an ebendiesem Abend war. Und erst recht hätte ich mir darüber Gedanken gemacht, wenn ich den Kollegen in der ersten Befragung keinen wirklich überzeugenden Grund dafür nennen konnte, warum ich einem mir fast gänzlich unbekannten Mann eine hohe Geldsumme habe zukommen lassen.«

»Ich habe mir keine Gedanken gemacht, weil ich mir keine Gedanken zu machen brauche. Ich bin unschuldig am Tod von Gunther Fluth. Punkt, aus.«

»Oder Sie geben nur vor, sich keine Gedanken gemacht zu haben, weil Sie natürlich ganz genau wissen, was Sie nach dem Kennenlern-Abend mit der Mediationsgruppe getan haben.«

Demirel starrte Bertil an. Der ließ das Blatt auf den Tisch sinken. Es war leer.

»Wollen Sie mir nicht endlich sagen, was wirklich passiert ist?«

47

Freitag, Mittagspause

Es gab Lasagne. Ingmar hatte sich mal wieder selbst übertroffen. Agatha wurde einfach nicht schlau aus dem Kollegen. Als Techniker war er unerreicht, konnte aus einer Büroklammer und einem Haargummi vermutlich einen ganz neuen Schiffsmotor bauen, und auch als Koch überraschte er die ganze Truppe immer wieder.

Man kam schwer ins Gespräch mit dem wortkargen Norddeutschen, der sich offenbar am wohlsten fühlte, wenn er unten zwischen seinen zwei-mal-zweitausend Pferdestärken werkeln konnte. Erst kürzlich hatte die Ölpumpe seltsame Geräusche von sich gegeben, Ingmar gab Alarm, als er feststellte, dass Öl aus der Ruderanlage auslief, weil Winkelstücke weggebrochen waren. Nicht, dass Agatha so genau wusste, was er da an technischen Details von sich gab, aber sie war diejenige, die dann mit ihm zusammen im Schlauchboot übergesetzt war, um an Land Ersatzteile zu besorgen, sodass Ingmar das notankernde Polizeischiff reparieren konnte.

Heute waren sie querab zur Insel Neuwerk vor Anker gegangen. Alle sechs Besatzungsmitglieder saßen um den einfachen Resopaltisch in der kleinen Bordkombüse, und Ingmar verteilte riesige Stücke Lasagne auf die Teller, reichte dazu eine Schüssel mit grünem Salat herum.

»Mensch, Ingmar, dich würde ich glatt heiraten«, lachte Enak und schaufelte sich eine voll gefüllte Gabel in den Mund.

»Wirklich köstlich«, bestätigte Agatha kauend.

»Also wenn das mit dem Seenotheini nix wird, dann nimm doch einfach unseren Ingmar«, schlug Enak vor. Typisch für ihn, wenn er eine Schwachstelle gefunden hatte, dann bohrte und bohrte er darin herum. Agatha lächelte, während Enak zum nächsten verbalen Schlag ausholte. »Ach, dann ist da ja auch noch dieser Kollege von der Kripo. Fast vergessen, auch ein interessanter Mann. Der leitet ja jetzt die Ermittlungen in den beiden Mordfällen.«

»Lauter interessante Männer in meinem Leben, bis auf einen«, sagte Agatha und lächelte Enak an. Die anderen lauschten aufmerksam dem Schlagabtausch, kauten ihre Lasagne und gaben sich unbeteiligt.

»Also, welchen dieser attraktiven Herren willst du erhören? Wer soll dein Herzblatt sein?« Enak legte Schmelz in seine Stimme und klimperte mit der Gabel an seinem Wasserglas einen Rhythmus. »Entscheidest du dich für Victor, den heißblütigen Portugiesen von der Kriminalpolizei, oder, liebe Agatha, wählst du den Lebensretter mit dem Dutt, oder brennst du mit Ingmar durch, dem Mechaniker, der jedes gebrochene Herz ganz fix wieder reparieren kann und dem an den Töpfen so schnell keiner was vormacht?«

Ingmar wurde rot, und Hans räusperte sich. »Jetzt ist auch mal gut, Enak.«

»Ach, lass ihn ruhig.« Agatha schob den Rest Lasagne auf ihrem Teller hin und her. Sie wollte Ingmar nicht beleidigen, aber die

Portion war einfach zu groß gewesen. Joshua erlöste sie, als er aufstand und anfing, die Teller abzuräumen.

»Vielleicht nimmst du den, der am wenigsten nachtragend ist. Eifersucht unter Liebenden soll ja fürchterlich sein«, setzte Enak nach und reichte Joshua seinen leeren Teller.

»Das stimmt.« Bahne nickte. »Meine Schwester war mal mit einem Typen verheiratet, der war siebzehn Jahre älter als sie, wir haben sie alle gewarnt, aber sie war angeblich so verliebt und wollte nicht hören. Na ja, das Geld, was der mitbrachte, hat der Liebe wohl auch nicht geschadet. Und es kam, wie es kommen musste. Meine Schwester hat sich irgendwann einen Liebhaber gesucht und es mächtig krachen lassen, ihr alter Ehemann hat es rausgefunden und sie aus dem Haus geworfen. Ohne einen Cent. Seine Rache. Er hat sie nämlich wirklich geliebt, wie es scheint.«

»Gibt es Nachtisch?«, versuchte Hans einen Themenwechsel. Ingmar stand auf und ging zum Kühlschrank. »Vanillepudding mit Himbeersoße, die Himbeeren sind noch aus meinem Garten«, kommentierte er die Schälchen, die er vor jedem Einzelnen auf den Tisch stellte.

»Wenn der Altersunterschied so groß ist wie bei deiner Schwester und ihrem Ex-Mann, dann sind das keine guten Voraussetzungen. Bei diesem Rechtsanwalt und der Bürgermeisterin ist das ja ähnlich ausgegangen«, befand Hans.

»Mit dem Unterschied, dass der Ehemann von Helene Hollstein keinen Herzinfarkt hatte, sondern ermordet wurde«, fand Joshua wichtig anzumerken.

»Das Gute ist, dass sowohl der Victor von der Kripo als auch der Christoph von den Seenotrettern ziemlich genau im Alter unserer lieben Agatha sind. Nur du scheidest dann leider wirklich aus, Ingmar.« Enak grinste und löffelte sich eine Portion Pudding in den Mund.

»Christian heißt der«, verbesserte Agatha und hatte plötzlich einen Einfall, den sie unbedingt mit Victor teilen musste.

48

Freitagmittag

Victor fühlte sich überfordert. Der Mord an Gunther Fluth war immer noch nicht aufgeklärt, im Mordfall Johannes Hollstein gab es noch nicht einmal eine lauwarme Spur, sein Chef gab den Druck der Staatsanwältin und der Presse ungefiltert weiter, der *Vorig*-Geschäftsführer Cem Demirel hatte immer noch nicht ausgesagt, was er wirklich über den Mord an Gunther Fluth wusste, und zu allem Überfluss machte Antonella jetzt auch noch den Eindruck, als wisse sie nicht so recht, wie man eine Befragung führte, damit sie auch Ergebnisse brachte.

Auch wenn sie sich offenkundig bemühte, kam ihr aufgesetzter Charme bei Rieke Häbeling nicht an. Die Grünen-Abgeordnete war zwar wieder perfekt geschminkt, aber sie saß sichtbar schlecht gelaunt auf dem schmalen Holzstuhl in dem kleineren der beiden Besprechungsräume vor seiner Kollegin und antwortete bereits seit Beginn der Befragung so einsilbig wie möglich. Vielleicht passte es ihr nicht, dass sie überhaupt herkommen musste, vielleicht war sie sauer, weil der Termin mit einer Sitzung im Rathaus kollidierte. Eigentlich war es ihm auch egal, wenn nur endlich Bewegung in diese Mordermittlung kam. Möglicherweise hatte Häbeling auch einfach nur daran zu knabbern, dass es ihre Nachlässigkeit oder auch Dummheit war, die sie hierhergeführt hatte.

»Möchten Sie etwas trinken, Frau Häbeling?«

»Danke, ich auch nicht.« Häbeling zupfte an einem losen Faden in ihrem bunten Pullover.

»Wie meinen Sie das?«, fragte Antonella irritiert.

»Gestern Abend habe ich Sie gefragt, ob Sie etwas trinken möchten, und Sie haben abgelehnt. Heute fragen Sie mich, und nun lehne ich ab. Deshalb *ich auch nicht.*«

»Frau Häbeling, ich kann ja verstehen, dass Sie ein bisschen genervt sind. Es gibt Schöneres, als den Tag hier bei uns auf der Dienststelle zu beginnen.«

»Es spielt keine Rolle, ob Sie mich verstehen oder nicht.« Rieke Häbeling räusperte sich, und Victor beobachtete sie dabei, wie sie mit dem Stuhl näher an den Tisch heranrückte und sich vorbeugte, bis sie mit der Nasenspitze fast an Antonella heranreichte, die einige Zentimeter zurückwich.

»Wir können es kurz halten. Ich jogge ohne Handy. Immer. Und ich hatte auch an dem Tag, an dem Gunther getötet wurde, mein Handy nicht dabei.«

»Okay«, sagte Antonella gedehnt.

»Und um das auch vorweg gleich klarzustellen: Ich habe nichts mit dem Tod von Gunther Fluth zu tun. Er war mein Vater.«

»Gut.« Antonella deutete auf die Papiere, die sie auf dem Tisch ausgelegt hatte.

»Scheint Sie nicht zu überraschen. Da haben Sie wohl schon einen Anruf Ihrer Kollegin von der Wasserschutzpolizei bekommen.«

»Es ist mir mitgeteilt worden, ja. Es ändert aber nichts an der Tatsache, dass Gunther Fluth tot ist. Und daher möchte ich wissen, warum Ihr Handy am Mordtag sowohl in der Nähe von Fluths Wohnung als auch des Tatorts eingeloggt war.«

Häbeling lehnte sich auf ihrem Stuhl zurück, fingerte wieder an dem Faden ihres Pullovers herum. »Ich war am Tattag an den genannten Orten. Zusammen mit Gunther.«

Ihr Gesicht wirkte nun von einem auf den anderen Moment wie verwandelt. Weicher, jünger, entspannter. »Wir haben uns unterhalten, ein Glas Wein zusammen getrunken und dann …«

Sie zögerte. »Dann haben wir uns gestritten, und ich habe vorgeschlagen, dass wir spazieren gehen. Er hat zugestimmt, und wir sind die Hafenkaje bis zum Wasser gegangen.«

Pause.

»Das ist alles?«, fragte Antonella.

»Das ist alles.«

Victor stand auf, warf einen prüfenden Blick über die Schulter, aber im anderen Verhörzimmer schien nichts voranzugehen. Bertil und Cem Demirel saßen da wie ein altes Ehepaar beim Kaffeeklatsch. Nippten ab und zu an ihren Tassen und wechselten kein Wort miteinander.

Antonella schaltete jetzt in den Angriffsmodus. »Frau Häbeling, ich dachte, Sie wollten mir die Wahrheit sagen.«

»Ich habe alles gesagt, was es zu sagen gibt.« Häbeling machte Anstalten, sich von ihrem Stuhl zu erheben.

»Moment, lassen Sie mich noch zwei Fragen stellen.«

»Bitte«, sagte die Grünen-Politikerin, riss den Faden endgültig von ihrem Pullover ab und ließ ihn auf den Linoleumboden fallen.

»War Gunther Fluth tot, als Sie mit ihm an der Hafenkaje waren?«

»Jetzt reicht es aber.« Häbeling sprang auf, der Stuhl fiel polternd hinter ihr um, aber sie war von einer Sekunde auf die andere so wütend geworden, dass sie das Möbel keines Blickes würdigte.

»Ich kann ja verstehen, dass Sie dringend einen Täter brauchen. Und natürlich wäre eine Täterin noch spektakulärer. Aber damit kann ich leider nicht dienen.«

»Ich interpretiere das jetzt mal als ein *Nein*«, sagte Antonella und stand ebenfalls auf. Während Victor ihr dabei zusah, wie sie um den Tisch herumging, um den Stuhl wieder aufzuheben, war Häbeling bereits bei der Tür angekommen.

Mit einem herrischen »Moment« wurde sie von Antonella gestoppt.

»Was ist denn noch?« Der aggressive Unterton war noch nicht ganz verschwunden.

»Wie nah standen Sie Gunther Fluth eigentlich?«

»Da ich mit seinem Tod nichts zu tun habe, kann Ihnen das ja wohl egal sein.«

»Dafür, dass Sie angeblich seine Tochter sind, nehmen Sie seinen Tod ja recht teilnahmslos auf. Wie kommt das?«

»Wenn Sie mich verhaften wollen, weil Sie irgendeinen handfesten Beweis in der Tasche haben, dann wissen Sie ja, wo Sie mich finden können. Da ich aber sehr sicher bin, dass das nicht passieren wird, behalte ich mir vor, meine persönlichen Dinge auch ganz persönlich zu behandeln. Ich werde Ihnen also weder erklären, ob mich der Tod meines Vaters traurig macht, noch, ob ich grundsätzlich vielleicht ein eher gefühlskalter Mensch bin, dem andere gleichgültig sind. Und damit, guten Tag.«

Rieke Häbeling drehte sich um und verließ den Verhörraum. Antonella blickte achselzuckend in Richtung des Spiegelsaals. Victor drehte seinen Stuhl in die Richtung des anderen Besprechungszimmers und schaltete das Raummikrofon auf dem Technikpult um.

Cem Demirel saß jetzt zusammengesunken an dem kleinen, quadratischen Tisch. Keine Spur mehr von der sonst so jovialen Art. Der Seitenscheitel saß nicht mehr gerade, und die schwarz gerahmte Brille rutschte ihm immer wieder vorn auf die Nase, weil er schwitzte. Nicht zu übersehen, dass der Geschäftsführer der *Vorig* sich in dieser Situation unwohl fühlte. Bertil saß seitlich auf der Tischkante, blickte auf den Befragten herab.

Antonella öffnete die Tür des Beobachtungszimmers, als Bertil gerade etwas wiederholen wollte, was der Geschäftsführer der *Vorig* offenbar preisgegeben hatte. »Tut mir leid, Victor, ich hätte gerne mehr aus der Häbeling rausgeholt, aber du hast es ja vielleicht selbst …«

»Warte mal, da drüben wird's gerade spannend.«

Antonella stellte sich hinter Victor, und zusammen beobachteten sie das Kammerspiel nebenan.

»Jaja, das stimmt alles.« Es war aus seiner Perspektive nicht genau zu erkennen, aber Victor bildete sich ein, dass Demirel Tränen in den Augen standen, als er nun zu Bertil aufschaute.

»Heult der?« Antonella konnte es offenbar nicht fassen. »Pssst«, machte Gesche und beugte sich vor, um kein Wort zu verpassen.

»Ich hatte einfach Schiss.« Demirel seufzte oder schluchzte, oder irgendetwas dazwischen. Bertil nickte und setzte sich wieder auf den Stuhl gegenüber. Gab dem Befragten einen Moment Zeit, während er Kaffee nachschenkte. Demirel griff nach der Tasse wie nach einem Rettungsring. Es war offensichtlich, dass er sich an irgendetwas festhalten musste. Nach einem großen Schluck sprach er weiter. »Wenn ich die Fläche für den Windpark nicht genehmigt bekomme, weil sich in der Mediation andere Kräfte durchsetzen …«

»Stand das denn zu befürchten?«

»Was weiß denn ich, so viele Mediationen habe ich noch nicht mitgemacht. Um ehrlich zu sein, das war meine erste. Es gab einen

Vorvertrag, in dem die Fläche, die wir bebauen können, genau definiert war. Ich hatte das dem Vorstand der *Vorig* auch schon so kommuniziert, also dass das nur noch eine Formalie sei. Und dann kam der Hotel- und Gaststättenverband um die Ecke mit dem Einwand, der Tourismus sei eine zentrale Stütze der Region, da dürfe man jetzt nichts gefährden durch einen verstellten Blick auf die Nordsee. Und zu guter Letzt dann auch noch die sogenannten Umweltschützer …« Demirel war nicht mehr zu bremsen. »Was die *Vorig* macht, *das* ist Umweltschutz. Ja, es stimmt: Selten, ganz, ganz selten wird da mal ein Vogel von seiner Route abgebracht, oder ein Haubentaucher fühlt sich durch den Luftzug der Windräder gestört. Aber dafür brauchen wir in Deutschland keine Kernkraftwerke mehr. Wir müssen den Weg der erneuerbaren Energien konsequent zu Ende gehen, dann können wir uns von den fossilen Energieträgern verabschieden, dann wird die Luft sauberer, und das Klima kann sich erholen.«

»Ja, gut, wenn ich es richtig verstanden habe, dann sind doch auch die Umweltschützer für die Windkraftanlagen, nur eben nicht an dem Ort, an dem sie gebaut werden sollen.«

Demirel atmete nun schwer. »Ich habe meinem Vorstand zugesagt, dass wir wie geplant bauen können. Wenn sich durch die Mediation etwas anderes ergeben hätte, dann wäre ich weg vom Fenster. Die hätten mich rausgeschmissen. Sind ohnehin nicht alle von mir überzeugt.« Demirel schnaubte. »Ein Türke als Geschäftsführer. Das war für viele schon eine Provokation. Dabei bin ich Deutscher.«

Bertil nickte. »Damit hätten Sie also ein sehr gutes Motiv für den Mord an Gunther Fluth. Sie haben ihn bestochen, er wollte mehr Geld, es kam zum Streit.«

Demirel schüttelte heftig den Kopf. »Nein, so war das nicht. *Ich* bin hier der Leidtragende. Der Herr Fluth brauchte offenbar Geld, und weil er wusste, wie es um meine berufliche Situation steht, hat er mich erpresst.«

»Gibt's doch wohl nicht!« Antonella verfolgte das Gespräch der beiden wie die neueste Folge einer Netflix-Serie.

»Meine Eltern sind damals als Gastarbeiter nach Deutschland gekommen, eigentlich war der Plan meines Vaters, hier Geld zu verdienen und damit dann ein Haus in der Türkei zu finanzieren. Das hat er auch gemacht, aber darin leben jetzt mein Onkel und meine Tante. Meine Eltern wollen hier nicht mehr weg. Die lieben Cuxhaven und sind so stolz auf mich.« Demirel musste wieder eine Pause machen, um sich zu fangen. Bertil störte weder mit Kommentaren noch mit weiteren Fragen. »Mein Vater hat sich krumm gemacht, damit das Geld für mein Studium reicht, ich kann ihn doch jetzt nicht damit enttäuschen, dass ich arbeitslos werde, nur weil ich dieses beschissene Grundstück nicht bekomme. Fluth hat mir fest zugesagt, dass ich mir keine Sorgen machen muss. Wenn ich zahle.«

Demirel beugte sich mit dem Oberkörper nach vorne und sah Bertil in die Augen. »Sie denken, dass ich ihn umgebracht habe, den Erpresser, stimmt's? Ihre Geschichte hat nur einen Haken: Ich war es nicht.«

»Das sagen *Sie*, Herr Demirel.«

»Genau. Und ich muss es ja schließlich wissen.«

Bertil nickte erneut. »Die Mediation hätte auch jemand anderes übernehmen können, das spricht zu Ihren Gunsten.«

Demirel lachte auf. »Nein, das spricht eher gegen mich.«

»Wieso das? Wollen Sie sich nun selbst belasten?«

»Sie werden es ja ohnehin erfahren. Helene Hollstein hätte sich sicherlich um einen Ersatz bemühen können. Aber Mediatoren, die so eine heikle Sache übernehmen können, wachsen nicht auf den Bäumen. Außerdem müsste ein neuer Mediator sich erst mal in die Materie einarbeiten. Der Zeitraum der Bürgerbeteiligung ist zeitlich befristet. Wenn es im Rahmen einer Mediation zu keinen Ergebnissen kommt, die dann im Rat der Stadt diskutiert und verabschiedet werden könnten, dann tritt der Vorvertrag in Kraft. Und dann würde so gebaut, wie ich es dem Vorstand der *Vorig* zugesagt habe.«

»Verstehe«, sagte Bertil langsam. »Und wann läuft die Frist aus?«

»Heute in einer Woche.«

»Herr Demirel, ich fasse das noch mal zusammen: Sie hatten Angst um Ihren Job, da haben Sie Gunther Fluth kennengelernt, der hat bei Ihnen Geld gewittert und Sie erpresst.«

Bertil seufzte. »Klingt für mich nach einem Eins-a-Motiv. Und dazu passt ja leider auch, dass Sie uns für den Zeitraum des Mordes immer noch kein Alibi nennen konnten.«

»Ach, Scheiße!« Demirel knallte die Tasse so heftig auf die Untertasse, dass Kaffee auf den Tisch schwappte. »Ich war mit einer Frau zusammen.«

Man konnte Bertil beim Denken zusehen. »Sie waren mit einer Frau zusammen?«

Demirel hatte sich genauso schnell wieder beruhigt, wie die Wut hochgekocht war. Wie bei einem Induktionsherd. Die Hitze ist schnell da und schnell auch wieder weg. Jetzt druckste er herum, schaute auf den Tisch.

Demirel nickte kaum merklich. »Mit Susanne Bode.«

»Ach du liebes bisschen, die Bode aus dem Ministerium in Hannover etwa?« Gesche, die inzwischen fast an der Scheibe klebte, drehte sich zu Victor um. Der war ebenfalls überrascht, als Demirel jetzt genau das bestätigte. »Ja, mit Frau Bode aus dem Ministerium in Hannover war ich zusammen. Sie wird Ihnen das bestätigen, aber bitte gehen Sie sensibel vor, ja? Das kann uns sonst am Ende noch beide den Job kosten. Außerdem ist ihr Mann passionierter Jäger.«

»Überprüf das, Antonella, und zwar sofort. Wenn das stimmt, dann ist uns gerade ein Verdächtiger abhandengekommen.«

49

Freitagnachmittag

Agatha saß neben Hans in der Kajüte vor dem Steuerpult. Von hier aus hatte sie den besten Blick auf das Schlauchboot, mit dem Enak, Joshua und Bahne gerade auf einen Schwergutfrachter zusteuerten, der unter Flagge der Marshallinseln unterwegs war.

»Nervt dich das nicht manchmal? Dass wir gar nicht viel machen können, wenn wir im Einsatz sind?«

Hans schaute von seiner Zeitung auf. »Wie meinst du das?«

»Na ja, es ist immer jemand anderes zuständig. Zoll oder Kripo.«

Vor der Bordwand des Frachters sah das Schlauchboot winzig aus. Sie hatten über Funk erfahren, dass die Besatzung auf eine neue Ladung wartete. Sobald das Signal kam, würde der Frachter in den Hamburger Hafen fahren, aber während dieser Wartezeit sparten einige Schiffseigner gern Personal ein, und das wollte Enak jetzt kontrollieren.

Hans räusperte sich. »Ist ja nicht immer so. Jetzt gerade zum Beispiel sehe ich nur unsere Kollegen da draußen, niemanden vom Zoll.«

Der Übertritt vom Schlauchboot auf die Leiter, die an der turmhohen Stahlwand des Frachters herabhing, war der gefährlichste Moment des Einsatzes. Das wusste Agatha aus eigener Erfahrung. Sie hielt für einen Moment die Luft an, als Enak auf die wackelige Lotsenleiter, die eigentlich nur eine bessere Strickleiter war, herüberstieg. Das Schlauchboot entfernte sich, sobald Enak auf der ersten Sprosse stand, denn falls er stürzte, wären die Verletzungen beim Aufprall auf das Wasser mit großer Wahrscheinlichkeit geringer, als würde er auf das Boot krachen. Bei dem Wind und dem Seegang, zudem mit dem Materialrucksack auf den Schultern, musste er höllisch aufpassen, um nicht die Balance oder gar den Halt zu verlieren.

»Das meine ich ja nicht.« Agatha wandte sich Hans zu, als Enak aus ihrem Sichtfeld verschwand und das Schlauchboot wieder auf sie zusteuerte. Für die Kontrolle der Mannschaftsstärke würde Enak jetzt mindestens zwei Stunden an Bord des Frachters bleiben. Eher länger.

»Hast du nie das Verlangen danach gehabt, etwas Sinnvolleres zu tun? Etwas, das wirklich etwas bewirkt? Einen Mord aufzuklären beispielsweise?«

Hans seufzte und faltete seine Zeitung zusammen. »Agatha, was ist los mit dir? Gefällt es dir nicht mehr bei uns? Ist Wasserschutz doch nicht das Richtige für dich?«

»Nein, natürlich gefällt es mir. Ich bin total gerne hier. Aber ich weiß nicht, irgendwie bin ich neugierig, was das Leben sonst noch so für mich bereithält.«

»Willst du zurück nach Hamburg?«

»Ach, Hans, das meine ich doch gar nicht.«

»Was denn dann? Ich kann mir nichts Schöneres vorstellen als das hier.« Er nickte mit dem Kinn in Richtung der langsam untergehenden Sonne. »Das ist doch wunderbar, immer draußen, immer auf dem Wasser, nah an der Natur, und wir müssen uns weder mit irgendwelchen brutalen Demonstranten rumärgern noch nachts in gefährlichen Stadtvierteln auf Streife gehen. Und glaub mir, ich weiß, wovon ich da rede.«

»Das kann ich mir vorstellen.« Konnte sie wirklich.

Agatha wusste, dass ihr so gemütlich wirkender Chef früher eine Zeit lang als Streifenpolizist auf St. Pauli gearbeitet hatte, bevor er in verschiedenen Sonderkommissionen bei Ermittlungen im Rotlichtmilieu mitwirkte. Zeiten, in denen er fast immer Angst gehabt hatte. Vor allem nachts war er damals oft Umwege gefahren, immer einen Blick im Rückspiegel, zur Kontrolle, ob ihm jemand folgte.

»Ich frag mich nur, ob ich wirklich bis an mein Lebensende damit klarkomme, das wirklich Interessante immer an die Kollegen abzugeben.«

»Gilt ja auch nicht für alles.«

Hans schob sich von dem hohen Stuhl herunter und griff nach dem Fernglas, das auf dem Pult vor ihnen stand. Stellte sich damit nah ans Fenster und nahm das Geschehen auf dem Frachter ins Visier.

»Ja, klar«, so schnell wollte Agatha nicht aufgeben. »Angelscheine kontrollieren, das darf ich ohne den Zoll. Aber sonst? Bei Verdacht auf Kokainschmuggel kommt die Drogenfahndung, bei Visafälschungen muss ich die Bundespolizei alarmieren.«

Hans ließ das Fernglas sinken und drehte sich zu ihr um. »Agatha, was erhoffst du dir jetzt von mir?«

»Dass du mir erklärst, warum ich neuerdings so viel über mich und meinen Beruf nachdenken muss.«

Hans lachte. »Solltest du da nicht vielleicht besser einen Psychologen fragen?« Er setzte sich wieder auf den Stuhl neben sie. »Ich hatte meine Gründe dafür, damals aus Hamburg wegzugehen.

Ich wollte genau das, was ich hier bekommen habe. Ruhe und Dienst nach Plan, Kollegen, die mit mir zusammen Mittag essen, schöne Aussichten und das Meer. Ich mag es, dass wir mit vernünftigen Menschen zu tun haben, dass die Schiffsführung, mit der wir sprechen, meist studierte Leute sind, mit denen man gut reden kann. Selbst mit den Demonstranten von Greenpeace kann man klarkommen, die setzen ihre Aktion, und dann sind sie auch schon wieder weg. Wir hier in Cuxhaven sind die einzige Wasserschutzpolizei auf der Nordsee, die 24/7 im Einsatz ist, das ist doch was Besonderes, unterschätze die Routine nicht, das kann gefährlich werden. Denk mal an die Kollegen vom Zoll, die da neulich auf dem Frachter waren, bei dem es Verdacht auf Drogenschmuggel gab. Nichts gefunden, angeblich hat die Besatzung vorher eine Meldung bekommen und alles über Bord gekippt. Ich brauch so eine Aufregung nicht. Und ich brauch keine Typen, die mit Drogen Geld machen wollen. Wenn dir das nicht reicht, Agatha, dann musst du daran etwas ändern. Aber nur weil es nicht dein Job ist herauszufinden, woran der Mann gestorben ist, den du aus dem Wasser gefischt hast, musst du auch nicht alles infrage stellen. Vielleicht hat dich diese Wasserleiche doch mehr aus dem Konzept gebracht, als du dir selbst eingestehen willst, und du müsstest viel eher daran arbeiten, deine Angst vor toten Menschen in den Griff zu bekommen. Ich bin kein Psychologe, aber vielleicht bist du doch noch stärker traumatisiert durch den frühen Tod deiner Mutter, als du es dir eingestehst.«

Agatha schluckte. Hans hatte recht, sie redete nicht gern über ihre Mutter. Das alles war auch schon viel zu lange her. Sagte sie sich. Sie kam nicht dazu, sich weitere Gedanken zu diesem Thema zu machen, weil Bahne und Joshua zurück an Bord waren und in die Kajüte traten. »Ich geh schon mal runter und fang an, klar

Schiff zu machen.« Bahne bewegte sich Richtung Treppe. »Ist ja dann auch Feierabend, wenn Enak da drüben fertig ist.«

Joshua stellte sich hinter sie. »Kann ich an den Computer? Oder musst du da jetzt ran?«

»Nee, mach mal.« Agatha rutschte vom Stuhl. »Ich muss sowieso noch mal telefonieren.«

Sie griff nach ihrer Jacke, streifte sie über und ging nach draußen. Sie fröstelte, als der scharfe Wind sie beinahe in die Kajüte zurückschob. In einer windgeschützten Ecke zog sie ihr Handy aus der Hosentasche und wählte die Nummer, die in der Anrufliste ganz oben stand. Dieses Mal wurde nach dem ersten Freizeichen abgehoben.

»Victor, hier ist Agatha, leg nicht auf, ich muss dir etwas wirklich …«

»Tut mir leid, Agatha, aber ich hab gerade echt keine Zeit.«

»Wir hatten einen Deal.« Agatha ließ sich nicht beirren. »Hör mir einfach zu, ja?«

So etwas wie ein Brummen auf der anderen Seite, also fuhr sie fort. »Rieke Häbeling …«

»Ist die Tochter von Gunther Fluth, ich weiß. Danke. Ich dachte ja, du würdest noch mal zu der Party bei den Seenotrettern zurückkommen. Dass du stattdessen schon wieder als Sherlock unterwegs warst …«

»Bist du etwa sauer auf mich? Wir hatten einen Deal, vergessen?«

»Deal hin oder her, du mischst dich zu sehr ein. Antonella hat mir erzählt, dass du gestern Abend bei Rieke Häbeling aufgetaucht bist.«

»Ich habe eine ziemlich handfeste Theorie dazu, wer Gunther Fluth umgebracht hat.«

Agatha vergewisserte sich, dass die Kollegen immer noch in

der Kajüte beschäftigt waren. »Habt ihr mal die Beziehungen von Fluth zu den Frauen gecheckt?«

»Worauf willst du hinaus?«

»Wenn Helene Hollsteins Beziehung zu Gunther Fluth in Wahrheit keine dicke Freundschaft, sondern eine Liebesbeziehung war, und Johannes Hollstein hat davon erfahren …«

»Dann hatte er auf jeden Fall ein Motiv. Auf die Idee bin ich natürlich auch schon gekommen«, ergänzte Victor und seufzte. »Wahrscheinlich hätte ich Helene Hollstein dazu intensiver befragen müssen. Sie wegen ihrer Trauer schonen zu wollen war ein Fehler. Und Johannes werden wir dazu nicht mehr befragen können, denn der ist ja ebenfalls tot.«

»Darauf will ich doch hinaus. Wenn Jo tatsächlich der Mörder von Gunther Fluth war, weil er rausbekommen hat, dass der und seine Frau miteinander ins Bett gehen. Was, denkst du, macht Helene Hollstein, wenn sie das herausfindet? Dass ihr Gatte den Mann getötet hat, den sie offenbar schon seit Jahrzehnten liebt?«

Victor schwieg.

»Bist du noch da?«

»Klingt für mich alles ein bisschen …«

»Victor?«

Aber Victor antwortete nicht, und ein Blick auf das Display ihres Handys bestätigte Agathas Befürchtung: kein Netz mehr.

50

Freitagnachmittag

Victor schaute ungläubig auf das Display seines Telefons. Er konnte nicht fassen, dass Agatha einfach aufgelegt hatte. Aber dann fiel ihm ein, dass sie im Dienst und wahrscheinlich irgendwo draußen auf dem Meer war. Und vielleicht ohne Netz.

Victor sah aus dem Fenster, an dem der Wind Blätter vorbeipustete. Eifersucht und Liebe. Die ältesten Motive der Kriminalgeschichte, aber die Oberbürgermeisterin von Cuxhaven?

Ein Klopfen an der offenen Tür seines Büros unterbrach seine Gedanken. »Kommst du?« Gesche sah ihn fragend an. »Die anderen warten schon.«

»Natürlich.« Victor steckte sein Handy in die Hosentasche, nahm die Akte von seinem Schreibtisch und folgte der Kollegin ins Besprechungszimmer.

»Moin zusammen, entschuldigt bitte die Verspätung, ich musste noch einen Anruf entgegennehmen.«

Die gesamte *Soko Mediator* hatte sich eingefunden. Es roch nach Kaffee. Wie eigentlich immer in diesem Raum, in dem die Kaffeemaschine nie stillstand. Victor legte seine Akte ab und öffnete die

Fenster. Dann stellte er sich ans schmale Ende des langen Tisches und schaute in die Runde.

»Bevor wir zusammentragen, was wir haben, geht das Wort wie immer zuerst an den Chef. Lars, möchtest du etwas sagen?«

Lars hatte die Unterarme auf den Tisch gelegt und die Hände wie zum Gebet gefaltet. »Gerade nicht, ich hör mir erst mal alles an.«

Victor stellte sich an die Plexiglasscheiben mit Fotos und Hinweisen. »Wir haben zwei Opfer. Der erste Tote, Gunther Fluth, wohnhaft in der Deichstraße, wurde von einer Kollegin der Wasserschutzpolizei aus dem Meer gefischt. Die Rechtsmedizin geht von Ertrinken nach hartem Schlag auf den Kopf aus. Mord oder Totschlag oder Unfall mit Todesfolge, das werden wir nur herausfinden, wenn wir den Ablauf des letzten Abends dieses Mannes ganz genau rekonstruieren können.« Er deutete auf die Fotos des zweiten Toten.

»Johannes Hollstein, Ehemann unserer Oberbürgermeisterin, eindeutig an den Folgen der Messerstiche in seinen Oberkörper ums Leben gekommen.«

Victor deutete erneut auf Gunther Fluths Foto. »Wir haben im Fall Mediator keinen konkreten Tatverdächtigen, dafür aber Indizien und vier Personen, die ein Motiv für den Mord haben. Holger Martini …«, wieder wanderte ein Finger zu dem entsprechenden Foto, »… kannte Fluth von seiner Scheidung und fühlte sich schlecht beraten. Außerdem hat der tote Mediator offenbar nicht nur für das finanzielle Wohl von Frau Martini gesorgt.«

»Was sagt die Ex-Frau von Martini?«, wollte Lars wissen.

Victor musste zugeben, dass die bisher nicht befragt worden war.

»Wieso nicht?«, fragte Lars. »Ich meine, es geht ja hier um Eifersucht als ein mögliches Mordmotiv.«

Victor nickte. »Gesche, machst du das?« Gesche notierte sich die Aufgabe.

Lars starrte auf die Tischplatte.

»Dann wäre da Cem Demirel. Der wurde nach eigener Aussage von Fluth erpresst, hat aber ein Alibi. Genau wie Holger Martini. Rieke Häbelings Handy wurde am Tattag sowohl an der Wohnung von Fluth als auch an der Hafenkaje geortet, also an der Stelle, an der Gunther Fluth in die Elbe geworfen wurde. Sie sagt, dass sie mit ihm da spazieren gegangen ist.«

»Ich jogge da auch gelegentlich. Also bei den Fluttoren vorbei und dann die Hafenkaje hoch. Habt ihr mich also auch auf der Liste der Verdächtigen?«, fragte Lars spitz.

»Noch nicht«, sagte Antonella trocken.

Etwas zu viel Humor für Lars. »Mann, Leute, wenn der Täter einigermaßen schlau war, dann ist er bestimmt nicht mit dem Handy in der Tasche losgelaufen, um Fluth umzubringen. Die Leute gucken doch alle Krimis und wissen Bescheid.«

Lars blickte in die Runde. »Ist das alles?«

»Helene Hollstein könnte ein Verhältnis mit Fluth gehabt haben. Sie könnte also …«

Erneut grätschte Lars dazwischen. »Die Hälfte aller Verheirateten vögelt mal fremd. Mindestens! Und? Bringen die sich früher oder später gegenseitig um?«

»Nein, aber wir haben …«, begann Victor.

Lars schlug mit der Handfläche auf den Tisch. »Nichts habt ihr. Gar nichts. Und wie sieht es bei Johannes Hollstein aus? Habt ihr da eine heiße Spur? Oder auch nur lauwarmen Kaffee?«

»Helene Hollstein hat noch vor dem Tod ihres Mannes ein Flugticket gekauft, also nur eins, obwohl sie sonst immer gemeinsam in den Urlaub fahren, also, gefahren sind. Und außerdem …« Gesche hatte den roten Faden verloren.

Victor sprang ihr bei. »Wir haben eine Theorie: Helene Hollstein und Gunther Fluth hatten ein Verhältnis, Johannes Hollstein hat es herausgefunden und wollte sich rächen, ein Streit ist eskaliert, und dabei ist der Mediator ums Leben gekommen.«

Gesche setzte die Geschichte fort. »Und als die Bürgermeisterin herausgefunden hat, dass ihr Mann ihren Liebhaber getötet hat, und sie ihn zur Rede stellen wollte, da ist dann wiederum dieser Streit eskaliert …«

»Und was ist mit Beweisen für eure Theorien?« Lars stand langsam auf. Es wirkte nicht gemächlich, sondern bedrohlich.

»Es geht mir hier jetzt nicht um Schuldzuweisungen. Ihr seid gute Polizistinnen und Polizisten, allesamt. Aber wir haben es hier mit zwei Verbrechen zu tun, die wir in dieser Form in Cuxhaven noch nicht hatten.«

»Ich bin sicher, dass wir in den nächsten Tagen …«, begann Victor, um von Lars sofort wieder barsch unterbrochen zu werden.

»Victor, jetzt bin ich dran. Das reicht mir alles nicht. Das reicht bei Weitem nicht. Im Moment schießt die Presse auf mich, die Bürgerinnen und Bürger von Cuxhaven sind verunsichert, und die Staatsanwaltschaft fragt mich, warum ich immer noch keinen Täter habe. Oder zumindest vielversprechende Ergebnisse. Die Antwort ist einfach: weil es sie nicht gibt. Und deshalb habe ich beim LKA um Unterstützung gebeten.«

Lars sah erneut in die Runde, die deutlich stiller geworden war. Niemand regte sich, niemand sagte etwas.

»Ich hatte gehofft, dass die Kollegin jetzt schon an der Sitzung teilnehmen kann, war aber nicht möglich. Deshalb treffen wir uns heute Abend um sechs mit Chantal Heither vom LKA.«

»Kann ja heiter werden«, murmelte Bertil leise.

»Ich verspreche mir einiges von der Unterstützung aus Hannover. Und am Ende kommt uns das ja allen zugute.« Er nickte noch einmal in die Runde und stieß in der Tür mit Henk Dibbersen, dem Rechtsmediziner, zusammen, der ihm verwundert nachsah.

»Holla, der hat's aber eilig.«

»Was soll das mit der Verstärkung aus dem LKA?« Maik aus der Kriminaltechnik schob seinen Rollstuhl aus der zweiten Reihe an den Tisch. »Wir ermitteln doch erst seit ein paar Tagen, was stellt der sich denn vor? Sollen wir jetzt auch noch zaubern?«

»Warum nicht?« Dibbersen strich sich über seine schütteren Haare. »Ich gebe zu, ich habe das bisher gut vor euch verborgen, aber wenn ich mal loslege, dann kann sich Harry Potter warm anziehen.«

»Uns ist gerade nicht zum Scherzen zumute«, sagte Antonella.

»Ich beliebe nicht zu scherzen, meine Liebe. Ich habe euch eine ganz besondere Spur in die Akte gezaubert, die euch dabei helfen kann, den Mord an Johannes Hollstein schnell aufzuklären. Eindeutig und nicht manipulierbar.«

Victor, noch leicht geschockt von der Ankündigung, seinen Fall möglicherweise an eine Kollegin vom LKA abgeben zu müssen, hörte nur mit halbem Ohr hin, als Gesche nachfragte. »Ist das dein Ernst? Sag schon, was ist das für eine Spur?«

Der Rechtsmediziner zog ein Foto aus seiner Tasche und heftete es an die Plexiglaswand. Auf einer schwarz-weißen Vergrößerung waren die Abdrücke von Fingern zu erkennen. Irgendetwas daran sah merkwürdig aus, und während Victor noch überlegte, was ihn an der Hand störte, setzte Dibbersen zur Erklärung an. »Ihr seht hier die Würgemale, die wir am Hals von Johannes Hollstein gefunden haben. Todesursächlich war das Würgen nicht. Wie ich euch ja bereits nach der ersten Leichenschau mitgeteilt habe, ist er durch Verbluten nach mehreren Messerstichen gestorben, aber man kann annehmen, dass das Messer die Ersatzlösung war, nachdem die Hände als Tatwaffe nicht funktioniert haben. Ich nehme an, dass die Kraft des Täters nicht ausgereicht hat. Kostet nämlich echt Kraft, und die …«

»Komm zum Punkt, Henk.« Victor wurde ungeduldig.

Dibbersen deutete auf die Abdrücke der rechten Hand. »Hier könnt ihr sehr deutlich erkennen, was mir sofort aufgefallen ist.« Er schaute in die Runde und wollte gerade zum Finale ausholen, als es aus Gesche herausplatzte. »Da fehlt ein Finger!«

»Ach du Scheiße.« Victor wusste sofort, wem diese Hand gehörte. »Gesche, du kommst mit mir.«

51

Freitagnachmittag

Nach Schulschluss waren Ana und Enno sofort verschwunden. Zusammen natürlich. Nun standen Momme und Ditha vor Mommes Wagen auf dem Parkplatz der Schule und wussten nichts mit sich anzufangen. Momme hatte keine Lust, jetzt schon nach Hause zu fahren, womöglich wurde er dann wieder für eine Schicht in der Eisdiele eingeteilt oder musste im Restaurant in der Küche helfen.

»Seit die zwei ein Paar sind, bin ich bei Ana ziemlich abgemeldet«, kommentierte Ditha den schnellen Abgang der beiden Freunde. Sie ließ ihren Rucksack von der Schulter rutschen und lehnte sich gegen die Beifahrertür. »Und früher haben wir wirklich immer alles gemeinsam gemacht.«

Momme hatte keine Ahnung, ob von ihm ein Kommentar erwartet wurde, also hielt er einfach den Mund.

»Ich meine, wir gehören doch irgendwie zusammen, wir vier, und nun machen die zwei immer alles ohne uns. Das ist doch total bescheuert.«

Momme musste ihr recht geben. Seit Ana und Enno ein Paar waren, stand er für Enno auch nur noch an zweiter Stelle.

Er öffnete den Kofferraum und spürte, wie er immer wütender wurde, je länger er darüber nachdachte. Er pfefferte seinen Rucksack hinein und knallte den Deckel wieder zu. »Scheiß drauf.«

»Wir sollten das melden.«

»*Was* sollten wir melden?«

Ditha stellte sich neben ihn an den Kofferraum und schaute sich um. Sie überzeugte sich davon, dass niemand ihnen zuhörte. »Wir sollten zur Polizei gehen und denen von dem Paket erzählen, das wir im Watt gefunden haben. Das muss von irgendeinem Frachter gefallen sein, vielleicht suchen die das schon. Kann sogar sein, dass wir eine Belohnung bekommen, wenn wir ihnen den Stoff liefern.«

»Ach, Quatsch, wie soll das denn funktionieren, ohne dass wir selber Ärger kriegen? Das hätten wir gleich machen müssen.« Momme stieß sich vom Wagen ab und ging zur Fahrertür. Ditha folgte ihm und hielt ihn am Ärmel fest. »Du bist doch auch genervt davon, wie Ana und Enno uns behandeln. Die brauchen einfach mal einen kleinen Schuss vor den Bug. Ich hab eine super Idee.«

»Ach ja?« Er befreite sich aus Dithas Griff und öffnete die Tür seines Wagens. Aber Ditha gab nicht so schnell auf. »Nun warte doch mal.«

Er drehte sich zu ihr um.

»Wir schicken der Polizei einen anonymen Hinweis. Wir schneiden die Buchstaben aus Magazinen aus. Wenn wir Handschuhe anziehen, dann geht das ganz ohne Fingerabdrücke, niemand wird wissen, dass dieser Brief von uns kommt.«

»Und du glaubst, die schicken dann ein Einsatzkommando zu Enno und Ana? Glaubst du doch selbst nicht. Was meinst du, wie viele Nachrichten die Bullen jeden Tag bekommen. Die werden garantiert nicht irgendeinem Puzzlebrief nachgehen.«

»Doch, Momme, da bin ich sogar ziemlich sicher. Ich hab in der Zeitung von einer Drogenrazzia auf einem Schiff gelesen, wahrscheinlich haben die das Zeug einfach über Bord gekippt, als die Bullen angerückt sind.«

»Okay. Wenn wir diesen Brief schreiben, dann finden die das Zeug bei Enno. Und dann ist der dran. Und dann verpfeift er uns vielleicht auch. Und dann hat niemand was davon.«

»Wir geben den Brief der Polizistin vom Wasserschutz, von der Ana neulich erzählt hat. Die sind doch wohl auch zuständig, wenn so ein Schiff kontrolliert wird, oder?«

»Nee, ich glaub, das macht der Zoll.« Aber sicher war Momme sich auch nicht.

»Ist auch egal. Auf jeden Fall kennt die doch Ana und kann das Ganze dann unter der Hand regeln.«

Momme schüttelte den Kopf. »Was redest du denn da für einen Scheiß?«

»Wenn wir den Brief an die Bullen schicken, dann müssen die ermitteln, oder wie das heißt. Aber die Agatha von der Wasserschutz, die will bestimmt nicht, dass Ana in den Knast geht. Die findet dann vielleicht einen anderen Weg.«

Momme war unschlüssig. »Ich weiß nicht. Wir können die Sache doch auf sich beruhen lassen.«

Ditha aber war entschlossen, ihren Plan in die Tat umzusetzen. »Das Zeug ist richtig was wert. Und uns steht ein Anteil zu.«

Momme bearbeitete mit den Schneidezähnen seine Unterlippe.

»Was ist jetzt? Bist du dabei? Ich hab auch schon rausgefunden, wo die wohnt. War nicht so schwierig, ihren Vater kennt in Cuxhaven anscheinend jeder. Ist seit ewigen Zeiten Kapitän auf der Helgoland-Fähre, und die wohnen wohl zusammen.«

Momme zog erneut die Autotür auf. »Na, dann aber los, ich muss sowieso noch einkaufen, da können wir gleich ein paar Zeitungen besorgen.«

»Müssen wir gar nicht, hab genug davon zu Hause.«

52

Freitag, früher Abend

Agatha war froh, endlich nach Hause zu kommen. Nach zwölf Stunden Tagschicht hatte sie jetzt zwölf Stunden frei, bevor morgen am späten Abend die Nachtschicht anfing. Danach würde sie drei freie Tage haben, die sie herbeisehnte. Endlich einmal Zeit, um über die verrückten Ereignisse der Woche in Ruhe nachzudenken.

Sie stellte ihr Fahrrad in den Ständer. Es roch nach gebratenem Speck und Fisch. Könnte *Scholle Finkenwerder Art* sein. Das Fenster zur Küche der Seeterrassen stand wieder auf Kipp, und sie hörte das stetige Rauschen der Dunstabzugshaube.

Agatha leerte erst ihren eigenen Briefkasten, in dem lediglich Werbung eines Supermarkts auf die neuesten Angebote aufmerksam machte, dann den ihres Vaters. Offenbar war der Kasten schon seit einigen Tagen nicht geleert worden, ihr Vater vergaß so weltliche Dinge gern, denn ihr fiel ein ganzer Stapel Papier entgegen.

Werbebroschüren, ein Anzeigenblatt und ein DIN-A5-großer Umschlag. Sie warf die Reklamezettel in einen für Altpapier vorgesehenen Metallkorb, der unter den Briefkästen stand, und schaute sich den beigefarbenen Umschlag genauer an. Auf der Vorderseite war in ausgeschnittenen Buchstaben *an die Polizei* zu lesen. Was merkwürdig war, denn ihr Vater war noch nie bei der Polizei gewesen. Vielleicht eine Verwechslung, und die Post war eigentlich für sie bestimmt? Wäre nicht das erste Mal. Und es gab keine Briefmarke, also war der Umschlag nicht von ihrer üblichen Postbotin eingeworfen worden, die wusste, dass Agatha die Polizistin in der Familie war. Agathas Telefon klingelte, und sie steckte den geheimnisvollen Umschlag in die eine Jackentasche, während sie aus der anderen das Handy fischte.

Unbekannte Nummer, also schon mal nicht Victor, der vermutlich dachte, dass sie vorhin einfach aufgelegt hatte. Noch vom Schiff aus hatte sie ihm das erklärt und auch ihre Eifersuchtstheorie rund um die Mordfälle noch mal erläutert, aber bisher ohne Reaktion. »Hallo?«

»Agatha? Hallo, hier ist Rieke.«

»Na, das ist aber mal eine Überraschung.«

»Weil du dachtest, dass ich verhaftet werde?«

»Ach, Quatsch«, widersprach Agatha, fühlte sich aber ertappt.

»Ich hab nichts gemacht. Und nur weil Gunther Fluth mein Vater war, bin ich ja nicht gleich eine Mörderin.«

»Aber du verstehst schon, dass ich den Kollegen von der Kripo alles sagen musste, was ich weiß?« Agatha stieg beim Telefonieren langsam die Treppe zu ihrer Wohnung hoch.

»Ja klar.« Rieke klang tatsächlich nicht nachtragend.

»Wenn ich Hinweise habe, die bei der Aufklärung helfen können, dann muss ich …«

»Schon okay, Agatha, wirklich. Ich dachte, wir treffen uns und trinken ein Glas zusammen? Auf die alte Freundschaft und so?«

»Warum nicht.«

»Wann würde es dir denn passen?«

Agatha überlegte, dann fiel ihr etwas ein. Natürlich! Genial, das war die beste Idee seit Langem.

»Sag mal, Rieke, hast du morgen Mittag schon was vor?«

»Morgen? Samstag? Warte mal, ich check mal eben meinen Kalender.« Nach einer sehr kurzen Pause war sie wieder zurück. »Morgen passt gut, was schlägst du vor?«

Agatha klemmte das Telefon unter das Kinn, als sie die Wohnungstür aufschloss. »Mein Vater lädt zum jährlichen Knieper-Essen auf seiner *Helgoland* ein. Nur geladene Gäste, ist immer eine ganz besondere Tour. Du bekommst natürlich einen Platz am Kapitänstisch. Oder isst du keine Krebse?«

»Doch, klar.« Rieke lachte. »Na, da kann ich ja wohl gar nicht Nein sagen.«

»Super.« Agatha machte eine Becker-Faust. »Dann sehen wir uns um kurz vor halb zwölf am Anleger, um 11:45 Uhr ist Abfahrt, also sei pünktlich, mein Vater wartet nicht.«

»Bis morgen dann, Agatha. Ich freu mich.«

Die Freude würde ihr vermutlich noch vergehen, wenn Rieke ihren Plan durchschaute, fürchtete Agatha. Aber die »alte Freundschaft« zwischen ihnen hatte es nie gegeben. Während der Schulzeit waren sie mal gemeinsam auf einer Party gewesen oder im Kino, aber Rieke war schon damals ein bisschen merkwürdig gewesen. Ohne wirkliche Freunde, oft längere Zeit krank, einmal war sogar über einen Selbstmordversuch getuschelt worden.

Sie ließ ihren Rucksack auf den Boden fallen, steckte das Handy in die Hosentasche und hängte ihre Jacke an die Garderobe. Eingedenk aller Unterrichtseinheiten zum Thema »Spurensicherung« griff sie nach einem Paar gestrickter Handschuhe auf der Garderobenablage und zog den Umschlag aus ihrer Tasche. Sie streifte ihre Schuhe ab und setzte sich an den Küchentisch. Hier hatte sie das beste Licht. Das Wort *Polizei* war aus mehreren Papierfetzen zusammengeklebt. Die Buchstaben *Pol* erinnerten in der Typo an die Marke Polaroid, auch der Streifen in Regenbogenfarben darunter passte dazu. Das *i* konnte von überallher stammen, und das *zei*, in gelben Buchstaben auf pinkem Grund, erinnerte an Barbie. Vorsichtig öffnete Agatha den Umschlag, dessen Lasche nicht zugeklebt, sondern lediglich eingesteckt war. Auch der Brief bestand aus ausgeschnittenen Lettern, vornehmlich pinken und hellblauen: *Drogen gesucht? Von Schiff gefallen und weg? Gesehen ich. Junge hat aus Meer genommen. Mitgenommen. Groß Paket. Lag im Watt. Name Barbiele.*

»Barbie« hatte in diesem Wort exakt das Schriftbild und die rosa-weiße Farbe des Logos der Puppe, da war sich Agatha sicher.

Sie legte den Brief auf den Tisch direkt neben die Ausgaben der *Cuxhavener Nachrichten* der vergangenen Tage. Beim Blick auf die Zeitungen fiel ihr auch der Artikel zum Einsatz der Kollegen von der Drogenfahndung wieder ein. Sie zog einen Handschuh aus, holte das Handy hervor und rief einen Internetbrowser auf. Suchte nach *Drogenschmuggel Cuxhaven* und fand sofort mehrere kurze Artikel über die missglückte Razzia. Die Suche nach dem Namen *Barbiele* ergab zwölf Treffer im Telefonbuch von Cuxhaven. Agatha überlegte. Sie konnte wohl schlecht bei allen anrufen und fragen, ob bei ihnen ein Junge wohnte. Überhaupt, was genau bedeutete das denn? Ging es um ein Kind? Doch wohl kaum. Sie tippte die Worte *Jugendlicher, Cuxhaven, Drogen* in die Suchleiste ein und bekam zwei aktuelle Treffer. Bei beiden fehlte allerdings der Nachname. Zwei Meldungen von der Pressestelle der Polizei, in denen es um kleine Drogenfunde bei Jugendlichen ging. Einmal war ein junger Mann bei einer Fahrzeugkontrolle auffällig geworden, hatte aber nur Stoff für den Eigenbedarf dabei. Aus der zweiten Nachricht ließ sich nicht entnehmen, ob Drogen eine Rolle gespielt hatten. So kam sie nicht weiter. Soziale Medien, vielleicht da. Bei Facebook gab es keinen Eintrag mit diesem Namen, Twitter ebenfalls Fehlanzeige, aber bei Instagram gab es einen *Barbie Kenno.*

Auf dem offenen Profil gab es etliche Fotos, die ihren Verdacht bestätigten. Das Gesicht unter der Gucci-Kappe kannte sie.

Agatha holte Gefrierbeutel aus der Küche, legte mit der behandschuhten Hand den Brief in einen und den Umschlag in einen weiteren. Sie würde zunächst einmal feststellen, ob die Buchstaben wirklich aus einem Magazin für Mädchen stammten, und sie wusste auch schon, welches Mädchen sie dabei um Unterstützung bitten konnte.

53

Freitag, früher Abend

Das Vorzimmer der Oberbürgermeisterin war unbesetzt. Victor ging voraus und bedeutete Gesche, etwas Abstand zu halten, als er einmal kurz an die Tür klopfte und dann ins Büro eintrat.

Helene Hollstein stand am Fenster und drehte sich zu Victor um. Sie verschwand fast in den farblosen Vorhängen, so blass war sie. Wären die roten Haare nicht gewesen, man hätte sie für einen Teil des Zimmers halten können in ihrem beigen Kostüm.

»Guten Tag, Frau Hollstein. Es besteht der Verdacht, dass Sie etwas mit dem Tod Ihres Ehemanns zu tun haben.«

»Das ist nicht Ihr Ernst«, sagte sie ungläubig.

»Bitte kommen Sie mit uns«, sagte Gesche.

Hollstein nickte, ging langsam zu ihrem Schreibtisch. »Das muss wohl so sein. Also, dass ich verdächtigt werde. Tja. Ich nehme an, ich habe noch Zeit, meinen Anwalt zu informieren?«

»Das können Sie gerne gleich bei uns auf der Dienststelle erledigen.« Gesche trat einen Schritt näher an sie heran. Victor war sich nicht sicher, ob er in den Augen der Bürgermeisterin für einen kurzen Moment Zorn aufflackern sah.

»Natürlich.« Sie versuchte ein Lächeln, das eher zur Grimasse geriet, und griff nach ihrem Mantel am Garderobenständer. »Das alles wird sich sehr schnell aufklären. *Sehr* schnell. Und ich wäre Ihnen dankbar, wenn wir möglichst geräuschlos das Gebäude verlassen könnten. Es wäre mir nicht so recht, wenn hier noch mehr getratscht wird, als es ohnehin schon der Fall ist. Der Tod von Johannes hat bereits für reichlich Gesprächsstoff gesorgt.«

»Natürlich.« Victor nickte Gesche zu. »Wenn Sie dann bitte mitkommen. Unser Wagen steht unten direkt vor der Tür.«

»Es wäre mir lieber, ich könnte mein eigenes Auto nehmen, auch falls uns jemand sieht. Wenn ich bei Ihnen einsteige, dann …«

»Verstehe.« Und Victor verstand wirklich. Sollte jemand Helene Hollstein sehen, wie sie in einen Polizeiwagen einstieg, dann würde man das sicher am nächsten Morgen in den *Cuxhavener Nachrichten* lesen. Auf der anderen Seite gab es die Dienstvorschrift … Er wurde durch den Klingelton seines Handys aus seinen Gedanken gerissen, und ein Blick auf das Display verriet ihm, dass sein Chef versuchte, ihn zu erreichen.

»Lars? Kleinen Moment, bitte.« Er hielt das Telefon gegen die Brust gedrückt. »Ich verlasse mich darauf, dass Sie keinen Unsinn machen, Frau Hollstein. Gesche, du fährst mit der Frau Oberbürgermeisterin, und ich komme mit unserem Wagen gleich nach.«

Gesche schien seine Idee eher mittelmäßig zu finden, nickte aber und ließ Helene Hollstein den Vortritt. Victor folgte ihnen, nahm das Telefon wieder ans Ohr.

»So, jetzt höre ich dich, ich bin gleich zurück in der Dienststelle, kann das bis dahin warten?«

»Nur kurz, Victor, ich habe mit Chantal Heither gesprochen, wir müssen die erste gemeinsame Konferenz auf morgen früh verschieben.«

»Oh, wie schön«, sagte Victor mit einer Ironie, die Lars nicht verborgen blieb.

»Hast du ein Problem damit, dass ich die Kollegin vom LKA ins Team geholt habe?«

»Nein«, antwortete Victor. »Wie könnte ich. Absolut nachvollziehbar. Absolut. Hat ja auch nichts mit deinem Vertrauen in meine Ermittlungsarbeit zu tun.«

Seine Ironie übertrug sich offenbar nicht bis zu Lars.

»Hört sich für mich aber so an, als würde dir das nicht in den Kram passen.«

»Ich weiß, dass du Schwingungen unglaublich sensibel wahrnimmst, Lars. Dafür hast du ja irgendwie ein Extra-Organ.«

»Was soll das jetzt heißen?«, fragte Lars schnippisch.

»Hör zu, Lars: Ich habe nichts gegen die Kollegin. Ich kenne sie ja noch gar nicht.« Victor gab sich Mühe, ruhig zu bleiben.

Lars setzte nach. »Irgendetwas sagt mir aber, dass das nicht stimmt, was du da sagst.«

»Okay. Also: Ich hab nichts gegen Frau Heither, ich habe nur etwas gegen die Art, wie die ganze Sache abgelaufen ist. Oder anders: Ich hätte mir da von dir ein anderes Vorgehen gewünscht.«

Sie waren inzwischen am Empfang des Rathauses angekommen, auch dieser Schreibtisch war unbesetzt. Freitag nach eins macht wohl wirklich jeder seins, dachte Victor und hielt sich das Handy ans andere Ohr.

»Was meinst du damit? Victor, wenn du ein Problem mit mir persönlich hast, dann sollten wir darüber vielleicht mal reden.«

»Ach, lass gut sein, Lars.«

»Was soll das jetzt?«, fragte Lars wütend. »Wir haben zwei unaufgeklärte Mordfälle, und du willst mir jetzt einen Vorwurf machen, weil ich Unterstützung angefordert habe?«

»Hab ich nicht gesagt.« Er folgte Gesche und der Bürgermeisterin durch die Tür, und sie traten auf den Vorplatz des Rathauses. Helene Hollstein deutete in Richtung ihres Wagens, und Victor hielt für einen Moment das Telefon wieder gegen die Brust. »Wir sehen uns gleich auf der Dienststelle. Ich sage Bertil Bescheid, dass er den Befragungsraum eins vorbereiten soll.« Gesche nickte und winkte die Bürgermeisterin mit einem Handzeichen weiter.

»Bist du noch da? Hallo?«, tönte es am anderen Ende. »Mann, Victor, nun sag endlich, was du sagen willst«, forderte Lars ihn auf.

»Die Gründe, die für dich ausschlaggebend waren, um Hilfe beim LKA anzufordern, sind stichhaltig und für alle im Team nachzuvollziehen.«

»Meinst du das jetzt ironisch?«, hakte Lars nach.

»Nein. Das meine ich ernst. Und ich sage dir jetzt auch ganz ehrlich, und vielleicht hätte ich dir das schon mal früher sagen sollen, dass dein Führungsstil manchmal, wie soll ich mich höflich ausdrücken, ach egal, dass dein Führungsstil scheiße ist.«

»Bitte?«

»Ich habe das in den vergangenen Jahren schon so manches Mal gedacht, aber nichts gesagt. Aber mir vor versammelter Mannschaft mitzuteilen, dass du nicht daran glaubst, dass ich die Fälle mit meinem Team allein aufklären kann …«

»Moment mal …«

»Nein, Lars, du wolltest wissen, was los ist, also hör dir das jetzt auch an. Du hättest mich vorher informieren können, dass du Hilfe vom LKA anfordern willst, aber okay, geschenkt. Aber das gesamte Team, die Kolleginnen und Kollegen, die sich alle den Hintern aufreißen, um die Morde aufzuklären, die hast du alle vor den Kopf gestoßen.«

»Erstens finde ich es etwas unpassend, wie du mit mir redest, und zweitens finde ich es ziemlich übertrieben. Ich habe …«

»Egal, wie du es findest. Die, die es betrifft, sind gekränkt oder verletzt oder fühlen sich nicht wertgeschätzt. Da fehlt dir manchmal irgendwas. Das wollte ich dir schon lange mal sagen.«

Victor überlegte kurz, ob er das Gespräch einfach beenden sollte, aber Lars sollte Gelegenheit haben, zu seinen Vorwürfen Stellung zu beziehen. Doch das geschah nicht. Lars hatte aufgelegt.

54

Freitag, früher Abend

Das Musikcafé *Klippo* im Strichweg war eine Institution in Cuxhaven. Seit Generationen kamen Jugendliche hier zusammen, um zu trinken und Musik zu hören. Die Abi-Jahrgänge des Gymnasiums Schulweg, zu denen auch Agatha und Rieke Häbeling gehörten, trafen sich regelmäßig an Weihnachten hier. Aber Agatha war etwas überrascht, als Ana diesen Treffpunkt vorschlug, sie hätte nicht gedacht, dass das *Klippo* immer noch eine angesagte Location war.

Das Interieur der Kneipe hatte sich seit ihrem letzten Besuch nicht verändert, nur etwas Patina angesetzt. Es gab immer noch die in unterschiedlichen Farben gestrichenen Wände, an denen Bierwerbung aufgehängt war, die biederen Stühle aus lackiertem Teakholz mit passenden Tischen, die eher in das Esszimmer ihrer Großeltern gepasst hätten, und auch der Billardtisch stand noch da, wo er immer gestanden hatte. Der Geruch nach abgestandenem Rauch, verschüttetem Bier und Staub erinnerte Agatha an Abende mit philosophischen Gesprächen und alkoholischen Abstürzen.

Es war nicht viel los in der Kneipe, dafür war es noch zu früh am Abend. Ana und Enno saßen an einem der Fensterplätze, vor sich jeweils ein Glas, in dem Cola oder ein Mischgetränk sein konnte.

»Hallo, ich sehe, wir sind zu dritt?« Agatha setzte sich ihnen gegenüber.

»Stört Sie das?« Ana war deutlich schnippischer als vorhin am Telefon, und Agatha hätte gern gewusst, was Enno ihr vor diesem Treffen als Marschroute mitgegeben hatte.

»Wenn Ihnen das nicht passt, dann können wir das auch gleich lassen«, erklärte Enno, und damit war die Frage nach der Marschroute recht klar. »Schon gut, ich wollte einfach nur eure Hilfe, wir können das kurz halten.« Agatha wollte gerade den Brief aus der Tasche ziehen, als der Kellner an den Tisch trat.

»Weißt du schon, was du trinken willst?«

»Ich bleibe nicht lange, danke.« Er verstand und war schon wieder Richtung Bar unterwegs, als Agatha den Brief in der durchsichtigen Tüte auf den Tisch legte. »Ich habe Post bekommen. Also eigentlich lag das hier im Briefkasten meines Vaters, deshalb bin ich ziemlich sicher, dass das von jemandem kommt, der zwar weiß, dass ich über den *Seeterrassen* wohne, aber nicht, dass mein Vater im selben Haus lebt. Da nimmt man dann einfach den ersten Kasten, an dem *Christensen* steht.«

Enno wollte den Brief nehmen, aber Agatha ließ ihre Hand auf der Tüte liegen.

»Was wird das denn jetzt? So ein Psycho-Ding? Ich hab noch was vor heute.«

Ana sagte nichts. Agatha vermutete, dass sie sich unwohl fühlte oder sogar Angst hatte. Sie fragte sich, wieso dieses nette Mädchen mit einem Typen wie Enno zusammen war. Einem, der schon strafrechtlich in Erscheinung getreten war, der Drogen vertickte, dessen Biografie allen Anlass zu der Vermutung gab, dass seine Karriere früher oder später, vermutlich eher früher als später, im Strafvollzug enden würde? Was war an so einem Typen anziehend? Obwohl. Agatha musste an Bonnie und Clyde denken. Vielleicht hatten diese Männer mit krimineller Energie ja was an sich, was Agatha nicht sah.

»Also, was jetzt? Wollen Sie Hilfe oder nicht?«, fragte Enno und trank einen Schluck.

Agatha nahm die Hand von dem anonymen Brief und drehte ihn so, dass die beiden ihn lesen konnten. Ana wurde eine Spur blasser, es war nicht zu übersehen, dass der Text sie verunsicherte, sie schaute immer wieder vom Brief zu Enno und zurück. Enno gab sich cool und unbeteiligt, nahm sein Glas und trank es in einem Zug leer.

»Keine Ahnung, was das soll und wie wir Ihnen da helfen könnten. Ich hol mir noch mal was zu trinken, willst du auch noch was?« Ana schüttelte den Kopf, murmelte ein *Nein, danke* und sah ihm nach, wie er breitbeinig zur Bar stiefelte.

»Er ist nicht so, wie Sie denken«, flüsterte Ana.

»So, was denke ich denn, wie er ist?«

»Na, ich gebe ja zu, dass er aussieht, als würde er jemandem, der Stress macht, gleich aufs Maul hauen, aber ich kenne ihn.« Ana lächelte ihrem Freund hinterher, der inzwischen telefonierte, und wandte sich dann wieder an Agatha.

»Niemand weiß, dass Enno sich sehr liebevoll um seine Oma kümmert. Das wäre ihm peinlich vor den anderen. Seinen Eltern ist die alte Dame komplett egal, und Enno fährt jeden Tag vor der Schule hin und hilft ihr in die Thrombosestrümpfe, er kauft für sie ein und macht ihre Wohnung sauber. Sie hat eine wahnsinnig mickrige Rente, und Enno verzichtet auf einiges, um ihr hin und wieder eine Freude zu machen.«

»Ana, ich bin nicht hier, um dir zu sagen, mit wem du zusammen sein sollst und mit wem nicht.«

»Ich dachte, mein Bruder hat Sie deswegen zu mir geschickt.«

»Wenn Enno nicht der Richtige für dich ist, dann merkst du das sicher selber. Dein Bruder weiß, dass du deinen eigenen Kopf hast und dir nichts sagen lässt. Schon gar nicht von ihm.«

»Was wollen Sie dann?«

»Hat Enno die Drogen gefunden? Die von dem Frachtschiff?«

Ana blickte zu Enno, der noch immer telefonierte, dann zu Agatha. Sagte nichts.

»Okay. Dann zu dem Brief. Fällt dir etwas auf?«

Ana beugte sich über den Tisch und studierte erneut den Brief. »Sieht aus wie die Schrift aus einem Barbie-Magazin«, sagte sie dann. »Ditha und ich haben die früher abwechselnd gekauft und uns gegenseitig ausgeliehen, als wir noch kleiner waren.«

Enno kam an den Tisch zurück.

»Mit wem hast du gesprochen?«, wollte Ana wissen.

»Nur kurz mit Momme, wir treffen uns gleich.« Er versuchte, einen beiläufigen Ton anzuschlagen, was ihm allerdings misslang.

Agatha war jetzt sicher: Ana hatte den Brief nicht geschrieben, dazu war sie zu erstaunt, als Agatha ihn auf den Tisch gelegt hatte. Außerdem hatte Ana den Brief Wort für Wort gelesen, weil der Text ihr unbekannt war. Agatha hatte ihre Augenbewegung verfolgt.

Enno und Momme hatten vermutlich nie das Barbie-Magazin gelesen. Oder eines bei Ana oder Ditha gefunden, um es dann an sich zu nehmen und daraus den Brief zusammenzubasteln. Blieb also nur noch Ditha.

55

Freitag, früher Abend

»Wir müssen sie gehen lassen, oder?« Nach einem letzten Zug warf Gesche die Zigarette auf den Boden, trat sie aus und steckte die Kippe danach in die Hosentasche. Fröstelnd schlang sie die Arme um sich.

»Wenn nicht plötzlich von irgendwoher eine Tatwaffe mit ihren Fingerabdrücken auftaucht, fürchte ich, haben wir keine Chance, sie weiter festzuhalten. Allein die Abdrücke am Hals mit dem fehlenden Finger helfen uns da nicht weiter, gestorben ist Johannes Hollstein an den Messerstichen.«

»Trotzdem muss sie uns die Abdrücke ja wohl erklären. Und das kann sie nicht. Sie sagt ja, sie habe keine Ahnung, wie die Abdrücke an seinen Hals gekommen sind. Aber irgendwie müssen die ja da hingekommen sein. Und es fehlt bei den Abdrücken genau das Fingerglied, das ihr auch fehlt.«

»Das ist doch ziemlich eindeutig«, sagte Gesche.

»Ziemlich eindeutig und ziemlich dumm. Zu dumm.«

»Wie meinst du das?«

»Helene Hollstein ist politisch so weit gekommen, weil sie strategisch denken kann. Weil sie schlau ist. Weil sie weniger Fehler macht als andere. Und Spuren auf dem Körper ihres Mannes zu hinterlassen, die eindeutig zu ihr führen, ist ziemlich dumm. Zu dumm.«

Gesche zuckte mit den Achseln. »Das war eine emotionale Ausnahmesituation für sie. Da geht man nicht immer logisch vor. Und schon gar nicht überlegt.«

»*Man* vielleicht nicht, aber wenn Helene Hollstein ihren Mann hätte umbringen wollen, dann hätte sie sich vorher Gedanken gemacht. Die Tat deutet nicht darauf hin, dass sich der Mörder Gedanken gemacht hat, sondern klingt eher nach einer planlosen Sache, die sich irgendwie ergeben hat, um es mal etwas lapidar auszudrücken. Aber vielleicht verrenne ich mich da jetzt auch in etwas. Mach du mal mit dem Verhör weiter.«

Sie gingen durch den Hintereingang zurück ins Haus, nahmen den Fahrstuhl in den zweiten Stock, wo ihnen auf dem Gang Antonella begegnete, die sie mit ausgebreiteten Armen stoppte. »Wartet mal, ich hab da was für euch. Ich weiß, soll man nicht, aber ich konnte gar nicht anders, als der Hollstein und ihrem Anwalt zuzuhören, als ich Getränke gebracht habe. Die haben sich auch nicht besonders bemüht, leise zu sprechen. Wahrscheinlich werden sie euch das sowieso gleich sagen.«

Sie vergewisserte sich der Aufmerksamkeit der Kollegen, bevor sie berichtete. »Sie hat ihren Mann nicht umgebracht, aber sie weiß, wer den Mediator umgebracht hat. Und sie will es uns mitteilen, aber nur, wenn ihr Name außen vor bleibt.«

Gesche bekam vor Aufregung ganz rote Bäckchen.

Victor nickte Gesche zu. »Deine Chance, ich bin gespannt.«

Antonella folgte ihm in den Beobachtungsraum, und sie sahen Gesche dabei zu, wie sie mit einem breiten Lächeln in den Befragungsraum eintrat, freundlich grüßte und die Tür hinter sich schloss. Sie setzte sich nicht, sondern blieb vor dem Tisch stehen, an dem Helene Hollstein und ihr Anwalt jeweils vor einem Glas Wasser saßen.

»Ich würde Sie gerne langsam mal nach Hause schicken«, erklärte Gesche, immer noch lächelnd. »Ist ja auch schon echt spät, und Sie sind bestimmt ganz schön kaputt nach all der Aufregung in den vergangenen Tagen.«

Die Bürgermeisterin wirkte irritiert, schaute zu ihrem Anwalt, der lächelnd den Kopf schüttelte. »Sie können Sie nicht hierbehalten. Paragraf 127 Absatz 1 Strafprozessordnung. Eine Person darf so lange festgehalten werden, bis die Prüfung eines Haftgrundes abgeschlossen ist. Maximal 24 Stunden.«

Gesche setzte sich auf die Tischkante, sehr nah an die Bürgermeisterin, und legte ihr eine Hand auf den Arm.

»Haben Sie denn noch etwas Wichtiges zu sagen, das wir wissen sollten, was uns bei den Ermittlungen helfen kann?«

Hollstein schaute erst ihren Anwalt an, dann Gesche.

»Würden Sie sich bitte wieder setzen? Ich möchte nicht ständig zu Ihnen aufsehen müssen.«

Gesche nahm die Hand vom Arm der Bürgermeisterin und setzte sich.

Helene Hollstein starrte auf den Tisch, sammelte sich offenbar, wandte sich dann an ihren Anwalt. »Ich kann nur sehr hoffen, dass es stimmt, was Sie mir vorhin erzählt haben.« Dann drehte sie sich zu Gesche, legte die Hände so übereinander, dass die mit dem fehlenden Fingerglied verdeckt wurde. »Mein Anwalt meint, es wäre gut für mich, wenn ich Ihnen alles sage, was ich weiß. Und ich möchte darauf hinweisen, dass ich keine Beweise habe, sondern nur das weitergebe, was mir selbst erzählt wurde. Von Jo, also Johannes. Von meinem Mann.« Gesche sagte nichts.

»Es war ein Unfall, hat er gesagt. Johannes wollte das nicht. Er war wütend ...«

Helene Hollstein tauschte einen weiteren Blick mit ihrem Anwalt, bevor sie fortfuhr. »Johannes hatte herausgefunden, dass mich mit Gunther schon seit Langem mehr verbindet als eine bloße Freundschaft. Er hat mir gesagt, dass er sich mit Gunther in der Deichstraße getroffen hat, Johannes wollte nur mit ihm reden. Ihn darum bitten, Abstand zu mir zu halten, die Beziehung zu beenden. Aber wirklich nur reden. Und dann haben sie sich ziemlich gestritten und wieder vertragen. Gunther wollte Johannes noch ein Stück begleiten und dann ... waren Sie mal an der Wohnung von Gunther, haben Sie mal gesehen, wie es da aussieht?«

Gesche nickte. »Gute Lage, schöne Wohnung.«

»Das meine ich nicht. Da ist diese hohe Stufe, eigentlich mehr ein Absatz. Früher war in dem Haus ein Lager, und die alte Rampe zum Entladen hat man einfach stehen gelassen, die Nachbarn von Gunther haben sich da sogar einen Strandkorb hingestellt.«

Gesche lächelte. Victor war sich sicher, dass es sie genauso wenig wie ihn interessierte, ob ein Strandkorb auf der Rampe stand. Und als hätte sie seine Gedanken gelesen, lenkte Gesche die Bürgermeisterin wieder zurück zu den interessanten Details.

»Und was hat es mit dieser Rampe auf sich?«

»Gunther ist gestürzt. Genau auf die Kante dieser Rampe. Die ist mit Metall verkleidet. Er ist einfach liegen geblieben und hat sich nicht mehr bewegt.«

»Wieso ist er gestürzt? Hat Ihr Mann Ihnen das auch gesagt?«

»Ach, das war wohl so ein kumpeliges Getue, mehr so ein freundliches Anrempeln ...«

»Und das haben Sie Ihrem Mann geglaubt?«, fragte Gesche.

»Ja. Warum hätte er da lügen sollen?«

»Wann hat Ihr Mann Ihnen das erzählt?«, hakte Gesche nach.

»Am Abend, bevor er … bevor mein Mann tot aufgefunden wurde. Johannes war vollkommen kopflos, Gunther hat sich nicht gerührt, und Jo wusste nicht, was er machen sollte, dachte, dass Gunther tot sei, deshalb wollte er ihn im Meer verschwinden lassen. Und hat ihm vorher eine Badehose angezogen, die er in seinem Schrank gefunden hat. Wenn Gunther dann wieder … also … auftaucht …, dann würden alle denken, ein Schwimmer hätte vielleicht seine Kraft falsch eingeschätzt und sei ertrunken. Johannes war wie ferngesteuert an diesem Abend.« Sie fing an zu schluchzen.

»*What the fuck!*«, brach es aus Antonella heraus, die wie hypnotisiert auf die Szene starrte. Auch Victor konnte kaum fassen, was er da gerade gehört hatte.

»Ihr Ehemann hat zugegeben, Gunther Fluth getötet zu haben?«, fragte Gesche.

Helene Hollstein war in sich zusammengesunken, weinte und nahm dankbar das Stofftaschentuch an, das der Anwalt ihr reichte. Sie nickte, schnaubte in das Tuch, wischte sich mit der Hand über die Augen und hatte sich dann genauso plötzlich, wie der Ausbruch begonnen hatte, wieder unter Kontrolle. »Ja, so war es. Ich habe einen Verdacht geäußert, und Johannes hat mir dann erzählt, wie der Abend abgelaufen ist. Er wusste nicht, dass der Sturz nicht tödlich war.«

»Und dann waren Sie so wütend auf Ihren Mann, dass Sie ihn erstochen haben«, stellte Gesche fest.

Die Bürgermeisterin stand abrupt auf. »Ich bringe doch meinen eigenen Ehemann nicht um«, schrie sie. »Ja, man streitet sich mal, aber ich ermorde ihn doch deswegen nicht. Wir hätten das schon irgendwie hinbekommen.«

»Mit *das* meinen Sie, Sie hätten zusammen mit Ihrem Mann einen Mord vertuscht?«

»Helene, ich muss dich wirklich dringend ermahnen, jetzt nichts mehr zu sagen.« Der Anwalt war ebenfalls aufgestanden und griff nach dem Oberarm von Helene Hollstein, die wie auf Knopfdruck verstummte.

»Wenn Sie keine eindeutigen Beweise haben, dann können Sie meine Mandantin nicht länger festhalten.« Das Lächeln in Gesches Miene erlosch, als der Anwalt damit anfing, seine Papiere in die Aktentasche zu sortieren.

»Bekommen wir einen Haftbefehl für Helene Hollstein? Für den Mord an ihrem Mann?«, wollte Antonella von Victor wissen.

»Eher nicht, wir brauchen dieses verdammte Messer, mit dem Johannes Hollstein erstochen wurde.«

»Also kann sie jetzt einfach gehen?«

Sie schauten dem Anwalt dabei zu, wie er Helene Hollstein an den Arm nahm und aus dem Verhörraum begleitete. In der Tür drehte sich Hollstein noch einmal zu Gesche um. »Können Sie sicherstellen, dass niemand etwas von meiner Aussage erfährt? Ich meine außerhalb der Polizei.«

Gesche sagte nichts, schien nachzudenken.

Hollstein winkte ab. »Ich sehe schon. Ist eigentlich auch egal. Die Leute erfahren es sowieso früher oder später.«

Kurz darauf waren die klackernden Absätze der Oberbürgermeisterin zu hören, die sich langsam entfernten.

»Ich muss hier erst mal raus, bisschen Luft holen. Lass uns Feierabend machen und morgen frisch anfangen.« Victor schaltete frustriert die Monitore und das Aufnahmegerät ab.

Antonella packte ihren Laptop in einen Rucksack. »Morgen früh kommt die Tante vom LKA zur Soko-Sitzung, oder?«

»Ja, wie könnte ich das vergessen.« Victor steckte sein Handy in die Tasche, holte seine Jacke und seinen Autoschlüssel aus dem Büro und machte sich auf den Weg ans Wasser. Er brauchte jetzt einen längeren Spaziergang an der Nordsee, um den Kopf freizubekommen.

56

Sonnabendmorgen

Plötzlich einsetzender, geradezu sturzbachartiger Regen hatte Agatha am Abend den Plan, Ditha einen Besuch abzustatten, gründlich verdorben. Klatschnass war sie nach dem Treffen mit Ana und Enno in ihrer Wohnung angekommen und nach einer heißen Dusche sofort ins Bett gefallen.

Heute Mittag um Viertel vor zwölf stand das alljährliche Knieper-Essen ihres Vaters auf dem Programm. Einmal im Jahr wurden Freunde zu einer Tour auf das Schiff eingeladen, und im großen Salon der *Helgoland* fand sich dann alles ein, was in Cuxhaven Rang und Namen hatte, kurz bevor die Knieper-Saison Anfang Oktober zu Ende ging. Die Scheren der Taschenkrebse waren auf Helgoland eine Spezialität. Eigentlich Beifang der Hummerfischerei, gehörten die Kneifer zur Insel wie die Lange Anna und der Lummenfelsen. Und genau wie auf der Insel gab es auch auf dem Schiff traditionell Baguette und Dips dazu.

Ihr gestriger Plan trieb Agatha aus dem Bett, sie hatte noch einiges vorzubereiten, bevor es an Bord ging.

Sie schickte ihrem Vater eine Nachricht, um ihm zu erklären, dass sie sich erst am Schiff treffen würden, weil sie noch etwas zu erledigen hatte, dann stieg sie auf ihr Rennrad und fuhr Richtung Lotsenviertel.

Sie kannte die Schwester von Ditha, Merete Pörksen war mit ihr in die Grundschule gegangen, deshalb wusste sie, wo die Familie wohnte. Bei irgendeiner Geburtstagsfeier hatten sie mal das Pinguin-Museum ein paar Häuser weiter besucht. Merete hatte damit angegeben, dass es das einzige Pinguin-Museum der Welt sei und dass man mindestens viertausend dieser Tiere dort sehen konnte. Tatsächlich gab es dann nicht nur Stofftiere, sondern auch Pinguin-Figuren in allen erdenklichen Größen und ausführliche Informationen über das Leben der unterschiedlichen Pinguin-Arten. Rieke Häbeling war damals auch dabei gewesen, vielleicht hatte jener Besuch ja auch dazu beigetragen, dass sie politisch bei den Grünen gelandet war.

Das Haus in der Schillerstraße lag zwischen einer Bar und einer Tierarztpraxis und sah verlassen aus. Als Agatha ihr Fahrrad an einen Laternenpfahl anschloss, kamen Meretes Eltern aus dem Haus, fröhlich miteinander plaudernd, die Mutter mit einem Einkaufskorb, der Vater mit einem leeren Bierkasten. Sie stiegen in den am Straßenrand geparkten VW und waren kurz darauf verschwunden. Besser konnte es ja gar nicht laufen, dachte Agatha. Neben dem Haus standen in einem kleinen Verschlag die Mülltonnen, in die sie zunächst einen Blick warf. Dann ging sie zur Haustür und klingelte Sturm. Als Schülerin hätte sie um diese Zeit an einem Sonnabend ganz sicher noch im Bett gelegen. Als sie nach einer kurzen Pause erneut den Daumen auf die Klingel legen wollte, wurde die Haustür aufgerissen. »Ja, ja, ja, was ist denn los, ich bin doch …«

»Guten Morgen, Ditha.«

Ein Pyjama mit rosa Herzchen auf dunkelblauem Grund, ungekämmte Haare und ein verschlafener Blick verrieten, dass das Mädchen ganz sicher direkt aus dem Bett kam.

Agatha zog den Brief aus der Tasche und hielt ihn Ditha vor die Nase. »Ich würde gerne wissen, was du darüber weißt.«

»Hä? Was soll denn das, wer sind Sie überhaupt? Ich muss mit Ihnen gar nicht reden. Hauen Sie ab, sonst hole ich meinen Vater.« Sie machte Anstalten, die Tür zu schließen, aber Agatha hatte damit gerechnet und bereits ihren Fuß dazwischengestellt.

»Du weißt sehr genau, wer ich bin, und deine Eltern sind eben zum Einkaufen gefahren.« Sie schob die Tür mit der Hand weiter auf. »Du hast jetzt genau zwei Möglichkeiten: Du kannst mir entweder erzählen, was du über diesen Drogenfund weißt, oder ich gebe den anonymen Brief an die Polizei weiter, die dann offizielle Ermittlungen einleitet. Was ist dir lieber?«

»Keine Ahnung, was Ihr Problem ist.«

Ditha schlang die Arme um sich, vielleicht war ihr kalt.

»Du hast diesen Brief aus irgendwelchen alten Mädchen-Zeitschriften zusammengestückelt, die Reste liegen in eurer Altpapiertonne.« Agatha deutete hinter sich. »Ich könnte mir jetzt die Mühe machen und die Hefte da herausklauben und damit beweisen, dass genau die Worte und Buchstaben fehlen, die du hier auf das Papier geklebt hast.«

»Sie dürfen gar nicht in unserem Müll wühlen, das ist privat.«

»Ditha, du hast den Namen Barbiele da reingeklebt, damit kannst du nur Enno meinen, sonst gibt's niemanden mit dem Nachnamen hier in Cuxhaven, den du kennen könntest. Also, was weißt du über diese Drogen?«

»Gar nichts. Tschüss.« Sie schob die Tür so fest gegen Agathas Fuß, dass sie ihn herausziehen musste, wenn sie sich nicht verletzen wollte. »So einfach ist das nicht«, rief sie durch die geschlossene Tür. Sie war sicher, dass Ditha noch dahinterstand. »Ich werde herausfinden, was da los ist und was du damit zu tun hast, da kannst du sicher sein.« Wütend trat sie gegen die Tür. Das hatte sie sich einfacher vorgestellt.

57

Sonnabendvormittag

Chantal Heither vom Landeskriminalamt war gleich nach Bertil und Gesche eingetroffen, hatte sich den beiden vorgestellt und sich dann mit Stiften, Notizbuch und einem Block am Kopfende des großen Tisches ausgebreitet.

In der Mitte standen Wasserflaschen mit und ohne Kohlensäure, eine weiße und eine schwarze Thermoskanne, beschriftet mit »Kaffee« und »Tee«. In der einen eine Flüssigkeit, die an Filterkaffee erinnerte, in der anderen heißes Wasser, zum Aufgießen der ebenfalls bereitgestellten Teebeutel. Oder man hieß Bertil und nahm sich eine Tasse und heißes Wasser, ohne einen Teebeutel hineinzuhängen.

Chantal Heither verfolgte diese Prozedur aufmerksam, was Bertil nicht verborgen blieb. »Ich mag keinen Tee, Kaffee darf ich nicht so viel trinken, Herzrasen. Und von den lütten Kohlensäureperlen im Mineralwasser muss ich dauernd aufs Klo.«

»Interessiert die Kollegin vom LKA sicherlich brennend«, bemerkte Gesche.

Chantal Heither lächelte. »Geht so«, sagte sie dann.

Nach und nach kamen die anderen Kollegen der Soko dazu: Der müde wirkende Maik aus der Kriminaltechnik rollte neben das geöffnete Fenster, der Rechtsmediziner Henk Dibbersen, Antonella Faruggio, die einen grünen Smoothie vor sich auf den Tisch stellte, und schließlich Lars Pullmann. Zur Begrüßung wurden Kopfnicken und kleine Sticheleien ausgetauscht. Der Chef nahm gar nicht erst Platz, sondern begann augenblicklich mit seiner Agenda. »Moin, Kollegen, schön, dass ihr es alle einrichten konntet. Ich darf euch Chantal Heither vom LKA vorstellen. Sie ist Expertin für die Operative Fallanalyse und …«

»Sag mal, Lars, wollen wir nicht auf Victor warten?«, fragte Gesche.

Lars schaute in die Gesichter der Anwesenden und musste feststellen, dass Victor tatsächlich nicht unter ihnen war. Dann sah er auf die Uhr.

»Der Termin war ja allen bekannt«, erklärte er in Richtung von Gesche und setzte seine Ansprache fort.

»Also noch mal: Chantal Heither vom LKA Niedersachsen. Sie ist eine erfahrene Profilerin und wird die Sonderkommission unterstützen. Bitte schön.«

»Vielen Dank, Lars. Schönen guten Morgen auch an die, denen ich mich noch nicht vorgestellt habe. Ich bin Kriminalhauptkommissarin in Hannover. ›Profilerin‹ sage ich nicht so gern, da denken immer alle an amerikanische Krimis und *Das Schweigen der Lämmer*. Ich bevorzuge die Bezeichnung ›polizeiliche Fallanalyse‹. Und ich arbeite nicht allein, sondern im Team und kann meine Kollegen in Hannover jederzeit einbinden.«

»Wo ist da der Unterschied zwischen Profiler und Fallanalytiker?«, fragte Antonella interessiert und nippte an ihrem giftgrünen Getränk.

»Schön, dass du fragst. Da können wir gleich das nächste Missverständnis klären. Wir erstellen nicht ausschließlich Täterprofile, sondern analysieren Kriminalfälle. Wir haben bei der Fallanalyse verschiedene Methoden, um die Infos und Daten, die wir haben, zu verarbeiten. Heißt dann: ermittlungsunterstützende Hinweise erarbeiten. Aber wir versuchen auch, so etwas wie einen psychologischen Fingerabdruck des Täters zu erstellen. Oder der Täterin, je nachdem.«

»Also, du analysierst die Mordopfer und kannst uns dann sagen, wer der Mörder war?«, fragte Bertil und grinste.

»Bertil, geht's noch ein bisschen plumper?« Lars war der Einwurf sichtlich peinlich. Aber Chantal Heither ging darüber hinweg. »Wenn es gut läuft, dann hoffe ich, dass genau das passiert. Natürlich werden unsere Methoden am Ende keinen Namen ausspucken, aber wir können den Typus eingrenzen. Also zum Beispiel Alter, Geschlecht, soziales Umfeld. Das wiederum kann dann unter Umständen sehr schnell zu einem Namen führen. Ich kann mir vorstellen, dass das für einige von euch etwas esoterisch klingt. Aber man könnte auch sagen, wir haben einfach einen anderen Blick auf die Fälle. Wir schauen nicht immer unbedingt und ausschließlich auf die Beweislage, sondern auf das psychologische Profil des Täters. Das hilft mitunter schon dabei, Spuren zu finden, die ansonsten vielleicht übersehen worden wären. In der Fallanalyse ist die Frage nach dem *Warum* immer die Ausgangsfrage. Nicht *wer*, sondern *welches Motiv* hat zur Tat geführt. Meistens gibt es sechs Möglichkeiten.« Sie zählte sie an den Fingern ab: »Eifersucht, Geldgier, Lust, Langeweile, Ausgrenzung, Fanatismus. Alles möglich. Wir gucken auf Details, die euch oft nicht so wichtig erscheinen, oder wir finden Verbindungen zwischen Fällen, die vielleicht nicht sofort klar zu erkennen sind. Lars hat mir gesagt, dass das bei euch auch sein könnte. Dass zwischen den beiden Morden ein Zusammenhang besteht. Aber, um auch das noch einmal ganz deutlich zu sagen: Ich bin als Beraterin hier, nicht als Ermittlerin.«

Lars sah in die Runde. »Gibt es Fragen?«

Gesche zeigte auf. »Du hast ja die ersten Ergebnisse unserer Ermittlungen wahrscheinlich schon gelesen.«

Chantal strich sich eine Haarsträhne aus dem Gesicht und nickte.

»Und wie stellen sich die Morde aus deiner Sicht dar?«

»Ich möchte mich nicht festlegen, dazu bin ich noch nicht tief genug in eure Berichte eingetaucht, aber wir können wohl sehr sicher von zwei Tätern ausgehen. Zumal mir Lars bereits mitgeteilt hat, dass die Bürgermeisterin ihren Mann als Mörder von Gunther Fluth belastet hat. Sollte das zutreffen, wird er sich ja nicht selbst ein Messer mehrfach in die Brust gestoßen haben.«

Nun landete die renitente Haarsträhne hinter dem Ohr. »Und ich bin mir fast sicher, dass der Mörder auch im zweiten Fall sein Opfer gekannt hat.«

»Aber ein Messer ist ja keine Pistole, mit dem ich auf Entfernungen treffe. Damit muss ich doch *immer* nah an das Opfer ran, es sei denn, ich bin im Zirkus ausgebildet worden«, warf Bertil ein.

»Ja, natürlich.« Chantal ließ sich nicht beirren. »Aber wenn ein Fremder mich mit einer Klinge bedroht, dann sehe ich zu, dass ich Land gewinne. Wenn aber jemand, den ich kenne oder sogar mag, auf mich zutritt, dann vermute ich ja nicht, dass der mir etwas antun will oder sogar ein Messer in der Tasche hat. Die Stiche lassen erkennen, dass keine große Kraft aufgewendet werden musste, also war kaum Luft zwischen den Körpern, Täter und Opfer standen dicht beieinander. Die Einstichwinkel legen nahe, dass Täter und Opfer sich berührt haben. Es hat keinen Kampf gegeben, das bestätigen auch die Untersuchungsergebnisse der Rechtsmedizin. Keine Abwehrspuren an der Leiche. Das war's.«

Lars räusperte sich. »Sonst noch Fragen?«

Niemand meldete sich. »Ich weiß, dass ihr alle unter enormem Stress steht. Deshalb ist Chantal hier, sie wird uns unterstützen. Antonella zeigt dir gleich deinen Schreibtisch, Chantal. Gibt es sonst noch etwas, das wir dringend besprechen sollten? Neuigkeiten?«

Alle in der Runde wirkten plötzlich sehr beschäftigt. Schauten auf ihre Handys, in ihre Tassen oder auf den Tisch.

»Ja, dann haut rein, Leute.« Lars wandte sich noch einmal an Heither. »Gut, dann noch mal herzlich willkommen im Team. Victor Carvalho ist der leitende Ermittler, er bringt dich dann auf Stand.« Lars atmete tief durch. »Wenn er denn mal vorbeischaut.«

Victor stieg die wenigen Stufen von Jettes Bäckerei hinunter auf den Fußweg. Er wollte eigentlich nur Brötchen kaufen, hatte sich dann aber doch auf einen Kaffee von Cornelius überreden lassen und sich festgequatscht. Nun saß er wieder im Wagen, nahm sein Handy aus dem Handschuhfach und sah zwei fast identische Nachrichten von Antonella und Gesche.

»Scheiße, die Soko-Sitzung.« Victor sah auf die Uhr, dann schlug er mit den flachen Händen auf das Lenkrad. Noch mal. Und noch mal. Dann dreimal in schneller Folge.

Erneuter Blick auf die Uhr. Bis er zurück in der Dienststelle war, würde eine Viertelstunde vergehen, es war jetzt kurz vor elf. Wahrscheinlich war die Sitzung ohnehin schon beendet. Als Victor einfiel, dass heute früh die Kollegin vom LKA vorgestellt werden sollte, schlug er erneut auf das Lenkrad. Es lief einfach nicht rund.

58

Sonnabendmittag

Die Gangway vom Anleger zur *Helgoland* war mit Luftballons geschmückt, und es wehte ein *Herzlich-willkommen*-Schild im Wind. Mit einem dicken Filzstift hatte jemand *Dirks Knieper-Essen* daruntergekritzelt.

Agatha lehnte an einem Metallkasten, stützte sich auf die Absperrung und genoss den Blick aufs Meer. Das Wetter war ideal für einen Ausflug. Gewöhnlich dauerte die Überfahrt nach Helgoland etwa zweieinhalb Stunden, aber heute würden sie einfach nur eine Weile auf See sein, essen, trinken, reden und dann wieder in Cuxhaven festmachen.

Pastellfarbene Wolkenfetzen schoben sich an der Horizontlinie übereinander wie auf einem Bild von Gerhard Richter. In der dunkleren Wolkenformation über der Wohnwagen-Kolonie auf der Platte war noch ein dünner Regenbogen zu erkennen, während Richtung Jachthafen schon die Sonne durch die Wolken blinzelte. Möwen ließen sich auf der sanften Brise treiben, die Flügel ausgebreitet schwebten sie in großen Kreisen zwischen Festland und Meer. Das musste fantastisch sein, stellte Agatha sich vor, einfach mal über allem schweben, sich um nichts sorgen und dann und wann ein Fischbrötchen aus der Hand eines Touristen stibitzen.

Agatha zuckte zusammen, als jemand ihr von hinten auf die Schulter tippte.

»Christian, hast du mich erschreckt. Was machst du denn hier?«

Sie spürte, wie ihr die Röte ins Gesicht stieg, als der lächelnde Seenotretter vor ihr stand.

»Dein Vater hat mich eingeladen mitzukommen. Ich liebe Knieper, bin ja auf Helgoland aufgewachsen, wollte mal sehen, ob die das auf dem Schiff so gut hinkriegen wie meine Mutter.«

»Ach, echt, du bist auf Helgoland aufgewachsen, das wusste ich gar nicht. Hast du noch Dienst heute?«

»Nee, ich habe eine ganze Woche frei. Wobei ich wirklich gerne arbeite, eigentlich bräuchte ich gar keinen Urlaub.«

»Ich wünschte, das könnte ich auch sagen.«

»So schlimm?«

»Ach nee, nicht schlimm.« Agatha seufzte. »Aber als ich diesen Toten gefunden habe, da hab ich halt gedacht, ich bekomme die Chance, bei einem richtig großen Fall mitzuarbeiten. Wasserschutz ist toll. Aber nur Wasserschutz ist vielleicht auf Dauer ein bisschen wenig.«

Christian nickte einer Frau zu, die den Steg betrat. Er senkte die Stimme. »Dein Kollege von der Kripo lässt sich nicht so gerne in die Suppe spucken, oder?«

Agatha lächelte, sagte nichts.

»Bist du dir sicher, dass dich das zufriedener machen würde, wenn du bei deiner Arbeit mehr ermitteln könntest? Ich meine, es ist ja nicht so wie im Fernsehen, wo alle Fälle irgendwie gut ausgehen.«

»Das weiß ich auch.«

»Ich stell mir das entsetzlich vor, du musst ja quasi in den Kopf von Verbrechern reinkriechen, von Mördern. Das macht doch etwas mit einem. Hast du davor keine Angst? Also dass das was mit dir macht?«

»Nein«, antwortete Agatha bestimmt, ohne zu wissen, ob das nicht vielleicht gelogen war.

Agatha schaute auf die Uhr, in etwa zehn Minuten würde die *Helgoland* ablegen. »Lass uns an Bord gehen. Mein Vater legt pünktlich ab, da macht er nicht einmal für mich eine Ausnahme.«

Der *Untere Salon* der Fähre war erfüllt von Stimmengewirr und unterschiedlichen Gerüchen. Leichtes Damenparfüm kämpfte gegen den schwereren Fischgeruch an. Die gefüllten Kaffeetassen auf den Tabletts der Stewards rundeten das Aroma ab.

»Oha, hier ist ja schon ganz schön was los. Weißt du, wo ich sitze? Und wo ist dein Vater?«

»So viele Fragen.« Agatha schaute sich um. »Mein Vater kommt erst nach dem Ablegen dazu, der ist noch auf der Brücke. Das Auslaufen würde er sich nicht nehmen lassen. Und ich habe keine Ahnung, wo du sitzt. Da musst du wohl mal gucken, wo dein Name steht. Auf den Tischplatten sind kleine Aufkleber.«

Christian wirkte enttäuscht, was Agatha ein bisschen freute. Hatte er gehofft, mit ihr an einem Tisch zu sitzen?

»Ich schau mal ein bisschen rum, und dann sehen wir uns auf jeden Fall noch, ja? Bisschen quatschen.«

»Super.« Christian machte sich auf den Weg an einen der runden Tische, um die jeweils vier bis acht dunkelblau bezogene Stühle gruppiert waren. Der Hundertjährige saß mit Jette und drei älteren Damen zusammen und wirkte sehr zufrieden. Neben Enak und Bertil waren noch mehrere Stühle frei.

Am Kapitänstisch saß nicht nur ihr Chef Hans Itjen, sondern zu ihrer Überraschung auch die Bürgermeisterin Helene Hollstein, und zwar zwischen Holger Martini und diesem Typen von der *Vorig*. Während Agatha sich noch fragte, was ihr Vater mit dem Geschäftsführer des Energieunternehmens zu tun hatte, winkte Rieke Häbeling ihr zu. »Agatha, hier sind wir.«

»Rieke, wie schön, dass du kommen konntest.« Sie ließ sich neben ihre alte Schulkameradin auf einen Stuhl sinken und nickte in die Runde der mehr oder weniger bekannten Gesichter.

Das vom Steward angebotene Glas Sekt lehnte sie ab und griff nach einer Flasche Wasser.

»Was bist du denn für eine Spaßbremse?«, fragte Rieke.

»Nix Spaßbremse, hab später noch Nachtschicht, und mein Chef wird sich sehr genau angucken, was ich trinke.« Agatha deutete mit ihrem Glas ans Tischende, an dem Hans Itjen in ein Gespräch mit Helene Hollstein vertieft war.

»Ich finde es ein bisschen unsensibel, an so einem Essen teilzunehmen, wenn gerade der eigene Mann ermordet wurde. Aber sie hat gemeint, dieses Knieper-Essen sei wichtig für Cuxhaven, weil sie noch mal die Gelegenheit nutzen will, mit uns allen zu reden. Also mit denen, die auch im Mediationsverfahren dabei waren. Ihr Mann würde ja auch nicht wieder lebendig, wenn sie zu Hause herumsitzt und gar nichts tut.«

»Interessant«, sagte Agatha. Das Tuten der Schiffssirene signalisierte die Abfahrt, was niemanden zu interessieren schien. Die Gespräche gingen weiter, die Bedienungen brachten Körbe mit Baguettescheiben und Schälchen mit Dips.

Rieke beugte sich zu Agatha vor. »Meinst du, ich kann mal auf die Brücke gehen, zu deinem Vater? Ich würde das gern sehen, wie so ein Schiff gesteuert wird.«

Rieke sah sie erwartungsvoll an, Agatha warf einen prüfenden Blick aus dem Fenster. »Ich denke, wir sind inzwischen weit genug vom Anleger weg, das sollte kein Problem sein. Komm, ich bring dich hin.«

Außer Rieke Häbeling stand auch Cem Demirel auf, der das Gespräch offensichtlich verfolgt hatte. »Dann möchte ich auch mit.«

»Du auch, Holger? Besuch auf der Brücke?« Demirel stupste seinen Sitznachbarn an. »Oder bist du noch sauer, weil ich den Kripo-Leuten von deiner missglückten Scheidung erzählt habe?«

Martini erhob sich und murmelte etwas Unverständliches, das mit den Worten »bevor es mit dem Essen losgeht« endete. Agatha übernahm die Führung der kleinen Truppe und ging voraus über Treppen und schmale Gänge bis zur Brücke des Seebäderschiffs.

»Geht ihr schon mal weiter«, sagte Häbeling und stoppte.

Agatha blieb ebenfalls stehen, während die anderen an ihr vorbeigingen. »Ist dir schlecht?«

»Ja, ein wenig. Ich bleibe einfach mal kurz hier stehen. Geh du doch auch schon zu deinem Vater.«

»Quatsch. Ich warte hier auf dich. Einfach tief durchatmen und den Blick geradeaus.«

Häbeling schien unschlüssig, was sie tun sollte. »Ich glaube, es geht auch schon wieder.« Dann setzte sie sich in Bewegung, und die beiden betraten als Letzte die Brücke.

Die Kommandozentrale war eher breit als tief, auf einer ovalen Linie reihte sich Fenster an Fenster, darunter Computer, digitale Messgeräte, Telefon, Sprechfunk, der sogenannte Totmannschalter und ein viergeteilter Bildschirm, der die Aufnahmen der Außenkameras zeigte. Dirk Christensen stand mittig vor den Fenstern, ein Fernglas vor den Augen, das er absetzte, als Vinnie zu bellen anfing.

»Ist gut, Vinnie, alles gut«, beruhigte Agatha das Tier. »Hallo, Papa, ist es okay, wenn ich dir ein paar Gäste bringe?«

»Immer rein in die gute Stube.« Dirk winkte sie in den schmalen Raum. Vinnie kläffte noch einmal kurz, trollte sich dann aber wieder auf seine Decke. Agatha blieb am Eingang stehen und hörte ihrem Vater dabei zu, wie er erklärte, was ein Käpt'n auf so einem Schiff zu tun hatte. Ihr Blick fiel auf das Buch, das neben dem Telefon lag. *Mord im Orient-Express* von Agatha Christie, der Lieblingsautorin ihres Vaters, der sie auch ihren Vornamen verdankte. Sie kannte die Geschichten der Autorin, denn Dirk Christensen hatte keine Gelegenheit ausgelassen, ihr daraus vorzulesen, als sie es selbst noch nicht konnte. Dabei war ihm ziemlich gleichgültig gewesen, ob die Fälle des Hercule Poirot oder von Miss Marple ihrem Alter angemessen waren. Wahrscheinlich hatte deshalb auch sie eine Vorliebe für Krimis entwickelt. Ebenjenes Buch, der *Mord im Orient-Express,* hatte Agatha auf eine Idee gebracht. Denn was Hercule Poirot in einem stehenden Zug in einer Schneewehe gelungen war, das könnte doch hier auch funktionieren. Der Mörder im Orient-Express, das fand der belgische Detektiv sehr schnell heraus, konnte nicht getürmt sein, denn es gab im Schnee keine Fußspuren. Er musste sich also noch im Zug befinden. Und hier war es nun ganz ähnlich: Sie waren weit genug weg von der Küste, niemand konnte verschwinden. Agatha hielt es nämlich nicht für ganz unwahrscheinlich, dass die Mörder von Gunther Fluth und Johannes Hollstein unter den Teilnehmern des Mediationsverfahrens zu finden waren. Oder der Mörder, sollte es sich nur um einen Täter handeln. Sie musste unbedingt mit Victor sprechen und in Erfahrung bringen, ob es da neue Erkenntnisse gab.

Agatha griff nach dem Buch und blätterte scheinbar interessiert darin. »Das musst du doch schon hundertmal gelesen haben«, wandte sie sich an ihren Vater, als er seine Ausführungen zum Steuerstand beendet hatte.

»Ja, aber ich mag es immer noch und versuche, jedes Mal wieder zu vergessen, wer der Täter war. Außerdem liebe ich diesen Poirot.«

Dirk Christensen klatschte in die Hände. »Und nun würde ich vorschlagen, wir gehen runter in den Salon und starten das Essen mit einem Aperitif.«

Gesagt, getan. Wenige Minuten später saßen sie wieder im Salon, und sowohl Rieke als auch Agatha hatten sich nun mit an den Kapitänstisch gesetzt. Nur Helene Hollstein fehlte noch.

»Mir ist da vorhin etwas aufgefallen, als ich das Buch von Agatha Christie gesehen habe. Wir sind hier nämlich in einer ganz ähnlichen Situation wie die Figuren im Orient-Express.« Agatha vergewisserte sich der Aufmerksamkeit aller Anwesenden. »Denn genau wie im Finale des Romans sind hier die möglichen Mörder von Gunther Fluth und Johannes Hollstein versammelt. Nur dass wir nicht im Speisewagen eines Zugs sind, sondern im Salon eines Schiffs.«

»Sag mal, geht's noch?« Holger Martini wischte sich über die große Nase. »Soll das ein Witz sein, oder was?«

»Das würde ich aber auch mal gerne wissen«, pflichtete der Geschäftsführer der *Vorig* ihm bei.

»Und das gehört ja wohl auch nicht hierher«, sagte Dirk Christensen. »Ich denke, wir sollten das gute Essen …«

Agatha brachte ihren Vater mit einem Blick zum Schweigen.

»Ich werde mir das nicht anhören.« Martini machte Anstalten zu gehen, aber Demirel hielt ihn am Ärmel fest. »Nun warte doch mal, das könnte ja ganz spannend werden. Ich jedenfalls habe der Kripo alles gesagt, was ich weiß.«

Rieke Häbeling ergriff das Wort. »Ich weiß gar nicht, ob wir dieses Tribunal hier überhaupt abhalten müssen. Ihr habt doch sicherlich alle die *Cuxhavener Nachrichten* von heute Morgen gelesen.« Sie nahm die Zeitung in die Hand, die auf dem Tisch lag, und las vor. *Cuxhavener Oberbürgermeisterin des Mordes an zwei Männern überführt?* lautete die Schlagzeile, und darunter stand die Frage: *Wurde ihr ein fehlendes Fingerglied zum Verhängnis?*

Gerade wollte Agatha etwas zu dem Artikel sagen, als Schritte auf der Treppe zu hören waren, die sich näherten. Wenige Sekunden später stand Helene Hollstein im Salon. Ihr Blick fiel auf die Zeitung. Käpt'n Christensen verschränkte die Arme vor der Brust und lehnte sich zurück. Sichtlich gespannt darauf, was jetzt passieren würde. Agatha hielt für einen Moment die Luft an, die Herren der Runde schauten in der Gegend herum oder interessierten sich plötzlich sehr für die Aussicht. Häbeling starrte auf die Oberbürgermeisterin, die nach einem kurzen Blick auf die Anwesenden klarmachte, dass sie gehört hatte, was Rieke gesagt hatte.

»Papier ist geduldig.« Sie deutete auf die Zeitung. »Ich bin heute auch deswegen Dirks Einladung gefolgt, weil ich euch und auch all den anderen auf dem Schiff und in Cuxhaven zeigen wollte, dass ich unschuldig bin. Sonst hätte die Polizei mich ja auch wohl längst festgenommen. Dass ich nach der Befragung gestern wieder gehen konnte, sagt ja wohl alles. Mich würde allerdings schon interessieren, woher die Zeitung ihre Informationen bekommt. Denn dass mein abgetrenntes Fingerglied für die Ermittler eine Spur war, das weiß ja niemand außer der Polizei.«

Rieke Häbeling verzog das Gesicht. »Du hattest ja eine sehr nahe Beziehung zu Herrn Fluth, nicht wahr, Helene? Vielleicht hast du ja auch deswegen deinen Mann umgebracht, weil er dir lästig geworden ist?«

Cem Demirel warf Agatha einen entsetzten Blick zu, der zu fragen schien, wohin das jetzt hier führen sollte.

Hollstein blieb äußerlich gelassen. »Wenn ihr die Zeitung gelesen habt, dann wisst ihr ja, dass mein Mann Gunther Fluth umgebracht hat. Ich hatte gar keinen Grund, Jo etwas anzutun, ich wollte mich von ihm trennen, und darüber hatten wir auch schon gesprochen. Wir waren uns einig.«

»Ach ja?«

»Ja, liebe Rieke. Johannes war verständnisvoll und hat eingesehen, dass es für meinen Job nicht gerade förderlich ist, wenn wir uns scheiden lassen. Deshalb galt die Verabredung, dass wir zwar unter einem Dach wohnen bleiben, unsere Leben aber getrennt voneinander stattfinden. Irgendwann werde ich vermutlich nach Hannover oder Berlin gehen, dann hätte sich einiges von allein erledigt. Aber was ist denn eigentlich deine Erklärung dafür, dass du dich privat mit meinem Mann getroffen hast? Also, sehr privat.«

»Jetzt wird's aber spannend«, kommentierte Martini, der inzwischen breitbeinig wie ein Cowboy am Ausgabetresen stand und die Arme vor der Brust verschränkt hatte.

»Weil er von mir das bekommen hat, was du ihm nicht geben konntest«, sagte Häbeling trocken.

Nun herrschte Stille. Erschrockene, belustigte und fragende Gesichter. Man hörte das Klatschen der Wellen gegen das Schiff und die Geräusche aus der Bordküche, sonst nichts.

Und aus ebenjener kamen nun in schneller Abfolge mehrere Bedienkräfte mit Tellern voller Schalentieren.

»Ja, das ist doch prima.« Dirk Christensen rieb sich die Hände. »Dann wollen wir mal. Zu Tisch, zu Tisch«, rief er und bot Helene Hollstein mit einer Handbewegung den Platz neben ihm an. Und schon setzte, auch an den Nachbartischen, an denen die Gäste gebannt zugehört hatten, ein vielstimmiges Geplapper ein.

Agatha versuchte, sich die Enttäuschung über die gescheiterte Aufklärung nicht anmerken zu lassen. Aber ein Seebäderschiff war eben kein Orient-Express und sie selbst kein belgischer Meisterdetektiv.

Rieke gab ihr ein Zeichen, und beide standen auf und gingen an Deck.

»Ich glaub ja immer noch, dass Helene sie umgebracht hat. Alle beide. Johannes ist jetzt tot und kann sich nicht mehr wehren, da hat sie einfach ihm den Mord an Gunther in die Schuhe geschoben«, sagte Rieke. »Und Jo hat sie auch auf dem Gewissen. Wie sind denn sonst wohl neun Würgemale an seinen Hals gekommen und nicht zehn?«

Agatha blieb abrupt stehen. »Woher weißt du denn das?«

»Steht doch in der Zeitung.«

»Nee, da steht, dass bei der Obduktion Druckspuren am Körper des Toten festgestellt wurden. Da steht nichts vom Hals.«

»Kann sein, dass mir das jemand erzählt hat, der es wusste.«

»Und wer soll das gewesen sein?«, hakte Agatha nach.

»Ist doch egal. Passiert schon mal im Eifer des Gefechts, wenn du verstehst, was ich meine.«

»Ich hoffe, ich verstehe dich falsch. Oder hast du dich an einen Kollegen herangemacht, um an Informationen zu kommen?« Agatha wollte zurück in den Salon, aber Rieke hielt sie am Ärmel fest.

»Sei doch nicht sauer, am Ende hilft es vielleicht dabei, die Morde aufzuklären.«

»Rieke, das ist Mist, wirklich. Das geht nicht. Hast du etwa der Presse auch den Tipp mit dem fehlenden Fingerglied gegeben?«

Rieke zuckte mit den Schultern. »So oder so, Helene war es, glaub mir.«

»Wen hast du umgarnt, um an deine Spezialinfos zu kommen?«

Rieke lachte laut auf und warf dabei den Kopf zurück. »Das werde ich dir auch gerade auf die Nase binden.«

»Kripo, Wasserschutz, Zoll?«

»Vergiss es, Agatha, werd ich dir nicht sagen. Ich brauche die

Infos, um beruflich weiterzukommen, und ich besorge sie mir, ganz einfach.« Rieke hakte sie unter. »Lass uns essen gehen, ich habe Hunger.«

59

Sonnabendmittag

Ditha wusste, wo sie Enno und Ana um diese Zeit finden würde. Bevor diese Polizistin alle wild machte, wollte sie unbedingt selbst mit Enno sprechen. Der Regen hatte aufgehört, und die Sonne blitzte ab und zu durch die dichten Wolken, die über dem Lotsenviertel hingen. Sie radelte die Bahnhofstraße entlang, bog rechts in die Holstenstraße ab und schob das Rad auf dem letzten Stück in der Fußgängerzone bis zur Bäckerei Rickmers. Wie vermutet saßen Enno und Ana unter einem der Schirme, die dieser Tage wohl mehr vor Regenschauern als vor Sonnenstrahlen schützen sollten. Momme war auch bei ihnen, alle drei waren so vertieft in ein Gespräch, dass sie Ditha erst wahrnahmen, als die vor ihnen am Tisch stand.

Ennos Begrüßung fiel eisig aus. »Ach, schau an, die Petze traut sich noch hierher.«

»Was heißt hier Petze, ich hab dafür gesorgt, dass ihr eure Ruhe habt vor der Polizei.« Ditha zog einen Stuhl unter dem Tisch hervor und setzte sich.

»Na, das musst du uns aber mal erklären. Du schreibst dieser

Polizistin, dass ich ein Paket Drogen mitgenommen hab, und das soll ein Gefallen gewesen sein? Und du denkst, wenn du das anonym machst, komme ich nicht drauf, dass du das warst? Ach komm, verpiss dich einfach, ja?«

»Überleg doch mal, die Polizistin hat dich jetzt im Blick, aber die finden absolut nichts bei dir, weil Momme und ich den Stoff in Ruhe verkaufen. Auf die Idee, dass wir das Zeug haben, wird doch nie einer von den Bullen kommen.« Ditha suchte Blickkontakt zu Momme, der wich ihr aus.

»Echt jetzt? Du glaubst, ich wollte dich in die Pfanne hauen? Ana, sag du doch auch mal was, du kennst mich, würde ich so was tun?«

Alle drei blickten zu Ana. Die wirkte hilflos, schüttelte den Kopf, lächelte, zuckte mit den Schultern und griff schließlich nach ihrem Kakaobecher.

Enno legte besitzergreifend einen Arm um Anas Schultern. »Ich hab schon einen Käufer für das Zeug, und dann haben wir erst mal ausgesorgt.«

»Und *wir* heißt wir vier?«, hakte Ditha nach. »Wir waren alle an dem Abend da, also gehört auch das Geld uns allen.«

»Wohl kaum.«

»Na ja, also so ganz unrecht hat Ditha ja nicht«, versuchte Ana zu widersprechen.

Enno nahm den Arm von ihrer Schulter. »Du fängst jetzt auch damit an? Ich dachte, wir sind uns einig.«

»Ich hätte schon auch gern einen Anteil«, traute sich Momme jetzt zu sagen. »Schließlich hätte ich genauso durchs Watt laufen können und das Paket finden, dann hätte ich ja auch mit euch geteilt.«

»Ihr tickt doch alle nicht richtig. *Ich* habe das Paket als Einziger gesehen, euch wäre das doch gar nicht aufgefallen.« Enno sprang auf, und die Rentnerrunde am Nebentisch starrte zu ihnen herüber.

»Vielleicht machst du mal nicht so eine Welle hier«, versuchte Ditha, ihn zu beruhigen. »Wir können doch einfach mal alle Möglichkeiten ausloten.«

»Ich lote dir gleich mal was aus.« Enno wollte sich offenbar nicht beruhigen, griff nach seinem Rucksack und beugte sich zu Ana. »Du kannst dich ja melden, wenn du weißt, was du willst«, zischte er, warf Ditha und Momme noch einen bösen Blick zu und stapfte dann wütend davon.

60

Sonnabendmittag

Als Victor die Hintertür zur Dienststelle öffnete, wurde ihm die Klinke beinahe aus der Hand gerissen. Thorsten König, ein Drogenfahnder, mit dem er bei einem früheren Fall zusammengearbeitet hatte, stand vor ihm. »Moin, Victor, dich habe ich gerade gesucht.«

»Mich?«

»Drinnen oder draußen?« Thorsten deutete mit dem Zeigefinger erst Richtung Flur, dann Richtung Parkplatz.

»Du, ich hab gerade wenig …«

»Dauert nicht lang«, versprach der Fahnder.

»Okay. Lass uns gerne rausgehen.« Victor hielt die Tür auf und folgte Thorsten.

»Also, wieso hast du mich gesucht? Hast du genug von deinen Schmugglern und Dealern und willst zu uns wechseln?«

»Nein, danke.« Thorsten wirkte ernst. »Können wir ehrlich miteinander sprechen?«

»Jetzt kriege ich Angst.«

»Du hast eine kleine Schwester, oder? Ana?«

»Ja, die hast du doch auf meiner Geburtstagsfeier damals kennengelernt, was ist los?«

Thorsten lehnte sich gegen die Wand und zog eine E-Zigarette aus der Tasche. »Wie gut kennst du Anas Freund, diesen Enno Barbiele?«

»Ich würde nicht von Freund sprechen, Ana ist ja noch nicht mal volljährig.«

»Wir haben den schon länger auf dem Schirm.« Der Dampf, der sich um König verbreitete, duftete nach Vanille.

»Was hat meine Schwester damit zu tun?«

»Ich habe einen Informanten in der Szene in Cuxhaven …«

»Hier in Cuxhaven gibt es eine *Szene*?«

»Natürlich nicht vergleichbar mit dem, was die Hamburger Kollegen so zu beackern haben, aber auf den Schiffen, die hier bei uns durchkommen, ist mitunter einiges an Bord, das da nicht hingehört.«

»Ich habe immer noch nicht verstanden, was meine Schwester damit zu tun hat.«

»Hoffentlich gar nichts, aber dieser Enno Barbiele hat unserem Kontaktmann eine größere Lieferung angekündigt. Angeblich hat er fast ein Kilo Marihuana im Angebot. Ich dachte, ich sage dir Bescheid, damit du auf deine kleine Schwester aufpassen kannst. Vielleicht machst du mal früher Feierabend und gehst mit ihr ins Kino oder Pizza essen, oder was man so macht mit Jugendlichen in dem Alter.«

»Du willst, dass ich sie aus der Schusslinie bringe, wenn ihr Enno hochnehmt.«

Thorsten nahm noch einen Zug aus seinem Verdampfer. »Kleiner Tipp unter Freunden.«

Thorsten grinste.

Victor wollte gerade fragen, wo denn diese Drogenübergabe

stattfinden sollte, als sich vom Parkplatz her Gesche näherte. »Was wird das hier, wenn es fertig ist? Verbrüderung unter den Abteilungen mit Friedenspfeife?«, kommentierte sie die nächste Rauchwolke aus dem Verdampfer.

»Hallo, Gesche.«

»Thorsten, sag deinem Mann schöne Grüße, er soll sich mal wieder beim Tango blicken lassen.«

Tango? Gesche war doch immer wieder für eine Überraschung gut, dachte Victor. »Und wo kommst du her?«

»Rechtsmedizin, erzähle ich dir oben. Ich hab interessante Neuigkeiten.«

»Gut, dann danke, Thorsten, und halt mich auf dem Laufenden, ja?« Victor schlug dem Kollegen freundschaftlich auf die Schulter und folgte Gesche.

Im Besprechungsraum saßen Lars und eine Frau zusammen, die die angekündigte LKA-Kollegin sein musste. »Hallo, Chantal Heither, LKA.«

»Victor Carvalho, ich leite die Ermittlungen in den beiden Mordfällen.«

Lars würdigte Victor keines Blickes, grüßte Gesche und konzentrierte sich dann wieder auf die Papiere, die die beiden vor sich ausgebreitet hatten.

»Ich hab schon von dir gehört, schön, dass wir jetzt zusammenarbeiten.« Victor wusste die Bemerkung der Kollegin nicht einzuordnen. Konnte sich aber mit Blick auf seinen mürrischen Chef sehr gut vorstellen, was der über ihn erzählt hatte.

»Zusammenarbeiten? Mein Chef ist offenbar der Ansicht, dass ich meinen Job nicht richtig mache, deshalb sollst du es jetzt richten, so sehe ich das.«

Lars zeigte keine Regung. »Ich weiß zwar nicht, was jemand von außen, der weder die Stadt noch die Beteiligten in unseren

Mordfällen kennt, besser machen soll als mein Team, aber okay, wir können ja …«

Lars explodierte. »Jetzt ist auch mal gut, Victor, was bildest du dir eigentlich ein? Kommst nicht zur angekündigten Sitzung, bist nicht erreichbar und polterst hier dann rein und motzt rum?« Lars richtete sich auf. »Chantal ist nicht hergekommen, um dein angeschlagenes Ego aufzupolieren.«

»Nein, das bin ich tatsächlich nicht. Für Ego bin ich nur zuständig, wenn es sich um das Ego eines Mörders handelt«, versuchte Heither, die Situation aufzulockern. Gesche hatte sich zwischenzeitlich bis zur Plexiglaswand bewegt und weitere Papiere und das Foto eines deutlichen Fingerabdrucks aufgehängt. »Vielleicht interessiert euch, was das Labor und die Rechtsmedizin inzwischen herausgefunden haben?«

Victor schluckte seine nächste Bemerkung herunter und ging zu Gesche, um das Foto aus der Nähe zu betrachten. »Ist das Blut?«

»Ganz genau.« Gesche tippte auf das Bild. Auf silberfarbenem Untergrund waren dunkle Flecken zu erkennen. Gesche vergewisserte sich, dass Heither ihren Ausführungen folgte. »Unweit der Fundstelle der Leiche von Johannes Hollstein hat ein Tourist unter einer Bank vor einer Stunde ein Handy gefunden und es gleich der Polizei gemeldet, weil er die dunklen Flecken als das interpretiert hat, was sie sind. Nämlich Blutanhaftungen. Dieses Foto zeigt die Blutflecken in Vergrößerung.«

»Jetzt sag nicht, dass es das Handy von Johannes Hollstein ist«, sagte Victor.

»Genau das sage ich, es gehörte eindeutig dem Opfer. Unser Labor hat sich sofort an die Arbeit gemacht, die aus dem Blut extrahierte DNA ist nicht die von Johannes Hollstein.«

»Woher will das Labor denn das wissen? Eine Chromosomenanalyse dauert doch mindestens zehn Tage.«

Victor wollte noch etwas sagen, aber Gesche bremste ihn mit der erhobenen Hand. »Moment, ich bin noch nicht ganz fertig. Die Analyse dauert einige Tage, ja. Aber die Bestimmung der Blutgruppe dauert zehn bis 20 Minuten. Und diese Bestimmung hat ergeben, dass das Blut auf dem Handy nicht der Blutgruppe von Johannes Hollstein entspricht. Die Info hab ich gerade aus der Rechtsmedizin bekommen.«

»Dann ist das Blut vom Täter«, murmelte Victor.

Nun schaltete sich auch Heither in das Gespräch ein. »Dann könnten wir jetzt Helene Hollstein fragen, welche Blutgruppe sie hat.«

Gesche lächelte. »Schon geschehen. Sie hat mir einen Screenshot ihres Blutspendeausweises geschickt. Es ist definitiv nicht ihr Blut auf dem Handy.«

Victor nickte anerkennend. »Super Arbeit, Gesche!«

»Fingerabdrücke auf dem Telefon?«, wollte Lars wissen.

»Nein, keine.« Gesche setzte sich.

»Wie gut, dass wir eine Profilerin in unseren Reihen haben, die wird uns sicher sagen können, was das zu bedeuten hat«, stichelte Victor.

»Fallanalytikerin, aber das tut grad nichts zur Sache«, verbesserte Heither ihn und blätterte durch ihre Unterlagen. »Ich hab hier euer Vernehmungsprotokoll. Frau Hollstein hat euch erzählt, dass ihr Ehemann ihren langjährigen Freund auf dem Gewissen hat. Das ist erstaunlich.«

»Weiß ich jetzt nicht, wieso das so erstaunlich ist.« Victor hatte keine Ahnung, worauf die neue Kollegin hinauswollte.

»Wieso sollte sie euch überhaupt davon erzählen?«

»Hat ihr der Anwalt geraten«, warf Victor ein.

»Mag sein, aber was nützt es ihr, wenn sie ihren Mann nach seinem Tod noch belastet? Sie macht sich doch selbst nur verdächtig, als Rächerin.«

»Ach so.« Gesche hatte verstanden. »Du meinst, Helene Hollstein hat diese Blutspur auf dem Handy absichtlich gelegt, nachdem sie ihren Mann getötet hat? Um von sich abzulenken?«

»Nein.« Sie wandte sich an Victor. »Willst du auch noch mitraten?«

»Ist das jetzt hier eine Quizshow?«

»Gut, ich kürz das mal ab.« Heither tippte auf die Papiere vor sich auf dem Tisch. »Helene Hollstein hat angegeben, dass ihr Ehemann ihren Geliebten getötet hat. Auch wenn es möglicherweise ein Unfall war, wird sie ihn dafür verantwortlich gemacht haben. Deswegen hat sie ihn vermutlich gewürgt, was sie ja vehement bestreitet.«

»Die Abdrücke der Finger am Hals oder, besser gesagt, die nicht vorhandene Abdruckspur eines Fingers ist allerdings ein eindeutiges Indiz.«

»Stimmt, Gesche. Aber wenn ich mal alle Informationen nehme, die ihr zusammengetragen habt, dann schließe ich die Hollstein als Mörderin aus. Sie wirkt überlegt und scheint alles, was sie tut, zunächst genau zu durchdenken. Da gibt es keine plötzlichen Ausbrüche. Keine Impulsivität. Diese Frau hat sich unter Kontrolle. Die hätte nicht mehrfach zugestochen.«

»Aber um ihren Mann zu würgen, war offenbar ausreichend Kontrollverlust vorhanden«, warf Victor ein und erntete einen tadelnden Blick von Lars.

»Na ja, wenn man so sehr hintergangen wird, das kann einen schon so ein kleines bisschen zur Weißglut bringen, meinst du nicht?«, fragte Gesche. »Würgen ist ja noch mal was anderes als ermorden.«

Victor war noch nicht überzeugt von der Theorie seiner Kollegin. »Stimmt, aber das Würgen zeigt, dass sie die Kontrolle kurzzeitig verloren hat. Und ebenjene kurze Zeit würde auch ausreichen, um mit einem Messer zuzustechen.«

Chantal schüttelte heftig den Kopf.

»Ich habe mir den Lebenslauf und die Berichterstattung über die Bürgermeisterin sehr genau angesehen. Alles sehr zielorientiert und strukturiert. Sie will die Karriereleiter noch weiter nach oben steigen, das ist für mich offensichtlich, und dieses Ziel würde sie nicht für etwas wie Rache an ihrem Ehemann aufgeben.«

Victor nickte. »Du hast recht, sie agiert sehr strategisch. Man hat den Eindruck, dass sie sogar ihren Gang zur Toilette plant.«

»Und die Blutspur einer anderen Person an Johannes Hollsteins Handy entlastet sie auch«, gab Lars zu bedenken.

Victor schwankte. »Aber das beweist doch nicht ihre Unschuld, sondern eher das Gegenteil, oder? Die Frau wird genau gewusst haben, was passiert, wenn sie ihren Mann ermordet. Vielleicht ist es so, wie du vorhin vermutet hast, Gesche: Sie hat die Idee gehabt, jemand anderem die Tat zur Last zu legen, um von sich abzulenken, indem sie fremdes Blut auf dem Telefon verteilt.«

Lars war skeptisch. »Aber wie kommt man denn an Blut von anderen? Ich meine, ich hab doch in meinem Kühlschrank keine Blutbank und hole dann einfach mal so eine Ampulle raus, wenn ich sie brauche, um jemand anderem einen Mord anzuhängen.«

Er wandte sich an Gesche. »Ich will, dass du die Hollstein noch mal herbestellst.«

61

Sonnabendnachmittag

Das Knieper-Essen war ohne besondere Vorkommnisse zu Ende gegangen. Alle hatten sich den Bauch mit Krebsfleisch und Brot vollgeschlagen, der ein oder andere mit zu viel Schnaps nachgespült. Agatha war in die oberflächliche Unterhaltung an ihrem Tisch nicht eingestiegen. Die meiste Zeit hing sie ihren Gedanken nach und versuchte zu deuten, was da auf der Brücke passiert war. Rieke Häbeling plauderte mit Käpt'n Christensen über Piraten und scherzte, dass er doch sicher schon ein Vermögen mit Schmuggelware gemacht habe. Holger Martini und Cem Demirel waren nach dem Essen sofort aufgestanden und hatten den Rest der Tour an Deck verbracht. Agatha beobachtete, wie sie langsam hin- und herwanderten, die Köpfe zusammengesteckt, als würden sie etwas ausbrüten. Helene Hollstein hatte sich kaum an den Gesprächen beteiligt. Eine angebissene Brotscheibe und die Schale einer Krebsschere lagen auf ihrem Teller, vom angebotenen Weißwein hatte sie sich aber eine ganze Flasche bringen lassen.

Christian, der Seenotretter, war zu ihrem Bedauern nicht mehr im Salon aufgetaucht. Sie vermutete, dass er entweder betrunken oder von irgendeinem Gesprächspartner vollkommen gefesselt war. Beim Gedanken an eine Gesprächspartnerin hatte sie ein merkwürdiges Gefühl im Bauch.

Ihr Vater hatte sich, nachdem er alle Gäste verabschiedet hatte, zu ihr heruntergebeugt. »War eine hervorragende Idee, Miss Marple. Vielleicht kommt jetzt der Mörder aus seinem Loch gekrochen.« Dann war er zurück auf die Brücke gegangen.

Vielleicht, dachte Agatha. De facto hatte sie nichts mit ihrer Maßnahme erreicht. Außer etwas Aufregung zu erzeugen. Aber vielleicht hatte ihr Vater recht, und der Mörder machte nun einen Fehler. Vielleicht.

Inzwischen war der Fähranleger von Cuxhaven zu sehen, in wenigen Minuten würden sie von Bord gehen. Die ersten Gäste standen bereits winddicht verschnürt in Funktionsjacken im Gang. Rieke Häbeling war eine der Ersten, die sich mit wichtigen Terminen entschuldigt und eingereiht hatte, bevor Agatha noch Gelegenheit hatte, sie weiter auszuhorchen. Und eigentlich war es ja Rieke gewesen, die sich mit ihr treffen wollte. Agatha schüttelte den Gedanken daran ab, wahrscheinlich hatte die ehemalige Schulfreundin sie nur angerufen, um etwas über den Fortgang der Ermittlungen zu erfahren.

Agathas Chef Hans drängelte sich durch die aufbrechende Menge zu Agatha durch. »Sag mal, stimmt das? Du hast ein Verhör geführt vorhin auf der Brücke?«

»Ach, so würde ich das nicht nennen.«

»Agatha, ich hatte dich gewarnt. Konzentrier dich auf deine Arbeit bei uns, und lass die Finger von Sachen, die dich nichts angehen. Wenn du so weitermachst, kassierst du eine Dienstaufsichtsbeschwerde.«

»Das meinst du doch wohl nicht ernst.«

»Und ob.« Hans schloss den Reißverschluss seiner Jacke.

»Wenn du auf der Ebene mit mir sprechen willst, okay.« Agatha fühlte sich ungerecht behandelt. »Zeig du mich bei der Dienstaufsicht an, ich freue mich schon, wenn die sich bei mir melden. Da habe ich ja einiges zu erzählen, zum Beispiel über die Dienstpläne einiger Wasserschutzpolizisten, die ziemlich viel Dienstsport betreiben. Und über einen Chef, der selbst recht großzügig mit privaten Aktivitäten während der Arbeitszeit umgeht.«

Hans schoss mit seinen Blicken Pfeile auf Agatha.

»Agatha, ich warne dich!«

»Also, Hans, ich schreibe das jetzt mal dem Alkohol zu und der Sorge um die Bürgermeisterin.« Sie bemühte sich um einen sanften Ton. »Aber wenn es dich beruhigt: Ich werde, sobald wir an Land sind, den Kollegen Carvalho von der Kripo anrufen und ihm berichten.«

»Na, der wird auch begeistert sein, dass du dich in seine Arbeit einmischst«, befand Hans.

Es gab einen Ruck, als das Schiff anlegte. Kurz darauf setzte sich die Menge in Bewegung.

Agatha genoss nach den Stunden unter Deck die frische Luft. Sie verabschiedete sich im Vorbeigehen von Hans und einigen anderen Gästen und hielt nach Christian Ausschau, nachdem sie sich einen ruhigen Platz an der Absperrung gegenüber der Helgoland-Fähre gesucht hatte, um auf ihren Vater zu warten.

Christian kam wenig später die Gangway entlang, Arm in Arm mit Jette aus der Bäckerei. Beide steuerten auf Agatha zu.

»Na, ihr beiden. Ihr scheint euch ja gut zu verstehen«, bemerkte Agatha zur Begrüßung.

»Darf ich dir Christian vorstellen, meine neueste Bekanntschaft?«

»Danke, aber wir kennen uns schon«, sagte Agatha trocken. Jettes Blick wanderte von Agatha zu Christian und zurück. Jettes

»Ich verstehe« ließ großen Interpretationsspielraum. Das folgende »Dann will ich mal nicht weiter stören« war allerdings so klar, dass es Agatha die Röte in die Wangen trieb.

»Jette, du gehst, ohne dich vom Kapitän zu verabschieden? Willst du nicht noch auf Papa warten?«

Jette winkte ab. »Nee du, ich hab keine Zeit. Ich muss noch arbeiten.« Sie schmatzte Agatha einen Kuss auf die Wange, tätschelte Christians Schulter und marschierte schnellen Schrittes Richtung Deich.

»Und was machen wir jetzt?«

Agatha schaute auf die Uhr. »Ist später geworden, als ich gedacht habe. Ich glaube, ich mache jetzt erst einmal einen Mittagsschlaf, ich hab ja später noch Dienst.«

Christian zog enttäuscht die Mundwinkel nach unten. »Nicht mal mehr ein kleiner Spaziergang am Deich?«

»Du kannst mich noch ein Stück begleiten, wenn du willst.«

»Gerne.«

»Warte kurz.« Agatha zog ihr Telefon aus der Jackentasche und schickte ihrem Vater eine Nachricht, dass sie schon nach Hause gehen würde. Gerade als sie das Handy wieder einstecken wollte, klingelte es.

»Was will denn die Kripo?«, fragte Christian, als er auf dem Display des Handys sah, dass Victor Carvalho versuchte, sie zu erreichen.

»Werden wir gleich erfahren.« Agatha nahm das Gespräch an. »Na, das ist ja mal eine Überraschung, hallo, Victor.«

»Hast du eine Ahnung, wo meine Schwester steckt? Sie geht nicht an ihr Telefon und ist weder zu Hause noch im Restaurant meiner Eltern. Es ist ziemlich dringend.«

»Woher sollte ich das wissen?«

»Na, ich dachte, du hättest sie ein bisschen kennengelernt und deshalb …«

»Aber ich bin doch nicht plötzlich so etwas wie die beste Freundin deiner Schwester.« Agatha dachte an den anonymen Brief und fragte sich, ob Ana ihrem Bruder davon erzählt hatte. »Willst du mir sagen, was so dringend ist?«

Victor zögerte. »Kann sein, dass Enno Mist gebaut hat, und ich will nicht, dass meine Schwester mit ihm zusammen ist, wenn die Kollegen ihn vielleicht festnehmen.«

Sie überlegte kurz, ob sie den anonymen Brief erwähnen sollte, aber sie fürchtete, dass es dann für Ana und ihre Freunde erst recht unangenehm werden würde. Als Polizistin müsste sie Victor eigentlich von dem Brief erzählen. Oder vielleicht doch nicht? War das wirklich notwendig? Konnte sie die Sache nicht auch allein aus der Welt schaffen?

»Tut mir leid, dass ich dir nicht helfen kann.« Als sie den Satz aussprach, spürte sie, dass sie Victor wirklich gern geholfen hätte.

»Einen Versuch war es wert.« Victor klang verzweifelt. »Dann noch einen schönen Tag.«

»Warte mal bitte einen Moment.« Sie drückte das Telefon an die Brust. »Christian, ich muss kurz mit Victor reden, geh doch schon mal langsam vor, ich hol dich gleich ein, ja?« Christian schien nicht gerade begeistert, nickte aber und trottete Richtung Deich.

»Victor, ich würde dir gern noch etwas erzählen.«

»Ich hab jetzt keine Zeit, ich muss meine Schwester finden.«

»Das, was ich dir zu erzählen habe, ist auch nicht unwichtig.«

»Okay, mach schnell.«

»Ich war auf der *Helgoland*, auf der mein Vater Kapitän ist, weißt du ja, oder?«

Victor nickte.

»Alljährliches Knieper-Essen, frag nicht. Helene Hollstein, Holger Martini, Cem Demirel und Rieke Häbeling waren mit an Bord.«

»Illustre Runde, warum war ich nicht eingeladen?«

»Nächstes Mal denke ich dran.«

Victor seufzte. »Also, schieß los.«

»Ich bin sehr sicher, dass die Bürgermeisterin mit den beiden Morden nichts zu tun hat. Die will einfach nur ihre Karriere retten, nie im Leben hätte sie irgendetwas gemacht, was ihren Plan zerstört, irgendwann in die Bundespolitik zu gehen.«

»Du solltest Profilerin werden.« Agatha hatte keine Ahnung, wieso Victor so spitz wurde.

»Aber mit Rieke Häbeling stimmt etwas nicht.«

Jetzt hatte sie sein Interesse geweckt. »Was meinst du?«

»Sie hat zwischen den Zeilen zugegeben, dass sie der Presse gesteckt hat, dass ihr die Bürgermeisterin verhaftet habt. Ich wette mit dir, dass die bei euch irgendeinen Informanten hat. Die ist an irgendjemandem dran, von dem sie immer das Neueste über diese Fälle hört, da bin ich sicher.«

»Ach ja? Und wer soll das sein? Vielleicht unsere neue Fallanalytikerin vom LKA?«

Christian drehte sich am Ende des Anlegers um, und Agatha signalisierte ihm, dass sie noch fünf Minuten brauchen würde.

»Ich kann dir auch eine ganz wichtige Information nicht vorenthalten, liebe Agatha: Wenn du nicht endlich aufhörst, so zu tun, als wärst du bei der Kripo, dann wird das ernsthafte Folgen haben. Unser Deal gilt nicht mehr, denn wenn mein Chef Wind davon bekommt, dann können wir beide einpacken.«

»Vielleicht ist dein Chef ja die undichte Stelle, ist der eigentlich verheiratet?«

»Lebt in Scheidung, was tut denn das zur Sache? Tut mir leid, ich muss jetzt meine Schwester suchen.«

»Aber …«

»Agatha, lass uns gerne nächste Woche mal einen Kaffee trinken, dann kannst du mir all deine Theorien gerne darlegen. Im Moment habe ich dafür echt keinen Kopf, entschuldige.«

62

Sonnabend, später Nachmittag

»Helene Hollstein ist gleich da«, verkündete Gesche vor der offenen Tür von Victors Büro. »Also, irgendwie verstehe ich die Frau nicht. Sie war auf irgendeiner Schiffstour, kann man das glauben? Mann tot, Lover tot, selbst mit einem Fuß im Knast – und macht dann eine lustige Seefahrt. Aber sie war sehr entgegenkommend und wollte sich gleich auf den Weg machen.«

Victor fragte sich, ob Gesche die undichte Stelle war und sich einem Reporter gegenüber geäußert haben könnte. Mittlerweile schienen ihm jeder und jede verdächtig.

»Setz dich doch mal.«

Gesche schloss die Tür und ließ sich auf einen der Stühle fallen.

»Hast du … Hast du eigentlich einen Freund?«

Gesche legte die Stirn in Falten. »Was soll denn jetzt die Frage?«

»Entschuldige, ich wollte dir nicht zu nahe treten.«

»Ich bin nur überrascht, weil ich bisher nicht mitgeschnitten hatte, dass du dich für mein Privatleben interessierst.«

»Ja, das stimmt. Mir ist in den letzten Tagen aufgegangen, wie wenig wir uns doch kennen.«

»Du und ich?«

»Ja, auch. Aber auch die anderen. Was weißt du schon von Bertil, oder von Lars?«

»Von denen weiß ich genau so viel, wie ich wissen will und wissen muss«, sagte Gesche bestimmt.

Victor nickte.

»Und um auf deine Frage zurückzukommen: Ich lebe mit jemandem zusammen, bin aber nicht verheiratet.« Gesche schlug das rechte über das linke Bein.

»Und du? Freundin? Lover? Kommune?«

»Kommune?«

»Wie lebst du denn so auf deinem kleinen Hausboot? Und mit wem?«

»Alleine, ich brauche nach Feierabend meine Ruhe.«

Gesche beließ es dabei. »Jedenfalls, die Hollstein sollte in spätestens zwanzig Minuten hier sein.«

»Ich möchte, dass du auch Rieke Häbeling noch mal herbestellst.«

»Die Häbeling? Warum denn das?«

»Weil ich einen Hinweis erhalten habe, der mich auf ein winziges Detail aufmerksam gemacht hat, das wir bisher übersehen haben.«

»Das da wäre?«

»Gesche, nun bestell die Dame doch erst einmal her, dann sehen wir weiter. Ich bin noch nicht sicher, ob uns meine Idee wirklich weiterbringt.«

»Hast du nicht Angst, dass ich damit gleich zu LKA-Chantally laufe und du dann an die Leine genommen wirst?«, fragte Gesche und lächelte süffisant.

»Lass die Kollegin vom LKA einfach ihren Kram machen, ich

mache meinen. Solange wir uns gegenseitig dabei nicht in die Quere kommen, ist alles in Ordnung.«

»Das lass mal nicht den Chef hören. Weißt du übrigens, dass der eine heiße Affäre haben soll?«

»Lars?«

Gesche lachte. »Ich war auch überrascht, aber Maik hat mir erzählt, dass er vorgestern schon früh im Lotsenviertel war, weil er was aus dem Sanitätshaus holen musste, irgendein Ersatzteil für seinen Rolli, und da ist ihm ein ziemlich verpennter Lars fast in den Schoß gefallen. War dem wohl ganz schön peinlich. Maik sagt, der hat rumgestottert, als sei er bei einem Diebstahl ertappt worden.«

»Aber Lars wohnt da doch gar nicht.«

»Victor, wie soll aus dir ein erfolgreicher Kriminaler werden, wenn du nicht endlich damit anfängst, ab und zu in der Teeküche ein bisschen zu tratschen?« Gesche verdrehte die Augen. »Unser Chef hat 'ne heiße Nacht gehabt, bei irgendeiner Frau, die da neben dem Sanitätshaus wohnt.«

»Und du weißt wahrscheinlich auch, wer diese Frau ist? Weil du ja ständig in der Teeküche herumstehst?«

»Nee, aber vielleicht findet die Chantal das heraus. Machen Profiler nicht auch Bewegungsprofiling?«

Victor hatte keine Gelegenheit, auf die Stichelei einzugehen, denn die erwähnte Chantal Heither stand plötzlich im Türrahmen. Er fragte sich, was sie gehört hatte, an ihrer Miene war nichts abzulesen. Sie wirkte sachlich, fast schon unterkühlt, als sie mitteilte: »Die Oberbürgermeisterin ist gerade gekommen.«

»Alles klar, willst du dabei sein?« Die Frage richtete sich eigentlich an Gesche, aber Heither antwortete. »Gerne.«

Gesche grinste Victor hinter dem Rücken der neuen Kollegin

an und streckte beide Daumen nach oben. »Ich kümmere mich dann mal um die Häbeling.«

Victor wollte die Befragung schnell hinter sich bringen. Er musste seine Schwester finden, wenn er verhindern wollte, dass Ana zusammen mit Enno von den Drogen-Kollegen hopsgenommen wurde.

»Frau Hollstein, wie schön, dass Sie es gleich einrichten konnten. Ich darf Ihnen die Kollegin Chantal Heither vom LKA vorstellen?«

Die beiden Frauen gaben sich die Hand. »Ich verstehe nicht, was Sie noch von mir wollen, soll ich meinen Anwalt dazubitten?«

»Das wird nicht nötig sein«, antwortete Victor. »Nehmen Sie doch Platz.« Victor und Chantal setzten sich nebeneinander, ihr gegenüber. »Da gibt es etwas, das ich nicht verstehe, Frau Hollstein.«

»Nämlich?«

»Sie haben ausgesagt, dass Ihr Ehemann Ihnen gestanden hat, dass Gunther Fluth bei einer Auseinandersetzung mit ihm ums Leben gekommen ist und er ihn dann im Wasser versenkt hat.«

»In der Annahme, dass Gunther durch den Sturz bereits tot war. Es war ein Unfall«, ergänzte Helene Hollstein, die ihre Handtasche auf den Knien so fest umklammert hielt, dass ihre Fingerknöchel weiß hervortraten. »Und Johannes wollte mir nicht schaden, deshalb hat er versucht, es zu vertuschen.«

»Ja, das hat er Ihnen so gesagt.«

»Genau.«

Victor überlegte, wie er am besten vorgehen sollte. Er wollte nicht riskieren, dass die Bürgermeisterin dieses Gespräch abbrach oder sie auf einen Anwalt warten mussten.

»Haben Sie fremdes Blut bei sich zu Hause?«, fragte Heither.

Helene Hollstein wurde blass. »Wie bitte?«

Victor musterte die LKA-Kollegin von der Seite. Heither schaute ihr Gegenüber an, ohne auch nur einmal zu blinzeln.

»Ich möchte wissen, ob Sie Zugang zu menschlichem Blut haben oder hatten, das nicht Ihr eigenes ist.«

Helene Hollstein hielt dem Blick nicht stand. Sie schlug die Augen nieder. Ihre Stimme war kaum mehr als ein Flüstern. »Ich hab mit dem Tod von Johannes nichts zu tun.«

»Ich habe Sie nicht verstanden, könnten Sie bitte ein wenig lauter sprechen?«

Victor war wie gelähmt, am liebsten hätte er die LKA-Kollegin an ihren schulterlangen Haaren gepackt und aus dem Zimmer gezogen. Aber zu seiner Überraschung fing die Bürgermeisterin an zu reden.

»Ich bin an dem Morgen aufgewacht, und Johannes war nicht zu Hause. Da habe ich versucht, ihn anzurufen. Aber sein Handy lag auf seinem Nachtschrank.«

Nun übernahm Victor. »Sie waren also im Besitz seines Handys.«

Hollstein nickte. Und schwieg.

Victor nahm das Foto des Handys mit den Blutanhaftungen aus einer Aktenmappe und schob es über den Tisch. »Wenn Sie im Besitz seines Handys waren, dann können Sie uns sicherlich auch erklären, wie das Blut auf das Handy und das Handy unter die Bank in der Nähe der Leiche gekommen ist.«

Sie schwieg noch immer, aber es war ihr anzusehen, dass sie einen inneren Kampf austrug.

»Frau Hollstein, wir haben Spuren. Eindeutige Spuren. Sie haben Ihren Mann gewürgt, und wenn Sie uns davon überzeugen wollen, dass Sie ihn nicht auch getötet haben, dann sollten Sie uns jetzt die Wahrheit sagen.«

Die Oberbürgermeisterin nickte.

»Okay. Ich entschuldige mich dafür, dass ich versucht habe, Sie in die Irre zu führen.«

Victor fixierte sie. Hollstein hielt dem Blick stand. »Sie haben nicht versucht, uns in die Irre zu führen. Sie haben es getan.«

Helene Hollstein atmete aus. Ihr Körper beugte sich leicht nach vorne.

»Ich habe meinen Mann nicht gewürgt. Punkt. Aber er ist offensichtlich gewürgt worden, von einer Person, die nur neun Fingerkuppen hat. Völlig klar, dass der Verdacht sofort auf mich fällt. Aber da ich es nicht war, musste es jemand anderes gewesen sein. Ich halte es für ausgeschlossen, dass jemand meinen Mann gewürgt hat, der ebenfalls nur neun Fingerkuppen hat. Also bin ich davon ausgegangen, dass jemand weiß, dass ich diese … Besonderheit aufweise, um mich der Tat zu beschuldigen.«

Hollstein sah Victor und Chantal Heither abwechselnd an. Victor forderte sie mit einer Handbewegung auf weiterzureden.

»Ich hatte nach unserer Aussprache eine Schlaftablette genommen und bin ins Bett gegangen, obwohl es noch früh am Abend war.«

Helene Hollsteins Stimme brach mit den letzten Worten. Nun schaltete sich Chantal Heither ein. »Sie sind dann morgens aufgewacht, und Ihr Mann war nicht da.«

Hollstein nickte, ihr stiegen Tränen in die Augen. Sie brauchte einige Sekunden, um sich zu fassen.

Heither klappte den Aktendeckel auf und legte ein Foto vor Helene Hollstein auf den Tisch. »Sehen Sie, hier lag Ihr Mann, und unter dieser Bank auf dem Deich haben die Kollegen sein Handy gefunden. Sie haben aber gerade gesagt, dass das Telefon an diesem Morgen auf seinem Nachttisch gelegen hat.«

Hollstein nickte langsam. »Ich war vor einem Monat zur Grippeschutzimpfung bei meiner Frauenärztin. Man sitzt da immer in einem kleinen Nebenraum, wenn man auf die Schwester wartet. Da standen auf einem Sideboard lauter kleine Ampullen mit Blutproben. Ich dachte, das ist mal ein Thema für den Gesundheitsausschuss, wie einfach man bei solchen Terminen Proben verunreinigen oder manipulieren kann.«

Victor bemühte sich, ruhig sitzen zu bleiben, er wollte auf jeden Fall die ganze Geschichte hören und die Bürgermeisterin nicht aus dem Konzept bringen. »Aber Sie wollen uns jetzt nicht erzählen, dass Sie bei der Gelegenheit eine der Proben mitgenommen haben?«

»Nein, da noch nicht.«

Helene Hollstein saß mit versteinerter Miene am Tisch. Eine Spur blasser als bei ihrer Ankunft. »Ich hatte immer einen Plan für das, was in meinem Leben passiert. Und eine meiner Stärken ist es, schnell auf neue Situationen reagieren zu können. Mit guten Lösungen. Zumindest war das in der Vergangenheit oft der Fall.«

Ihr Blick wurde starr. Sie schien gedanklich an einem anderen Ort oder in einer anderen Zeit zu sein. Oder beides.

Victor fuhr fort. »Nachdem Sie von den Fingerspuren auf dem Hals Ihres Mannes erfahren haben, sind Sie auf die Idee gekommen, dass Sie durch fremdes Blut auf dem Telefon Ihres Ehemannes den Verdacht von sich weg auf eine andere Person lenken könnten.«

Helene Hollstein nickte. »Mir war gleich klar, dass Sie mich verdächtigen würden. Dass Sie früher oder später alles über meine Beziehung zu Gunther herausfinden. Dass Sie dann denken, ich hätte mich an meinem Mann gerächt, weil er Gunther getötet hat. Dann habe ich mich an die Blutproben erinnert. Und da kam mir dann die Idee. Ich war schließlich unschuldig, aber ich konnte es ja nicht beweisen.«

Victor schlug mit der Handfläche auf den Tisch, der Chantal

Heither und ihn von Helene Hollstein trennte. Die Bürgermeisterin zuckte zusammen, und Chantal Heither starrte Victor an.

»Sie müssen es mir ja nicht glauben, aber genau so ist es gewesen. Ich hab nur gedacht: Jo ist jetzt tot, aber mich kann ich noch retten. Was muss ich tun, damit ich nicht von Ihnen verdächtigt werde? Die Spur auf eine andere Person lenken. Und dann fielen mir sofort die Blutproben ein. So war es! Ich kann Ihnen nicht sagen, warum mir das in den Sinn gekommen ist. Vielleicht, weil mich das so überrascht hat, dass die Proben in der Praxis meiner Frauenärztin so offen herumstanden. Ich hab versucht, darüber nachzudenken, ob das eine gute Lösung ist. Aber ich war so blockiert, weil ja etwas geschehen musste. Da konnte ich nicht abwägen, ob das jetzt richtig war oder falsch. Ich hab es als einen Ausweg angesehen, das kann ich sagen. Freitagnacht bin ich zur Praxis meiner Frauenärztin, die ist ja gleich hier hinterm Deich. Ich wollte ein Fenster im Hinterhof einschlagen, aber das brauchte ich gar nicht. Es war auf Kipp, und ich konnte mit der Hand hineingreifen und das andere Fenster öffnen. Ich bin in den Behandlungsraum und habe eine Probe entwendet, die in einer Kühlvitrine stand.«

Helene Hollstein atmete tief durch und schien mit sich zu kämpfen.

»Gut, weiter«, forderte Victor die Bürgermeisterin auf. »Sie haben das also gemacht, weil Sie Angst hatten, dass Sie Tatverdächtige in einem Mordfall werden.«

Hollstein nickte. »Ich hatte nicht nur Angst, es werden zu können. Ich bin doch Tatverdächtige. Immer noch, oder etwa nicht? Dass ich noch nicht verhaftet wurde, zeigt doch nur, dass Ihnen ein Richter noch keinen Haftbefehl ausgestellt hat.«

»Nun ja, ganz abwegig ist Ihre Täterschaft nach den vorliegenden Indizien tatsächlich nicht.«

»Mit der Blutspur wollten Sie den Tatverdacht auf eine andere Person lenken«, sagte Victor.

»So ist es. Johannes hatte, wie gesagt, sein Handy zu Hause gelassen. Ich habe es mit dem Blut aus der Praxis beschmiert und unter der Bank deponiert. Ich wusste ja, wo seine Leiche gefunden worden war. Ich gehe mal davon aus, dass Sie die DNA von dem Blut in keiner Datei gefunden haben, schließlich ist es ja von einer Patientin meiner Frauenärztin. Wenn Sie da suchen, dann werden Sie fündig.«

Victor schob das Foto des Handys wieder in seine Mappe. »Wenn es stimmt, was Sie sagen, dann hätte der Mörder mit seiner Würgeaktion ja den Verdacht auf Sie lenken wollen. Wer wäre denn dazu in der Lage?«

Es klopfte, und Gesche öffnete die Tür. »Victor, ich sollte dir Bescheid sagen, wenn Frau Häbeling da ist.«

»Ich komme.«

Victor stand auf. »Wir müssen dann mal. Wiedersehen.«

»Ich kann gehen?« Helene Hollstein schnäuzte sich und steckte das benutzte Taschentuch in ihre Handtasche.

»Der Diebstahl bei Ihrer Frauenärztin ist aktuell in unseren Ermittlungen von nachrangiger Bedeutung. Wir werden prüfen, ob Sie Beweismittel verfälscht haben, die Sache ist für Sie noch nicht erledigt. Und bis zur Klärung der Mordfälle halten Sie sich bitte zu unserer Verfügung.«

63

Sonnabend, früher Abend

Agatha hatte sich nur sehr ungern von Christian verabschiedet. Sie waren ein langes Stück über den Deich spaziert, die Strandkörbe waren inzwischen verschwunden, ins Winterlager geräumt bis zum nächsten Frühjahr. Irgendwann hatte Christian wie selbstverständlich ihre Hand genommen, und es hatte sich genauso gut angefühlt wie sein Kuss auf die Wange zur Verabschiedung. Aber mit der Zwölf-Stunden-Schicht, die vor ihr lag, konnte Agatha die Zeit mit dem Seenotretter nicht so richtig genießen. Für ein ausgedehntes Nickerchen war es zu spät geworden, sie hatte gerade noch Zeit für ein Entspannungsbad und einen Kaffee, bevor sie sich auch schon wieder auf ihr Fahrrad schwingen musste, um in die Präsident-Herwig-Straße zu radeln.

Kalter Sprühregen machte die Fahrt nicht gerade vergnügungssteuerpflichtig. Auf der Neufelder Straße stieg ihr eine Mischung aus Kaffeeduft von der Rösterei und gebratenem Fisch aus dem Restaurant an der Ecke in die Nase, und kurz vor der Fischbörse fiel ihr ein Mädchen auf, das sich mit schlurfendem Gang bewegte. Die Jacke kam ihr bekannt vor, deshalb ließ sie das Rad langsam ausrollen, bis sie und die Fußgängerin auf gleicher Höhe waren.

»Ana?«

Unter dem dichten dunklen Pony blickten ihr zwei sehr traurige braune Augen entgegen. »Weißt du, dass Victor dich sucht?«

Ana blieb stehen. »Was wollen Sie von mir? Könnt ihr mich nicht einfach mal alle in Ruhe lassen?«

Agatha sprang vom Rad und lief neben Ana her, die fluchend die Kapuze ihres Hoodies unter der Jacke hervorzerrte und sich darin versteckte.

»Hast du deinen Bruder angerufen?«

Ana reagierte nicht, lief stur geradeaus.

»Willst du drüber reden?«

»Lassen Sie mich zufrieden«, fauchte Ana.

Agatha blieb erschrocken stehen. Holte das Mädchen aber ein paar Schritte später wieder ein.

»Tu mir einen Gefallen, ja? Ruf deinen Bruder an, der macht sich Sorgen, weil da irgendwas im Busch ist mit deinem Freund Enno.«

»Der ist nicht mehr mein Freund«, nuschelte Ana.

»Wieso ist der nicht mehr dein Freund, gestern wart ihr doch noch …«

Ana blieb stehen. »Er. Ist. Nicht. Mein. Freund.« Sie stapfte mit dem Fuß auf. »Mann! Ständig will jemand was von mir oder weiß irgendwas besser. Reicht ja nicht, dass meine großen Brüder mir ständig auf der Pelle hängen und meine Mutter mich am liebsten gar nicht aus dem Haus lassen würde, nun kommt da auch noch so eine Art Polizistin …«

»Moment mal, ich bin nicht *so eine Art* Polizistin. Wasserschutzpolizei ist schon echte Polizei.«

Ana musterte sie von den bequemen dunkelblauen Sneakern

bis zur Uniformjacke, machte »Pffff« und setzte sich wieder in Bewegung.

»Ana, nun warte doch mal.« Agatha musste sich anstrengen, Schritt zu halten. Die Gegend hier am Hafen war wie immer am Wochenende voller Touristen, sie hatte Mühe, mit ihrem Fahrrad den entgegenkommenden Gruppen auszuweichen. Ana blieb abrupt stehen.

»Was haben Sie eigentlich gerade damit gemeint, dass was im Busch ist mit Enno? Was hat mein Bruder Ihnen gesagt?«

»Gegenfrage: Wer von euch hat den Stoff gebunkert, den Enno im Watt gefunden hat?«

»Den hat Enno mit …« Ana biss sich auf die Lippe, als sie ihren Fehler bemerkte. *»Fuck.«*

»Mach dir keine Sorgen, ich wusste, dass Enno Barbiele gemeint war in dem anonymen Brief, der bei meinem Vater im Briefkasten gelandet ist. Also war mir natürlich klar, dass das Paket bei einem von euch rumliegt. Dich konnte ich gleich ausschließen, denn so blöd, den Stoff direkt vor der Nase eines Kriminalpolizisten zu verstecken, ist ja wohl nicht mal Enno.«

»Muss desch sei, des Sie hier direkt uff de Wesch rumstehe?«, mokierte sich ein sehr dicker Mann mit einer sehr dünnen Frau im Schlepptau. Beide in identischen feuerroten Funktionsjacken und dazu passenden Caps, auf denen das Cuxhavener Maskottchen Jan Cux aufgestickt war. Der Mann schimpfte auch noch, als er längst an ihnen vorbei war.

»Kriegt Enno ein Problem?«

»Es wäre gut, wenn du nach Hause gehst und da auch bleibst in den nächsten Stunden.«

Ana überlegte. Dann zog sie ihr Handy aus der Tasche, entsperrte es und tippte eine Kurzwahl ein.

»Du willst ihn aber jetzt nicht anrufen?«

Ana nickte. »Doch, klar.« Sie lauschte noch einen Moment, in dem Agatha einer älteren Dame mit Rollator und ihrer Begleitung ein Lächeln schenkte, bevor die sich lautstark über die Fahrbahnverengung aufregen konnten. »Geht keiner ran. Vielleicht will er nicht mit mir reden. Ich versuche es gleich von unserem Festnetz aus dem Restaurant.« Und als könnte sie Agathas Gedanken lesen: »Er ist nicht so, wie ihr alle denkt, hab ich Ihnen doch schon gesagt. Aber wenn er noch mal mit der Polizei zu tun bekommt, dann hat er wieder einen Stempel auf der Stirn und bekommt von keinem eine Chance, endlich mal was richtig zu machen.«

»Ana, ganz abgesehen davon, was du für Enno empfindest. Drogen zu verkaufen ist gegen das Gesetz, und wenn er große Mengen unter die Leute bringen will, dann kann es sein, dass Enno damit diejenigen aufschreckt, die sich in dieser Branche ein Geschäft aufgebaut haben. Die lassen sich nicht von einem Kleinkriminellen wie deinem Enno in die Suppe spucken.« Von vorne näherte sich eine Gruppe älterer Herrschaften, und Agatha stieg auf ihr Fahrrad. »Ich weiß ja, dass man einen Rat von Menschen, die älter sind als man selber, nicht so gerne annimmt. Aber ich gebe dir trotzdem einen: Bringt das Zeug, das ihr gefunden habt, zur Polizei. Oder gib es zumindest deinem Bruder, deponier es anonym in seinem Auto, oder lasst euch sonst was einfallen, aber versucht um Himmels willen nicht, das Zeug zu verkaufen.«

64

Sonnabend, früher Abend

Rieke Häbeling hatte die Haare nicht wie sonst zu einem lässigen Dutt am Hinterkopf zusammengebunden, ihre Locken fielen ihr in sanften Wellen über die Schultern. Unter einem zugeknöpften taillierten schwarzen Blazer trug sie deutlich sichtbar lediglich einen Pailletten-BH, eine silberne Kette endete irgendwo zwischen Kinn und Bauchnabel. Darunter betonten Jeans, die so eng waren, dass sie vermutlich an den Körper genäht worden waren, ihre langen Beine. Knallroter Lippenstift und eine winzige Tasche in derselben Farbe machten das Outfit komplett.

Gesche, die gerade zur Tür hereingekommen war, füllte Gläser mit Wasser. Eigentlich sollte auch Chantal Heither bei diesem Gespräch dabei sein, aber niemand hatte Victor sagen können, wo die Fallanalytikerin zu finden war.

»Ich fühle mich geehrt, der Chef persönlich.«

»Tag, Frau Häbeling. Meine Kollegin Gesche Lassen kennen Sie ja bereits, danke, dass Sie unserer Einladung gefolgt sind. Setzen Sie sich doch.«

»Unter Einladung verstehe ich ja eigentlich etwas anderes. Drinks und vielleicht eine Pizza.«

Victor fragte sich, ob Rieke Häbeling nicht vielleicht direkt von einer Party hierhergekommen war und schon einiges intus hatte. Gesche dachte offenbar das Gleiche, dem Blick nach zu urteilen, den sie ihm zuwarf.

»Frau Häbeling, stehen Sie unter Drogen? Haben Sie Alkohol oder andere Substanzen zu sich genommen?« Gesche beugte sich vor und suchte den Blick von Rieke Häbeling. Die schaute auf Gesche wie auf eine lästige Fliege an der Wand. Und klang plötzlich wieder genau so wie die engagierte Umweltpolitikerin, die Victor kennengelernt hatte. »Was soll der Quatsch, ich mute meinem Körper doch keinen Alkohol zu. Und schon gar kein anderes Zeug.« Sie schaute an Gesche vorbei zu Victor. »Ich wäre Ihnen dankbar, wenn wir das hier jetzt fix über die Bühne bringen könnten, ich bin noch verabredet. Vielleicht sagen Sie mir endlich mal, warum Sie mich herbestellt haben.«

Gesche lehnte sich zurück und schob Victor einen Pappdeckel zu. Victor legte die Akte auf seine Oberschenkel und klappte sie so auf, dass Häbeling nicht hineinsehen konnte. Nur wenige Blätter lagen darin, auf dem ersten hatte Gesche etwas handschriftlich vermerkt: *Unten wartet ein Mann auf Häbeling, nicht ihr Anwalt. Letzte Woche ist sie mit dem Bruder meiner besten Freundin im Bett gewesen.* Er schaute sie fragend an.

Gesche verstand das als Aufforderung. »Frau Häbeling, es haben sich noch einige Fragen in den Mordfällen Gunther Fluth und Johannes Hollstein ergeben. Möchten Sie einen Anwalt dazubitten?«

»Was habe ich damit zu tun? Ich kannte die beiden Männer ja kaum.«

»Ist das so?« Gesche wirkte interessiert, und Victor fragte sich, ob das nur eine neue Variante ihres Pokerface war.

»Ja, jetzt kommen Sie gleich mit der Vater-Kiste. Klar. Aber ich kannte Gunther Fluth kaum. Und bevor er mir ein Vater werden konnte, war er auch schon tot. Und um die Frage nach dem Anwalt auch noch zu beantworten: Das wird nicht nötig sein, ich habe nichts zu verbergen.«

Häbeling legte ihre rote Tasche auf den Tisch und spielte an den dünnen silbernen Trageriemen. Victor fand, es war an der Zeit einzuschreiten. Aber Gesche war noch nicht fertig.

»Leben Sie in einer Beziehung?«

»Was hat das jetzt mit Ihren Ermittlungen zu tun?«

»Hatten Sie eine Beziehung zu Johannes Hollstein?«

»Das geht Sie ja wohl gar …«

»Frau Häbeling, antworten Sie doch bitte einfach auf meine Frage. Wenn Sie sich dazu nicht in der Lage sehen, dann kürzen wir das ab, und ich sorge dafür, dass ein Haftbefehl beantragt wird.« Rieke Häbeling klammerte sich an ihre Tasche.

»Haftbefehl? Weswegen denn?«, fragte sie trotzig.

»Helene Hollstein hat gewusst, dass Sie ein Verhältnis mit ihrem Mann hatten.« Ein Schuss ins Blaue.

Victor registrierte die Bewegungen von Häbelings Körper: Das Zucken der Schulter, das Kneten der Hände, das Wippen des Fußes deuteten darauf hin, dass es mächtig in der Frau arbeitete. Kurz darauf hielt sie die Stille nicht mehr aus. »Ja, ich hatte was mit Johannes Hollstein. Keine Liebe, Sex. Warum auch nicht? Es ist ja nicht so, dass ich Jo zu irgendetwas zwingen musste, er hat sich schließlich darauf eingelassen. Er war glücklich, wenn wir zusammen waren. Viel mehr kann man sich in seinem Alter doch gar nicht wünschen, oder?« Sie sah Victor mitleidheischend an. Er spürte, dass sie der Lösung näher kamen, nickte, wollte die Politikerin nicht unterbrechen. Gesche rührte sich ebenfalls nicht. Und es funktionierte ein zweites Mal. Verträumt schaute Häbeling auf den Fußboden, als würde sie dort ihre Erinnerungen an schöne Zeiten ablesen können. »Ich mag Männer. Das Alter spielt keine Rolle. Ich will das Leben auch genießen. Politik ist Kampf. Hart. Oft brutal. Also, emotional. Da brauche ich einen Ausgleich.«

»Das ist im Polizeidienst auch nicht anders«, erklärte Victor, was von seinem Gegenüber mit einem verständnisvollen Lächeln kommentiert wurde.

Sie schlug die Beine übereinander, wischte ein unsichtbares Staubkörnchen vom Knie. »Ich hatte Johannes wirklich gern. Und Gunther, ja, den mochte ich auch, aber mit dem habe ich mich nur einmal getroffen. Als er mir gesagt hat, dass er mein Vater ist, da war die Vorstellung schon ein bisschen eklig, dass ich fast mit ihm, na, deutlicher muss ich wohl nicht werden, oder?«

»Sie haben Johannes Hollstein ermordet«, sagte Victor aus einer Intuition heraus.

»Bitte?« Häbelings Gesichtsausdruck war voller Entrüstung. »Sie haben sie wohl nicht mehr alle, Herr Kommissar!«

»Doch, doch. Ich bin mir ganz sicher. Und ich sage Ihnen auch, warum.«

Häbeling verschränkte die Arme vor der Brust. »Na, da bin ich aber gespannt.«

Victor setzte alles auf eine Karte. »Es gibt vier Verdächtige im Mordfall Johannes Hollstein. Dass es jemand anderes als einer der vier gewesen ist, kann ich nahezu ausschließen. Diese vier Personen sind Helene Hollstein, Cem Demirel, Holger Martini und Sie, Frau Häbeling. Holger Martini und Cem Demirel haben ein bombensicheres Alibi.«

Häbeling lächelte überlegen. »Und die Hollstein hat keins. Und wissen Sie, woher ich das weiß?«

»Nein, aber Sie werden es mir sicher gleich sagen.«

»Weil die Hexe es gewesen ist. Die hat ihren Mann umgebracht. Sie hat kein Alibi, sie hat ihn gehasst, weil sie wusste, dass Johannes mich liebt, und bei den Würgemalen am Hals fehlt ein Finger. Genau der Finger, der ihr nämlich auch fehlt.«

»Da haben Sie recht, es fehlt ein Fingerglied.«

Victor setzte eine Pause. Er spürte, dass er jetzt jede Karte richtig ausspielen musste. »Aber das Fingerglied fehlt an der falschen Hand.«

Häbeling starrte ihn an. Und Gesche ebenfalls, denn Victor log.

»Der Obduktionsbericht ist eindeutig. Scheinbar hat jemand absichtlich Würgespuren am Hals von Johannes Hollstein hinterlassen, bei dem ein Fingerabdruck fehlte. Vermutlich hat diese Person einen Finger in die Hand gebunden, damit der Anschein erweckt wird, er sei von einer Person gewürgt worden, der ein Fingerglied fehlt. Nämlich von seiner Ehefrau. Daher frage ich Sie, Frau Häbeling: Warum hätte sich Frau Hollstein den linken Ringfinger in der Hand festbinden und das fehlende Glied des rechten Ringfingers durch eine Attrappe ersetzen sollen? Das ergibt doch gar keinen Sinn, oder? Stimmen Sie mir da zu?« Victor stand auf. »Stimmen Sie mir zu, dass das keinen Sinn ergibt?« Victor stützte sich mit den Händen auf dem Tisch ab und schob seinen Oberkörper in Häbelings Richtung, die wie erstarrt auf dem Stuhl saß. »Es ergibt nur Sinn, wenn man davon ausgeht, dass jemand damit den Verdacht auf Frau Hollstein lenken wollte. Einer unserer vier Tatverdächtigen. Martini und Demirel scheiden aus, Hollstein war es nicht. Und wer bleibt da übrig?«

Häbeling sprang auf. »Es ist mir scheißegal, was Sie denken! Scheißegal! Ich war es nicht. Punkt.« Häbelings Gesicht wirkte entstellt, wie eine Maske aus Hass und Furcht und Verwunderung. »Was fällt Ihnen ein, so mit mir zu reden? Ich. War. Es. Nicht. Ich habe Johannes geliebt. Und Sie haben keine Beweise. Und warum nicht? Weil. Ich. Es. Nicht. War. Ich habe Johannes nicht gewürgt, und ich habe ihn nicht erstochen. Sie haben keine Beweise. Und jetzt … gehe ich«, sagte sie tonlos und griff nach ihrer Tasche.

Victor nickte. Er hatte sein Blatt ausgereizt.

65

Sonnabend, später Abend

Es wurde früh dunkel. Obwohl die Sonne in diesem September an vielen Tagen noch einen Sommer vorgegaukelt hatte, kam jetzt unvermeidbar der Herbst. Das spürte man auch an der kühlen Luft, die am Abend einen längeren Aufenthalt hier draußen nur im dicken Wollpullover erträglich machte. Agatha stand auf ihrer Terrasse und sah hinaus auf die Nordsee. Ein Kreuzfahrtschiff fuhr hell erleuchtet an der Alten Liebe vorbei. Auf Höhe der *Helgoland,* die über Nacht am Anleger festgemacht hatte, konnte Agatha die Umrisse der Passagiere erkennen, die die Einfahrt in die Elbe von Deck aus beobachteten. Langsam und majestätisch zog der Luxusliner durch das Wasser. Doch Agathas Blick blieb an der *Helgoland* hängen. Die Nachtbeleuchtung war eingeschaltet, und zunächst dachte sie, eine der Lampen hätte einen Wackelkontakt, bis der Lichtschein sich in eine Richtung bewegte. Das war definitiv keine defekte Lampe. Das war der Schein einer Taschenlampe, die an Deck umherwanderte. Vielleicht war ja die Nachtwache auf dem Schiff unterwegs, um etwas zu kontrollieren. Aber um diese

Zeit war das schon etwas ungewöhnlich. Agatha nahm das Fernglas von der Fensterbank und blickte auf das Deck des Schiffs.

»Das gibt es nicht«, flüsterte sie.

Agatha legte das Fernglas auf den Terrassentisch, rannte zur Garderobe, steckte im Laufen ihren Schlüssel ein und schlüpfte in die Sneaker. Sie tippte eine Nachricht in ihr Handy und zog die Tür hinter sich leise zu. So schnell sie konnte, lief sie die Treppen hinunter, rechts Richtung Anleger. Die Luft war so kalt, dass ihr warmer Atem kleine Wölkchen bildete. Das Licht bewegte sich immer noch an Deck hin und her, war mitunter kurz nicht zu sehen, um dann wieder aufzutauchen.

Als sie das Fährschiff erreicht hatte, schlich sie langsam die Gangway hinauf, seitlich an der Reling bis zur Treppe und dann nach oben, dorthin, wo sie das Licht gesehen hatte. Der Schornstein bot genügend Schutz, um nicht entdeckt zu werden. Im Halbdunkel konnte Agatha eine Person erkennen, die mit einer Taschenlampe die Rettungsringe ableuchtete. Agatha sah ihr aus der Deckung heraus einen Moment lang zu. Sie war unsicher, ob sie warten oder etwas unternehmen sollte. Vorsichtig zog sie ihr Handy aus der Tasche, kontrollierte, ob sie den Klingelton leise gestellt hatte und ob eine Nachricht eingegangen war. Die Taschenlampe malte weiterhin Lichtmuster auf die Reling. Die Person stand immer noch mit dem Rücken zu ihr und fluchte leise.

Während Agatha noch überlegte, was sie tun sollte, zog die ganz in Schwarz gekleidete schlanke Person einen Gegenstand hinter einem Rettungsring hervor.

Agatha trat aus ihrem Versteck. »Rieke!«

Rieke Häbeling stand stocksteif da.

»Agatha. Was machst du denn hier?«

»Das wollte ich dich auch gerade fragen.«

»Ich … ich …«

»Das Messer da in deiner Hand. Ist es das, wofür ich es halte? Die Tatwaffe?«

Häbeling wollte das Messer über die Reling werfen, stockte dann aber mitten in der Bewegung und kam langsam auf Agatha zu.

Agatha schoss in den Kopf, dass hier gerade eine Mörderin vor ihr stand. Und dass sie jetzt das nächste Opfer werden konnte.

»Rieke, was soll das? Willst du mich jetzt auch noch umbringen? Wirf das Messer weg.« Agatha versuchte, sich zu erinnern, was sie über Verhandlungen mit Geiselnehmern gelernt hatte, musste aber feststellen, dass es nicht so einfach war, Ruhe zu bewahren, wenn man auf ein blutbeschmiertes Messer blickte.

»Warum sollte ich?«, zischte Rieke. »Die Polizei hat überhaupt nichts gegen mich in der Hand. Nichts, nichts, nichts.« Mit jedem *nichts* trat sie einen Schritt näher auf Agatha zu. »Und wenn du nichts mehr sagen kannst und das Messer verschwunden ist, dann wird es dabei auch bleiben.«

»Das Messer. Deswegen hast du neulich auf dem Schiff gesagt, dass dir schlecht ist. Du hattest es dabei und wolltest es über Bord werfen.«

»Ja. Aber du warst ja so unglaublich fürsorglich und hast mich keine Sekunde aus den Augen gelassen. Da hab ich es hinter einem Rettungsring deponiert.«

Rieke trat einen weiteren Schritt nach vorn, die Messerspitze auf Agatha gerichtet.

»Warum machst du das? Wir kennen uns schon so lange. Wir sind doch Freundinnen.« Agatha suchte Riekes Blick, aber deren Augen wirkten leer.

»Ich habe keine Freundinnen. Und ich brauche auch keine.« Mit diesen Worten holte sie aus, um zuzustechen. Und wurde in der Bewegung abrupt gestoppt. Eine Person hatte sich unbemerkt von hinten genähert und mit einer Hand Riekes Unterarm ergriffen. Der andere Arm hatte sich um ihre Körpermitte geschlungen und riss nun den ganzen Körper zurück.

Agatha atmete auf. »Victor.«

»Vielleicht hilfst du mir mal?«, keuchte Victor, während er versuchte, die sich windende Frau in den Griff zu bekommen. Er drückte den Arm mit dem Messer nach unten, und Agatha presste die Mittelhandknochen so fest zusammen, dass Rieke aufschrie und ihre Hand öffnete. Das Messer fiel zu Boden, und Agatha beförderte es mit einem Tritt außer Reichweite. Rieke wand sich und schlug mit ihren Füßen nach hinten aus, um Victor zu verletzen.

»In meiner rechten Jackentasche sind Kabelbinder«, rief Victor. Agatha drängte sich dicht an Victor, um in seine Tasche zu fassen. Victor hatte Rieke die Hände hinter den Rücken gezogen, und Agatha fixierte sie mit dem Kabelbinder.

Als wäre die Fessel ein Schalter, mit dem sich die Wut abschalten ließ, sackte Rieke in sich zusammen und setzte sich auf das Deck. Ihre Augen füllten sich mit Tränen. »Ich war so wütend«, flüsterte sie. »Ich war so unglaublich wütend auf ihn.« Sie schluchzte. »Johannes wollte Schluss machen und mit Helene neu anfangen. Das wäre für mich kein Problem gewesen, ich will sowieso keine Langzeitbeziehung. Aber dann hat er gesagt, dass Helene eine Affäre mit Gunther hatte und er reinen Tisch machen wolle.« In Sekundenbruchteilen wurde aus dem Schmerz und den Tränen wieder Wut. »Was hätte ich denn tun sollen? Wenn Helene von uns erfahren und es publik gemacht hätte, dann wäre es mit meiner politischen Karriere aus gewesen. Ich will noch etwas verändern, ich will die Welt besser machen. Als Oberbürgermeisterin könnte ich in dieser Stadt wirklich etwas bewegen.«

Rieke Häbeling kämpfte erneut mit den Tränen. »Es war ja auch nicht geplant, dass das so eskaliert. Johannes hat mich überredet, spazieren zu gehen. Er hatte sich an dem Abend mit Helene ausgesprochen und war total aufgewühlt. Als wir an der Bucht waren, sagte er, dass er Helene noch lieben würde. Und dann fing er wieder damit an, dass ich vielleicht Hilfe brauche, eine Therapie oder so. Wegen … also … Ich bin dann wütend geworden, unglaublich wütend. Ich habe immer ein Messer in der Handtasche, manchmal brauche ich es, weil … egal. Ich habe es herausgenommen und Johannes damit bedroht, ihn gewarnt. Ich hab ihm gesagt, dass man mich nicht verlässt. Mich nicht wegschmeißt wie eine leere Zigarettenpackung. Dann hat er versucht, mir das Messer abzunehmen, und dann, dann … habe ich zugestochen. Immer wieder, weil es doch klar war, dass er nun sterben musste. Wenn er gerettet worden wäre, dann wäre ich angeklagt worden, und dann wäre auch alles vorbei gewesen. Alles wäre vorbei gewesen. Alles.«

66

Sonnabend, noch späterer Abend

Erschöpft ließ Victor sich auf seinen Schreibtischstuhl sinken. Rieke Häbeling war in Untersuchungshaft, der Mordfall Johannes Hollstein aufgeklärt. Und bei dem Mord an Gunther Fluth sprach alles für Johannes Hollstein als Täter, auch wenn es da nur die Aussage von Helene Hollstein gab.

Für die Nachtwache auf dem Fährschiff *Helgoland* würde die Sache noch ein Nachspiel haben, der würde sich eine gute Ausrede dafür einfallen lassen müssen, warum er nicht auf seinem Posten gewesen war. Aber das war nicht Victors Baustelle.

»Nie, niemals hätte ich der das zugetraut, die sah immer perfekt und makellos aus, so, ja, ich weiß gar nicht, wie ich das ausdrücken soll …« Gesche überlegte.

»So, als würde außer der Karriere in ihrem Leben kaum etwas eine Rolle spielen«, schlug Victor vor.

»Ja, so in etwa.« Gesche nahm ihren Anorak vom Haken. »Soll ich dir noch einen Tee machen, bevor ich gehe? Ich hab da was mit Kamille, Melisse und Baldrian, bisschen Johanniskraut, und Eisenkraut ist auch dabei, damit kann man richtig schön relaxen.«

»Ganz lieb, Gesche, aber ich fahr ins Restaurant meiner Eltern und lass mich von meiner Mutter bekochen, das entspannt auch. Möchtest du vielleicht nachkommen, wenn du mit der Heither gesprochen hast?«

»Ein andermal gern, heute gehe ich noch zum Yoga, das brauche ich echt nach diesem Tag. Dann tschüss.«

Victor versuchte noch einmal, Ana anzurufen, aber niemand meldete sich. Vielleicht war sie im Restaurant und ging seinen Eltern zur Hand, dann schaltete sie ihr Handy meist stumm und legte es in der Küche auf einem Regal ab.

Chantal Heither hatte angerufen, sie war wegen einer dringenden Familienangelegenheit nach Bremen gefahren, ließ sich aber telefonisch von Gesche auf Stand bringen. Victor hätte seinem Chef gerne vom erfolgreichen Abschluss seiner ersten Morderrmittlung berichtet, aber auch dessen Schreibtisch war zu seinem großen Bedauern verwaist. Er würde ihn von zu Hause aus anrufen.

Victor stand vor seinem Auto und drückte auf den Türöffner. Doch zu seiner Überraschung waren die Türen bereits entriegelt. Dabei war er sich sicher, dass er den Wagen abgeschlossen hatte. Als er die Beifahrertür öffnete, um seine Tasche in den Wagen zu legen, erlebte er die nächste Überraschung. Auf dem Sitz lag ein verschnürtes und verklebtes Päckchen. Er wusste sofort, dass es sich bei diesem »Geschenk« um Marihuana handelte.

»Na, schon Feierabend?« Victor zuckte zusammen und drehte sich so vor die Tür, dass er das Paket verdeckte.

»Lars, ich dachte du seiest längst gegangen, ich war gerade in deinem Büro und wollte dir unbedingt …«

»Ich war auch schon halb weg, aber hatte mein Telefon im Büro liegen lassen. Und ohne Handy ist es ja, als wenn einem ein Körperteil amputiert wäre, oder? Also, was gibt's Neues?«

»Wir haben die Täterin überführt. Rieke Häbeling hat gestanden. Sie ist bereits in Untersuchungshaft.«

Lars wurde bleich, er wischte sich mit der Hand über die Stirn. »Rieke hat Johannes Hollstein umgebracht? Aber was ist mit den Fingerabdrücken, die haben doch eindeutig auf die Bürgermeisterin hingewiesen.«

»Ja, manchmal weist einen so ein Hinweis eben auch in die falsche Richtung. Zumal, wenn er gefakt ist. Häbeling hat gestanden, dass sie einige Minuten neben der Leiche gesessen hat, bis sie wieder klar im Kopf war. Zumindest waren das ihre Worte. Sie hat überlegt, wem sie den Mord in die Schuhe schieben könnte, und kam sofort auf Helene Hollstein. Ihr fiel ein, dass unsere Oberbürgermeisterin ja nur neun Fingerkuppen hat, und Häbeling wusste auch, welcher Finger fehlte, hatte sie wohl bei einer der Ratssitzungen bemerkt. Sie hat den leblosen Körper von Johannes Hollstein dann gewürgt, wobei sie den Finger, bei dem die Fingerkuppe bei Helene Hollstein fehlt, in ihre Handfläche gedrückt hat. Wir wissen zwar noch nicht, warum Häbeling immer ein Messer in der Handtasche hat, wie sie uns gesagt hat, aber sie hat es benutzt und Johannes Hollstein getötet. Das Motiv ist auch noch nicht ganz klar, es war vermutlich eine Mischung aus Eifersucht, verletztem Stolz und Hass.«

Lars schluckte schwer. Stützte sich mit einer Hand am Wagen ab. »Kann ich gar nicht glauben. Bist du sicher?«

»Todsicher. Wir haben sie dabei erwischt, als sie die Tatwaffe ins Meer werfen wollte und …«

»Wir?«

»Nicht so wichtig«, wischte Victor die Frage beiseite und fuhr fort.

»Die Staatsanwaltschaft wird eine psychiatrische Untersuchung anordnen, denn wenn du mich fragst, dann stimmt etwas nicht mit Rieke Häbeling. Und es wird auch zu klären sein, ob die Frau zurechnungsfähig und damit schuldfähig ist.«

»Du meinst, sie ist irre?«

»So wie es sich für mich darstellt, ist die Häbeling eine Frau, die sich über Sex Macht beschafft hat. Ganz gezielt hat sie sich Partner ausgesucht, die ihr irgendwie nutzen. Die sie in ihrer Karriere weiterbringen oder ihr von Vorteil für ihr Leben sind. Mike von der IT wertet die sozialen Netzwerke noch aus, hat aber offenbar auch einige andere Männer gefunden, mit denen sie mindestens gut bekannt war in den vergangenen Wochen und Monaten. Unter anderem ist auch ein Redakteur der *Cuxhavener Nachrichten* dabei, der mal ein ausführliches Porträt über sie für eine Wochenendausgabe der Zeitung geschrieben hat.«

»Sie hat Fotos von diesen Männern im Internet veröffentlicht?«

»Ja, allerdings unter einem Fake-Profil. Hatte offensichtlich das Bedürfnis, ihre ›Erfolge‹ zu dokumentieren. Meistens sieht man die Kerle nur von hinten oder abgeschnitten. Wieso interessiert dich das alles so, hattest du auch was mit ihr?«, scherzte Victor, musste aber umgehend feststellen, dass sein Chef das gar nicht witzig fand.

»Mein Privatleben geht dich gar nichts an«, zischte Lars. »Halt dich da gefälligst raus.«

Jetzt wusste Victor auch, was ihm die ganze Zeit schon so merkwürdig vorgekommen war an der Haltung seines Chefs zu Rieke Häbeling. Er hatte so getan, als würde er sie nicht kennen, als Verdächtige war sie in seinen Aufzählungen nie vorgekommen, und immer wenn das Gespräch auf sie kam, hatte er sich seltsam unbeteiligt gegeben.

»Du hast mit ihr geschlafen.« Victor konnte es nicht fassen. »Kann es vielleicht sein, dass die Häbeling bei dir zu Hause war oder in deinem Büro? Und Einblick in unsere Ermittlungen hatte?«

»Was unterstellst du mir?« Lars trat einen Schritt näher auf Victor zu. Er konnte säuerlichen Atem riechen und bildete sich ein, auch einen Hauch Alkohol wahrzunehmen.

Victor war zu müde, um jetzt eine Diskussion anzufangen. Die Erkenntnis, dass sein Chef und Rieke Häbeling im Bett gelandet waren, setzte ihm so zu, dass er einfach nur wegwollte. »Ich muss los, wir reden Montag weiter, ja?«

»Schönes Wochenende«, wünschte Lars und blieb auf dem Parkplatz stehen. Victor hielt gegenüber der Dienststelle bei der Tankstelle gleich wieder an. Er konnte nicht fassen, was gerade geschehen war.

Jetzt musste er sich allerdings zunächst um die Sache mit den Drogen kümmern und dafür sorgen, dass er selbst alles richtig machte. Victor zog sein Telefon aus der Tasche, suchte eine Nummer in seinem Adressbuch, wählte.

»Thorsten? Wir müssen uns dringend sehen, die Drogen, die ihr sucht, lagen in meinem Auto … Nein, natürlich habe ich das Paket nicht angefasst … Gut, bis gleich.«

67

Sonnabend, nach spätabendlicher Gassirunde

Als Agatha aus der Wohnung trat, lief sie fast in ihren Vater hinein, der gerade mit Vinnie von einem Spaziergang zurückkam.

Sie hatte sich mit dem Einverständnis ihres Chefs kurzfristig freigenommen. Hans war zwar nicht begeistert gewesen, als sie ihm von den Vorfällen an Deck der *Helgoland* erzählt hatte, aber dass Victor dabei gewesen war, hatte ihn beruhigt.

»Du hast es aber eilig, mein Kind. Auf zur Schicht?«

»Nee, hab mir freigenommen, Ingmar übernimmt meine Schicht, aber ich muss schnell mal ins Restaurant von Victors Eltern, was erledigen.«

»Ich vermute, du willst deinem alten Vater nicht sagen, um was es dabei geht?«

»Lieber nicht. Jedenfalls nicht jetzt. Ich erzähle dir später alles ganz in Ruhe?«

Vinnie stupste sie an, und Agatha fischte ein Leckerli aus ihrem Rucksack. Der Hund wusste genau, dass sie davon immer welche dabeihatte. »Und wo kommt ihr her?«

Ihr Vater schien verlegen. »Ach, ich war mit Jette aus der Bäckerei ein Stück spazieren.«

»Soso, mit Jette …«

»Darüber möchte ich auch lieber nicht mehr erzählen. Aber ich kann dir verraten, dass Jette von diesem Cornelius, der immer bei ihr herumhängt, gehört hat, dass die Bürgermeisterin erst festgenommen, dann aber wieder freigelassen wurde. Angeblich hat deine alte Schulfreundin Rieke inzwischen den Mord an Johannes gestanden.«

»Ja, ich weiß. Ich hatte die ganze Zeit schon ein komisches Gefühl, was Rieke anging. Überrascht mich jetzt irgendwie nicht wirklich.«

»Nicht?« Dirk sah sie verwundert an. »Das wäre die Letzte gewesen, der ich so etwas zugetraut hätte. Vielleicht solltest du doch zur Kriminalpolizei gehen, wenn du so eine Spürnase bist.« Vinnie zog Richtung Haustür und fing an zu jaulen. Dirk schloss die Tür auf und ließ den Hund hinein.

»Politisch ist Helene Hollstein sowieso am Ende, selbst wenn ihre Unschuld bewiesen sein sollte. Karriere ruiniert, Mann und Geliebter tot. Sie tut mir leid.«

»Ach, Papa, du kennst das doch. Die taucht einfach eine Zeit lang ab, und dann steigt sie auf Landesebene noch mal neu ein. Sie wäre doch nicht die Erste, bei der es so läuft. Hülle dich in Schweigen, streu Asche auf dein Haupt, beschäftige dich mit deiner Stiftung, und solltest du noch keine haben, dann gründe eine, und entschuldige dich bei den richtigen Leuten – und die Karriereleiter wird wieder für dich ausgefahren. Du musst nur den richtigen Moment abpassen. Oder etwas über jemanden in verantwortungsvoller Position wissen, was sonst niemand weiß.«

»Ich weiß nicht, ob das alles so einfach ist.«

»Hab ja nicht gesagt, dass es einfach ist.«

»Ganz alleine, ohne jemanden, der ihr den Rücken stärkt.«

»Du kannst dich ja anbieten, Papa.«

»Pffff, mit Politik will ich nichts zu tun haben.«

»Ich muss dann mal los, ich nehm noch ein Getränk im Restaurant von Victors Eltern. Wir sehen uns morgen.«

68

Sonnabend, sehr später Abend

Das *Belo Porto* war bis auf den letzten Platz besetzt, als Victor eintrat. Seine Mutter musste ihn gespürt haben, denn zwischen den Menschen, die hinein- und hinausgingen, Jacken an die Garderobe hängten oder auf dem Weg zur Toilette waren, konnte sie ihn unmöglich gesehen haben.

»*Oi filho, ainda bem que chegaste!* Kannst du an der Bar helfen? Ich glaube, deine Schwester kommt mit dem Ansturm nicht klar.«

Er küsste seine Mutter auf beide Wangen und bewegte sich Richtung Tresen, während sie mit dem gerade abgeräumten Geschirr Richtung Küche marschierte.

»Ana, wie schön, dass ich dich auch mal wieder zu Gesicht bekomme, wieso hast du dich nicht gemeldet? Ich versuche seit Stunden, dich zu erreichen.«

Seine kleine Schwester konzentrierte sich auf die Zapfanlage und die Biergläser, die noch zu befüllen waren, und deutete mit dem Kinn auf ihr Handy, das unter dem Tresen am Ladekabel hing. »Akku war leer.«

Victor stellte seine Tasche ab und griff nach dem kleinen Gegenstand, der neben dem Handy lag. »Und du hast wahrscheinlich auch keine Ahnung, wie mein Zweitschlüssel fürs Auto hierhergeraten ist? Der liegt doch sonst immer hinten im Büro, in der Schreibtischschublade von Papa.«

»Keine Ahnung. Musst du Mama fragen, vielleicht weiß die das.«

»Was weiß ich?« Wie aufs Stichwort stand Mama Beatriz am Tresen. »Ich brauche drei Bier, eine Cola, ein stilles Wasser und einen Hauswein rot.«

Ana stellte die Getränke nach und nach auf ein rundes Tablett. »Victor wollte wissen, wieso der Zweitschlüssel für sein Auto hier liegt.«

»Der liegt hier? Warum das denn?«, fragte seine Mutter.

»Schon gut«, sagte Victor und schob seine Schwester ein Stück zur Seite, um das Bierzapfen zu übernehmen, während sie Rotwein in ein Glas füllte. »Ich hab da schon so eine Ahnung.« Ana schaute ihn nicht an, und als Beatriz mit dem Tablett abzog, fing sie an, Gläser zu spülen.

»Schon okay, Ana. Ich bin froh, dass ihr euch entschieden habt, das Richtige zu tun. Ein Kumpel von mir aus der Drogenfahndung hat das Paket gerade abgeholt. Er hält euch da raus und sagt, das Zeug ist anonym abgegeben worden. Was ja auch stimmt.«

Ana lächelte ins Spülwasser.

»Ich kann dir aber nicht jedes Mal den Hintern retten, wenn so was passiert. Am Ende riskierst nicht nur du eine Strafe, sondern auch für mich kann es eng werden, wenn meine kleine Schwester kriminell wird. Vielleicht wäre es an der Zeit, mal darüber nachzudenken, mit wem du so deine Freizeit verbringst.«

Ana schaute ihn finster an. »Ihr habt doch alle keine Ahnung, wie Enno wirklich ist.«

Beatriz bewegte sich wieder in ihre Richtung. »Das würde

mich auch interessieren. Aber das sollten wir an anderer Stelle mal in Ruhe besprechen.«

»Ich sag dir ja auch nicht, mit wem du befreundet sein darfst. Deine neue Flamme jedenfalls geht mir auch ganz schön auf die Nerven, sag ihr mal, sie soll sich ein anderes Sozialprojekt suchen.«

»Wen meinst du denn?«, fragte Beatriz überrascht.

»Na, die da«, sagte Ana und deutete Richtung Tür. Beatriz drehte sich neugierig um.

»Então, esta é que é a tua namorada?«

»Nein, Mama, das ist nicht meine Geliebte. Agatha ist eine Kollegin von der Wasserschutzpolizei, mehr nicht.«

»Eine Kollegin, ach sooooooo«, murmelte Ana so laut, dass Victor es deutlich hören konnte.

»Moin.« Agatha schwang sich auf einen der Barhocker vor der Zapfanlage.

»Willst du was?« Anas Ton war nicht gerade einladend, und Agatha bestellte ein Bier.

Beatriz musterte sie von oben bis unten, bevor sie mit einer neuen Ladung Getränke verschwand.

Ana stellte das georderte Bier vor Agatha ab. »Ihr kommt ja wohl ganz gut ohne mich klar, oder?«

Sie drehte sich um und marschierte Richtung Küche. Als sie an Victor vorbeiging, machte sie einen Kussmund und verdrehte die Augen. Victor gab ihr einen leichten Klaps. Er hielt nach seiner Mutter Ausschau, die gerade dabei war, einen der größeren Tische abzuräumen, entschied, dass er eine kleine Pause machen konnte, ging um den Tresen herum und setzte sich neben Agatha.

»Danke noch mal für deinen Einsatz an Bord, sieht so aus, als hätten wir beide Mordfälle aufgeklärt.«

»Keine Ursache. Für die Bürgermeisterin tut es mir fast ein bisschen leid, da bleibt ja immer was hängen nach so einem Verdacht.«

»Den Maulwurf haben wir auch gefunden. Aus unserer Truppe wird so schnell niemand mehr etwas an die Presse durchstechen. Dann gelangen auch Geschichten über mutmaßlich überführte Verbrecherinnen nicht an die Öffentlichkeit, bevor alles wasserdicht ist.«

»Hört sich gut an. Ende gut, alles gut, oder?«

»Gut oder schlecht, das ist hier die Frage. Ich glaube nicht, dass Helene Hollstein immer den ganz geraden Weg genommen hat. Wer weiß, was wir noch so alles gefunden hätten, wenn sie länger verdächtigt worden wäre. Und guck dir doch mal die anderen Beteiligten an. Holger Martini wird weiter auf unterschiedlichen Wegen sein Schwarzgeld einsammeln mit seinen dubiosen Kauf- und Abschreibungsobjekten, und Cem Demirel bleibt Geschäftsführer bei der *Vorig,* obwohl er sich hat erpressen lassen. Die Welt ist nicht gerecht.«

Ein weiterer Gast betrat das Restaurant.

»Na, das ist ja ein schöner Zufall«, sagte Agatha perplex.

»Nicht so ganz. Dein Vater hat mir einen Tipp gegeben.«

In der Tat, dachte Victor. Schön war nun wirklich gar nichts an diesem Typen vom Seenotrettungskreuzer. Weder dieser alberne Dutt noch das blau-weiß gestreifte Seemannshemd ohne Kragen, und schon gar nicht die Vertraulichkeit dieses Typen gegenüber Agatha.

Scheppernd stellte Beatriz ein Tablett mit benutzten Gläsern neben ihrem Sohn ab. »Kannst du mir bitte zwei Spezi und ein großes Bier machen?«

Victor ließ sich vom Hocker gleiten und fing hinter dem Tresen an, das Bier zu zapfen und sich um die Softgetränke zu kümmern, während dieser Christian und Agatha die Köpfe so eng zusammensteckten, als tauschten sie Geheimnisse aus.

Wortlos reichte Victor seiner Mutter die Getränke, die sich mit einem Luftkuss bedankte und wieder verschwand.

Victor versuchte, das angeregte Gespräch zwischen Agatha und dem Seenotretter zu unterbrechen. »Willst du etwas essen?«

Auch wenn er die Frage eigentlich an Agatha gerichtet hatte, antwortete Christian. »Ach nein, danke, ich wollte Agatha nur Hallo sagen.« Christian rutschte vom Barhocker. »Dann will ich mal, vielleicht sehen wir uns später noch?«

»Nee, ich bin echt fertig, sorry. Ich fahr gleich nach Hause.«

Die Enttäuschung, die sich auf Christians Gesicht abzeichnete, freute Victor ungemein. Und noch mehr freute ihn, dass der Typ endlich abzog, nachdem er Agatha noch einen Kuss auf die Wange gegeben hatte.

»Kennt ihr euch näher?« Victor hörte selbst, wie spitz seine Frage klang. Agatha war offenbar auch überrascht, fing sich aber schnell und schüttelte den Kopf. »Wir haben uns erst ein paarmal gesehen.«

Victor traute sich nicht, weiter nachzufragen, obwohl er darüber gern ein bisschen mehr gewusst hätte. Zum Beispiel, wie oft »ein paarmal« war und was genau die beiden gemacht hatten bei diesen Treffen. In seine Überlegungen hinein klingelte Agathas Handy. »Entschuldige«, sagte sie und nahm das Gespräch an. Das Lächeln verschwand aus ihren Zügen, als sie zuhörte. Außer einem ungläubigen »Was?« und »Wo ist er jetzt?« sagte sie nichts, und das Gespräch endete mit der Aussage: »Ich bin gleich da.«

Sie sah zu Victor, Panik in den Augen. »Das war mein Chef, Hans Itjen. Unser Schiff ist im Hafen beschossen worden, Ingmar hatte Nachtwache und wurde getroffen.«

»Ist er schwer verletzt?«

Agatha sagte nichts. Sie nickte nur.

Schon wieder eine Leiche im beschaulichen Cuxhaven?

Und wir sagen DANKE.

Denn bis die Geschichte steht, die Spielorte ausgesucht und die Manuskripte zu einem Text werden, dauert es.

Von der ersten Idee bis zu diesem Zeitpunkt, an dem Sie, liebe Lesende, das fertige Buch in Händen halten, haben wir etwa zwei Jahre Zeit gebraucht.

Besuche in Cuxhaven, Gespräche in Polizeistationen, Video- und Telefonkonferenzen, Internetrecherche und wieder Gespräche.

Überall sind wir interessiert und mehr als freundlich aufgenommen worden, egal wie seltsam unsere Fragen auch manchmal erscheinen mochten.

Wir bedanken uns deshalb bei:

Den **Polizist:innen zu Wasser und zu Land**, die uns stets mit Rat und Tat zur Seite standen. Das war ... wow!

Kapitän **Ewald Bebber**, der uns auf seine Brücke eingeladen und mit dem Container vor dem Anleger gleich eine Idee für den zweiten Fall geliefert hat.

Dem Direktor des Amtsgerichts a. D. **Klaus Reinhold** und seiner Frau **Regina Reinhold**, beide ausgewiesene Krimifans, die uns mit ihrer Begeisterung angesteckt und durch ihre persönlichen Eindrücke unsere Geschichte erst richtig rund gemacht haben.

Gina Eils, die uns mit Wissenswertem wie auch mit Anekdoten rund um Cuxhaven versorgt hat.

Den Expert:innen, die ihr Fachwissen in die Geschichte eingebracht haben, stellvertretend die Dokumentarin **Hilde Frilling**, die Psychologin **Nicola Friederici**, die Autorin **Irina Tegen**, der Buchhändler **Axel Stiehler** und die Fremdsprachendidaktikerin Prof. Dr. **Sílvia Melo-Pfeifer**.

Den **Mitarbeiter:innen des Ullstein Verlags**, die mit ihrem Engagement dazu beigetragen haben, diesen Cuxhaven-Krimi zu realisieren.

Markus Michalek und **Lars Schultze-Kossack**, unseren Agenten, die sich für die Geschichte von Anfang an begeistert und alles dafür getan haben, dass die Kolleg:innen bei Ullstein ebenfalls vom WaPo-Fieber angesteckt wurden.

Last but not least – Dank an unseren Lektor **Benjamin Brückner**, der mit großem Feingefühl und viel Liebe fürs Detail am Stoff mitgewebt hat.

Mordsmäßig schön ist es in St. Peter-Ording ...

Ein Kegelturnier mischt ganz St. Peter-Ording auf, und auch Ilva Feddersen ist bei der Organisation des Wettbewerbs eingespannt. Doch schon kurz nachdem die konkurrierenden Kegelvereine Quartier bezogen haben, liegt der Favorit des Turniers tot in seinem Campingwagen. Alles sieht zunächst nach einem tragischen Unfall aus. Aber Ilvas Spürnase juckt, und sie kann sich nicht ganz aus den Ermittlungen heraushalten. Als ein zweiter Toter geborgen wird, steht für Ilva und ihre Freunde fest: Das war Fowl Play. Doch wer killt die Kegler?

Tanja Janz

Fiese Brise in St. Peter-(M)Ording

Ein Küstenkrimi

Taschenbuch

Auch als E-Book erhältlich

www.ullstein.de